芳华百年

王 云 —— 著

山东画报出版社

济 南

图书在版编目（CIP）数据

芳华百年 / 王云著. -- 济南：山东画报出版社，
2025. 2. -- ISBN 978-7-5474-5253-0

Ⅰ. I247.5

中国国家版本馆CIP数据核字第2025ZW4218号

FANGHUA BAINIAN

芳华百年

王　云　著

责任编辑	梁培培　张　倩
装帧设计	王　芳　张智颖
封面插图	冯卓怡

主管单位	山东出版传媒股份有限公司
出版发行	山东画报出版社
社　　址	济南市市中区舜耕路517号　邮编 250003
电　　话	总编室（0531）82098472
	市场部（0531）82098479
网　　址	http://www.hbcbs.com.cn
电子信箱	hbcb@sdpress.com.cn
印　　刷	山东新华印务有限公司
规　　格	160毫米×230毫米　32开
	13.75印张　400千字
版　　次	2025年2月第1版
印　　次	2025年2月第1次印刷
书　　号	ISBN 978-7-5474-5253-0
定　　价	78.00元

如有印装质量问题，请与出版社总编室联系更换。

建议图书分类：文学/长篇小说

目 录

■ 上　部

▌下 部

上部

第一章

惊鸿一瞥

"嘚、嘚、嘚……"

二十世纪三十年代农历三月初的一个下午,豫省南部的一座小城——潢城郊外的官道上,一前一后驶过来两匹骏马,每匹马上各坐着一位身着国民党军官服装的军人。他们的马后跟着一百来个步兵,每个士兵各扛着一支步枪,背着一个行军背包。为首的那位军人三十五六岁,身材挺拔,体形健硕,古铜色的脸上充满了风尘和倦意,但一双眼睛炯炯有神。跟随其后的是位二十多岁的青年军官,长得修长白净,面容清秀,看上去同样很疲倦。不过这支队伍整体看起来精神状态良好,衣着整洁,军容整齐。

春的气息已经非常浓郁,城里城外,遍地开满了金灿灿的油菜花,吸引了成群的蜜蜂前来采蜜。空气中,满是油菜花的香甜味儿,人们的耳朵边总是能听到蜜蜂的嗡嗡声,让人感到这真是一个忙碌的季节。潢城的春天一贯如此,这儿的土地基本上种植了油菜,因而潢城的春天是一片片的黄。到了春末夏初,油菜籽成熟了,油菜叶子也枯了,亦是一片片的黄。加之有一条汇入淮河的清果河从潢城中央流过,将小城分为南北二城,于是祖上在给小城取名时在黄的左边加上三点水,意为"有水的黄色城市"。

潢城是个好地方，这儿不光有水，还盛产菜籽油。住在城墙内大宅院落中的少数人，控制着潢城的大部分土地。林道成老爷则是其中最大的财主之一。林家拥有潢城郊区五分之二的土地，控制着潢城大部分油菜籽的收购加工及食用油的大宗出售，并且开了五家绸缎庄，三家果子店。

"金旅长，"后面那个青年军官开口了，"这次执行任务可真是辛苦旅座啦。这三个月中，有两次都离旅座家那么近，但旅座都没回家，旅座不想嫂夫人吗？"

前面被称为金旅长的军官微微一笑，深邃的目光里浮现出一抹让人不易察觉的忧伤，但转瞬即逝。他沉默了一下，才幽幽地开口："林副官，金某已年近不惑，怎能似你们年轻人那般卿卿我我。本人自入伍以来已经近二十载，党国的事业才是最让金某牵挂的，哪有闲情逸致去想别的？"

林副官望着金啸天旅长的背影，微微叹息。他跟随金旅长已经八年了，看着他从一名副团长一路走来。八年中，金旅长仅在他母亲去世的时候回家过一次，那次他也跟着去了，这已经是五年前的事了。那次他见过了金旅长的夫人——一个身材娇小柔弱、面貌普通的女子。当他们办完丧事走出家门时，她红肿着双眼送了一程又一程。多年来，他在金旅长的授意下，每三个月便派人往她那儿送一次钱粮，但金旅长从不回家。"一个女人，也没个子女，一个人守着大房子就这么一年又一年的，该是多么凄凉啊！这么多年也没见金旅长有什么相好的女子，他们夫妇到底是什么情形呢？"林副官暗暗地想。一路上他不止一次地提醒金旅长，想让他顺便回家探望一下自己的夫人，却都没能如愿。正想着，已到了城门口。

"大少爷！大少爷回来啦！"还没进城门，就听见一个充满喜悦的声音响起，一个五十开外，管家打扮的老者领着几个仆从打扮的青年迎了上来："大少爷，您可不知道，自从您两个月前捎信回来说要回家，全家人那个高兴啊。尤其是大少奶奶，天天翻看老皇历，今天一大清早就打发小的们来城门口候着，哎呀，可把大少爷给盼回来了！"

"木生叔！"林副官翻身下马，同时招呼他们："来，你们来见过金旅长！"

见木生一行要磕头，金旅长忙摆手制止："现在都民国了，不用了！"

林家大院坐落在城南的翠柳湖畔，正门朝南，后门朝北。后门距离翠柳湖不足五十米远。后院中间有一条用青砖铺成的道路，一直延伸到院外的翠柳湖水面。院墙外的道路两旁是金灿灿的油菜花。后院内，西边长着一片绿油油的竹林，嫩嫩的竹笋裹着白中泛青紫的衣裳，在上一场春雨后呼呼地全从地里冒了出来，长得满地都是。东边的大凉亭边，种着各式各样的花草和果树。迎春花早已开放，一簇簇艳丽的黄色，与院外的油菜花交相辉映。杏花如雪，正开得繁华。院子的西北角种了一棵桃树，与梨、柿、石榴等树一样均已长出绿叶，还有个别树的枝头已挂有小小的花蕾。成群的蜜蜂飞绕其间，热闹非凡。

此时的林家大院分外忙碌。大约两个月前，在部队里当旅长副官的大少爷林雨祥捎信回来说今天要回家，一同前来的还有自己的长官金旅长和上百个兵，让家里好好准备一下，因为这些人要在林家休整一段时间。此时，西厢房的二十六间屋子已全部腾空，其中二十间全部用上好的稻草蒲席打好了地铺；其余六间各摆上了两张大方桌，每张桌子旁边都放了四条长凳子，桌子上都摆满了粗瓷大碗、筷子，同时各个房间内的地上都放了四坛子酒。正房堂屋中间，摆了一张上好的红木方桌，八把太师椅，崭新洁净的青花瓷碗盘和考究的酒具整齐摆放着，俨然在等待着贵宾的光临。

"大少奶奶，大少奶奶，"一个二十来岁的年轻仆人急匆匆地走进院子，直奔东厢房的厨房门口，去找正在亲自指挥做饭的大少奶奶秦氏（秀兰）。"大少奶奶，饭菜可以准备上桌了，大少爷他们已经进城了，估计不到半袋烟的工夫就进门了。木生叔说我跑得快，让我先回来禀报一声。"他一边气喘吁吁地说，一边不停地用衣袖擦着额头上的汗水。

"真的？"厨房里走出一个身着紫色衣衫的少妇，肤色白中透红，淡淡的妆容，眉眼中都充满了笑意。"馨儿，听见有福哥的话吗？爹马上就回来了，咱们快去告诉你祖父祖母去……"说着她抱起地上正蹒跚学步的女儿，抬脚准备向东边走，同时还不忘扭身对站在身后的贴身丫鬟说："桃花，还愣着干什么，还不快让吴妈招呼伙房的丫头们布菜！"

"好嘞！"桃花欢快地答应了一声，白皙娇俏的脸上浮出一片红晕，转身进了厨房。

金啸天一行来到林家大院门口的时候，只见门口张灯结彩，一派喜气洋洋的欢乐气氛，连大门两边的一对石头狮子也披红挂绿，被打扮得煞是好看。林道成老爷满面红光地亲自带着林雨祥的娘舅叔伯们站在门廊上等候着，门外挤满了看热闹的人们。

"旅长大人，"当看到这队人马时，林道成双手一抱拳，赶紧从门廊上快步走下迎了上去，"久仰久仰，旅长大人大驾光临，寒舍蓬荜生辉呀！啊呀，快快请进！"

金啸天赶紧还礼："林老爷太客气了，这么多人一起前来叨扰，已是万分过意不去，真是有劳大家了……"说着话，人马已进到院子里。

到了堂屋，按主客次序纷纷落座。西厢房那边的士兵们已经开始喝酒猜拳，动静很大，金啸天不由自主地皱起了眉头。林雨祥赶紧站起来给金啸天斟了满满一杯酒，说："旅座，这连日来兄弟们千里奔袭，也甚为辛苦，如今到了小弟家中休整，就让他们好好放开大喝一顿吧！"金啸天微微颔首。

这一餐酒饭足足吃了两个多时辰，散席的时候已是晚上亥时。此时，西厢房那边已是鼾声如雷。

金啸天被安排在东边一间大大的房子里，里面还带有专供洗澡的小隔间，隔间里头除了有洗浴用具，还有陶制的便器。林雨祥带着两个家人给他送来了干净的换洗衣服和两大木桶热水，照顾他洗漱完毕，便离开了。

金啸天躺在柔软宽大的床上，却无论如何也无法入眠。他不太习惯睡过于柔软的床，加上酒喝得并没有太多，一直非常清醒。窗外后院里，有一两只猫的叫声如婴儿的呜咽声，扰得他心烦意乱。算了，不睡了，他索性披衣下床。发现屋子的北边还有一扇通往后院的小门，于是便推开那小门来到了后院。

来到后院他才发现，对着后院的靠东边的房屋全都有门有窗，对着后院靠西边的房子却都是有窗无门。夜空中，一轮明月当空悬挂，月光如流水一般，静静地洒在后院的花草树木上，空气中暗香流动，到处飘浮着花儿的芬芳，让人精神为之一振。金啸天信步走到东边的凉亭，倚着栏杆坐下，随手从身上摸出一支雪茄准备点着时，不由呆住了……

他住的房间隔壁，有一间亮着灯的屋子。一位白衣少女，十六七岁的样子，正坐在窗前的桌边读书，前面的刘海修剪得整齐得体，长长的乌发随意地披散着，一部分垂在胸前，另一部分应该在身后垂到腰际了吧。一张清丽的瓜子脸上，长长的睫毛微微上翘，与她那精巧的鼻子和小巧却异常饱满的嘴巴如此和谐，在浓郁的夜色勾勒下，在不太明亮的灯光的映衬中，显得如此美丽动人。她一边看书，一边时不时小口啜饮一下手边微微冒着热气的茶水。红红的嘴唇在热茶的不断润泽中，发出玛瑙般闪亮的光芒，引起了他无限的欲望和遐思。他忽然有一种冲动——闯进去，将她拥入怀中……

金啸天被自己的想法吓了一跳。

第二章

多舛童年

十八年前的那年冬天，金啸天刚刚满十七岁，便娶了自己的姨家表姐——比自己大五岁的周氏（冬菇）为妻。婚前，他好几次跪在母亲面前哭求，表示不想过早为家室所累，但母亲始终冷冷地一言不发。最后，母亲只说了一句让他终生难忘的话："这事由不得你，这是你的命啊！"

命？命是什么？什么是命？那时的他还不太明白。现在，母亲已经过世五年多了，坐在这静寂的夜色中，面对窗内那让人怦然心动的年轻女子，他似乎明白了许多。

他本应该有一个幸福的童年。他的父亲是位清末府衙内领兵的小官员，但具体是什么官职，他因当时年龄太小早已记不得了。母亲景玲是父亲最小的老婆，母亲仅育他一子。在他童年的记忆中，父亲对母亲和自己是极其疼爱的，每日归家的第一件事就是去母亲房中将自己抱在膝头，与母亲温柔地谈话。只可惜在他九岁那年冬天，一场大病让父亲撒手人寰。在不到一年的时间里，家产被大房及其他姨娘瓜分殆尽，而他与母亲，很快被金家扫地出门。

那是一个大雪纷飞的傍晚，母亲领着他在父亲的灵位前磕了三个头，便头也不回地离开了那个他生活了近十年的家。

深一脚浅一脚地，母亲带着他走了半宿，他感到又困又乏，饥寒交加。迷迷糊糊地，他被母亲带进了一间地上铺有干草的小屋，便倒地睡熟了。

　　醒来时天已大亮，他发现母亲不在身边，急忙从地上一骨碌爬起来开始打量四周：一间小小的土坯房，除了地上的干草和昨日自己与母亲随身携带的那个蓝花布包袱，别无他物。一阵巨大的恐惧让他不由惊慌失措起来："娘！娘……"

　　"娘在这里。"一声熟悉的回答让他的心平静下来。他推开房门，发现小屋的周围有好多坟墓，小屋的后面还有一间棚子，棚子里面有一个土灶和一些锅碗用品，而母亲正在里面生火做饭。可能是下雪柴湿的缘故，棚子内到处是烟，而母亲也被呛得不住地咳嗽。

　　"娘，咱们这是在哪里呀？"男孩儿瞪着一双惊恐的眼睛，站在雪地里问道。

　　"金家的祖先坟地，咳咳，还有你爹！"

　　"娘，咱们往后要住在这里吗？我怕！"

　　"咳咳，儿啊，不怕，你爹会保佑咱娘俩的！"

　　后来他慢慢年长一些，才渐渐明白其中的一些事情：母亲本是开封府人。那年黄河发大水，秀才外公无奈带着外婆和五个孩子离开家园四处逃难。一路上，外婆和她的三个孩子不幸染上瘟疫死掉了，贫病交加的外公在逃到鄂豫交界的齐周县时，也已是奄奄一息。于是，当年不满十六岁的母亲景玲和刚满十七岁的三姨景玫，在集市上头插稻草贱卖自己为父亲准备后事。恰在此时，父亲与他的一位同僚周兴一路过，见这对孤苦可怜、楚楚动人的女孩儿，便心生爱怜，一人领走一个。母亲景玲跟了父亲，姨母景玫嫁入距离齐周县三十多里路的付周县的周家做了周兴一的小妾。

　　父亲去世，金啸天母子被扫地出门后，娘俩在金家祖先坟地的守灵小屋里熬过了整整一个冬天，金啸天的十岁生日也是在那里度过的。当地有为新逝之人守灵三月的习俗，所以大户人家的祖坟地头会盖上一两间守灵小屋，打一口土井，垒一个土灶，备上些生活必需品，为守灵人提供基本的生活保障。为了安全，守灵小屋一般建得相对坚固和封闭。那个冬天，娘俩靠着母亲带出来的少得可怜的银子勉强活了下来。每当夜幕降临时，母亲就会在他们安歇的小屋周围点上三堆火，半夜母亲会起来添一次柴。就有那么一回，母亲睡得太熟没有添柴，火熄了，两只野狼来到门前不停地嚎叫并用力撞门。被惊醒后，瑟瑟发抖的母亲搂着同样瑟瑟发抖的他坐到抵门的石头后面拼命用力。天亮后，邻近的坟地大概有新的逝者入土，忽然响起了鞭炮声，才吓走了两只野狼。春天来临的时候，母子俩的粮食已所剩无几。所幸坟地四周遍地是野菜，日日的野菜稀粥，勉强能填饱肚子，只是母子俩的身子愈发弱不禁风。

　　天渐渐暖和起来了。一天，金啸天正在小屋门口开心地玩着泥巴，突然看见远远有一队人马往这边移动，前面的四人抬着两顶半新不旧的轿子，后面有两个人各骑一匹马。

　　"娘，有坏人来了，有坏人来了！"好久未见生人的男孩儿，惊慌失措地跑到屋后，扑进正在收拾柴草的母亲的怀抱："娘……娘，咱……赶快躲起来吧！"

　　"儿啊，不怕，没有坏人的，你爹会保佑咱娘俩平安的。咱这就到屋里头去，闩好门，该是过路的……"

　　不一会儿，就听那些人已经到了小屋跟前并停了下来。

　　"妹子，妹子，玲儿……"只听一个女子温婉而焦急地呼唤着。

　　"姐呀！"母亲哇的一声大哭起来。她用力搬开抵门的石头，一把拉开门，扑上去抱着那个女子，放声大哭。

　　"妹子不哭，妹子不哭，姐来接你啦……看，姐还给你们娘俩带来了好看的衣裳和胭脂水粉。咱们玲儿呀，打扮得漂漂亮亮跟姐回家。"女子一边安抚着自己的妹妹，一边从轿子里拿出衣物等为金啸天母子梳洗更衣。这是金啸天在父亲下葬之后，第一次看见母亲流泪。

第三章

接入周家

那天进周家大门时，天已经完全黑了，姨父周兴一看到景玲时微微一愣，打了声招呼就匆匆离开。他们娘俩被安排在后花园西边的两间偏房。屋内家具齐全，与守灵小屋比起来，已经算是天堂了。

不一会儿，姨母领着一个比金啸天略高一些的瘦弱小姑娘，各提着一个食盒过来了："妹子，今天咱先将就着吃点儿，明儿你们娘俩就可以自己开火了，想吃什么咱就做点什么。来，冬菇，见过你小姨和表弟啸天。"

小姑娘腼腆地盯着他们。金啸天看着这位表姐：稀薄的头发微微泛黄，紧紧贴在头皮上，编得很光溜的独辫子像一根细豇豆垂在脑后。瘦长的小脸上在灯光下依稀可见有几个斑点，鼻子扁平。只有一双眼睛长得好看一些，虽是单眼皮，却黑白分明。只见她麻利地将食盒里的食物在桌子上摆好，扭身与景玫说："娘，冬菇先回去了，你与小姨、表弟说说话……"说完轻轻地带上房门离开了。

"姐，这孩子几岁了？真是个懂事的姑娘，咋长得一点也不像你呢？"

姨娘轻轻叹了口气："她本不是我生，自然是不像我的，说来话长，咱们边吃饭边聊吧，孩子一定早就饿坏啦。来，啸天，这是你表姐专门给你留的鸡腿儿……"

原来，冬菇是周家的正房太太张氏所生，已经十五岁了。她是周兴一的四个孩子中的老大，也是唯一的女孩儿。在她两岁那年，生母张氏死于痨病。三房刘氏扶正后对她很嫌弃，嫌她长得丑陋，更怕冬菇也如生母张氏一样有个痨病根什么的传染上自己。张氏死了以后，冬菇只能由后园子里头扫地种菜的粗使丫头们带着。

　　"我进门的时候，她还不到五周岁，话还说不利索，家务活却干得有鼻子有眼的，她本是周家的大小姐呀，唉！没娘的孩子可怜呀……"景玫说着从怀里摸出一块帕子，轻轻地拭了拭眼角。顿了顿，又道："这孩子虽然长得不那么俊，却十分讨喜。她第一次正式与我见面时是八月十五，我那时进门一两个月光景吧，她开口竟叫我'娘'，总在我身边绕来绕去的。老爷便说我面善，说这娃儿和我有缘，就把她过继给了我，从那以后她就跟着我了。我呢，有空就教她识字做针线，日子一下子就填满了。这些年老爷也挺疼我的，经常来我这儿过夜，但我的肚子到现在都没见一点儿动静，十年了，竟没能为老爷生下一男半女，你说是不是因我收了她的事呢？去年妹夫去世后，我好几次央求老爷把你们娘俩接来，老爷只是不允。后来听说你们被赶出家门了，我日日在房中流泪。冬菇不知从哪儿得来的信儿，说你们娘俩住在金家的守灵小屋里。我急得整宿整宿地睡不着觉，上火上得都生了口疮。不料这一切小丫头竟都记在了心头。昨天老爷又来了，冬菇忽然到老爷面前跪下，说：'爹，女儿命苦，亲娘去得早，没人疼没人爱的，好不容易来个娘疼爱女儿，求爹答允娘，将小姨和表弟接过来吧，我不想让这个娘急死了，女儿再没了娘。'说完就趴在地上咚咚地给他爹磕头。冬菇的话大概让老爷想起了大太太，老爷当时眼圈就红了，竟答允了。我生怕再节外生枝，今天早早地就起身出发，赶紧将你们娘俩接过来。往后，我会让冬菇将吃的喝的给你们备齐了，缺什么可以跟她说，平日没事别到前面去，刘氏……"她忽地压低了声音，很警觉地四处瞧了瞧，"刘氏可不是什么好东西！"

　　以后的生活中，金啸天母子慢慢体会到了这句话的含义。

第四章

泼妇刘氏

平时的吃穿用度，都由冬菇带人送来。逢年过节，冬菇总是提两个大筐子过来，里面的食品肉类一应俱全。有时还会为他们娘俩带来缝制好的新衣或上好的布料。金啸天和她很亲，总"姐姐、姐姐"叫得欢。冬菇对这个弟弟也很喜欢，总为他带来好吃的糖果蜜饯等小零食。金家母子一月也出那么几次门，都是从后门出去，从不走正门。后花园西边，刘氏几乎从不涉足，但她的那对比金啸天大两岁的双胞胎儿子——大胜和小胜，却日日在那里玩耍。景玲只要一见这对活宝，就将金啸天关进屋里，生怕年纪相近的孩子发生冲突。但还是有一次，在娘俩住进周家一年多后，小胜说他的一只金项圈丢了，兄弟俩在寻找无果的情况下，便叫来了他们的母亲，并声称他们看见金啸天鬼鬼祟祟假装去小解，断言一定是金啸天偷了那个金项圈。

胖胖的刘氏带着两个很强悍的小丫鬟气势汹汹地来到花园西边的那两间偏房门口，一脚踹开了虚掩着的房门，将金啸天娘俩吓了一跳。

"大……大姐。"正坐在窗前做针线的景玲缓过神来，忙站起身打招呼。

"拿来！"刘氏伸出右手，咬牙切齿地吼道。

"什么？"景玲一脸迷惘。

"哼，装得还挺像，你是戏子吧？你儿子偷了我家小胜的金项圈。不管你藏到哪儿了，趁早拿出来，免得让我搜出来大伙儿脸上都挂不住！"刘氏仍伸着右手，左手叉腰，恶狠狠的。

"我没偷，你才是小偷呢！"十一岁的男孩一听刘氏的话，一下子跳了起来，小脸涨得通红，右手的食指指着刘氏的鼻子，因为气愤，手还微微发抖。

"哟，偷了东西嘴还挺硬哈，还敢指老娘的鼻子。小兔崽子想找死吗？"刘氏啪的一下对着金啸天的手打了下去，"小红、小莲，给我搜！"

"呀，呀，大姐，别……"景玲有些不知所措。

咚的一声，金啸天一头向刘氏的肚子撞去，毫无防备的刘氏一下子被撞得屁股先着地，四脚朝天摔倒在地上。

只听刘氏嗷一声，一张胖脸涨得通红，随后就开始哇哇大哭，边哭边扯着嗓门大叫："杀人啦，杀人啦！"面对突然的变故，两个丫鬟和那对兄弟都愣了，急忙俯身去扶刘氏。

"老娘不起，老娘不起……今天这两个野种要是不给老娘我滚蛋，老娘我就死给那老东西看……"刘氏边哭边不停地在地上打滚。

"三娘这是在干什么，唱大戏吗？"不知何时，冬菇已站在一旁。尽管刘氏已经被扶正这么多年，冬菇却还是一直沿用自己牙牙学语时对她的称呼，对刘氏的不满全不理睬。"今天我爹正好在家，小红，去请我爹和我娘来！"

小红踟蹰了一下，看了一眼自己的主人，刘氏已经从地上坐了起来，边用手拍着腿边叫："你爹来了更好，今天那老东西要是不给老娘做主，我就死给他看……哇哇，不活啦！"

不一会儿，一个四十多岁的中年男子黑着脸走了过来，后面还跟着金啸天的姨母。金啸天直勾勾地看着姨父——高大魁梧，面容清俊，表情中有种说一不二的冷峻，只是一脸怒气。

"刘氏，你好歹也是个正房太太，"问明情况后，周兴一不高兴地说，"动不动就大呼小叫，还倒在地上不起来，像什么话！"四太太景玫赶紧去扶刘氏。这一次，刘氏倒识趣地站起来，哭哭啼啼道："老爷呀，'家贼难防，偷断屋梁'呀！今天丢一个金项圈，明天少一个银锁头，这日子还怎么过啊！我还不是为了这个家么！"

"说得好听。"冬菇一脸鄙夷的神情，转向周兴一说："爹，这事女儿清楚得很，爹要知道吗？"

"冬菇知道什么，尽管与爹说好啦。"周兴一看着女儿，眉眼里满是慈祥与爱意。对于唯一的女儿，周兴一一向十分疼爱。

"前日我来给小姨表弟送衣料，正见大胜小胜在荷花池边挖土，将一个用荷叶包着的东西往土里头埋。说什么'咱照着娘的吩咐去办，一准能让姓金的野种滚蛋'，据女儿所知，他们往土里头埋的就是那个金项圈……"

周兴一的眼睛转向那两个孪生兄弟。

"爹，这不……不干我们的事，是娘让我们那样做的……"大胜小胜一见父亲的目光向他们扫过来，立即吓得屁滚尿流。

"你们娘让你们哪样做？"周兴一看了看脸一阵青一阵白的刘氏，又看向两个儿子。

孪生兄弟朝自己的母亲看过去，正瞅见刘氏拼命地向他们使眼色，这使得兄弟两人颇为踌躇。大胜低下了头，让自己的眼睛避开了父母的视线，嗫嚅道："娘说……娘说……"

"刘氏，你不用再对大胜小胜使眼色。大胜小胜你们也不用怕，不说实话爹才要责罚呢。大胜先说！"周兴一命令道。

"老……老爷，"刘氏蹭到周兴一身后，扯了扯周兴一的衣角，低声下气地哀求，"这儿这么多人，咱们回房去再问吧。"

"就在这儿给我说清楚，这儿人再多，也没有一个外人。景玲母子是我金兄弟的妻儿，又是四太太的胞妹，都不是外人。大胜快说！"周兴一语气严厉。

"娘说……娘说那两个金家的野种在咱周家白吃白住，姓金的小狗崽子比我们俩还小，啥时是个头儿，须想法赶他们滚蛋才是。娘叫我们把小胜的金项圈埋藏在荷花池子那边……"大胜道。

"娘说让我们谎称金项圈让姓金的小狗崽子偷了，先进他们房内搜，自然是没有的，然后再假装在后花园找，发现有新挖的土就掘，找到我的金项圈后就说是姓金的小狗崽子偷了埋藏的，到时候四姨娘自然羞愧难当，无话可说啦。还说没准爹一生气，连四姨娘一块赶走……"小胜可能是害怕不开口父亲会责罚自己，急忙补充道。

在场的人，除了刘氏母子，不由得都倒吸一口凉气。

周兴一的脸由黑转白，又由白转为铁青。不由分说，对准刘氏的胖脸挥手就是狠狠一记响亮的耳光："你这个歹毒的女人，也忒阴险了，哪配做正房太太……"边说边气得呼呼喘气，"要不是看在大胜小胜分上，我……我休了你！"

刘氏捂着被打肿的右脸，又嗷地大叫一声，扑在周兴一脚下边哭边说："老爷，我……我也是为了这个家呀！"

"为了这个家？！刘氏你说得好像你多贤惠，那我问你，想把四太太赶走也是为了这个家？冬菇两岁时亲娘死了，你对她不管不问，将她丢给粗使丫头抚养也是为了这个家？"顿了顿，周兴一又说："冬菇娘死了之后，因为你为周家生了一对男孩儿，我才将你扶正，但现在我越来越感到这事做得不对，你哪儿有一点正房太太的样子？今天这件事让我下决心了，从今儿起，四太太为正房太太，刘氏你还是老老实实挪回西厢房做你的三太太。如果再敢兴风作浪，看我不休了你！"

刘氏哇的一声，掩面而去。

见刘氏走远，周兴一又对两个孪生兄弟说："这几日你们须日夜陪伴你娘，防她想不开。"又对两个丫鬟说："小红、小莲，这两日你俩紧着给三太太收拾收拾，好让她快些挪回西厢房，四太太才好早点搬到正房住。四太太，不，大太太现在住的东厢房子让与她妹子与外甥住。还有，三太太挪回西厢房后，留下小莲侍奉她就足够了，小红侍奉景玲母子……"

　　突然的变故让所有人都愣住了。景玲呆住了，随即赶紧说："多谢姐夫了，我们母子能蒙姐夫收留已经万分感激了，在后花园的房子里头住很好，挺自在的。我们也不用让人侍奉……"周兴一看着她，目光灼灼。景玲赶紧低下头，红着脸避开了他的目光。

　　"妹子听话，你姐夫让你搬你就搬吧，东厢的房子不比后花园的偏房里住着好吗？"景玫生怕周兴一生气，赶紧上前劝道。

　　景玲只是摇头。

　　周兴一盯着她默默地看了一会儿，无奈地轻轻叹了口气："那好吧，由你自己吧，"顿了顿又道，"我只不过想让你们姐俩离得近些，以免大太太牵肠挂肚过于劳累。你要是不愿意就由你吧！"说完快步离开。余下的人都各自离去。

　　这件事后，刘氏和她的两个儿子消停许多，他们也绝少再来后花园了。倒是周兴一，三天两头地往景玲母子的住处跑，有时与景玫同来，有时与冬菇同来，多数时候是自己一个人来小坐片刻，对金啸天母子嘘寒问暖，关怀备至。只是每次他走后，金啸天都会发现母亲的脸红红的，时而流泪，时而欣喜，时而忧虑，时而又呆呆地出神半天。

离中秋节十天左右的一个下午，姨母景玫带着丫鬟小红来了。只见小红端着一个托盘，托盘上还盖着块红色丝绒方布。一进门，景玫就揭开红布，将一个漂亮的金项圈从托盘里拿出，套在金啸天的脖子上。

"姐这是干什么？"看见姐姐进来，正在做针线活的景玲放下手中的活计，站起来迎了上去。

景玫笑盈盈地拽过妹妹的手，又从托盘里拿出一对闪闪发光的金手镯，不由分说戴在了金啸天母亲的双腕上。

"姐这是干什么，我们怎能要姐这么贵重的东西？"景玲连忙摆手，将金手镯往下撸。

"别撸了，姐哪里有本事能送你金物件呀，"景玫仍笑盈盈的，将妹妹拉到床沿并排坐下，"妹子呀，几个月来，想来你姐夫的心思你也该知晓了，他想收你做四太太。这些是他托人给你们娘俩专门打造的，现在他不是让我来提亲了吗？瞧，这儿还有一枚戒指和一对耳环。妹子可比姐进门时阔气多了。"

"这……这……"，景玲一惊，脸一下红了，忙说："姐，这事妹子不能够答应。"

"什么？"景玫笑盈盈的面容僵住了，随即便收敛了笑意，"妹子，姐知道你一向要强，主意大，但你才二十多岁，这样下去不是个长久之计。承蒙老爷垂青，姐喝干醋也毫无办法。你嫁了他，咱们姐妹日后的生活不就都有着落了吗？"

左劝右劝，一个时辰过去了，天色都暗了下来，景玲却说什么都不答应。最后景玫哭了："妹子，我来的时候向老爷保证过，说你一定会欢欢喜喜应允的，他正眼巴巴地等着呢。连自己的妹子都劝不了，姐好无能，回去我可怎么向老爷交代呀！"

看着疼爱自己的姐姐流泪，景玲非常难过："姐，老爷很好，我不是不想，只是感到对不起姐。再说，啸天爹和老爷是朋友，'朋友妻，不可欺'。我真是害怕这样传出去对姐夫不好……我……我不能够答应。姐要是不好跟姐夫说，妹子明天自己与他说去。"

"娘，我饿了。"见母亲与姨母谈话，金啸天早觉得无趣，已跑出去疯玩半天了。这会儿肚子咕噜咕噜叫，约莫娘的饭也该做好，就急急地回来了。"姨，姨母怎么哭了？呀，锅是凉的。娘，大胜小胜娘又要赶我们走吗？我不要回坟地住……"

孩子的话让景玲禁不住泪流满面。

"放心，啸天，有我在谁也不敢让你们娘俩走，"不知何时，周兴一已经站到了门口，高大的身影几乎将整个门给挡上，"小红，你领啸天少爷去前厅与少爷小姐一起用饭。景玫，你也去吧。我不唤，谁也不许来。"

看他们走远，周兴一一步迈进景玲母子的房门，回手将门闩上。

"姐……姐夫。"景玲见门被闩上，周兴一正一步一步向自己走来，红着脸急忙想站起来。

"爷这么多年什么样的女人没见过，怎么就放不下你呢？"没等景玲从床边站起，周兴一已经一把抱住她，一双清俊深情的眼睛盯着她的脸，只见她粉面桃腮，泪眼盈盈，在暮色中如此让人心动。他不由心中一荡，俯身将自己的双唇压在她精巧美丽的双唇上。

他身上散发的成年男子的气息是她既陌生又熟悉、既渴望又害怕的，在他的宽广的怀抱里，她忽然感到了久违的踏实和安全。

景玲泪眼婆娑的样子让周兴一很心疼，他用帕子为她拭泪，安慰道："好玲儿不哭，我知道我不该对你有非分之想。你那日进我们周家时打扮得那么美，从那日起，我……我就天天惦记着你。我一再告诫自己，你是朋友之妻，所以头一年多我从来不来后花园，连过年过节都不让你们母子与我们一桌吃饭，我不能见你啊！上次经刘氏那么一闹腾，我又看到你，更放不下你了。我是有好几房太太，已故的大太太张氏是小时定亲的，入了洞房才见着模样。二太太容氏是个青楼女子。那时我年轻荒唐，见她美貌便包下她三个月，哪知她两个月后便有了身孕，我无奈只好将她收为二太太，生下大儿子观海。容氏怀他时担惊受怕的，后来进了周家也没人给她好脸色，她心情一直不畅快，因此这孩子生下来便体质差。三太太是大太太张氏为我安排的，只因她身强体壮，张氏说她定能为周家生出一两个像样的男丁我才娶了她。你姐姐怎么进门的事我就不用说了，你比我还清楚是不是？只有你，是我一心一意想要的。那日我让你搬到东厢房住你却不肯，其实是我自己想天天见到你，那时我就知道我这辈子放不下你了。昨日你与太太的谈话我早站在房外全听见了。玲儿，周兴一我好歹也是名大营中的参将，不是什么无耻之徒。我可以为你做任何事，只要我能办到的……"

景玲听完周兴一的一席话，心中又是激动，又是难过，又是委屈，真是百感交集，不由转过身子扑在他怀里不停地抽泣。

"好啦，好啦，玲儿，不哭啦，我这就让大太太择个吉日，将你娶进家门。"周兴一搂着景玲，一边拍着她的背，一边温柔地劝慰。神情与平日的冷峻几乎判若两人。

"老爷，我……我不想住在这院子里，我怕二太太、三太太耻笑。老爷能不能为我们娘俩另觅一所小房子？"景玲从周兴一怀里抬起头，用哀求的目光看着他，"哪怕是很小的两间房屋也好，我怕有朝一日又被赶出去无家可归……"

周兴一心中又是一痛，金啸天的话又在他耳边回响："娘，大胜小胜娘又要赶我们走吗？我不要回坟地住……"是啊，自己大她二十多岁，大太太景玫又无子嗣，如果自己有个三长两短，这娘俩又能到哪里去栖身？

"我答应你，"周兴一又用帕子为她拭泪，"我会为你们另觅一所住处，另外，我还会将两亩土地过到啸天的名下，我周兴一决不会让自己的女人担惊受怕的！"

三日以后，景玲被正式娶进周家做四太太。中秋节过后，周兴一以金啸天的名义，在周家宅院的南边一里地远近，买了一所四间正房，东西各两间偏房的院落。景玲母子略加收拾，便搬了过去。一同过去的，还有丫鬓小红。

　　与以前一样，这个院子的一切吃穿用品，仍由冬菇带人送来。逢年过节时，景玲母子便会回到周家，与周家人一起过节。周兴一几乎经常来，有时吃顿饭或说会儿话便走，有时住下，对他们母子十分厚爱。金啸天还被送进了付周县的学堂读书识字。空闲时间，周兴一便会带着他与周家的少爷观海、大胜、小胜一起学习骑马打枪，秋天时到附近的山里猎些山鸡兔子什么的。

　　日子如白驹过隙，两年的时间很快过去，金啸天马上十四岁了。他个头蹿得很快，已经长成了一个英俊挺拔的小小男子汉了。

一第六章一

冬菇怎么办

夏末秋初的一天，天已经黑了，金啸天与母亲吃完晚饭，正在院中的葡萄架下乘凉。姨母景玫在贴身丫鬟小英的陪伴下忽然到访。景玫一向不来这个院子，如果有事，一般都让丫鬟来请景玲过去，因此她的到来让母子两个颇感意外。

"姐，这么晚了，你怎么来了？"景玲急忙站起来，迎了上去，却发现姐姐神色凝重，眼睛里还有隐约的泪痕，不由得吃了一惊。

"妹子，你与我进屋，我与你有话说。"景玫拉着妹子的手，往屋内走去，边走边说："小英、小红，你们在院子里陪着啸天少爷。"

一进屋，景玫转身将门关好，眼泪便跟着流了出来。

"姐，到底出了什么事，你怎么哭了？"景玲拉着姐姐在桌子旁坐下，倒了杯茶递了过去。

景玫喝了一口茶，又从怀里摸出一块帕子擦了擦眼泪，让自己平静了一下，才慢慢地开口："冬菇……冬菇的夫婿赵二少爷死了。"

"啊！"景玲吃惊地叫了一声。冬菇的夫婿赵二少爷她是知道的，这是冬菇打小定的娃娃亲，长冬菇一岁，三年前去了周兴一的军中当差，已订下今年秋后娶冬菇进门。年纪轻轻，怎么会？

"你说姐的命咋就这么苦哟，这么多年也没有为周家生下一男半女的。冬菇虽不是我亲生，但我对她一向视如己出，抚养了这些年，她对我也颇为孝顺。订的女婿家境也尚好，有田有地的。原指望老了能有个依靠，可谁知……"景玫说着又开始不停地抹眼泪。

"怎么死的？"景玲禁不住问了一句。

"还不是那帮天杀的土匪干的，"景玲边哭边说，"两日前，一帮子天杀的土匪去抢大营运军饷的大车，赵二少爷正好带着三十多个兵丁押送。军饷是保住了，他却成了血葫芦，拉回来没一会儿就没气了。天杀的土匪！"

"冬菇……冬菇她知道吗？"

"知道了，"景玫抽抽搭搭地说，"她已经躺在床上不吃不喝快两天了。刘氏那泼妇还幸灾乐祸呢，说冬菇命硬，克死了自己的娘亲，现在又克死了自己的男人，说冬菇现在年纪都这么大了，长得又丑陋，看来一辈子都嫁不掉了。这是人话吗！孩子本来就伤心，让那泼妇这么一气，还活得过去吗！我心中气苦，不知道该怎么办，只有找妹子说说……心中方好受些。"

"这个时候，刘氏竟敢说这种话，她不怕老爷责罚吗？"景玲问。

"傻妹子，她当然是偷着说的，难道她还敢当着老爷的面说吗？"景玫轻轻地叹了口气，"但院子就那么大，冬菇从小与院里的仆人们一起长大，刘氏的话转眼便传到了她的耳朵里。这不是要了孩子的命吗！"说着说着又哭了起来。

"老爷怎么样了？"景玲已经好几天没见过周兴一了。

"他能怎么样，还不是忙着处理官兵们的后事。"景玫神情凄婉，"这次一共死了七个。最惨的要数那个叫钱顺利的兵了，家里头穷得叮当响，吃了上顿没下顿的，上个月才托人找的老爷进大营当兵，还没领到一钱饷银呢，就死了。老婆好像还不到二十呢，挺着个大肚子，再过两个月就要生了，听说还有一个瞎娘。以后的日子可怎么过呀！"过了一会儿又道，"老爷这几天也够烦恼的了，将自家未过门的女婿都赔上了。刘氏的话若是给他听见了，还得了吗？还是不要让他知道的好。只是，只是……冬菇以后该怎么办呢？"

景玲与姐姐默默无语。过了好一会儿，景玫又道："这次还算不幸中的大幸，要是银子让那帮天杀的土匪夺去了，老爷说他的脑袋估计也得搬家，只是，可怜了冬菇。啸天……啸天比冬菇小几岁来着？"

"五岁。"景玲一下子明白了姐姐的意思，脸瞬间变得苍白。

"妹子，你别害怕，"景玫看出了妹妹的情绪，"冬菇是个不错的孩子，只是比啸天大了几岁，要是啸天能娶了她，以后咱们姐妹在周家就谁也不用怕了……"

"这是姐的主意，还是老爷的意思？"景玲问。

"姐……姐一个妇道人家，哪里有什么主意！"景玫吞吞吐吐道。

"姐，我知道了，我同意了！"景玲点了点头，干脆地说："啸天还有三年就满十七周岁了，到那时候我就让两个孩子成亲。"

"那就再好不过了。"景玫如释重负，长长地呼了口气，同时脸上露出了笑容："老爷说了，如果啸天能娶冬菇为妻，周家便与金家亲上加亲，到时候便把二十亩地过到啸天的名下，作为冬菇的陪嫁。"

景玲无奈地笑了笑，心想上次周兴一承诺的二亩地到现在也未兑现，这事恐怕姐姐都不知道，便不再说什么。

日子一天天过去，再过个把月，金啸天就要过十七岁生日了。日日读书识字、骑马打猎，年少的金啸天已经长成如一株挺拔的白杨树，英俊潇洒，气宇轩昂。自从景玲答应金啸天与冬菇的婚事之后，冬菇已经绝少再来这个院子了，偶然他们碰面，冬菇总会羞得满面通红，赶紧跑开。而关于他们的婚约，景玲认为儿子尚小，从未向他提及半句。

在接连下了三天阴冷的小雨之后，第四天的傍晚时分，天空中纷纷扬扬飘起了雪花。景玲母子围坐在堂屋中央那燃得红红的炭火盆旁，丫鬟小红在西边厢房的厨房里忙着生火做饭。猛然，一阵急促的叩门声从外面传来：

"四奶奶，四奶奶，快开门呀！"

景玲听出是景玫的贴身丫鬟小英带着哭腔的声音，便示意儿子去开门，一边纳闷儿一向斯斯文文的姑娘为何这般惊慌失措。

小英见门开了，几乎是冲进门来的，扑到了景玲的脚边，泪流满面地说："四奶奶，快……快回去，大奶奶不行了，老爷和小姐不在家……"

"啊！"景玲惊得一下子跳了起来，来不及细问，便说："小红，将火灭了。啸天，快走。小红也去。"几个人将院门上了锁，便匆匆忙忙地向周家赶去。

赶到周家大门口时，雪已将地面、房顶盖上了薄薄的一层。周家的大门紧闭，叫了半天，却没有人应答。金啸天沿着大门左边的那棵无花果树嗖嗖地攀上院墙，又寻了一棵院内距离院墙较近的泡桐树溜到了地上，这才从院内将院门打开。

他们冲到景玫的住处时，发现大胜、小胜及他们的媳妇们都守在正房门口，刘氏、容氏及几个仆人挤在景玫的卧房门外。容氏惊愕了一下，便主动张罗着让开了一条道，让他们进去了。

刘氏见了他们，眼睛瞪得老大，一脸的意外。当他们想进入景玫的卧房时，刘氏双手叉腰，愈加发福的身体站在卧房门中央："不能进去，大太太本来就身体欠妥，现在正休息，你们会吵着她的……"

好不容易才进来的金啸天此时已急红了眼，双手一揪，便将刘氏丢到了一边，顺手将母亲和两个丫鬟推进了景玫的卧房，自己也跟了进去，同时反手将门给闩上了，全然不理会刘氏在外面哭爹喊娘，拍门跳脚。

床上，景玫头以下全用两床被子盖得紧紧的，双目紧闭，脸色如一张白纸。"姐，姐……"景玲扑到床前叫了半天，景玫都没有任何反应。"姐，姐你说话呀，你倒是说话呀！""姨母，姨母！""大奶奶，大奶奶……"任他们千呼万唤，景玫始终一动不动，静静地卧在床上。

景玲用颤抖的双手去试了下姐姐的鼻息，才发现姐姐竟无一丝一毫的气息，并且脸都是冰冷的。揭开被子，却发现姐姐仅穿了一身淡黄色的贴身内衣，下身裤子已全被血液浸透。床上、被子上到处血迹斑斑，让人看了禁不住浑身发抖。

"姐啊……"景玲一屁股坐在地上，放声大哭。

金啸天流着眼泪默默地看着哭泣的母亲，过了许久才小心翼翼地问："姨母这是得了什么病？"金啸天一边转向小英轻声询问着，一边用身体挡住门，阻止母亲准备去开门的动作。

"大奶奶一直都好好的，就是上个月没有来红。"小英边小声啜泣，边低头回答："这样大概有二十天了。前日吃过东西就开始吐，把胆汁都给吐出来了，这两天也是吃什么吐什么，二奶奶、三奶奶都说大奶奶怕是有喜了……"小英停了一下，又接着说："今儿一早，老爷说他不去大营，要带小姐去挑地当嫁妆，让大奶奶同去，可大奶奶吃过早饭又吐了……"

"你是说大奶奶早晨还好好的？"金啸天问。

"不是，大奶奶到晌午都好好的，"小英接着说，"只是早晨吐得厉害。老爷就让大奶奶在家歇着，说晚上回来的时候顺便请个大夫来给瞧瞧。吃晌午饭时大奶奶说没胃口，没吃就睡了。休息了一个多时辰醒了，大奶奶说肚子有些饿了，差奴婢去让伙房的丫头们给弄了一碗糖水荷包蛋送来，大太太吃了一半……就放下饭碗捂着肚子叫疼。我见她脸色不对，豆大的汗珠不停地往下滴，就赶紧去叫二太太、三太太。二太太已经让大少爷去请大夫了，不知为何到现在还没请来。奴婢左等右等急得要命。大奶奶说要见四奶奶，奴婢一百个不放心离开，但大奶奶一再催促，奴婢就拼了命地跑……还是晚了……呜呜……还是晚了……"

"姐呀，你好可怜呀，你死得好冤啊！"景玲再也无法把持，放声大哭。

"景玲你们快开门，咱得把话说清楚。小英你这小贱蹄子在里头瞎嚼什么舌根！"门外刘氏将卧房的门拍得啪啪作响，"老爷不在家，这人命关天的大事你可不能乱嚼舌根。什么冤不冤的，她自己好端端死了，与别人有什么相干。你们快开门，咱得把话说清楚……"

"对呀，对呀，四姨娘这样说是什么意思，出来把话说清楚！"大胜、小胜及他们的媳妇们也七嘴八舌叫嚷着。

景玲由悲转怒，起身欲开门与外面的人理论。金啸天一把拉住母亲，含着泪轻声说："娘与他们说不明白的，又何必急于一时，姨母已经不在了，娘更应该保重自己才是……"景玲怔了一怔，随即又放声大哭起来。

"大夫来了，大夫来了！"金啸天忽然听见周观海的声音。

"观海，让你请个大夫，你怎么这么半天才请来？"一片嘈杂声中，可以听出那是容氏的声音。

"我……大夫被人请去了，我……我等了半天。娘，什么也别说了，快让大夫进去给大奶奶瞧病吧。"周观海道。

"还看什么病，"就听容氏略带哭腔的声音，"大太太已经落气了。你真是废物，这位大夫不在，你就不能走远点另请一个吗？这可怎么好啊！"

"二太太你哭什么？"刘氏气势汹汹地厉声喝道："景玲你们快开门，大夫来得正好，让他好好验尸，看看你那短命的姐到底怎么死的！"

"太太，我只看病，不会验尸。验尸是件作的事。"那大夫一见这阵势，哪里还敢停留，急忙转身快速离开。

刘氏依旧将卧房的门拍得啪啪作响："你们还不快开门，难道还要在里头窝上一辈子？"

景玲看了一眼儿子。金啸天朝她摇了摇头，小声说："娘，咱们不可以开门，一定得等待冬菇姐他们回来，保护好姨母的原状才是最重要的。天已经黑了，他们也快回来了。"

景玲明白了儿子的意思：是啊，刘氏阴狠歹毒，无知大胆，什么事情都做得出来，外面除了容氏母子和下人，其余均是她的儿孙。容氏生下周观海一年多后，冬菇的娘就死了，那时刘氏也早已进门。正房的位置不能老是空着，所以刘氏生了一对双胞胎男孩后即被扶正。青楼出生的容氏多年来一向被刘氏欺凌，在刘氏面前哪敢多说半句？下人们常被刘氏欺压，稍有不慎便遭到辱骂责罚，更是没有一个敢吱声的。姐姐生性软弱，其实这个大太太也是有名无实，所以身边仅仅一个丫鬟小英侍候，以至于离世的时候边上竟无一个贴心之人。想着想着，景玲伤心欲绝。

刘氏仍在外面叫嚣，骂骂咧咧的。景玲悲愤交加，怒火中烧，终于忍无可忍爆发了："刘氏你叫什么？你别忘记了自己的身份，你与我一样，也仅仅是个周家的小老婆而已，只不过比我老了许多，肥了许多，丑陋难看得让人恶心了许多！你是大太太吗？我凭什么要听你的？现在大太太是让你害死了，但我姐就算死了也是大太太，你呢，到死也当不了大太太！"

这几句话说得干脆利落，出人意料，让平时受刘氏欺凌的人感到无比痛快。景玲自从被接入周家，一向文弱且沉默寡言，甚至有些胆小怕事，如此尖酸刻薄的话语竟然出自她的口中，大家都多少有些意外。

刘氏更没有想到景玲会反击她，并当着下人和儿子媳妇的面将她说得如此不堪，不由气得满脸通红，不停发抖，显然景玲的话戳到了她的痛处。

"谁害死她了？她自己短命！你这狐狸精不要脸，勾引自己姐夫！"

"刘氏，谁是狐狸精？谁不要脸？你们这么多人围在这儿做什么？天都黑了，小英呢？房里怎么不掌灯？"周兴一这时与女儿刚刚回来，还带着一名郎中，正准备一同去景玫房中，正巧听见了刘氏骂人的话。

"我……"刘氏吓得不再说话。

"老爷！"景玲一听周兴一的声音，打开门扑到周兴一怀中，抱着他大哭起来，"老爷，老爷，老爷要为姐姐做主呀，她死得好惨啊！"

"什么？"周兴一简直不敢相信自己的耳朵，"玲儿你……你说什么？"

"姐姐死了，老爷，大太太她死了！"景玲从周兴一怀中抬起头，目光呆滞地喃喃道。

"娘，娘啊！"冬菇一听，发疯似的推开挡在自己前面的人，扑到了景玫的床前撕心裂肺地大哭了起来。

周兴一也一把推开了景玲，冲进了景玫的卧房。

其他人也想跟着进去，金啸天只是红着眼睛挡着房门，一言不发。

过了好大一会儿，只听周兴一道："大夫，病人尚有一丝气息，请进屋救人。别的不相干的人各自回去，别在这儿打扰大太太休息。玲儿、啸天，你们进来时顺手将门闩上。"

房里，小英已经点燃两盏香油灯，大家都怔怔地看着周兴一。大夫也不明其意，因为床上的景玲身体已无一丝温暖，早已经逝去多时，这是谁都能看得出来的。

"大夫，"周兴一眼眶微红，哽咽着说："我早上出门时，内人……还好好的，烦大夫为我查一查内人的死因。"

郎中揭开被子看到了斑斑血迹，道："大人，太太在逝前已有身孕？"

周兴一摇了摇头，轻声说："我也不能够确定。内人上个月的确没有来红，前两日总是饭后呕吐。我之所以请大夫前来，就是想给她瞧瞧是否真的有了身孕，不料……"说着说着，不禁垂泪。

大夫叹了口气，"太太已经逝去多时，号脉等办法全然无用，我瞧这症状像是体内大出血。须让女子检查一下太太裆内有无坠下的胎儿和胎盘。"于是，金啸天与大夫一同回避，周兴一与另外三个女子一同查看景玲的下身，在已经凝固的一汪血液中果真发现两个仅小枣核大小的胎儿和没有全部脱落的胎盘。见此情景，在场所有的人泪流满面，景玲更是泣不成声。

大夫进来后，默默地看了好久，脸上显出极度的惊骇，还有恐惧的表情，一言不发。

"大夫，"周兴一看出大夫的情绪，"请告知周某详情，周某定会重谢。"

那大夫看了看左右在场的人，表情有些犹豫。

"啸天，你与小红、小英去伙房先吃饭去，半个时辰后回来为大太太守灵。"周兴一明白了大夫的意思，支走了金啸天与两个丫鬟。

"大夫请讲。"周兴一道。

"太太……这应是喝了大量的堕胎药大出血而致，并且，太太怀的还是……双生儿。"大夫吞吞吐吐地说。

"堕胎药？！双生儿？！"景玲与周兴一均惊诧之极，冬菇也瞪大了那双红肿的眼睛。

大夫点了点头，接着说："我从医数年，每月均能碰上几个尚未出阁的女子或是青楼女子来求我堕胎。据我的判断，这次太太喝下的堕胎药剂量非常大。太太生育了几个子女了，为何要堕胎？"

"姐姐哪里是要堕胎，"景玲禁不住又大哭起来，"姐姐做梦都想为周家生下个一男半女的，怎么会去伤害自己的孩子？这定是有人故意下毒，小英刚刚说姐姐一碗糖水荷包蛋刚吃了一半，肚子便疼痛难忍，定是那碗糖水荷包蛋让人下了堕胎药……呜呜！"

"那太太吃剩下的另一半呢？"大夫问。

景玲环顾四周，并未发现有碗。从前到后回想了一下，因为悲痛，她竟忘记那碗糖水荷包蛋的事了。进了门，金啸天便将门闩上，除了她与三个被支出去吃饭的人及眼前的几个人，并没有其他人进来过。"一定是我们来之前刘氏将姐姐的碗收走了。"景玲恨恨地说，同时将她这半天所经历的事情一五一十地告诉了周兴一父女。

"娘呀，娘呀，冬菇对不起你呀！"冬菇跪在景玫的床前，边哭边说：

"如果不是女儿去挑什么地，娘怎会被歹人害了。娘身子不爽利，女儿本应守在娘身边才是，女儿不孝呀！"

周兴一从身上摸出一锭银子，足足有五六两的样子，递给那大夫道："大夫今日得见到我周家突变，俗话说'家丑不外扬'，望先生出了周家院子后三缄其口，周某将不胜感激，否则对先生并无好处……先生可以去了。"

"我自明白，我自明白！多谢大官人！"那大夫接过银子，赶紧背上自己的药箱，急急地走了。

"冬菇，好女儿，别哭了，"周兴一俯身扶起女儿，"你娘已经落气多时了，怎么哭她也活不过来了，所幸我的好女儿已经长大成人了，可别哭坏了身子，去为你娘准备后事，让仆役们去定制上好的棺材和装老衣物，赶快将灵堂设起，好让你娘尽早入土为安。"冬菇听话，抹抹眼泪走了。

"老爷，"景玲扑通一声跪在了周兴一面前，哽咽着说，"老爷，我姐到底是谁下手害死的尚未弄明白，怎么能入土为安？即便入土了，她又怎能'安'啊！老爷，老爷呀！求老爷为大太太申冤！"

"玲儿快起，"周兴一见景玲双眼红肿，憔悴不堪，忍不住一阵心疼。上前一把将她抱起放在身旁的太师椅上坐好，"玲儿放心，我定会将这件事查个水落石出的，若真是刘氏那恶妇所为，我周兴一定不饶她。再说大太太怀的是我周兴一的骨血，不管是谁下的手，都决不容情！"说话时，周兴一神情悲愤，咬牙切齿。过了一会儿，周兴一又道："玲儿，景玫是冬菇的养母，现在景玫惨死，须在三个月内趁着热孝期间将冬菇与啸天的婚事办了，不然冬菇就要为她娘守孝三年不可嫁人，这是咱这一带老祖宗立下的规矩。再等三年，冬菇她只怕是太大的姑娘了……"

姐姐横死家中，这个时候周兴一居然向自己提这个，景玲心中一阵悲凉。但她也知周兴一说的是实情，齐周县、付周县及周围的五六个县均是这个传统。便流泪说："啸天再过一个多月便年满十七岁，妾身想那时姐姐的后事一定早已办妥，一切也定早已让老爷查个明明白白，到时他们两个孩子成亲，我姐姐泉下有知，也一定会欣慰的。"

景玲的这几句话说得再明白不过了。若姐姐的冤屈不能昭雪，孩子的婚事是不会办的。不愧为秀才的女儿，周兴一暗暗想。

"玲儿你放心，"周兴一拍拍她的背，温言安慰道，"我一定会查个水落石出。你姐姐也是我的妻子，我这心里……不比你好受。但现在再伤心也没用了，玲儿你还要保重自己，你姐姐已经去了，如你再有个三长两短，我周兴一的人生还有何意义可言？待会儿等孩子们回来了，让他们守着，你与我去厅内吃些饭去。"

"可是老爷，我……我哪儿吃得下呀！"景玲抽泣着。

"必须去吃一点，"周兴一爱怜地注视着景玲道，"还有好多的事需要办，不吃不喝哪能行？玲儿听话。"

见金啸天他们吃完饭回来，周兴一一边顺手拿起一件景玫的厚外衣替景玲披上，一边说："啸天，你与小英在这守着你姨母，小红回四太太的院子看门，我与你娘也去吃点东西，除了冬菇，谁也不许进来，知道吗？"

"我明白，父亲！"金啸天毕恭毕敬地回答。自母亲嫁入周家，金啸天便在景玲的要求下，改口叫周兴一"父亲"。只是他平日里叫得极少，叫也是叫得含含糊糊，今日叫得如此响亮，倒让周兴一心头微微一震。

周兴一扶着景玲来到了吃饭的厅堂。在外跑了一天，其实他早已经是饿得厉害了，但景玫惨死，一想到那血，他的喉咙就一阵发紧，一点胃口都没有了。他自己勉强喝了一碗粥，又劝景玲喝了一些，两人便到后花园景玲刚来周家的住处休息。因周兴一对那儿比较有感情，景玫在景玲母子搬走后仍派丫鬟每天打扫，让那儿一直保持着随时可以住人的状态。

"你姐姐她，她真是个体己周到的人儿，只可惜……"坐在床头，周兴一眼角涌出泪水。

"老爷！呜……"景玲不由得又掩面大哭起来。

"好了，好了，玲儿，"周兴一抹了抹眼泪，轻轻拍了拍景玲的背，"玲儿，这儿没有别人，你我得好好想想事情的前后经过，你姐姐到底为谁所害。刘氏的嫌疑最大，但那碗糖水荷包蛋应不是她亲手做的，一定是伙房先做好后再有人将那害人的药放进去的。这个下毒的人是谁呢？"

"一定是刘氏，老爷你不知道，我姐死在床上，刘氏高兴得……"景玲说不下去了。顿了顿又说："小英去叫我说姐不行了。我们到了门口，门被闩得紧紧的，怎么叫也叫不开，要不是啸天上树进院开门，我们更不知何时才能进来呢，一定是刘氏故意不让人开门。她想不到我们能进来，见到我们，那表情真是意外得很……呜呜！"

"从小英去叫你到见到大太太，大概花了多长时间？"周兴一问。

"不会超过一顿饭的工夫，"景玲想了想道，"我知道后起身就走，一点也没有耽误，就是叫不开门耽误了一些时候。"

"小英说她去时景玫还活着？"景玲点头。周兴一若有所思："一里地的距离，小英跑到你那儿也用不了多少时候，那么这么短的时间内，你们来时，你姐的身体应该还是温的。"

"不，不是的，姐姐已经凉了，我摸了她的脸。揭开被子时，也没感到一丝的热气。"景玲回想了一下，摇了摇头。

"那小英没说实话，"周兴一道，"如果你们在那么短的时间内赶到，你姐姐最多也就刚刚落气，不可能已经凉了。"

"啊！"景玲吃了一惊，"小英是我姐的贴身丫鬟，跟了我姐好几年了，见到我的时候哭得悲悲切切的，她为什么不说实话？"

周兴一叹了口气："现在我也没有想明白，须再仔细想想。玲儿，我心里乱得很，咱们现在先在这儿歇息一会儿，今天夜里恐怕没有时候歇息了。"

两个人除去外面的厚衣，只留下贴身的小袄并排躺下，闭着眼睛各想心事，谁也不开口，但谁也无法入睡。就这样过了个把时辰。

"玲儿，咱们去找容氏。"周兴一突然起身开始穿衣。

景玲与周兴一出门的时候，外面的雪似乎下得更大了，地上的积雪也已有大半尺深。周兴一扶着景玲，深一脚浅一脚地来到了容氏住的东厢房，那儿曾是景玫的旧居，景玫搬到正房后，景玲不愿搬进去。二太太容氏本在西厢房与刘氏隔壁而居，因住得太近而饱受她的欺凌，见东厢房无人居住，便去求周兴一准许她搬入以躲避刘氏。

房内仍亮着灯，周兴一轻轻扣了两下门，容氏披衣前来开门。

"老爷。"容氏轻柔地叫了一声。

周兴一示意她安静，她点点头，看见了他身后的景玲，便伸出右手将她领到客厅一张带暖垫的大木椅上坐下。周兴一在后面顺手将门闩上。

"老爷和四妹一定是想问大太太的事。"容氏开门见山地说。

"还望姐姐能详细告诉妹妹。"景玲红着眼圈说。

"那是当然的……不过我知道的不多。"容氏看了一眼周兴一，缓缓地说。

"容氏你知道多少就讲多少！"周兴一道。

容氏点了点头："今儿一大早老爷带着大小姐前脚刚走，刘氏就开始站在院子中间叫骂，说什么命硬的东西，陪嫁再多也架不住……克人。"看了景玲一眼又接着说："说那狐狸精贪图周家的钱财，穷疯了，也不怕儿子给克死了……总之骂得是难听极了。老爷是知道的，这么多年，妾身一向对她避之不及，见她在骂人，也不敢……唯恐她又骂到妾身头上，就将房门关得紧紧的，连大气也不敢出。"

听着容氏的话，景玲的身体不住地发抖，脸色更加苍白了。

容氏见她这样，起身倒了一杯热茶，递到景玲的手中。又为周兴一也倒了一杯，才又坐下接着说："刘氏越骂越起劲，全然不在意天上还下的小雨将她的衣衫都淋湿了。过了一会儿，听见大太太站在正房门口接腔了。大太太声音小，我也听不清她说了什么，然后听着刘氏与大太太动了手，她好像踢了大太太的肚子几脚，接着就听见大太太叫的声音很大，最后听见小英将大太太扶了回去，大概小英一个人弄不了，小莲也上手了。午饭大太太也未出来吃……我就知道这么多。"

"那你怎么知道让观海去请医生？"周兴一问。

"吃过午饭好大一会儿了，小英来拍门，说大太太刚吃了些糖水荷包蛋，叫肚子疼。我就让观海去请大夫，但这孩子心眼死，大夫不在家他就只会等，唉！"顿了顿又道："我不放心，就穿好外衣到大太太那儿想进去看看。去到那儿，刘氏及她那一支人全在那儿了，我……根本就没有进得去。刘氏把着门，不让进，她说……大太太在休息，我不可进去……然后我就与他们一起等，直到四妹来……"

"你去的那会儿听见大太太的声音了吗？肚子疼得厉害她应该会叫的。"周兴一盯着容氏的脸问。

"没有，一声也没有。"容氏摇摇头，十分肯定地回答。

告别容氏出来，景玲心里难过极了，想想姐姐怀有身孕，刘氏竟对她拳脚相加。刘氏高大肥胖，姐姐娇小柔弱，即使好好的也不是刘氏的对手，更别说还有孕在身了。想到这里，又忍不住流下了泪水。

"玲儿别再哭了，"周兴一搂着她的肩安慰道，"这事看来与小英关系甚大，咱们这就去叫她来问话。"

来到了景玫的住处，见金啸天、冬菇和小英在守着景玫的遗体，三人均双目红肿，眼中带泪。

"爹，小姨，"冬菇见他们到来，忙站起来迎了上去，"娘的棺材与别的物件，女儿已经让人准备妥当，明儿一早就会送来。娘的灵堂设在哪儿？"

"就设在这里，你娘是爹的正房太太，到死也不能让她离开正房，玲儿你说是不是？"周兴一看着景玲，盼望能够给她些慰藉。

接着他又轻轻地说："啸天，你出去在这房子附近四处瞧瞧，别让任何人接近这儿偷听咱们说话。"见金啸天出门一会儿后，周兴一转头喝道："小英，过来跪下！"

小英不知正在想什么，被他这猛的一声大喝吓得一哆嗦。过了好一会儿，才缓过神来跪到周兴一面前喃喃道："老……老爷，奴婢……奴婢哪儿做错了？"

"小英，我本来想叫你去后花园问话的，现在干脆哪里也别去了，就守着大太太问你。你要是再胆敢说一句谎话，不光我不饶你，大太太做了鬼也决不会放过你！"周兴一拉过一把太师椅，威严地坐了下来。

"奴婢……奴婢从来不曾说谎。"小英声音低低的。

"那你将我与小姐走后到四太太来之前的事详细讲给我听。"周兴一道。

小英哆哆嗦嗦从头到尾又讲了一遍，内容与先前她跟景玲讲得一模一样，没有任何变化。

周兴一气得举起手想给她一记耳光，但深吸了一口气，又缓缓地吐了一口气，终究还是忍住了。随后问道："你说一上午大太太都是好好的？"

"是，老爷！"小英仍低低地回答。

"那刘氏踢大太太时你在哪里？"周兴一皱着眉头问。

"奴婢……奴婢……"小英无法回答。

"你不是说一上午大太太都是好好的吗？"周兴一再也忍不住，一脚将小英踢倒在地，"刘氏给你这贱婢什么好处了，你要替她遮掩来害自己的主子，说，那药是不是你下的？大太太是不是你害死的？还有，你去四太太那儿之前，大太太是不是已经断气了？你这个该死的奴婢，我周兴一的骨肉你都敢下手加害，看我不扒了你的皮……"说着一下子站起来，又狠狠地在小英身上踹了两脚。

冬菇一听也急了，冲上去将小英揪住，举手便打，边打边骂："我娘哪儿对不住你，这些年她多疼你，从未打骂过你，你……你竟然蛇蝎心肠，将她害死！"

小英一声不吭地任由她打骂，只是眼泪如断线的珍珠，不住地从眼角滑落。

"好啦冬菇，"景玲流着泪上前拉住了冬菇，"现在打死她你娘也活不了了。你娘死得冤，还是先问清楚再说。小英，你还是说了吧，不然……"

"不然我将你打个半死，再卖到窑子里头去！"周兴一咬牙切齿地说。

"哇！"小英放声大哭起来。但除了哭，仍是一句话也不说。

"好！你嘴硬是吧？明天我就带一队人马去你乡下爹娘家，将你家踏平，将你家所有的活物全部砍了，鸡犬不留，让你的乡邻们知道你爹娘生养了个好乖巧的女儿！"

"老爷，老爷！"小英扑上去抱住周兴一的一条腿，边哭边说，"老爷……老爷，小英十一岁就被卖给了周家，小英早就没有家了，这儿就是小英的家。奴婢所做的一切全是自己的事，与别人没有一丝一毫的关联呀！求老爷开恩，放过不相干的人吧！"

周兴一一脚将她踢开，道："大太太被害的时候你怎么没放过她？她平时待你不薄，她腹中的胎儿有何过错，你为何不放过他们？小英，你今天好好说实话，否则……"

"老爷，"小英泣不成声，"奴婢自来到周府，便跟随大太太，已经五六年了。大太太人好，从来不曾为难过奴婢，奴婢哪会起心害她？"

"那是谁害的？快说！"周兴一厉声喝道。小英又是一哆嗦。

景玲拉了拉周兴一的衣袖，轻声说："老爷，让她慢慢说吧，别再催她了。"

小英感激地看了景玲一眼，接着说："老爷与小姐走了以后，三太太跑到院子中间骂人，踢大太太的肚子的事老爷既已知道，奴婢也不用多说了。等我将大太太扶回房在床上躺下，大太太说肚子痛，下身开始流血。那时二太太的门关得很紧好似无人一般，我就去找三太太，说大太太出血了，要不要让少爷去请个医生来。当时三太太说知道了，让我先回去。我就赶紧回来照顾大太太，给她喂水擦洗。血慢慢止住不流了，太太慢慢睡着了，晌午饭叫她起来吃她说不饿又接着睡。午饭后三太太的婢女小莲来了，给了我一包东西，说是让大胜少爷新去买的滋补品。她讲如果大太太怀有身孕，吃了这东西可安胎；如果没有怀孕，吃了可补气养血。我一听挺高兴的……"

"你就给大太太吃了？"周兴一问。

小英摇了摇头："大太太当时还在熟睡，我想她早晨吃的饭全吐了出来，中午饭又没吃，就去伙房让做饭的丫头打了一碗糖水荷包蛋，把小莲给的东西放了一半进去，她给我时说是分两顿吃的。大太太醒了以后，那一碗糖水荷包蛋正好凉得差不多了，我赶紧喂她吃，哪知刚吃了不到一半时大太太就抱着肚子叫疼，豆大的汗珠不停地往下流，并且下身又开始流血了，很快就晕了过去。我慌了神，放下碗就去找三太太，哪知她上来先给我两个嘴巴，说大太太出血肚子疼死了关她屁事。我说小莲给的东西不对。她说谁看到小莲给你什么了，说如果我再胡说她会让两个少爷带人将我爹娘家一把火烧了，后来又给我出主意让我去叫二太太请大夫……"

"那你去叫四太太也是刘氏给出的主意？"周兴一问。

小英又摇了摇头："我叫完二太太就急忙回来了，哪知小莲已先我一步到了，收走了那个饭碗和余下的药。我回来时正与她撞上，我想夺下那碗什么的当个证据，与她争抢了半天，不是她的对手。她走了以后，我进屋一瞧，大太太一动也不动了，我伸出手一摸，一点气息都没有，我害怕三太太会杀我灭口，就赶紧跑了出来去找四太太……"

"那你为什么不早点说实话，还护着刘氏那恶妇？"周兴一的口气缓和了不少。

"老爷，那药确确实实是奴婢放到那一碗糖水荷包蛋里的，现在连个证据都没有，我空口说老爷能相信吗？小莲与我夺那碗时也说，药是我下的，到哪儿也改不了这事儿，让老爷知道了我不能讨到什么便宜，如果我胆敢将其他人牵连进来，我一家都会死得很惨。老爷，我好怕，奴婢死了就死了，去陪大太太去，谁让我轻信小莲的话害死了大太太，可我的家里人与这事半点关系也没有啊。老爷，奴婢现在什么都说了，求老爷行行好救救我的家人，我怕……"小英边说边对着周兴一不停地磕头。

"好狠毒的恶妇！"周兴一狠狠地说。

"爹，"冬菇忽地扑过来，"我娘死得好屈啊，女儿好命苦啊，好不容易有个娘疼，又让那女人用这么毒的手法给害死了，爹呀，给女儿做主啊！"

景玲也早已泪如雨下。

周兴一长叹了一声，喃喃道："三条人命，三条人命啊！"颓然坐在椅子上，面如死灰。过了好大一会儿都一动不动。心中不停地问自己：

"我该拿刘氏怎么办，报官？闹得满城风雨，以后周家在付周县如何为人？杀了她？又如何向两个已经长大成人的儿子交代？就这样过去？又如何对得起死去的景玫与她肚子里的两个孩子？景玲与女儿又如何肯答应？不，刘氏必须死，不然，这个院子将永无宁日，周家将永无宁日。"

想到此，他站了起来，在屋子里来回走了几步，边走边说："这事我一定会给你们一个交代，你们尽管放心，只是必须得等等再说，也不可惊了刘氏与旁人。冬菇啊，明天给你娘入殓，你娘一生爱洁净，须将她好好洗个澡，好让她干干净净地上路。你跟你小姨是打算自己给她洗还是由外人来做这事？"

这些话在景玲听来完全是周兴一为岔开话题的敷衍，有点前言不搭后语。不由心中一阵悲凉，一句话也懒得说，生怕一开口就会放声大哭。

"自然是由我们自己来做，外人粗手笨脚的哪洗得干净！这是娘最后一次用女儿，以后女儿就算想给娘洗个澡，又怎么可能？"冬菇红肿着双眼回答。

第二天，景玫入殓，同时通知周家的亲朋好友前来吊唁。第三天，景玫入土。从墓地回来，周兴一让景玲领走了小英，自己来到景玫的卧房。那里的陈设依旧，景玫的牌位在她入土后已移往后院那间专门供奉先人牌位的灵堂。周兴一坐在床边，回想起从集市上将景玫领回家时的情境，十七岁的小姑娘羞涩而敏感，让他怜惜，想到她那时的音容笑貌，恍如昨日，而如今却阴阳两隔。近十八年的相伴，她似乎未曾反驳过他，事事顺着他的意思，努力让他高兴，世上还真是再也没有对他如此顺从温柔的女子了。想着想着，他不禁又是一阵伤感……

景玫的死让刘氏开心极了，胖胖的脸上几乎每天挂着得意的笑。有两晚主动来请周兴一去她那儿安歇，被周兴一不动声色地回绝。景玫去世后，他除了去景玲那儿，便是独自一人在景玫的卧室过夜，也从不去容氏那儿。别人都道他是怀旧，只有他自己知道，如果单单去容氏那儿，会引起刘氏的嫉妒，可能会对容氏不利。

第八章

男婚女嫁

"玲儿，咱们该商议一下孩子们的婚事了，"在景玫去世一个月后，周兴一与景玲商议，"我已经将二十亩地过到啸天名下，作为冬菇的陪嫁；随身的铺盖嫁衣你这姨母为她操操心准备准备吧。唉！如果不是她娘遭遇不幸，这种事又何劳我一个大男人出面。"

景玲也叹了口气，道："好，老爷，我这两天就与啸天说，再过半个月他就十七周岁了，我姐的事等孩子们的婚事办完后再说，是吗？"

"玲儿，你要相信我。"周兴一握住景玲的手温和地说。"先将孩子们的婚事办了，让冬菇嫁过来我心里头才踏实。我时时不在家，实在是害怕刘氏再对冬菇下手。这次给冬菇二十亩地作为陪嫁，刘氏心中怨恨至极呀！"

景玲点点头。

第二天一早，吃过早饭周兴一离开之后，景玲将儿子叫到自己的卧房，与金啸天摊牌了。

"娘，"金啸天扑通一声跪在景玲的面前，"求求娘了，孩儿不想这么早娶亲。再说，冬菇是孩儿的姐姐呀！"

"孩子，这门亲事是早就订下的，只是你年纪尚小一直没与你细说。冬菇并非你姨母亲生，所以她连你的表姐其实都不是。男人嘛，早晚都要娶妻的，早点好。冬菇是个好姑娘，早点娶回来，为娘就可以早些抱上孙子，多好！"景玲劝道。

金啸天求了半天，也哭了半天。景玲劝了半天后，最后冷冷地道："这事由不得你，这是你的命啊！"过了半晌又道："我已经看过老皇历了，二十一天后，冬月二十八是个吉日，你便在那天与冬菇成婚！"

金啸天见母亲说话如此决绝，便不再多说，默默无语地低着头回到自己的卧房。

接下来的半个月，景玲每日都领着两个丫鬟收拾房屋，缝制被褥新衣；周兴一不断派人往母子两个的院子送这送那，忙得不亦乐乎；金啸天早从自己的卧房中搬出，以方便母亲好好地将它收拾成新房。到了冬月二十三日，家中所有的一切都准备就绪。过了两日，周兴一又派来周家大院的伙计们搬着梯子将大红灯笼和各种装饰挂好备齐，在院子里支起大棚大灶，请来厨子伙夫，只等日子一到，新人进门。

金啸天一面默默地关注着这一切，一面常常独自黯然伤心。自己才十七岁，真的不想这么早就娶妻成家。再说，从进入周家那天起，冬菇在他的心中就是姐姐，他未曾想她竟会成为自己的妻子，未曾想自己竟会与她共度此生。在学堂里，他学了许多诗词歌赋，对未来的妻子抱有许多朦胧的美丽幻想。梦幻瞬间破灭的痛苦如一条毒蛇咬噬着他的心灵，让他对一切都感到心灰意冷。

景玲对儿子的情绪尽收眼底。她不动声色地一面安排布置，一面心中在暗暗地思量如何应对。

周家是付周县的大户，周兴一又是军营中掌握兵权的官员，他嫁女娶媳可是大事，县内但凡有些身份的人都光临了。所以冬月二十八日那天，景玲的院子真是人头攒动，热闹非凡，喜气洋洋。

新人入了洞房，客人们也纷纷散去，夜色已浓。景玲亲自下厨，为新婚夫妇各做了一碗由红枣、花生、桂圆、莲子熬成的粥，让小红端着和她一同送过去，但见新娘仍顶着红盖头，而新郎远远地站在窗前。"冬菇、啸天，娘为你们做了'早生贵子'汤，你们喝了吧！来，啸天，用这秤杆挑开你媳妇的盖头！"说着，拿起边上那根早已准备好的秤杆，递了过去。付周县一带为新娘挑盖头均用秤杆，为的是讨"称心如意"的口彩。

金啸天接过母亲手中的秤杆，在母亲恳求的眼神中，颤抖着揭开了冬菇的红盖头。冬菇一身大红，脸上擦着一层薄薄的脂粉，低着头不胜娇羞的模样，倒是为她平添了几分妩媚。

"孩子们，来，趁热喝了上床歇息吧，时候不早了。"景玲看着他们将自己做的粥喝完，与小红收拾了碗筷才带上门离开。

怔怔地看着母亲走出房门，金啸天又回到窗前，不知怎么办才好。十七岁的男孩子对男女之事懵懵懂懂，有过渴望和梦幻，但他对于冬菇——一个自己叫了多年姐姐的女子，却没有半点这样的想法。

但冬菇对金啸天的感情全不相同。在她的心中，金啸天就是自己的夫婿，上次她定亲的赵二少爷被土匪打死后，她之所以躺在床上不吃不喝，其实并不是有多伤心，而是感到恐惧与无助。她与赵二少爷从未见过面，并无什么感情可言。而对金啸天，从他母子进入周家的那天起，她就非常喜欢这个高大英俊的男孩，一直将他母子当作景玫以外最亲的人。赵二少爷死后，当景玫告诉她周家将她许配给了金啸天时，她开心极了，甚至私下里有些庆幸赵二少爷的死。

见金啸天离自己远远的，冬菇认为他也如自己一样是害羞。时间一分一秒地过去，外面正处寒冬季节，房内却暖如春日。金啸天感到浑身上下燥热难忍，他看着仅穿着红色贴身肚兜的新娘，只感到胸中有一团熊熊燃烧的火苗，他头晕目眩，于是上前几步，一下子将冬菇搂在怀中……

窗外，景玲静静地听着屋内的动静，露出了欣慰的笑容，然后快步离开了。

为了儿子的情绪，景玲着实纠结了许多天，她怕儿子在新婚之夜不能圆房。如果那样，她如何对得起死去的姐姐，又如何向周兴一交代呢？为此，她想了各种办法，最后还是采用了一位大夫的建议——直接往食物中下春药。新郎新娘入口的"早生贵子汤"，便是景玲亲手为这对新人调制的催情剂。

第二天，新妇从睡梦中醒来时，太阳已出了老高。冬菇一面甜蜜地注视着仍在熟睡的丈夫，一面忙不迭地梳洗打扮。作为新媳妇，进门后每天应早早起身为公婆丈夫做早饭，去公婆房中请安，侍奉公婆用饭。她打开门，几乎是一路小跑到了景玲的房间，只见婆婆的房门已经打开，景玲也已穿戴整齐，正坐在床沿上绣花。冬菇慌忙来到她的床前跪下，红着脸说："娘，媳妇起来晚了，请娘责罚。"

景玲放下手中的活计，站起来将冬菇扶起，笑眯眯地上下打量着她。冬菇被看得浑身上下极不自在，不由忸怩地又叫了一声："娘！"

"睡得还好吧？"景玲仍笑眯眯地拉着冬菇的手，像看个宝似的盯着她。

"好……娘，挺好的。"冬菇脸突然红了。

"那就好，那就好……"景玲拍了拍冬菇的手背，"冬菇啊，你嫁了啸天是他的福气，咱们早是一家人了。这个院子里没有那么多讲究，以后呀，你不用每天早晨来给我请安，我一直将你当闺女，对娘不用那么多规矩，孩子呀，你现在最要紧的是赶紧让啸天加把力气，好让我早点抱上孙子……"

"娘！"冬菇羞得几乎想找个地缝钻进去。

"好啦好啦！"景玲见冬菇这样，忙转了个话题，"冬菇啊，你们怕也饿了吧。你先去房里等着，我这就让小红将饭菜给你们端过去。"

"不用了，娘！"冬菇忙摆手，"我与啸天去厅上吃吧！"

"你还是去房中候着吧，新婚小夫妻，十天八天不出门才正常呢，别叫你男人在这当口受了风寒。"景玲道。

金啸天醒来时，只感到浑身上下懒洋洋的不想动，甚至连眼睛都不想睁开。闭着眼睛回想一下昨夜，只感到一切都恍恍惚惚似乎不甚明白，但有一点他还是清楚的，那就是他已经是冬菇的丈夫，不管是形式上的还是实质上的。想到此，他不由睁开眼睛四处看看，却发现冬菇已经不在房内。

他又重新闭上眼睛。过了一会儿，就听见有人进入房间轻轻开关门的声音，细细的叩门声，以及碎小的脚步声。等待脚步声远去，他嗅到一股浓浓的肉香，顿感腹中空空如也，便不由自主地睁开了眼睛。

"你醒了。"冬菇一直在温情脉脉地注视着自己的丈夫，见金啸天醒来，忙抱着他的衣服走过来："快起来吃饭吧，娘为咱们炖了鸡汤，让趁热喝呢。"

金啸天刚坐起身子就发现自己赤身裸体，在冬菇的注视下，他赶紧红着脸又裹好被子。冬菇发现了他的窘迫，脸也红了，急忙三两步跑出卧房，直到金啸天穿好衣服才重新进来。

早餐十分丰盛。除了一锅浓稠的鸡汤，还有清蒸河鱼、葱炒蛋花、白菜豆腐和腊肉炒蒜，主食是两碗大米饭和几个发面饼。"娘把咱们当大肚汉了。"金啸天边吃边没话找话地和妻子搭一两句话。

如此过了四五天，每日景玲都让丫鬟将饭菜送到新房中，金啸天也慢慢习惯了有妻子相伴的生活。到了第六天，金啸天实在是无聊到了极点，就去母亲房中寻找景玲。景玲一见儿子就乐了："哟，新郎官出来见人了！"

"娘不要取笑孩儿了。"金啸天对母亲笑了笑，不好意思地挠了挠头，"娘，我想出去找点事做，老在家里太憋闷得慌。"

"也好。"景玲思索了一会儿说："军中太危险，是不能去的，冬菇一定也不会答应的。现在年根岁末的，要说最忙的地方应该是街上的杂货铺，等你爹来了我与他说说，将你送到杂货铺去当学徒，学学怎么算账卖货也是好的。"

第九章

行窃的女人

两天以后，金啸天去了付周县最大的杂货铺——罗家杂货铺当起了学徒。因为年终店内生意忙，金啸天每天早出晚归，中午饭由东家包管，每月有三百文钱的工钱，日子就这么一天天过了下去。转眼过了二十来天，东家说再过两天就过年了，提前将工钱发给大家好办年货，伙计们自然都兴高采烈。金啸天也得到了三百文钱，他当然知道，学徒工哪有什么工钱，这里面显然有周兴一的面子。

那天傍晚天都要黑了，天气奇冷无比，快关门的时候，店中的伙计学徒们忙着把排在铺子外面街边的东西往店内收拾，金啸天忽然看到一个衣衫褴褛的妇女从地上抱起一篓物件就跑。

"哎，有人偷东西啦！"金啸天大声喊道。

店内管事的崔大同四十多岁，身高体健。他一个箭步追了出去。抱着东西的妇女跑了不远就被追上了，被崔大同一脚踹倒，花生撒了一地。

"奶奶的，敢到罗家来偷，你这贱女人不想活了吗？"边骂边将女人扯到一边，揪着她的头发不停殴打。

店内的其他人也涌了上去，将二人围在中间。金啸天很好奇，他来的这二十多天中从没遭遇过偷盗的事，一个女人胆敢在这么多男人面前公然盗窃，她究竟是谁？

他也围了上去，伸长脖子往里看。那个偷东西的妇女双手护胸，将身体蜷成一团，一双惊恐的眼睛瞪得大大的。她看上去二十出头，虽然衣衫破旧，头发凌乱，但脸很干净，容貌也十分清秀。金啸天看到她的一瞬间，有种似曾相识的感觉，他感到自己一定在哪儿见过她。

"是钱顺利的媳妇，"围观的人中间有人认识她，低声议论道，"她男人押运饷银时让土匪打死了，她又不肯再嫁人……"

别人的话提醒了金啸天，他想起来了：大概三年前的那个冬季，他随母亲去过钱家一次。那时眼前的这个女人刚刚生下一个不足四斤重的男婴，母子两个均面黄肌瘦；一个瞎婆婆坐在炕头，嘴巴里念念有词，显然已经疯了。当时景玲可怜她丧夫后生子，担心她们一家难以过冬，便带着一些吃食与银两上门探望。周兴一知道后，责怪了景玲一顿。金啸天到现在还记得周兴一的话："玲儿，我不是将那点吃食银两瞧在眼里，实在是人太多咱们周济不过来。军中打仗哪有不死人的，你今天周济了钱家，以后别的兵丁有事你管不管？军中的事你一个妇道人家不要掺和。"从那以后，母亲再也没去过钱家。

"崔大哥，不要打了。"金啸天想到这儿，急忙挤上前拉住崔大同。

崔大同停了手后，口中仍不干不净地骂着。也难怪他如此生气，如果货物不明不白地丢了，他是要负责的，如果最后找不到原因，他是要赔偿的。

钱顺利的媳妇感激地向金啸天看了一眼。

"你这女人，怎么能偷东西呢？"金啸天向她呵斥道，又转向崔大同道，"崔大哥，俗话说'好男不跟女斗'，我看要不让她先将这篓花生给咱收拾利落还回来，不然再打下去瞧热闹的人更多，会把好好的花生踏个稀巴烂的。"

崔大同想了想金啸天说的也有道理，花生如果损坏不能卖了终究还是自己的事情。于是指着女人的鼻子骂道："该死的，听见了吗？快将花生一颗颗地给我捡起来放好……"

捡花生究竟不如打架热闹，围观的人纷纷散去，连店里的伙计们也各自回店了。只见钱顺利的媳妇从地上缓缓爬起，蹲在地上开始收拾地上散落的花生，憋了半天的泪水再也止不住，开始顺着眼角一滴滴落下。

　　金啸天心中很不是滋味。父亲去世后母亲独自抚养自己的艰辛与无助他未曾忘记。而眼前的这个女人比起母亲来，似乎更加可怜。自己的父亲病逝时他已经九岁，而眼前的这个女人身怀六甲时丈夫就死于非命，孩子竟未能与自己的父亲谋上半面。又有一个又瞎又疯的婆婆需要供养，日子是何其艰难！金啸天有些后悔自己刚才的叫喊了。如果不是自己发现了她，这一切就不会发生。想到此，他的心中充满了内疚。

　　他也随着店里伙计们慢慢回到店里，只听崔大同嘟囔道："亏了金兄弟眼尖，要不我这两天不是都白干了。那花生三十多斤，值不少钱呢。"过了一会儿他又道："天不早了，兄弟们收完东西都回去吧，我在这儿等那女人收完花生再走。"

　　天寒地冻的，伙计们担心又要下雪了，都匆匆忙忙地往店内紧着收拾，不一会儿店内就仅剩下崔大同和金啸天两个人了。

　　"金兄弟你也回去吧，"崔大同很热情地向金啸天说，"今天多谢兄弟了，改天我让你嫂子做几个好菜，我请你到我家好好地喝上一杯。"

　　"不用了崔大哥，"金啸天不好意思地笑了笑，"我不会喝酒，那我先走了，崔大哥也早点回家！"

　　路过钱顺利媳妇拾花生的地方，金啸天发现地上的花生还很多，不少花生已经被踩坏了，而女人在冬日的寒风中冻得瑟瑟发抖，双手哆嗦地忙个不停，裸露在外的手和脸被冻得乌青乌青的。金啸天不忍心再看，快步走了过去。

　　走了两三里路，天上开始纷纷扬扬地下起了鹅毛大雪，金啸天的内疚感越来越重：钱顺利媳妇现在一定还没拾完，天都要黑了，她那小小的孩子怎么办？她那又瞎又疯的婆婆怎么办？不行，我得折回去求崔大哥放了她，哪怕是为她出些钱……想到这儿，他急忙又调头回去了。

雪越下越大，当他走回能看见店门时，地上已经白茫茫一片，他并没见到雪地里有那女人的影子，不由心中宽慰：一定是崔大哥见她可怜已放她走了。咦，崔大哥现在走了吗？如果没走，我还能和他同道走一大段路呢。想着想着，已来到了店门口，却发现店门并未上锁。

"救……命，放……开我，你这个……畜生！"就听一个女人气喘吁吁地骂人，显然是挣扎了半天，嘴巴被人捂上了。

"哈哈，你这贱人，今天你把老子的花生弄坏了那么多，又赔不起，老子要风流快活一下……嘻嘻，小娘子，将爷伺候舒坦了，爷把那花生都给你，说不定……嘻嘻，说不定明天你还会来找爷的……"污言秽语，不堪入耳。

金啸天越听越惊，越听越怒。心想平日这崔大同道貌岸然的大管事，主持店内外的大是小非，私下里竟是这么一个无耻之徒。他决定好好教训他一下。

"崔大哥，崔大哥，"金啸天将自己刚刚发的工钱在门口的石礅子下找个地方藏好，便去拍门，"门口这妇人是大哥家的嫂嫂吗？她说来给她夫君送雨鞋顺便买些豆子回去做过年吃的豆包儿……"金啸天记性极好，两天前他曾听崔大同念叨过老婆让他带豆子回家他总忘掉的事，这会儿派上了用场。

门内的崔大同早已经吓得不知所措，忽听金啸天和自己的老婆就在门外，连忙慌慌张张地松开女人。

"救人哪！救人哪！"钱顺利的媳妇一得自由，立即大声呼救，并且拼命拉门。

"啸天啊，咱们店里头咋会有女子的呼救声音？发生什么事了？大同你快点开门，快点快点！"金啸天模仿得其实也不是特别像，只是崔大同做了亏心事被发现，哪还有心思去辨别真假？

一听老东家也在门外，崔大同更是吓得魂飞魄散。一边答应着，一边想控制住钱顺利的媳妇。

"夫君夫君，开门呀，我可不许你勾引别的女人……"一个听起来怪怪的女子的声音在门外响起。

"崔大哥，崔大哥，"只听金啸天在外面大叫，"快点开门吧，哎哟嫂子，你打我干什么呀？崔大哥，快点开门救救兄弟吧，嫂子疯了！"

"来啦来啦，"崔大同一边应着，一边小声威胁着重新被他捂上嘴巴的女人。又过了好大一会儿，崔大同在铺子内一边手忙脚乱地忙活，一边仔细听着门外的动静。他好像听见金啸天正在小声与女人和东家嘀咕，但又听不清，也不知另外两人说了什么，接着他听到了一阵匆忙的脚步声，然后门外就安静了下来。他踌躇了好大一会儿才去开了门，却仅看见金啸天站在门外，没见到妻子和东家，伸头四下里看看，并未发现他们的身影，不由自主地松了一口气。

女人破旧的衣衫已被撕得不成样子，缩在墙角，尽管她用双臂交叉挡着，仍清晰可见凸起的锁骨周边有明显的被抓咬过的痕迹，头发凌乱，双目无神。刚刚崔大同一句"你敢胡说八道我便宰了你儿子，让你们老钱家断子绝孙"，实实在在地将她吓住了。

"嗨，崔大哥，搞错了！"金啸天一惊一乍地说，"那女的不是嫂子，她男人在东边的'魏家杂货店'做事，她呀，不识字找错地方了！"过了一会儿，他又压低声音故作神秘地说，"我把老东家也哄回去了，我说刚刚我折回来的路上见到罗大少爷了，说少爷正找他，少爷告诉我老东家最最心爱的小姨太太发了高烧，少爷让我见到他时告诉一声……东家一听就急急忙忙回去了，估计是担心他那小心尖儿，"顿了顿又接着说，"崔大哥，你对兄弟办事还满意吧？"

"太谢谢金兄弟了。"崔大同感激地拍拍金啸天的肩。

"呀！我的钱呢？"金啸天继续一惊一乍地说。

"什么钱？"崔大同警觉起来。

"还能是什么钱，东家刚发的工钱呗！"金啸天道，"这可是兄弟第一次挣钱，还打算回去为老婆买只卤鸡呢，走到半道却发现竟然忘拿了，这不，就折回来了。我记得我是放在那长椅子上的，咦，这会儿怎么没了呢？"

"我也没有见过你的钱哪！"崔大同连忙说。

"是啊，我也相信崔大哥怎会贪图兄弟的那点儿小钱，可是我来来回回不过半个时辰，你与那女人又一直都在，外人也进不来呀。对了，准是那女人偷的。"说着便去拉钱顺利的媳妇。

"不是我，不是我，我没偷，我没偷。"见又有一个强壮的男人来拉扯自己，女人急忙双手一齐摆动，身子拼命往后缩，脸色也变得煞白。

"你偷没偷不在你说，"金啸天道，"崔大哥，咱们两个先细细地在店内各处找一遍，找到了便罢，找不到我便要将这女人送到衙门去，到时大哥也要一起去啊，好为兄弟做个证人。"说着就开始装模作样地挪动屋内的物品到处乱找。

崔大同心中当然明白这女人是无论如何也不能往衙门送的，要是那样，他的丑行必暴露无遗。到那时，不光家中会闹得鸡飞狗跳，这份差事也会保不住，甚至还会有牢狱之灾。他自然也知道女人不可能偷钱，刚才拉扯半天，女人身上如藏着铜钱他不可能不知道。但金啸天的背景他比谁都清楚，如头一个月的工钱当真丢了，他大闹起来谁又能落下什么好？现在好像唯有将金啸天"丢"的钱赔出来，才是万全之策。

"三百文钱是吧，来，在这里呢！"崔大同悄悄从自己刚领到的工钱中拿出三百文，高高举起，"金兄弟，你的钱掉在这两个米桶中间的夹缝里了，给你！"

金啸天喜笑颜开，忙对着崔大同点头哈腰："多谢崔大哥，多谢崔大哥，还是大哥眼尖！唉，总算没丢，兄弟真是幸运。来崔大哥，也给兄弟花生、米、面各来五十斤，再包上两斤盐，我娘整天骂我白吃饭，过年了，我又发了工钱，买些家用好让娘高兴高兴！本来不应该麻烦崔大哥亲自动手，但我若自己买自己称秤，有些说不过去。"

崔大同折腾了半天，没有捡到想要的便宜，还白搭了三百文钱，心中很生气。但他把柄已在别人手中握着，自然不敢明面上得罪金啸天，只有耐着性子为他一一称好装好。这些称装物品的杂事平日里他从来不做，手法也全不娴熟，做完之后全身衣服已经变得白乎乎的。

称完算了算，九十四文半。"得了崔大哥，再来捆粉条子，就不用找了。"金啸天很大方地从崔大同刚刚给他的钱中拿出一百文，递了过去。

崔大同心疼地接过钱，问："这么多东西金兄弟怎么拿？要不要我帮你送回去？"

"不用劳崔大哥大驾了，"指了指钱顺利的媳妇，"这儿有现成的劳力，我过会儿让她帮我搬。她偷咱东西，总应该受些惩罚才对。咦，这女人的衣服怎么啦？这……这样可怎么与她一起出门？别人还道我对她怎样了呢！"

崔大同做贼心虚，想了想：女人衣不蔽体，自己是无论如何也不能与女人一起出门的，他这罗家店面的大管事，全城的人谁不认识！忙说："兄弟，我猛然想起一事，现在要赶紧走了，要不咱们将你买的东西搬到门廊上去，我要锁门了。"回头看了看女人，"喂，我找两条装米的布袋子给你裹上，快滚吧！"

钱顺利的媳妇站了起来，见崔大同递过两条大布袋，急忙伸手抓过，搂在怀中，飞快地缩到屋角。

待她出来时，金啸天发现她用一条布袋折好塞在破烂的衣服中护住了前胸，又用另一条围在腰间护住了下身的破烂之处。她可真瘦，一条布袋围在她腰上两圈还有富余。她恨恨地剜了崔大同一眼，抬腿便向店外走去。

"哎，你不能走，你还要帮我扛东西呢，"金啸天叫住了她，又对崔大同说，"还是崔大哥聪明，这样她倒可以与我一起走了。这布袋也值些钱呢，让她明天一大早还回来吧？"

崔大同心想怎么能让她还，若是有人问起装米的两个布袋怎会到女人手中，自己该如何回答。忙说："不让她还了吧，也值不了几文钱。"边说边以最快的速度将金啸天买的东西往门廊上搬完，等女人与金啸天出了店门，又急急忙忙地锁上门快速离开，好像有火烧眉毛的事在等着他去处理。

看着崔大同走远，金啸天才俯身从门口的石礅子下掏出自己的工钱。钱顺利的媳妇始终背对着他，天冷加上恐惧，她不停颤抖，所以金啸天的行动她全然未见。

　　"走吧，钱大婶。你扛着花生和粉条，可以把盐包放在花生袋子里。"金啸天道。

　　此时的金啸天与三年前相比，变化很大，钱顺利的媳妇自然早已不认识他了。他长得高大魁梧，不相识的人一眼看去，便觉他是一个二十多岁的成年男子，哪料他才十七岁呢？

　　听到自己被这位男子称为"钱大婶"，女人心安了许多。她扭过身子看了一眼金啸天，按照金啸天的要求背起了地上的东西。

　　雪下得更大了，路上的行人极少。金啸天背着米与面走在前面，钱顺利的媳妇慢腾腾地跟在后面，步履艰难地走着，走了半天谁也不说一句话。在金啸天的印象中，钱顺利的家似乎与自己的家相距很近，从自家院子里出来好像没几步就到了，是一个仅有两间草房的小小院落，院门近似于菜园子的篱笆。

　　眼见自己的家就在眼前，金啸天打破了沉默："钱大婶，你家不远了吧，要不你在前面走，我将你送回家也好快些回家。"

　　"你……你要干什……么？"女人大惊失色，几乎跌倒。

　　"不干什么，"金啸天微微一笑，"我若不送大婶回家，这些东西你一人拿得了吗？"

　　"这……这些东西是给我的？"女人几乎不相信自己的耳朵。

　　金啸天点了点头，指了指自家的院子，道："钱大婶，这儿是我家。三年前我随我娘去过你家，你家老太太好点了吗？"

　　女人想了想，明白金啸天为何称她为"钱大婶"了。她生孩子时丈夫刚离世不久，婆婆又疯了，自家的那帮穷亲戚唯恐避之不及，谁也没有过来看她一眼，仅景玲带了个男孩去瞧过她，当时男孩就是这样叫她的。景玲送的物品与银两让她平平安安地坐了一个月子，度过了那个寒冷的冬季。所以她对景玲母子一直念念不忘，知道金啸天的身份后，她紧张多时的神经一下子松弛下来，并开始啜泣，边哭边说："金少爷，我家已经断粮三天了，孩子饿得老是哭。娘……娘的病时好时坏，明白的时候是真明白，糊涂的时候是谁都不认识，她也三天没吃到一粒粮了。我这几年给人缝缝补补，吃了上顿没下顿的。我也不想偷，今天是第一次，还差一点……幸亏少爷救了我，要是让那坏人玷污了，我只有去死了算了。我没办法了，过了小年后就再也没人找我做活，家中早就没米下锅了，我们一家要饿死了……"

金啸天听了心中酸酸的，他与母亲在守灵小屋的日子让他终生难忘。他轻轻叹了口气："钱大婶，这些东西咱们先搬回去，好歹先过了年，这儿还有两百文钱。这些都是我替大婶从崔大同那儿讨来的公道，走吧！"

钱顺利的媳妇接过钱，抹了抹眼泪，快步走到前面领路。饿了两三天了，出去忙了半天什么都没挣到，又被崔大同惊吓，她已经接近崩溃的边缘。这时不由精神大振，步履也轻快了许多。

到了钱家的院门口，屋顶、树上全都白茫茫一片了。风很大，不时将高处的雪大团吹落，与天空中飘落的雪花夹在一起扑面而来，眯得人几乎睁不开眼睛。"娘……"金啸天忽然听见一个孩子的稚嫩的声音响起，只见风雪中，门口站着一高一矮两个人影，接着，一个小小的身影向女人扑来。

"娘，根儿饿，娘带米回家了吗？"钱顺利的媳妇腾不出手抱孩子。孩子抱着母亲的双腿，抬起头眼巴巴地问。

"带了带了，根儿。娘带回好多吃的东西呢。娘回家马上煮一大锅稠稠的粥，让咱根儿饱饱地吃上一顿！"女人连忙回答，声音里充满了喜悦。

"敏珍，敏珍！"那高些的人影一只手拄着根木棍，颤巍巍地循着声音摸索过来。"你总算回来了，都走了三四个时辰了，为娘担心死了！"女人叫了声"娘"，赶紧迎了上去。

"你带了这么多东西回来呀！哪来的啊？"老太太伸手抚摸着她肩膀上的袋子，欣喜地说。

"娘，咱们赶快回屋再说吧。金少爷，快进屋吧，风这么大！"钱顺利的媳妇说。

　　"金少爷？哪儿冒出个什么金少爷？"老太太戒备地后退一步，语气变得很严厉，"洛敏珍，你男人是死了好几年了，但那是你的命！你有儿子，就要守着过，我们钱家再穷也不容你一个女人在外伤风败俗。钱家现在孤儿寡母的，管他什么金少爷银少爷，绝不容进门。"说着往院门中央一站，手持木棍，一副神圣不可侵犯的样子。

　　"娘，你说什么呢！"女人看了一眼金啸天，生怕得罪了他，"娘，快进屋再说，我快冻死了！"

　　"丢人现眼就不用回家了，冻死活该！老婆子尽管眼瞎，心还亮堂着呢。"老太太倔强极了，一动不动地立在院门中间，凌乱的白发在冬日的寒风中飞扬。

　　一看这阵势，金啸天无奈地摇头，俯身把肩上的东西往地上一搁，道："钱大婶，那我就不送你进门了。天不早了，我娘和我媳妇怕是早就等急了，我先回家了。反正也到门口了，东西你自己慢慢拿回去就行了。"说完转身离开。

　　"金少爷，对不住了，多谢少爷了，我娘她……"女人忙着又是道歉又是致谢。

　　金啸天冲她笑了笑，摆了摆手，消失在风雪中。

　　"他叫你'钱大婶'，敏珍呀，这……这金少爷到底是哪个？"老太太的口气已经明显缓和了不少。

　　"还能是哪个？"洛敏珍无奈地叹了口气，委屈的泪水在眼中直打转，"娘，先让我进去吧，进屋我再跟你说。"

　　洛敏珍将东西先挪进院子，关好了院门，才将东西一样样地挪到了屋内。年关了，任何东西都不能离人，稍有不慎东西便会被偷。

　　放好了东西，洛敏珍又忙着烧水做饭。瞎婆婆一直跟在她身边，听她的动静，大概也感到了自己说话太绝情，所以久久地不开口。

"敏珍，娘……"听到儿媳已将水米下锅，火已烧起，老太太忍不住开口了。

洛敏珍大哭起来，边哭边向婆婆解释那个"金少爷"到底是谁，以及自己去偷花生被抓的事情，对崔大同倒是没提，只说金啸天认出了她，帮她买了这么多东西一起送回家，等等。越说越伤心，到后来几乎泣不成声。

"好了，根儿他娘，"老太太自知理亏，却也不想直接给儿媳妇道歉，"娘瞎了眼，又瞧不见，精神也不大好。别哭了，娘都闻见饭香了，今儿粥烧得稠，可别煳锅了。"

"娘不哭，娘不哭，根儿快长大挣钱买好多米给娘吃。"根儿伸出小手，用自己的破袄袖，为坐在灶口的母亲轻轻地抹去泪水。

"好根儿。"女人灭了火，一把将儿子搂住，将脸贴在孩子小小的胸口上，泪水又止不住涌了出来。

第十章

土匪入室

金啸天回到家时，家中大大小小的灯已经点上。

"啸天，今天怎么这么晚才回？店中很忙吗？"景玲问。

"也不是太忙，只是发生了点事，耽搁了些时候，娘！"金啸天回答。

"发生了什么事？"冬菇饶有兴趣地问。自从嫁人后，冬菇出门少了，对外面的事极感兴趣。

"也没……没什么。"金啸天实在不愿意提及。一想到崔大同的下流，他就气不打一处来。但想想自己将他整治得狼狈不堪，不由又心花怒放。

冬菇见丈夫的表情，已猜测到金啸天一定有事瞒着自己，便说："娘，啸天他有事瞒着咱们，娘让他说。"

景玲也察觉到儿子的表情怪怪的，听了儿媳的这话，笑了笑说："啸天是想到房中与自己媳妇儿单独说，以免让我这老太婆听见。"

"娘，不……不是的，"金啸天忙说，"你们要是真想听，等咱们吃完饭，我便与你们讲，现在我饿了，让小英她们将饭菜摆上吧。"

吃完了饭，丫鬟们收拾停当，三人来到景玲房中关好门，金啸天将白天店中发生的事一五一十地讲给了母亲与妻子听。只听得两个女人不住叹息。末了，景玲叮嘱道："冬菇、啸天，这事须瞒着你们的爹爹。"说这话时，猛地想到周兴一已有七八天都没有露面了，只是这几日总有周家大院的仆人往这儿不断送各种年货。

"你爹好几天都没来了。"景玲喃喃道。也不知她这话是对谁说的。

"是啊，不知爹是不是回那边院子了？要不今晚我与啸天去看看，如爹在，就将爹请过来。"冬菇回答。

"噢，那……那倒不必了。"景玲的脸红了一下。晚上睡觉时，景玲仍在床上翻来覆去地琢磨这件事。

第二天已是腊月二十九，大雪仍不停地在下，地上的积雪都超过了一尺。刚吃过早饭，门外便传来叩门声。小红去打开门，原来又是周兴一让人来送年货了。只是这次来的是周兴一的贴身侍卫史大鹏，不是周家的仆人。"四奶奶，周长官让我顺便来禀报一声：今年过年天气不好，路也不好走，四奶奶不用去周家过年了，小姐大年初二也不用回去了，家中到时候除了下人，可能只有三太太一人。"

"大过年的，老爷不在家吗？二太太呢？"景玲本不是个喜欢问东问西的人，多日不见周兴一，心想过年总能见到吧，却又得到这个消息，自然是又难过，又失望。

"四太太，今年情况不同于往年，各地土匪异常猖獗，南方又出了个什么革命党，上边要求我们大营正副长官必须有一人在大营中坐镇，以防不测。周长官从大年初一开始便要带着二太太住在大营，一般这种事，长官要携大太太稳定军心的，只是周家大太太已不幸去世，周长官便让二太太随行了。初二周家少爷们都要随少奶奶们回娘家，当日是回不来的……噢，对了，周长官还特意让四太太注意防范，天黑了有人叫门也不要开，这几天也不要去那边院子……"

景玲口上答应了，却想起了已逝的姐姐，不由一阵心酸。心想：没有了大太太，也就没了讲究，为什么不可带上我？这么多天不露面，还有这么多借口，姐姐年纪轻轻便让刘氏害了性命，他倒逍遥快活，口口声声让我相信他，我还怎能信他？哼，有本事他周兴一就永远别露面。啊！不行，永远不露面不就……大过年的，自己怎能生出这么不吉的念头！

送走史大鹏后，景玲一直闷闷不乐。自从嫁给了周兴一，他一直对自己疼爱有加，即使军中繁忙几日不能来，也必事前亲自告知，如有紧急军务，事后定会安慰一番，让旁人来传话的事从来没有过。难道姐姐离世后，周兴一想将容氏扶正？想到这些，她心中不免有些失落，心情难免有些郁结。但新媳妇刚过门，景玲不得不强打起精神张罗一切。

婆婆的情绪冬菇看在眼中，除了心中暗暗埋怨自己的父亲，便是想方设法让景玲开心。杂货店年三十下午也关门歇工了。雪停了，金啸天闲着无事，用院子中的雪堆了一个大大的雪人，冬菇用两粒红枣做雪人的眼睛，胡萝卜做雪人的鼻子，又剪了红纸给雪人贴了一个大大的红嘴巴，将雪人打扮得又喜庆又滑稽。景玲见到雪人的样子，也忍不住笑出声来。

正月初三一大早，天还没有完全亮，一阵急重的拍门声打破了清晨的寂静。景玲躺在床上，听到这声音，心中不由一紧。因为周兴一的叮嘱，没人去开门。

"四奶奶，四奶奶，快开门，快开门呀！我是严二平，周家出大事了！"只听一个男子慌慌张张的声音传来。严二平是周家的管家，性格稳重笃定，这么多年景玲都没听过他大声说过话。平时忙里忙外的管事很多，几乎不来景玲的小院。这大清早的，他为何如此慌张？

景玲听到他的话，不由一哆嗦，连忙起身以最快的速度穿衣服。这时只听卧房门外传来了轻轻的叩门声，小红小声问："四奶奶，严管家来了，我要去开门吗？"

"先别忙，你先去门口仔细听听是不是严管家，让他先等一会儿，这当口一定要注意防范。"景玲叮嘱。

景玲穿好衣服到了门口，发现一家人都已起床，神情肃然，如临大敌。

"严管家，周家……出了什么大事？"景玲示意小英隔着门问。

"小英，快开门，快开门呀，我要见四奶奶，快让我进去，进了屋再说！"严二平的声音惊恐而急切。景玲示意小英开门。

门一打开，一个中等身材的中年男子便扑了进来，身上还夹着一股浓烈的血腥气，浑身上下脏乱不堪，走路一瘸一拐的，似乎受了伤。他的确是周家的管家严二平。

"四太太，快闩好门，有土匪呀！"严二平似乎惊魂未定。

金啸天扶着他到了堂屋，小红倒了杯茶水递了过去。严二平坐到椅子上，喝了几口茶，过了好大一会儿，才开口说话："三太太……让土匪给杀了。小莲，小莲……也让土匪给抢走了。"

"啊？"在场的人都惊得张大了嘴巴。

"昨天家里头人少，那几个小厮让三位少爷带走，去帮他们挑给丈母娘的拜年礼去了，除了几个丫鬟就是我与三太太了。半夜忽然来了几个脸上蒙着黑布的人，那时三太太还未歇息，房中正亮着灯。他们……他们大概是让一个先越墙进来打开了大门，然后都直接冲了进来。我听到动静起来去看，被一个强人打倒在地，挨了一刀，我滚了一下。那人砍中了我的小腿，还想再砍时，就听有人叫'撤'，小莲大哭大叫'放开我，放开我'，那个砍我的人听了也忙收刀跟着走了。我躺在地上听着马蹄声渐渐远了，急忙爬过去将大门关紧。睡在另外房子的几个丫鬟听见小莲的哭喊声也早已经醒了，只是吓得不敢出来，我把她们叫出来一起进了三太太的房中，却发现三太太被吊在梁上。我们手忙脚乱地赶紧将她放下，却发现三太太她……她已断气了……"

"派人告知老爷了吗？"景玲震惊之余，还算镇静。

"没有，我不知该让谁去，那些丫头已经吓傻了，还缩在一起哆嗦呢。这不，天刚蒙蒙亮，我就赶紧来找四太太，请四太太做主！"严二平道。

"恶有恶报，刘氏这泼妇害死了我娘和我娘肚子里的孩子，土匪没将她千刀万剐真是便宜她了……"冬菇恨恨地开口道。

"啸天，等会儿天大亮以后，你骑马去大营找你爹；小红去请个大夫来给严管家医腿，现在扶严管家先去西边客房躺下；小英去报官。"景玲一边吩咐，一边用手势制止冬菇继续往下说。

周兴一与容氏领着几个随从匆匆从大营赶回来时，周家大院的门外已围满了瞧热闹的百姓。几个衙役把守在门口防人靠近，院子中间已搭起了布棚，刘氏的尸体停在其中。官府的验尸官正在查看刘氏的尸体，冬菇与景玲也在边上。

容氏与周兴一急急忙忙走过去。那验尸官认识周兴一，抬头与之打了个招呼，便又专心去查看去了。

容氏顺着验尸官的目光往下看，惊得几欲昏厥。

只见刘氏的脖子又青又紫，舌头长长地吐着，模样吓人极了。

"周老爷，太太是让那些匪人先用力掐死后吊到房梁上的。"验尸官边查验边对周兴一道。

容氏的手紧紧攥着周兴一的一只胳膊，吓得脸色惨白。"她害怕是有道理的，如果不是周兴一将她带到了大营，没准儿躺在这儿的还会多出一个来。"景玲心想。经过这一变故，景玲对周兴一不带自己而带容氏去大营已经不再生气了。刘氏的死让她感到无比解气，当然她不敢表现出来。

"娘呀，娘呀！"一阵哭喊声传来，原来是刘氏的两个双胞胎儿子回来了。周兴一接到消息后就从大营直接派出兵丁去亲家叫回儿子媳妇们，这会儿全回来了。进门时，两个儿媳妇哭得昏天黑地。周观海也被叫回，他媳妇进门时也是鼻涕一把泪一把地哭着"三娘"，一副伤心欲绝的样子。

三天后，刘氏的后事办完。整个过程，周兴一无悲无喜，只是脸色阴沉，少言寡语。办完丧事后，周兴一没在家中待上一宿，又独自带着几个随从回到大营，一直到正月十八天都黑了，才回到景玲那儿。

"老爷，你瘦了！"近一月不见，当周兴一忽然出现在她面前时，景玲惊喜之余，发现站在面前的丈夫又黑又瘦，憔悴不堪。

"玲儿，你也瘦了。"关上卧室的门，周兴一迫不及待地一把抱住她。

"我……"景玲没好气地白了他一眼，"都这把年纪了，还这么没正形！这么多天，官府有消息吗？小莲还没找到？有人这么欺负周大老爷，将周大老爷气得吃不好睡不香了吧？"

周兴一揽着景玲在床边坐下："刘氏那叫死有余辜，小莲胆敢加害我的骨肉，我叫她生不如死。玲儿，爷应承你的事，是无论如何要办到的，你姐姐岂能白死？"

　　景玲倒吸一口凉气，直直地盯着周兴一。

　　"为什么这么瞧着我，嫌我太狠心吗？说来说去我还不是为了你！"周兴一道，接着他将事情的来龙去脉向景玲讲了一遍。原来，过年前的一天，他乔装打扮亲自去八十里外的叉子山，找土匪冯三笑送了两根金条，并答应事后再给两根，请土匪正月初二夜里去周家杀刘氏掳走小莲。"我谎称周家与我有仇，让他们将刘氏不见血地杀死，让他们将小莲掳走随便处置。哼，我查出害死大太太的药的确是她给小英的，真恨不得将她千刀万剐！"顿了顿他又道，"我让他们只可伤一人，流点血，抢些财物。他们倒也有些信用，只拿走了刘氏的金银首饰及她房内的值钱东西，倒没有去家中别的地方抢。玲儿，为了让你高兴，爷可是用尽心机了，刘氏她也为我生了两个儿子，想来想去，还是有些对不住她……"

　　景玲明白了周兴一的心病。他天不怕地不怕，但刘氏入土后他再也不敢在周家大院中住上一宿，他的消瘦大概是因此而起。明白之后，她一时想不出怎么安慰，便抚摸着他的后背。

　　"玲儿，我不能再回去住了。你姐姐也是死于非命，她下葬之后我常常独自在她房里住，一点不怕，反倒感到亲切，为何刘氏让我这样害怕，看来人真的不能做太亏心的事，真的不能做……"周兴一喃喃道。

　　"那老爷就别回去了，这儿也是周家的院子，也是老爷的家啊！再说刘氏一下子害了三条人命，如将她送到官府用铡刀处死，她会死得更惨。已经过去的事情，老爷就别再苦恼了，保重身子要紧！"景玲劝道。

　　"如果不是为了保全周家与她生的两个孩儿的脸面，我早将她送官了，倒还省了我的四根金条，如此说来，刘氏的命值钱得很啊！"听了景玲的劝慰，周兴一的心头一下子轻松了不少，不禁又自嘲道。

第十一章

我是你大爹

崔大同的工钱是一月一千文，"赔给"金啸天三百文后，懊恼不已。只好回家与老婆撒谎说在回家的路上不小心弄丢了，在雪地上来回找了半天也没找到就回家晚了。他老婆郑氏是个泼辣多疑的女人，自然是不肯相信，一会儿怀疑他偷着给了自家兄弟，一会儿又猜测他在外面有了野女人，从腊月到正月为此事不停吵闹，搞得崔家鸡犬不宁，崔大同这个年过得很烦心。

过完年，杂货店开市以后，崔大同躲到店中，耳根清净了不少，他反反复复将事情的经过细细琢磨了好几遍。这人本就是个精明的生意人，在罗家店面管事多年，深得东家的信任，一直顺风顺水，这口恶气如何咽得下？被金啸天戏要时，他由于慌张来不及细想，等静下心来时，越想越感到不大对劲："也许是姓金的那小子存心与我过不去，周家与那女人的死鬼男人有些瓜葛，我须小心提防他才是。不过这事终究由那贱女人引发，我得从她身上查查到底是怎么回事！如果真是姓金的那小子故意搞鬼，我就找那女人算账。"想到这儿时，他不由恨恨地朝正在低头算账的金啸天剜了一眼，心想：哼！老子暂时奈何不了你这小兔崽子，但老子还治不了那贱人么！

细细地盘算几天之后，崔大同开始行动起来。

他怀里揣着糖，一有空就去钱家的院子附近转悠。从过完十五到夏天将至，崔大同一直没有查出任何端倪。

端午节过后的一个晚上，亥时将过，那天月亮很圆，将大地照得亮堂堂的。崔大同又来到了钱家的院子附近，躲在一棵大树后面偷听动静。忽听钱家传来一阵吵闹声："洛敏珍，都半夜了，你还要出去啊！"

这是一个苍老妇人的声音。

"娘啊，过年的落生（方言：花生）我还给你们留了半瓢，娘和根儿在家好好吃，可香了。天阴了这么多天了，今儿好不容易有这么亮堂的月亮，我这会儿下河将这几件脏衣裳洗了，再不洗都臭了。"就听一个年轻女人的声音。

"什么过年的落生，你是不是去找那金少爷？当我不知道么！我就是不许你出去，明儿白天再去洗！"老妇声音更大。

一听老妇的话，崔大同不由又妒又恨，怒火中烧，心想姓金的那小子拿老子的钱做好人，与这俊俏的小寡妇暗地里好上了。不行，我崔大同岂能吃这种哑巴亏，看我今天不好好治治这个小娘们！

"娘，你又糊涂了，白天我哪儿有空呀，晚上做活要费灯油的。"顿了顿，那女人又道，"娘，我走了啊！"话音刚刚落下，崔大同就见钱顺利的媳妇从院子里走了出来。

"娘，根儿跟你去。"女人后面跟出了一个三四岁的小男孩。

"根儿啊，你与奶奶乖乖待在家里吃落生，娘一会儿就回。"接着女人俯身对孩子低声说，"根儿，你奶奶的疯病又犯得厉害了，你要当心她自己跑丢了，好根儿在家看着奶奶。"说着还向崔大同藏身的大树这边看了一眼，然后急急地走了。

女人走远了，院子里又传来老妇一阵高过一阵的叫骂声。孩子转身正想回去，崔大同笑眯眯地从树后钻了出来。"根儿，还认得我吗？"

孩子摇了摇头。

"我是你大爹，来，我这儿有糖，根儿要吃吗？"

孩子点点头，用渴望的目光盯着崔大同。

崔大同将一块杂货店卖的麻糖塞进孩子的口中，孩子使劲地吧嗒吧嗒，不一会儿就全吃进肚了。

"根儿还要吃吗？"崔大同仍笑眯眯的，一脸和善。

孩子又点了点头。

"我这儿还有好多呢，你跟着大爹去找你娘，路上这糖都给你吃了。这样，你只远远地跟着大爹就行。"说着又往孩子的口中放了一块糖，向孩子招招手，自己扭身走了。崔大同也怕自己倘若手牵手地将孩子领走，万一路上让人看到，事后自己难以摆脱干系。

孩子慌忙三步并作两步地跟在了他身后，生怕被"大爹"落下。因为他的口中一直在不停地嚼着糖，所以始终都很安静。

崔大同专拣僻静人少的小道，不一会儿便将孩子领到了水流湍急的大河东岸。

时间已经很晚了，河的东岸陡峭无滩，水面离岸很远，既不能洗衣，也不能用桶将水舀上来挑回家用。因此那儿即使白天也是人迹罕至，这会儿月朗星稀，哪儿会有一个人影？

"娘，娘！"到了河边，孩子大叫两声。见没有母亲的踪迹，孩子回头看了看早已绕到他身后的崔大同，问："大爹，我娘呢？"

月光下，崔大同见孩子一双清澈无邪的眼睛盯着自己，不由得心中一阵发虚发软，伸向孩子脖子的双手又蓦地缩了回来。

崔大同又摸出一块糖递到了孩子手中，只听孩子说："大爹，我不吃了，我要将这糖留给我娘。娘呢？我要我娘。"

一提起他娘，崔大同的气就不打一处来，一想到她与金啸天的事，他又嫉妒得两眼发红。刚刚才有的心软发虚片刻便随风飘散。他没有回答孩子的话，而是飞起一脚，将孩子踢进河里。夏日正值汛期，可怜的孩子如一枚汤圆扑通一下落进水中，都来不及哼一声便消失得无影无踪。

第十二章

一定要报官

　　崔大同对着河水冷笑了两声，转身向河的南岸大步走去。

　　女人已经洗好了衣物，正提着筐子往回走。崔大同远远见她，就躲在河岸上的小树林里，树林边的小道是她的必经之地，见她走近，便现身拦住。月光下她穿着一件白色粗布上衣，青色粗布裤子，刚用河水清洗过的长发随意披在身后，浑身上下散发着一种淡淡的皂荚的清香。

　　"你……你想干什么？"女人一眼便认出了崔大同，吓得后退了一步。

　　"嘻嘻，爷一个大男人能对你这年轻的小寡妇干什么？"崔大同淫笑着一步步向她逼近，一把夺过女人手中的筐丢到一边，拦腰一抱，将女人拖进了小树林中……

　　女人叫破了嗓子，拼尽全力挣扎了半天，但对身强力壮的崔大同来说，全无作用。河边早已没有了人影，这时无论如何拼命叫喊，又哪里有人听得到？

　　过了许久，她才慢慢从地上爬起，将衣服从边上一件件找回抱在怀中，一步一步地又重新走回河边。她将衣物放在岸上，将身子没入水中用力搓洗，直搓得浑身上下的肌肤生痛还是感到自己肮脏不堪。

　　洗完穿好衣服，她想了想，感到自己还是应该先回家看看老人孩子再死。于是又慢吞吞地往回走，路过树林，见到自己家盛着衣物的筐子还在那儿，她想也没想就提了起来。

到了自家院子门口，只见大门敞开，婆婆坐在门边已经睡着了。

"娘，娘，"见白发苍苍的老太太睡在门口，洛敏珍一阵心酸，"快起来吧，会着凉的。"

老太太醒了，听到儿媳的声音后又骂开了："你去哪儿鬼混了？还有脸回家！"

自从她丈夫死后，婆婆疯疯癫癫地老是怀疑她想嫁人。平时婆婆老这么骂她，不光是她自己，连左右邻居都已经习惯。而今天她听了的感觉却与往日大不相同。她的泪又一下子涌出，心想：我自然是要去死的，我看一眼我的根儿后，就立即去投河自尽。

她扶婆婆进屋后，却发现儿子不在床上。她点亮一盏豆油灯，找遍了整个家的角角落落，却哪儿都没有孩子的影子。

"娘，娘，根儿不见了，根儿不见了！娘知道根儿去哪了吗？"女人惊恐万分，见婆婆又合上了眼睛，便双手扳着她的肩头拼命地摇晃。

"啊？根儿啊！他去找小瓜玩了。"老太太这会儿似乎更糊涂了。小瓜是她们邻居家的孩子，平时两个孩子倒经常在一起玩。

"娘啊，"洛敏珍急得哭出声来，"现在半夜三更的，根儿咋能与小瓜一起玩呢？求娘快清醒一点吧！"

老太太却又慢慢地合上眼睛，还打起了呼噜。

洛敏珍急得如热锅上的蚂蚁，她放开婆婆，走出家门满大街地乱找一气，直到天大亮了也没有一点头绪。她感到自己将要疯了，不知不觉中，她来到景玲的住宅大门。见大门紧闭，她便一屁股坐在门口的石墩上不停地喘气。

过了许久，大门吱一声开了，金啸天从里面走了出来。见石墩上坐了个衣衫不整、披头散发的女人，吓得倒退了一步。

"金少爷，金少爷，"洛敏珍一见金啸天，便立即起身扑到他的脚边，"求金少爷救救我的孩子！"

金啸天认出了她，忙伸手将她扶起："快起来说话，钱大婶！孩子怎么了，生病了吗？"

洛敏珍摇了摇头，哽咽着道："不是，孩子……他……他不见了。"

景玲与冬菇正在厅堂上吃早饭，早已经听到动静，这时已双双到了大门口。金啸天从地上扶起哭哭啼啼的女人时，她们正好看见。

"啸天，她是来找你的吗？别站在门口说话了，进屋说吧。"多日不见洛敏珍，她与刚生完孩子时相比，变化较大，景玲第一眼未将她认出。她还以为是儿子招惹的哪个穷人家的姑娘，被人家大清早地找上门来了呢。

冬菇的眼睛中也充满了委屈与敌意，泪水在眼眶里打转。

金啸天迷惑不解地将洛敏珍让了进来，把大门又重新关上。

"四奶奶，求四奶奶救救我的孩子。"洛敏珍扑通一声跪在了景玲面前。

冬菇哇的一声哭出声来，掩面奔入房内。她太伤心了，这个女人的孩子都生出来了，而自己才刚刚进门不久。丈夫对自己始终不冷不热，原来他早在外面有了别的女人。

"娘，你们想什么呢，"见妻子哭着跑开，金啸天明白了，"真是爱疑神疑鬼。她是钱家大婶，她生孩子时娘领着我去过她家，娘不认识了吗？"

景玲明白了，不由得啼笑皆非，赶紧将她从地上扶起："是钱家弟妹，为何行此大礼？快些进屋坐吧！"

几个人坐下后，小红递上了茶水，洛敏珍呜呜地哭诉开了。她只说自己去河边洗衣回家后便不见了孩子，自己找一夜未果。对崔大同强暴自己却不敢涉及半句。

"你去河边时，没发现你家附近有什么不相干的人吗？拐孩子的人一定是知道你不在家的吧？"景玲道。

对呀，自己去河边时隐约感到那棵大树后有人，当时没有在意。崔大同那畜生如何知道自己那会儿在河边？巧合？不太可能。只是，如何启齿说这件事，洛敏珍却颇为踌躇。

景玲见她脸一阵红，一阵白，一副欲言又止的样子，便知道她有事情隐瞒。"啸天，时间不早了，你不是已经吃过早饭了吗？快去杂货店做工去吧。"

支走了儿子，景玲将洛敏珍引到卧房，关上门低声说："妹子，要想快些找到孩子，就不能隐瞒任何事。"

洛敏珍哇的一声大哭起来，将头天晚上到第二天早晨发生的事及自己的疑问原原本本地讲给了景玲听。

景玲越听越惊，越听越怒。"妹子，你不能去死，就算真不活了，也要将那个姓崔的送到官府再说。"

"可是四奶奶，我如说了出去，哪还有脸去见人哪？"洛敏珍抽泣着。

"但是不报官就不能审问那个坏人，你丢孩子十有八九与他有关，你不报官孩子有可能永远找不到！"景玲道。

洛敏珍抽泣着没了主意。景玲叹了口气，两个人默默地好久都不开口。

"娘、娘，不好了，"只听外面传来金啸天惊慌失措的声音，"采砂船在河中打捞出一具小孩的尸体，正停在衙门口，我怕是……"

"啊！"洛敏珍一下子跳起来跑了出去。

"啸天，快跟上她，"景玲拉住儿子小声说，"不能让她跳河了，正好她要去衙门，你跟着她一起去报官。该死的崔大同，不管孩子是不是他害的，他昨夜在河边树林强暴了你钱大婶，这事不能算完！"

金啸天急忙跟了出去。

还没到衙门口，就听到一个女人撕心裂肺的哭喊声。金啸天的心一点一点地往下沉，挤进人群中，见洛敏珍正抱着一具孩子的尸体哭得伤心。

"崔大同，王八蛋，我和你拼了！"只见女人抱起孩子，口中不住地咒骂着，向罗家杂货店走去。

金啸天代她向官府报了案，之后又赶紧向女人消失的方向追赶过去。

第十三章

重大决定

金啸天来到罗家杂货店时，远远地就听到一片喧嚣。女人的号啕声，男人的叫骂声及街上看热闹人群发出的唏嘘声，组成了一阵阵刺耳的杂音，让人的耳朵很不舒适。

渐渐挤进人群，金啸天看见崔大同正与洛敏珍扭打在一起，孩子小小的尸体被放在店外的一条长凳上，崔大同正揪着女人的头发拳打脚踢，口中还不干不净骂着。

金啸天见此情景，真是怒不可遏。他来不及细想，便径直上前一把揪住崔大同的衣领，冷冷地道："放手！你一个大男人打女人，成什么样？"

金啸天年轻力壮，多年随着周兴一骑马打猎，人到中年的崔大同哪是他的对手，只一瞬间崔大同便松开了手。洛敏珍扑倒在地，晕厥过去。她从昨晚到现在滴水未进，打击连连，又始终未得休息地胡乱奔走，这时早已支撑不下去了。

"金兄弟你有所不知，这贱人诬陷我强奸她，还害死了她家的小杂种。这种事怎能乱说？"崔大同自知不是金啸天的对手，又有把柄握在他手里，对他说话自然是不敢放肆。

"姓崔的，你到底做没做过那些事，恐怕只有你自己心里头清楚！"

金啸天也松了手，淡淡地道："咱店里头这么多人，为何她单单与你崔大同过不去，难道是认错人了吗？"

"你说这话是什么意思？"崔大同的脸青一阵红一阵的，却也不肯嘴上服软。

"让开、让开，闲杂人员一律回避！哪个是崔大同？"只听一阵锣响，几个衙门的差役围了过来。崔大同一看形势不对想跑，金啸天一把将他揪住，哪容得他有丝毫反抗的余地！

这个案子震惊了整个付周县。后经多次审讯，洛敏珍指证，几个百姓出面举证亲眼看到孩子那日晚上跟在全城闻名的崔大管事的身后，他还不停地转身给孩子糖吃的事实，崔大同才低头对自己的罪行供认不讳。他伏法那日，洛敏珍早早地便在刑场边等着，眼见崔大同的人头落地，女人哈哈哈哈一阵拍手狂笑，之后便疯了。

对于洛敏珍，金啸天始终有一种愧疚的心理。他总感到是自己害了她：如果不是自己当时自作聪明让崔大同损失了钱，而仅仅将女人救出的话，也许他不会怀恨在心总惦记报复，钱家的孩子也许不会死，洛敏珍也许就不会惨遭不幸导致精神失常。他感到一切都是自己一手造成的。

冬天的时候，冬菇怀了身孕，为了胎儿的安全，景玲叮嘱金啸天禁行夫妻之事。金啸天便搬到另外的房间去住，不再和妻子同房。周兴一已经将景玲处作为自己的家，又在周围买了地，修房造屋，将宅子扩大了不少。不在大营时他便常住其间，这让金啸天感到很不自在。此时适逢社会动荡不安，孙文在日本成立了中国同盟会。清政府处在风雨飘摇之中。这一切让金啸天萌生了一种念想，他做出了一个影响自己一生的决定——离开家，南下去参加革命党。

第十四章

南下遇女匪

作为一名清政府绿营军的参将，周兴一也深感不安。各地土匪横行，民不聊生。大营的军饷时时不能到位。总有不好的消息传来，说南边海上总有洋人的大船入侵沿海各地，香港、澳门早已被洋人割占，清军屡屡失败。偶然有些胜利的消息，清军亦是伤亡惨重，让人无法高兴得起来。他感到清朝的气数将尽，自己已是年近花甲之人，又为官多年，如果改朝换代，自己必将不得善终。但自己该怎么办他一直想不出对策。当金啸天向他提出要去南方加入革命党军队时，他多日的思虑一下子一扫而空：对呀，如果这个既是儿子又是女婿的青年进入了革命党军队，自己一家人不就安全了吗？至少在新派势力中有了自己的人。如果革命党不能成事更好，自己可说不知金啸天的行踪。反正在付周县比他周家势力大的人不多，如还在清政府管辖下，他相信无人能动得了他。如果革命党成事了，他可说自己支持了金啸天，一样会平安无事。所以他听了金啸天的想法后，先是将他大大赞扬了一番，然后不顾女儿与景玲的反对，悄无声息却非常积极地为金啸天准备行李，还从大营中找了一个祖籍两广地区的小军官教金啸天学习那里的方言，等他学得差不多之后，便催他赶快上路。

离开家是金啸天许多日子以来的渴望。他对妻子仅有姐弟之情，却无半点爱恋之意，婚后两人几乎无话可说。冬菇怀孕夫妻分居后，平时金啸天早早地起身去杂货店做事，晚上天黑了才回，两人除了吃晚饭能碰面，别的时候想见一下都很困难。金啸天对妻子的感情愈发淡了。本来担忧家人反对走不了，不料却得到了周兴一的大力支持，很快便顺利成行。

金啸天离开家那天，为了避人耳目，深夜十二点便开始启程，连家中的丫鬟都没惊动。那晚刚下了一场雨，将夏日的炎热一扫而空，清爽的空气伴着习习的凉风，让人精神大振。他们一行四人静静地出门，母亲妻子均是泪眼婆娑，周兴一一手扶着妻子，一手牵着女儿，将金啸天送出了很远。"好男儿志在四方，啸天，家中你不必挂念，自有为父为你打理，你放心去吧！"分别时，周兴一道。

骑马走在空无一人的大道上，金啸天感到从未有过的轻松愉快。这是一种久违的美妙感觉，这种感觉只有十岁以前在金家，在自己的亲生父亲面前体会过。八年多在周家的生活，说不上有多艰辛，周兴一对自己和母亲也是宠爱有加，对他的态度与对周家少爷们无半点区别。但他自己感觉总是有些压抑，总能感到周家其他人看自己的目光怪怪的，他感到很不舒服。

月光朗朗，马蹄儿清脆，不到两个时辰，金啸天已到了鄂豫皖三省交会处的山区。路的两旁山崖陡峻，林木茂盛，不时有受惊的野兔、山鸡从马前掠过，常把他吓了一跳。山风很大，刮得树枝野草沙沙作响，更为夜间的山林平添了几分诡异。自己第一次一个人走夜路，心中不免有些发毛。金啸天想起母亲的叮嘱：在山道上一定要小心猛兽蛇虫土匪。想到这些，他不禁摸了摸身上背的洋枪和腰间别的匕首，心中略微踏实了些。

山路越来越难走，金啸天只好下马，将驮运行李的马牵在手中，让自己的坐骑跟随其后，慢慢地步行。突然间，后面的马儿嘶叫了一声，他感到身后有异样的动静，便不动声色地快走了两步，一边飞快地从肩上取下洋枪，待他将身子靠着马肚子转身时，早已是枪端在手，子弹上了膛。

月光下，金啸天只见一高一低两个人影。两人各持一把两尺来长、寒光闪闪的大刀，正悄悄地向自己靠近。忽见金啸天无比迅速地持枪转身，两个人均吓得僵住了。

"想杀人越货吗？"金啸天一见仅仅两个人，并且那个矮个的还尤其瘦弱，心中不由一宽。但又怕暗处藏有更多敌人，索性打死一个少一个。便将枪口对准那个强壮些的，准备开枪射击。

"求大爷别开枪，求大爷别开枪！"扑通一声，那个矮个子跪了下来，口中发出的是一个女子略带哭腔的声音，边说边磕头。

金啸天觉得惊奇。动荡不安的岁月，土匪多不足为奇，奇的是刚刚上路便遇女匪，更奇的是这个女匪的口音竟与付周地区的人们一模一样，并且她的声音听起来是如此熟悉。

第十五章

原来是她

"小莲，快起来，不要管我了，你快快逃吧，再让他们抓住你，三哥可救不了你了，过不了一年半载，你会让他们折磨得丢了性命的，别管我了，快跑！"高个的土匪倒颇有情义。

"不……三哥，要死也要与三哥死在一起！"女匪哭着连连摇头。

"小莲听话，快走！再不走就来不及了……要让大哥发现追上来，谁也活不了……快走！"边说边动了动脑袋，警觉地侧耳细听周围的动静，对金啸天的枪口似乎毫不在意！

"别动！你再动一动我就开枪打死你！"金啸天一面威胁着男匪，一面向那女匪招招手，"你过来！"

金啸天此时已经认出那女匪便是周家那个被掠走的丫鬟。对于周兴一的行为他当然一无所知，除了景玲，没有人对那次土匪入户杀人抢劫有任何怀疑。大家都认为那仅仅是一次意外。

"老子跟你拼了！"男匪怒目圆睁，冲了上来。金啸天赶紧将枪口微微上抬，开了一枪，打中了男匪身后的一棵树的树干。金啸天打小便与周兴一学习骑射，枪法的精准度一般人无可比拟。男匪一惊，停住了脚步。

"求大爷别开枪！"小莲起身奔了过来，站到了男匪前面。金啸天看清楚了，她的确是周家的小莲，只是比在周家时消瘦苍老了许多。

"小莲，你还认识我吗？"金啸天微微一笑，颇有几分惊喜的表情。刘氏一死，所有的仇恨早已烟消云散了。

小莲后退了一步，瞪大眼睛向他瞧了半天："你……你是金少爷！"小莲总算认出了金啸天，进而腿一软，扑倒在地，抽泣道："金少爷，小莲没想到还能活着看到家里的人。"

原来正月初二那日夜里，小莲直接便被掳上了叉子山。山上有十五个土匪，年龄最大的冯三笑三十六岁，最年轻的二十三岁，清一色的光棍，忽然见到一个二十来岁的大姑娘那还了得？这半年多，小莲当真是生不如死，偏偏土匪又看得紧，让她好几次寻死都没有成事。她多日来一直认为自己因帮助刘氏做了伤天害理的事才遭到这么大的报应，否则周家那么多丫鬟，为什么偏偏自己被掳？土匪中坐第三把交椅的宁之行二十六岁，早年家贫，姐姐被卖入青楼后寻了短见，因此他对这种残害女子的事情深恶痛绝。他对小莲颇为爱怜，并且力所能及地照顾她，渐渐地两人互生情愫，私订了终身，拜了天地。这日瞅见一个机会，两人便一起逃了出来。

"金少爷，我们两个躲在草丛中，想夺了你的马赶紧逃得远远的。"小莲小声说，"幸亏少爷机警，不然……"

忽然宁之行摆摆手，示意他们安静。金啸天听见有隐约的脚步声传来。尽管走路者似乎在有意放轻脚步，但在深夜的山林中还是能听得清清楚楚。

"大概是刚才的枪声将他们引来的。"宁之行小声说，"咱们快些躲藏起来，拼了命也不能再让小莲给他们抓去了。金少爷你快走吧，他们是冲着我们两个来的，你从这边悄悄地走他们没准发现不了。"

"我不走，小莲是周家的人，我金啸天也有责任保护她！"金啸天道。

脚步声听起来越来越清晰了，金啸天将马上的行李、枪弹卸下藏入草丛，把两匹马牵进树林中拴好后，三人在路的两边分别埋伏好。不一会儿，十几个土匪已经出现在视野中了。

"老三这小子真不够意思，看我抓住他不扒了他的皮！"只听一个粗声粗气的男人喊道。

"是啊大哥，山上有个女人，兄弟们的日子比以前可美多了。这一段时间大家除了就近收些买路财，到山下取些谷米，都很少张罗下山了。少了冲突咱们会长命百岁的。三当家的这样干，不是又要逼着咱兄弟下山拼命吗？"一个尖细的声音随声附和道。

金啸天借着月光看过去，只见一个黑衣大汉与一个瘦子并肩走来，后面跟着十几个高高低低的汉子。那黑衣大汉身材高大，满脸浓密的胡子，看上去凶神恶煞。那瘦子尖嘴龅牙，像只老鼠。

马的嘶鸣声打破了沉寂。两个土匪将金啸天的马儿从林中拉了出来。

"还备了两匹马，看来老三这小子蓄谋已久啊！"那个粗声粗气的男人又道，"看来这对狗男女还没走远，兄弟们，给我搜！"

群匪手持长刀开始向路边的草丛猛砍，越来越近，金啸天早已暗暗瞄准那个黑衣大汉，待他近了，一扣扳机，正中大汉胸口，令群匪一愣，他接着枪口一转，又将那瘦子撂倒。路的对面，宁之行已跳出来与土匪们砍杀在一起，金啸天又开了几枪，瞬间土匪已死伤大半。余下的五六个人一看形势不对，忙转身向树林深处逃去。

小莲从地上又捡起一把刀，双手各拎一把，冲上去对着最后面的那个土匪猛砍。可能是被吓破了胆，他几乎没有还手就被小莲砍伤了双腿。宁之行将与自己对打的土匪砍倒后，帮小莲追赶那余下的敌人，很快便又砍倒了一个。金啸天也追了上去，又打中了三个，跑在最前面的那个土匪身子一矮，钻进了草丛中，再也不见了踪影。

"小莲，你来亲手将这几个还没断气的畜生给料理了，报仇的时候到了！"宁之行对小莲道。

小莲咬牙切齿地上前朝四个受伤土匪的脖颈各狠狠来了一刀。鲜血飞溅，溅得她满身满脸都是。她丢下刀一屁股坐在地上，用衣袖蹭了蹭脸，放声大哭起来。

第十六章

结伴而行

　　两个男人默默地站在一边。过了好大一会儿，小莲终于哭够了。她抬起一双红肿的眼睛看着宁之行："三哥，咱们现在去哪儿？"

　　"这……"先前两个人光考虑怎么逃出冯三笑的魔爪，现在大敌已除，土匪中单单跑了一个老五吴飞达，已不足为患。现实的问题摆在眼前，他们两个早已没了父母，哪儿才是他们的家呢？

　　"小莲，咱可以回山上住，吴飞达一定早跑得远远的啦。"宁之行道。

　　"可是三哥，我不想住在那里，住在那儿我会做噩梦的。"小莲泪眼汪汪地说。

　　"好好，小莲，咱们不住那儿……咱们不住那儿。金少爷这是要去哪里？"宁之行转头问金啸天。

　　"我……我要去南方做买卖！"金啸天吞吞吐吐道。

　　"金少爷，我与小莲跟着你行不行？现在兵荒马乱的，少爷一个人也不安全，我与小莲做少爷的仆人好不好？"宁之行看着金啸天问。

　　"这……"金啸天踌躇了一下。

　　"少爷你放心，我是看着你长大的，对你绝无二心。"小莲急急地说，"上次大太太被害，我也不知那药是有毒的，直到大太太没了知觉三太太才告诉我。当时我吓坏了，只有照三太太的话接着做。我……后悔得很，现在遭到了报应，我再也不会做什么亏良心的事了，求少爷带上我们吧。"

"可是，跟着我风险很大……"金啸天犹豫道。因为还在清政府的统治下，离开家时周兴一与景玲一再叮嘱他不可与旁人说自己是去南方参加革命党。

"金少爷，我们做土匪的人还怕风险吗？"宁之行道，"少爷今天救了我与小莲的命，就是我们的救命恩人！如果不是少爷的枪法好，我两个人早就去见阎王了，现在我们就是为少爷去死，也是应该的！"

金啸天见他们态度语气都很诚恳恭敬，想想便点头同意了。

待小莲在山间的溪水中将身上的血污清洗干净，三人一块回山上收拾了金银细软和一些值钱的东西，拿了换洗衣物，又牵了山上全部的八匹马，向南而行。

一路上，他们为了避免麻烦，打扮成马贩子的模样专挑僻静的小道走，晚上专门找那些不起眼的小客栈投宿，一路上倒也没遇到什么太大的麻烦。就这样走走停停，过了大约半个月，已经到了两广交界处，距离目的地广州已经很近了。

天气十分炎热，已是晌午，烈日正当头，街头的合欢树下坐满了乘凉的人们，每个人手中均摇着一把大大的蒲扇，脖颈上各挂着一条汗巾，空气似打蒸笼中冒出来的一样，热腾腾的，让人很快就汗如雨下。

他们先找了一家小客栈订了房间，将马匹拴在后院树上，行李长刀放好，打了一个包袱将枪弹短刀与金银随身带了，到大街上寻找饭铺吃饭。街上集市还未散去，人群熙熙攘攘，热闹非凡。他们进了一家名为西北老汤肉丁全面馆的小店，各要了一碗刀削面吃了。

饭后闲着无事，三人到大街上闲逛，他们都是第一次到南方，对许多事物都感到新奇。小莲买了枇杷、荔枝等好几种北方没有见过的水果，大家边走边吃，眉开眼笑，也不觉得天气热得无法忍受了，不知不觉中已将一个市场转悠了大半个。这时，忽见前面人头攒动，许多人正围成一堆观看着什么。他们三个见此情景也赶紧挤了上去。

只见一个穿着绸衣绸裤的胖男人，正指挥两个家丁模样的人拉扯着一个十五六岁的小姑娘，好像要将她带到什么地方去。小姑娘拼命地反抗，双手抱着街边的一棵树坚决不撒手，并大声地哭叫着；边上的一个老妇人跪在地上流着泪不停地磕头，口中絮絮叨叨地说些什么。这一老一少均衣衫褴褛。老的满脸皱巴巴的，枯瘦之极；小的却明眸皓齿，纤细白净，即使破衣也掩盖不了她的华容。而那胖男人长得头大身子短，两只小眼睛，跟一只大冬瓜似的丑陋至极。

"你们家欠老子那么多钱，你那短命的爹娘可倒好，两腿一蹬见阎王了，老子不拿你这小丫头抵债，难道还就这样算了不成？"胖男人双手叉腰，点着小姑娘的鼻子气势汹汹地说。

"我不去他家，死也不去！奶奶，奶奶！"小姑娘哭着向老妇人求救。

"这可由不得你这小丫头片子，"胖男人冷笑一声，"赵三、田二，你们连一个小女娃子都搞不了，爷养你们难道是让你们白吃饭的吗？"

那两个家丁一听，忙去掰小姑娘抱着树的手。她如何是两个大汉的对手？眼看着就要被架起，只见小姑娘用力挣脱了一下，脑袋往树干上狠狠一撞。砰的一声，小姑娘的头一下子就破了，人也晕了过去。

"可怜呀，"只听有人小声议论，"信家的儿子媳妇出海死了，留下这一老一小的可让这渔霸葛胖子逮着机会了。听说他们家并未欠葛胖子多少钱，但死无对证。葛胖子惦记信晓荷多日了，这回信家丫头是难以逃脱了……"

他们说的均是当地方言，但金啸天听得懂，略加推敲便知道了事情的来龙去脉。这不由使他怒火中烧。

"晓荷，晓荷呀！"老妇人老泪纵横，扑上去忙不迭地用手去按孙女头上的伤口，但哪儿按得住？鲜血直流，瞬间染红了老妇人的衣裳。

"呵！还挺硬气，"葛胖子又是一声冷笑，"晕了是吧，赵三、田二，把她给我抬回去，老子还不信她能死了……"

"葛老爷饶了孩子吧，"老妇人哭着哀求，"让老婆子我顶债吧，老婆子还不满六十，身子也健朗，让我去做老爷太太们的老仆吧。"边说边从自己的破衣上撕下一块布来为孙女裹住伤口。

围观的大多数人都知道葛胖子的心思，听了老妇人的话，不由哄笑起来。葛胖子恼羞成怒，飞起一脚将老妇人踢翻在地，对着赵三、田二骂道："死奴才，没听见我说话吗，快点！"

两个仆人赶紧去抬仍在昏迷中的小姑娘。

"慢着！"金啸天再也看不下去了，挺身而出，"你们这么多大老爷们如此欺负两个女人，难道没有王法吗？"他说的都是刚刚学的两广话，尽管不是很地道，却也有模有样。宁之行与小莲一路上也在与金啸天学习两广话，到了才发现自己仅仅勉强能听懂，却是半句也说不上来，只能用不太标准的官话与人沟通。此时不由得佩服地看了他一眼。

"哟嗬，哪儿跑出来个小杂种敢来管爷的闲事？"葛胖子狞笑着走近金啸天，对他细细打量一番。"在这儿，爷爷我就是王法。怎么样，不服么？"说着抬起手准备给他一个嘴巴子。

"死胖猪，想找死吗？"小莲冲上来挡在金啸天前面，反手给了葛胖子狠狠一记耳光，速度之快，令人猝不及防，"你敢动我家少爷一根毫毛，看我不将你这死胖猪剁碎了喂狗！"小莲在周家丫鬟中本属于厉害角色，多日来又与十几个土匪为伍，耳濡目染，话语中自然也沾了不少匪气。

葛胖子自己就是彪悍狠毒之辈，在这一带已为非作歹了多年。不管他做什么，又有哪个老百姓敢言语一声？这下子忽然被人扇了一个大嘴巴子，只觉得眼冒金星，不知所措。更让他不可思议的是，打他的竟是个女人，看上去弱不禁风，居然力量如此之大，还能说出那么狠毒的话。

赵三、田二一见这情形，忙放下小姑娘，拾起先前丢在地上的木棍前来护主。葛胖子气得满脸通红，上去欲与小莲较量一下。却发现女子身边站着一个相貌凶狠的高个子男人，手中还操着一把短枪，正恶狠狠地瞪着自己，不由心中一紧，嚣张的气焰顿时弱了不少。

"信家欠我们老爷的钱不还，用她这丫头来抵债关你们屁事！"赵三、田二没注意到宁之行手中的枪，手持木棍包抄过来。

"站住，再往前走一步我就开枪打死你。"宁之行举枪威胁道。

"嘻嘻，骗谁呢？就你那德性还想用假枪骗你爷爷我。"田二犹豫着放慢了脚步，赵三却不知深浅，仍叫嚣着往前冲。

砰的一声枪响，一声惨叫，赵三的右腿开了花。不知什么时候，枪已到了金啸天手中，枪口似乎还有青烟缭绕。

"告诉你们，我家少爷可是百发百中，想打你的狗眼就打不到你的狗鼻子上去。"小莲哈哈大笑，"要不是我家少爷心眼好，只打了你的狗腿，哼哼，你的狗命怕是早没了！"

葛胖子顿时面如死灰，多年以来他何时受过这种窝囊气，丢过这种人！在围观的人群中，有不少吃过葛胖子的亏，平日里敢怒不敢言，这会儿见有人出头，都大为兴奋。葛胖子对着沸腾的人海狠狠瞪了几眼，并对田二使了个眼色。田二立即奋力挤出人群，并撒腿开始狂奔。

"这位少爷，你们也赶紧走吧，"一位二十七八岁，身着长衫，头戴礼帽的青年男子从金啸天身后轻轻扯了扯他的衣裳，小声道，"这个葛胖子恶得很，另外那个下人去搬救兵了。你们毕竟人少，快走吧！"

金啸天感激地冲他笑笑，但小姑娘还躺在地上尚未转醒，老妇人被葛胖子踢了一脚后半天都没爬起来，他们如果管了一半一走了之，这一老一小的命运就可想而知。无论如何，先将她们带回客栈救醒再说。

他让宁之行背起小姑娘，小莲搀扶着老妇人，准备离开。葛胖子叫道："你们不能将她们带走，她们还欠我钱呢。小的必须留下抵债！"

"是吗？"金啸天转过身子冷笑了一下，手持洋枪向他走近了一步，"那借据呢？欠钱没有借据，空口无凭可不大好说吧？"

"借……据，我……这儿有。"葛胖子还当真从怀里摸出一张纸念了起来："'今信海洋借铜钱一千五百文，一年后归还三千五百文。信海洋。'"落款的日子是去年的腊月二十三日。然后他神气活现地将借据举得高高的，"大家看到了吧，这儿可有信晓荷她那死鬼爹信海洋的手印，爷爷我还骗你们不成！"

宁之行冷笑了一声："葛胖子，大爷我这儿有铜钱八千文，全给了你，买你家五个大闺女给老子做小老婆可好？"周围的人哈哈大笑，并且笑声一浪高过一浪。

"你……你放屁！"葛胖子气得脸涨成了紫色。他已有五个老婆，除去大房不育，另外四个姨太太已接连给他生了六个女儿。他想强占信晓荷，除了贪恋她的美色，还有一个重要原因，便是想多个女人为他生儿子。宁之行当然不知他到底有几个女儿，胡乱说说，哪知却戳中了他的痛处。

"葛胖子，你好会做买卖，借据今年过小年才到期，还有快半年的时间呢。再说了，你一千五百文铜钱就想占人家漂亮大姑娘，倒想得美啊！"周围又是哄笑声一片。

葛胖子气得全身发抖。旁边腿受枪伤的赵三这时又不识时务地哀号两声，葛胖子更是气不打一处来，抬脚猛踹了他两下。赵三疼得龇牙咧嘴，再也不敢出声了。

"咱们走吧。"金啸天没想到自己的新仆人如此能言善辩，但感到逞一时的口舌之快意义不大，赶快离开这个是非之地才是正经事。这时，宁之行背在身上的信晓荷已转醒，因为头疼得很，仍一动不动地伏在他背上。

"三哥，快把那女娃子放下，她早就醒了！"小莲很不高兴自己的意中人背着另外一个女子，只是碍着金啸天的面子不便发作。

宁之行只好将信晓荷放下。金啸天却发现小姑娘一脸的委屈，很虚弱的样子。"来，三哥，你牵着奶奶，我扶着小妹妹。"小莲伸手将信晓荷拉了过来，"少爷，咱们走！"

"想走，没那么容易！"只听葛胖子一阵得意的笑声响起，原来是田二领着二十几个手持铁棍的汉子到了。金啸天扫了一眼，只见那些汉子均结实健硕，统一的黑衣，个个气势汹汹。

"闲杂人等快些离开！我们要好好教训这几个不知天高地厚的外乡人了！"田二叫嚣道。

瞧热闹的人大都散去，生怕铁棍会落到自己身上，只有几个胆子大些的远远地站着观看。转眼之间，刚才的一大堆人仅剩下与事情相关的两边人及刚刚那个提醒金啸天快走的长衫青年了。眼见那一行人围了过来，说时迟，那时快，只见长衫青年如一只老鹰一样扑向葛胖子，一下子把他按倒在地，举着一把匕首对准葛胖子的咽喉，厉声喝道："快让这些人滚得远远的，不然我一刀刺死你！"一边对金啸天道，"快走！"

葛胖子还没明白是怎么回事就被制住。匕首架在脖子上，长衫青年凶狠的眼神让他不寒而栗，他这时再也顾不了什么面子了，毕竟命比面子重要！这时他急忙对着那帮人叫道："赶紧滚得远远的，想要老子的命么！"

见主人被擒，刚才还气势汹汹的奴才们这会儿老实了许多。长衫青年一把将葛胖子从地上提起，对着金啸天微笑着说："这位少爷，看来咱要麻烦这胖子送咱一程了。"

他们一起挟持着葛胖子退回小客栈，取了马与行李等，在长衫青年的建议下立即动身离开。金啸天想留下些钱给信晓荷祖孙俩，不料老妇人坚决不收，却跪下央求他们带走孙女："好人啊，让她跟着你们吧，做个丫鬟也好呀，她不能待在这里啊！老婆子护不住她啊！"说着咚咚地给他们磕头，小姑娘也眼泪汪汪地看着他们。无奈之下，金啸天给老妇人留下了几两银子，他们几个人骑着马带上信晓荷，挟持着葛胖子快速离开。因害怕主人被害，按长衫青年的要求，葛家仅有两个家丁徒步远远跟在后面。出了城三四十里路，长衫青年才将葛胖子丢在路边，一行人瞬间消失得无影无踪。据说葛胖子回家后大病了一场，从此再也没有了以前的精气神儿了。

信晓荷不会骑马，小莲只好让她坐在自己前面。路过一个小镇时，宁之行张罗着为她请了一名大夫治疗头上的伤口，这让小莲更加生气，对她恶声恶气的没一点好脸色。而小姑娘总是一脸无措与茫然，眼中时常噙着泪花。金啸天无奈地摇头：女人多了真是麻烦。而长衫青年总是微笑着，一脸温和地看着这一切。

第十七章

亦敌亦友

扔下葛胖子后，几个人才相互通告了姓名。长衫青年叫鲍臣才，两广本地人，当得知金啸天此行的目的是加入革命党时，他十分高兴。原来他就是一名革命党人，尽管刚加入不久。但现在革命党正在筹备一场大的起义，急需招兵买马，这一下多了两个身强体健的青年男子，十匹膘肥体壮的高头大马，真是雪中送炭！一到了广州，他便将他们直接带到了自己的长官那儿。长官当然高兴，当即将金啸天编入鲍臣才的侦察团，做了鲍臣才的副官，这时金啸天他们才知鲍臣才是一名侦察团长，同时宁之行也加入了敢死队。小莲用从山上带下来的金银置办了一处前后带院子的房产，为一同南来的人每人均准备了单独的卧房，又买了十二亩水田，为自己与信晓荷置办了几身新衣，在院子的空地里种上了各种蔬菜。两个女子平日住在一起，开始有模有样地过起了日子。队伍紧锣密鼓地秘密操练着。偶然有空闲，金啸天与宁之行便回来吃饭，住上一夜，有时鲍臣才也来，只是从不在院中过夜。

此时正值辛亥革命前夜，社会的动荡不安加剧了各种矛盾，治安很不好。小莲刚刚搬入新居不久，便有一个窃贼潜入，小莲当时还未睡熟，听到动静后操着大长刀起身赶了过去。窃贼瘦弱不堪，有气无力，虽是男人却不是小莲这个女子的对手，很快被小莲制服。再瞧他抱在怀中刚刚偷的东西，小莲几乎忍俊不禁：除了两件自己的外衣，竟还从厨房中偷了四个头天吃剩的包子，其中一个还被咬了两口。小莲拿回了自己的衣裳，却让窃贼拿走了包子。她倒不是可怜那人，而是感到包子已让那人黑黑的双手抱了半天了，自己人没法再吃了。

到广州后，宁之行除了偶尔与金啸天一起来看看她们，他自己从未单独来过，与小莲全没有夫妻的样子。她感到，在他眼中，她与信晓荷没半点不同，或者她还不如信晓荷，因为她老是觉得宁之行看信晓荷的眼神有些异样，而信晓荷在他面前也表现得娇憨十足。在山上，宁之行三天不与她亲热便坐立不安。而下山多日来，宁之行仿佛变成了另外一个人，对她碰也不碰一下，这让她有点坐立不安了。想着想着，不由得伤心起来，对宁之行也充满了怨气。

第二天晚上，金啸天、宁之行和鲍臣才又恰巧来了，见小莲双眼红肿，还有大大的黑眼圈，都感到奇怪。小莲不好当着金啸天的面与宁之行多说，只把昨夜家中进了窃贼的事大略说了一下。男人们都很不安，当晚就留下了。鲍臣才这次也破例留了下来。

吃完饭，几个人都各自进自己的卧房早早躺下，小莲却翻来覆去地无法入眠。她想了又想，感到还是应去与宁之行问个明白，于是悄悄地披衣起身去找宁之行。她的房间与信晓荷的离得最近，经过信晓荷的房间时，她隐约听到里面传来哧哧的轻笑，便停下脚步靠近房后的窗子侧耳细听：

“别躲了，让我亲亲！”只听宁之行喘气不匀却尽量压低的声音。

“嘻嘻，你敢！小莲姐扒了你的皮！”又听信晓荷温柔娇媚的声音。

“哼哼，她凭什么呀？我可不要戴绿帽子！”

“三哥你好没良心哟，你事先也不是不知啊，那你为何不顾性命地将她抢下山来？还与人家拜了天地，做了人家的男人。”只听信晓荷嗲声嗲气地笑着说。

“当时我没想到这世上还有你这样的小美人啊！见了你，我还以为是神仙下凡呢。"

"三哥你嘴皮子就是甜，是不是在山上也这样哄小莲姐偷偷做了你的老婆？不可不可，三哥，你还是快走吧！"

"怕你不高兴，我这一阵子从不与小莲亲热。晓荷，依了我吧！"

小莲气得几乎背过气去，在山上宁之行与她甜言蜜语说得动听至极，才几天呀，他便成了这副嘴脸。于是，她强压怒火，轻轻绕到门前开始拍门。

"晓荷妹子、晓荷妹子！"

屋内的两个人顿时安静了下来。对于小莲，宁之行不管在信晓荷跟前怎么说，心里头还是有些惧怕的，一听她此时就在门外，立即松开了信晓荷，开始慌里慌张地往身上套衣服。

"哎，小莲……姐，有……有事吗？"信晓荷当然不是真心想与宁之行怎么样，这些日子她之所以与他眉来眼去，是为了报复一路上小莲对她恶语相加，让自己平白无故地受了许多冤枉气，本想借着宁之行好好气气小莲，为自己出出气，想不到却引火烧身，要不是小莲"碰巧"赶到，后果将不堪设想，此时她心中也是非常后怕的。

"你刚才怎么啦？做梦了吗？"小莲问。

"啊……是……我……我刚刚做了个吓人的梦，怪吓人的，没事的。"信晓荷吞吞吐吐地答道。

"我想起昨天的事，心中也害怕得睡不着，想找你说说话。"小莲道。

"好啊小莲姐，你稍等等，我……穿好衣服就来给你开门。"信晓荷赶忙从柜子里往外掏衣服。

"不急不急，你慢慢穿吧，这会儿外面天气还蛮凉的，妹子多穿点，咱俩去后院走走！"小莲幽幽地道。

房中的人听她这么一说，才略略宽心。

过了一会儿，信晓荷穿戴整齐走了出来，随手将门轻轻关上，她怕小莲进去。小莲笑了笑说："等会儿回来我要是还害怕呀，今儿我就跟你一块儿睡。"其实她是想告诉宁之行赶紧离开信晓荷的房间。果然，听她们的脚步声渐远了，宁之行立即溜了出去。

小莲与信晓荷聊的，无非自己在周家的生活与之后被土匪抢上山去的不幸，以及宁之行与自己的深厚感情，当然她不敢提及自己参与害死景玫的事。她希望信晓荷能明白她与宁之行是患难与共的夫妻，她在他心中是任何人都替代不了的。信晓荷听得鼻子发酸，想到宁之行对自己的行为与话语，心中又对小莲充满了同情。最后她说："小莲姐，你与三哥既是夫妻，早就不应该一人一个房间了，你们都拜了天地了还怕什么？"

小莲忸怩了一下："三哥说他下山后会热热闹闹娶我过门，我等着呢。你一个姑娘家说这种话不害臊吗？"

"我们这边的女孩儿哪有你们那么多规矩！"说着两个女子嘻嘻笑了。

两个人闹了一会儿，又聊了一会儿，渐渐感到有了困意。小莲将信晓荷送回去，自然而然地进去坐了一会儿，确认宁之行早已离开，才放心地回到自己的卧房，牢牢地闩好门坐到床沿上。

第十八章

命苦的女人

她喝了几口水，慢慢地脱衣躺下，心中充满了凄苦，想起宁之行与信晓荷说的话，每一句都如一把尖刀刺入她的心脏，让她疼痛难忍，哀伤欲死。想着想着，她的泪再也止不住地倾泻而出。

这时她突然听到床底下传来一阵响动，她想坐起来时为时已晚，一个沉重的身子向她扑来，将她压住，并一把捂住了她的嘴。

她奋力挣扎，又抓又挠。那男人喘着粗气，对于她激烈的抗争丝毫不退缩。她又惊又怕，一面怪自己怎么如此不小心让坏人溜了进来还毫无知觉，一面用双脚拼命地踹他。黑暗中两个人悄无声息打斗了半天，居然不分胜负。

又过了一会儿，男人捂着她嘴的手忽然松了。小莲想都没想，对着男人的右臂狠狠地咬。

男人疼得忍不住啊的一声："你这婆娘，对自己男人这么凶，想谋杀亲夫吗？"这是宁之行的声音。

小莲一听，连忙松口，心中对他的恨意顷刻烟消云散，毕竟他是她在这个世界上最在乎的人，没有他，自己恐怕活不到今天。在山上，他是她的精神支柱，是她处于万劫不复境地时的那一点点微光。千错万错，只要他还要她，还承认她是他的妻子，一切都可以原谅。当知道黑暗中的这个人是自己的丈夫时，她所有紧张与斗志瞬间全失，一下子瘫软了下来，进而倒在宁之行的怀中啜泣起来。

宁之行紧紧地抱着小莲，抬起手为她擦去脸上的泪水："怎么哭啦？想我了吗？"

宁之行不问则已，这一问，正问到小莲的痛处，她的泪水似决堤的海，汹涌而出，不一会儿就打湿了宁之行的胸膛。

一夜无眠，秋夜显得如此短暂。天色微白的时候，宁之行想起床离开，小莲却死死缠住他："三哥，不要走嘛……"

"我这会儿不走，待会儿让别人看到了多不好！"宁之行是担心被信晓荷瞧见。

"咱们早已经是夫妻了，我也不要你再为我热热闹闹办什么事了，以后你回来，咱们就住在一起才有夫妻样嘛，三哥！"小莲不停地撒娇，宁之行也只好依了她。

当他们两人一起从卧房中走出来时，信晓荷惊讶地瞪大了眼睛，旁边的鲍臣才向信晓荷看去，一脸的温柔与深情。小莲则是满面春风，只有宁之行满脸的不自在。

他们回去之后，鲍臣才便差人送来了两只大狗。有了狗看家，再也没有小偷光顾过。之后的一两个月，金啸天和鲍臣才便很少回来，仅有那么一两次，也是匆匆吃个晚饭便离开了。从他们的话语中，两个女子听出来他们是在准备一个什么大的起义，军中操练紧锣密鼓，也十分隐秘，连他们彼此说话都压低声音，小心翼翼的。

小莲当月没有来月事，胃口极佳，没有任何不良的感觉，她感到自己一定是有了身孕，所以每天都喜滋滋的，连对信晓荷也和气了许多。

天气渐渐转凉。这天晚上，三个男人又一起来了。金啸天与宁之行都说想吃饺子了。军中生活清苦，想在临走时吃一顿家乡的饺子。

"你们要到哪儿去？"小莲盯着宁之行问。

宁之行看了一眼金啸天，金啸天看了一眼鲍臣才，却发现他正盯着信晓荷看。当鲍臣才感到他们正看自己时，不好意思地笑了笑，说："上面让去外地执行任务，后天出发，一两个月回来。"

小莲没有再问，开始和面剁肉，信晓荷也忙着剥葱择菜，不一会儿，猪肉香葱馅的饺子上桌。鲍臣才与信晓荷是南方人，从没有吃过这种地道的北方风味的饺子，边吃边赞不绝口，几个人吃得兴高采烈。

吃完饭后，天已黑了，小莲正在厨房洗碗，宁之行进来了："莲妹，我们要走了，你一定要保重自己，我们争取早日回来……如果我回不来了，你要好好地过日子，再找个男人……"

"说什么呢，还有性命之忧？咱不去了成不？"小莲一听，急忙停下手中的活，紧张地说。

"那怎么行，"宁之行笑了笑，"我现在是一名军人了，军人与在山上当山大王可不一样了，要服从上头命令的。这次如果成事了，咱们国家就一切都好了。总之你要好好保重自己，等我回来。"鲍臣才对信晓荷的情意大家已慢慢明白，他在军中又是上司，所以宁之行对信晓荷早已规规矩矩，再也不敢越礼半分了。

"你一定要回来，三哥！"小莲扔下手中的碗筷，扑到了宁之行怀中，"三哥，我肚子里头已有了你的孩子，你可要好好的！"

"真的？"宁之行乍听这个消息，真是又惊又喜，"莲妹，你怎么不早说呢？"

"你也没有给我机会呀！"小莲白了宁之行一眼，"你每次来都跟火烧屁股似的，当着那么多人我怎么说？"

"是是是，"宁之行答着，然后俯下身子，用脸贴着小莲的肚皮，"儿子啊，我是你爹，爹要出远门了，你与娘在家乖乖地等着爹，啊！"

小莲笑着搐他："三哥，你怎知道是儿子，没准是个姑娘呢？"

"是是是，"宁之行抬头答着，然后又俯下身子，用脸贴着小莲的肚皮，"闺女啊，我是你爹，爹要出远门了，你与娘在家乖乖地等着爹回来，啊！"

小莲几乎笑岔了气。

信晓荷的卧房里，鲍臣才坐在一把大椅子上，与坐在床沿上的信晓荷面对面，深情款款地看着自己钟爱的女子，轻轻地说："晓荷，我们要走了，我会尽快回来看你的……"

"嘻嘻，你们一定要快些回来啊，到时候还给你们包饺子吃！"信晓荷笑靥如花，一副天真烂漫的样子。鲍臣才对她的心思，她当然心知肚明。只是他尚未挑明，她就一直装聋作哑。

"那趁我不在家，你也向小莲学学包饺子，以后好包给我与孩子们吃。"鲍臣才温和地笑了笑，将椅子挪得与信晓荷更近了些。

"孩子们？"信晓荷愣了一下，脸红了。"晓荷，我从见你第一面就喜欢你，等我回来，嫁给我好不好？"

信晓荷将头埋在他怀里，小声说："那要把奶奶接过来，她不点头，我不能嫁人的。"两个人相拥许久。

金啸天转眼不见了两个同伴，不用问便知道他们的行踪。他无人可告别，想起了妻子冬菇，屈指算来，自己离开家已经三个多月了，她还好吗？肚子里的孩子怎么样了？多日来，他很少会想起她，为何自己对她没有任何感觉？他不得其解。

他们这一走竟是三个多月，小莲的肚子渐渐大了许多。秋去冬来，两个女子望眼欲穿，但三个男人如泥牛入海，音讯全无。她们每日都听着动静，盼望着门口有敲门声传来，但每日都是静悄悄的。

一天，大街上传来一阵喧闹声，小莲与信晓荷忍不住开门去瞧热闹，只见街上走过来一队队着装统一的军人，不少人在一旁围观，手中还举着写了字的红布，个个喜气洋洋的，大声欢呼"民国万岁，民国万岁"。两个女子均不识字，但猜想一定是发生了什么惊天动地的大事情。

两天后的晚上，她们早早吃过晚饭，一阵急促的叩门声让两个女子一齐跳起来奔到了门口。打开门，见金啸天与鲍臣才各穿着一套前日她们在大街上见到的军人们穿的衣服立在门口，金啸天手中还捧了一个包袱。

"咦，我三哥呢？金少爷、鲍团长，怎么我三哥没来？"小莲伸长脖子往他们两人身后看了半天，也没见宁之行的影子，便忍不住发问。

两个人都没有回答她的问题。小莲见他们两人的神色凝重，便不敢再多问。信晓荷见鲍臣才的脸色，一改往日的温和，阴沉得可怕，也不敢多说，默默将他们让到了屋中。

小莲已经脸色苍白，不停地颤抖。信晓荷扶住她在一张大椅子上坐下。四个人相对无语了半天，最后还是金啸天先开口了：

"小莲，你要想开些，三哥他……他……"金啸天说不下去了。

"金少爷，三哥他哪儿去了，什么时候回来？金少爷求你快说。"这时小莲的声音已经哽咽。

"三哥他……回不来了，他在革命战争中牺……牺牲了。"金啸天吞吞吐吐，很艰难地说。

"'牺牲'是什么意思？是死了，还是残了……少爷，你给我说明白些。"说着，已是泪流满面。

"小莲，三哥他战死了，他是功臣。你要想开些，他的遗物我给你带回来了。"金啸天双手递过去那个包袱。小莲一把搂住，放声大哭。

"弟妹，宁兄弟是为革命捐躯的，他是我们的功臣。为了他，弟妹也要保重自己，保护好他的骨血。"鲍臣才开口劝道。

小莲的哭声渐渐小了些，她紧紧抱着那个包袱，泪水已将包袱外面的布浸湿。信晓荷也在默默地流泪。

"弟妹你不用担心，之行不在了，还有我们，我们会如一家人一样照顾你的。"鲍臣才接着安慰道。

"呜呜，我的命怎么这么苦啊！"小莲再也抑制不住，号啕大哭。

"小莲姐，身子要紧，小心肚子里的孩子，可别哭坏了身子呀！"信晓荷上前搂住小莲，轻轻地拍着她的背。

夏天的时候，小莲诞下了一个男婴，取名宁伟辉。鲍臣才与信晓荷已经成亲。信晓荷的奶奶也被接来，她们住在小莲的院子里，帮助小莲照顾孩子。金啸天与鲍臣才有空时便回到院子住，日子就这么一天天过下去。鲍臣才几次试图在军中为小莲再物色一个丈夫，都被小莲拒绝。她开始吃斋念佛，还说："多谢鲍团长，有孩子，有你们，已经够了，这辈子我不想再嫁人了……"鲍臣才微微叹息，只好任由她去。

宁伟辉一岁多的一天，金啸天与鲍臣才又一起来了。他们看上去疲惫不堪，忧心如焚。

"我与啸天商量过了，"鲍臣才一进门就开口道，"将你们送到他的老家去。大革命失败了，你们待在南方极不安全，赶紧收拾一下，明天一大早就让啸天送你们走。"

"是啊，我也可以顺便回家一趟。我走的时候老婆已有了身孕，这会儿孩子应该会说话了，还没有见过我这个爹爹呢。"金啸天为了让气氛不那么紧张，故作轻松地笑着说。

"我不回去，"小莲立即反对，"我哪儿也不去，我就在这儿！"金啸天当然知道她为何反应强烈，她对不起周家，被土匪掳去后忽又带个孩子回周家，怎么面对故人的目光与疑问？小莲的过去，除了金啸天与宁之行，其他人并不了解。小莲与信晓荷平日的聊天内容，也只限于山上的事，只说自己是周家的丫鬟，至于上山以前在周家的故事，她从不涉及半句。私下里，她一直害怕回忆过去，她深感自己罪孽深重；宁之行战死，她更相信这一切都是报应。信晓荷的奶奶被接来后，洗衣、做饭、清扫等日常家务均是老人帮助完成，她每日除了看护幼子，便是念经祈祷，期待能够洗刷以前的罪孽。

"但是小莲，这里非常不安全，"金啸天劝道，"我们的队伍马上就要撤离了。你不为自己着想，也应该考虑一下伟辉的安全呀，他可是三哥的儿子，也是三哥唯一的骨血。再说，三哥是参加过革命的人啊，万一……"

"我不走，我哪儿也不去，你们把孩子带走吧。"小莲淡淡地说，"回到周家后，请少爷不要说伟辉是小莲的儿子。晓荷妹子，你可说伟辉是你的儿子，我就在这儿等你们回来……"大家左劝右劝，但小莲的态度十分坚决，大家也只好由她去了。

当天晚上，信晓荷与奶奶收拾了衣物用品，第二天带上宁伟辉，与小莲洒泪而别，在金啸天与另外几名士兵的护送下，踏上了北上的路。因为有老人和孩子，大车走走停停近二十天才到付周县。

离家多日的儿子忽然归来，景玲自然高兴得不得了。冬菇比先前瘦削苍老了许多，见丈夫带了女人与孩子回家，心中非常不痛快，特别是一见信晓荷那张年轻美丽的脸庞，更是气不打一处来。她一言不发地躲到自己的房中，再也不出来了。

金啸天已日渐成熟，从妻子的表情中早猜出她又多心了，他无奈地笑了笑，对景玲说："娘，她们是我长官的家眷，南方不太平，所以先送到娘这儿暂避数日……"

景玲对儿子带回的女人孩子很担心，她怕自己的儿子这一年多来在外耐不住寂寞娶个小妾什么的回来，听儿子这么一说，不由长吁了一口气。她忙着去张罗客人的住处，让客人先安顿下来后，就准备酒饭去了。

金啸天来到妻子的房间，见冬菇的双目已经红肿，不禁哑然失笑。他左右看了看，卧房内多了一个小小的香案，上面供着一尊铜铸的观世音菩萨像，却没发现有任何孩子的踪迹，便问："冬菇，孩子呢？咱们的孩子呢？"

冬菇大哭起来。景玲听到哭声，急忙跑了过来："怎么啦？啸天，你怎么一进门就将媳妇惹哭了，快向你媳妇赔不是！"

"娘、娘，"冬菇扑到景玲怀中，哭得更伤心了，边哭边指着金啸天，"他……他向我要孩子。孩子没了，我比谁都难过，他……他……呜呜！"

景玲一边向金啸天使眼色，一边拍着冬菇："好孩子不哭了，你们都年轻，第一个孩子没了，以后再生几个，不怕的，不怕的……啸天，冬菇为了你天天烧香拜佛，祈求观世音菩萨保佑你平安吉祥，你应该好好谢她才对！"

原来，在金啸天离开家那年的冬日，冬菇一天清晨忽然听到有轻轻的敲门声，以为是金啸天回来了，便匆匆忙忙地跑去开门，因走得太急不小心滑倒，结结实实地摔到结冰的路面上。孩子没了，冬菇身心均受重创，大病一场后日渐憔悴。好不容易盼回了丈夫，却发现他竟带回了一位貌美如花的女子和一个孩子，还提到那件最让她伤心痛苦的事，难怪她的反应会如此强烈！

金啸天弄清事情的前因后果后，轻轻叹了口气，将妻子拥在怀中安慰了一番，冬菇慢慢平静了下来。

军务紧急，金啸天仅在家中住了两宿就离开了。隔段时间让人往家中送钱粮物品，捎封家书。他只想一心一意做一名军人，南征北战，奋勇杀敌，从副官到旅长一路走来，仕途十分顺畅。

离开家后，他又回家过三次，一次是陪鲍臣才去接家眷和宁伟辉，另外两次是父亲周兴一与母亲景玲去世。两个丫鬟大了以后，景玲将她们嫁了出去。景玲去世后，偌大的房子仅剩下冬菇一人。母亲出殡以前，他衣不解带为她守灵，安排好母亲后事。母亲死时年纪并不大，据冬菇说，他一年年地不回家，公公病逝之后，婆婆很孤单，总是郁郁寡欢的，都不怎么说话，在公公去世不久婆婆便一病不起，之后不到一年就不行了。冬菇说这些话的时候，眼睛与神情都是幽怨的。

接宁伟辉去广州时，却不见了小莲的踪迹，一个家早已是尘土遍地，乱七八糟。打听寻找了几天，没有任何消息，孩子只好仍跟着信晓荷，好在住在景玲家那段时间，孩子天天管信晓荷叫娘，倒没什么不适应。只是信晓荷尚未生育就有一个孩童要时时带着，心中有些不痛快。她奶奶倒是满心欢喜，因为宁伟辉是老人一手带大的孩子，奶奶非常疼爱他。

第十九章

一夜难忘

金啸天的思绪回到眼前这个女子，她到底是谁？为什么会给他如此异样的感觉？金啸天倚坐在林家后院东边凉亭的栏杆上，盯着那位少女，久久不肯离去。

"小姐，天不早了，该洗洗上床歇息了。"一个丫鬟打扮的姑娘提着一个冒着热气的大木桶走了进来。

"啊！又要睡觉了？"少女声音清脆甜美，抬起头朝丫鬟微微一笑，将身子往椅背上一靠，双臂上举，伸了个懒腰。这一笑一动，几乎让金啸天灵魂出窍。

"快洗洗睡吧，我的大小姐！"丫鬟似乎与她十分谙熟，全无主仆之分，"你老是熬夜，见你脸色不好，夫人又要责骂我了！"

少女嘻嘻一笑，"对不住了，杏花姐，我这段就余一点点没有看完，让我再看一会儿吧！"

"那可不行！你说的'一会儿'往往半个时辰都不拉倒！"杏花断然拒绝，"你的眼中都要起血丝了，好好的一双美人眼，干吗非要熬得跟兔子似的！"

"好姐姐，好姐姐……"少女双手拉着杏花的手不住地摇着，娇嗔地央求，"就一会儿，就一会儿嘛！"

杏花仍是摇头拒绝。金啸天呆呆地看着这一切，心想："她要是这样拉着我的手央求，让我做什么事我都愿意。这丫鬟真是的！"

少女见央求无用，便不高兴地噘起了小嘴。在不太明亮的光线中，金啸天仍能看到她一脸委屈的模样。

两个女子一起进了小隔间，过了好大一会儿，少女才出来。身上的衣衫已经换成了桃红色的丝质睡衣，如一株刚刚出水的芙蓉，更显得她妩媚娇艳。金啸天用力捏碎手中尚未点着的雪茄烟，狠狠地丢在地上，随手将身上披的外衣除去放在亭子的栏杆上，轻轻来到那扇窗子边，将身子隐藏在自己住的房子的那一边，悄悄伸出头来就近偷看。

杏花端着一只木盆跟在后面。少女没穿袜子，雪白的双足上随意地拖着一双大红的绣花鞋。她在床沿上坐下，将一双赤脚浸入木盆，又捧起了书。

"大小姐呀，书有那么好看吗？连洗脚这会儿工夫都不放过。"杏花蹲下边为她洗脚，边不住地唠叨。

"好看着呢。"少女低着头盯着手中的书，长长的睫毛密密地下垂着，一脸享受的样子。

"那小姐能给我讲讲吗？我不识字，真不懂书有什么好看的。"杏花道。

"好，我给你念一句诗，'一畦春韭绿，十里稻花香'。瞧，写得多好！"少女轻轻说。杏花一脸迷惘地抬起头看着少女。

"这是入宫做了妃子的元春回家省亲时林黛玉写的。这曹雪芹写的《红楼梦》里面的故事也当真是稀奇，写了贾家的事。姓贾，那一家所有的人都是假的；贾（假）宝玉，宝玉是假的，便不稀奇了；贾（假）政，假正经，没准儿比谁都坏呢。嘻嘻！"

杏花更是迷惘，最后摇了摇头，道："小姐快睡吧，时候不早了。你赶紧上床，我可要将灯吹灭了。"说着为少女擦干双脚，又拿开她的书看她躺好，才熄灯端了盆出去。

"讨厌嘛！"黑暗中就听少女轻轻嘟囔了一句，就悄无声息了。

金啸天又轻手轻脚地回到凉亭，在栏杆边重新坐下，盯着少女房间黑漆漆的窗口仍舍不得离开。

"我这是怎么啦？偷看半天倒也罢了，人家都睡着了我还不走，想干什么呢？金啸天啊金啸天，你已是有妻室的人啦。军中熟悉你的人都说你是个坐怀不乱的君子，原来自己只不过是个道貌岸然的伪君子而已。但是……但是她是谁？丫鬟称她为'大小姐'，那她定是林雨祥的妹妹了。她到底多大了？是否许配了人家？我与冬菇的婚姻其实也是有名无实。她那么年轻，同意嫁我吗？只是……冬菇……冬菇她一个人怎么办呢，难道要休妻？"想到这里，他不禁打了个寒噤。

"我都快三十六岁了，好不容易才遇到一个心仪的女子，我决不可就此错过，无论有多难，我也要将她娶到手！"决心一下，他反倒没有刚才那么忐忑不安了。看来今晚是睡不着了，他索性守在少女的窗外安静地等待她醒来吧。

静静地坐了好久，月亮已经偏西，他略略有了些倦意，便合上眼睛靠在柱子上休息。忽听到一声轻轻的开门声，他心想大概是有人来后院了，自己别吓着人家，便一猫腰，隐藏在离亭子不远的一棵大树后面。他从少年时代便习武练枪，身子灵活矫健，在耳聪目明方面，二十多岁的小伙子也没有几个能比得上他的。

月光下，从后院通往前院的中门里走来一高一低两个人影。金啸天一眼便认出那高个的是自己的副官林雨祥，另外一个是个女子。等到他们进了亭子，金啸天认出那女子是白天领着上菜侍候他们吃饭好像叫什么桃花的丫鬟。两个人到亭子里一坐下，桃花便钻进了林雨祥的怀里，不断亲吻着他的脸。林雨祥也紧紧抱着她，无限爱抚的样子，两个人一句话也不说，只是忘情地沉浸在自己的世界中……此时月亮都害羞了，悄悄躲进云层中。

鸡叫了，两个男女惊了一下，过了好一会儿才松开彼此。"桃花，你如果怀上了我的孩子，她就没有什么可说的了，我非收你做姨太太不可。"林雨祥小声而又温柔地对女子说。

"大少爷，我不在意做不做什么姨太太，只要你心中有我桃花，回来后让我陪陪你，我就心满意足了。"女子的脸在晨曦中红扑扑的，真似一朵盛开的桃花。

目送他们消失在中门，金啸天忽然感到身心都非常疲惫，他这一夜过得实在是太辛苦，急忙从树后直起身子，快步回到自己的房中，将前后门都关得严严实实，倒头便睡。

第二十章

少女身份

　　这一觉一直睡到日落西山，林雨祥几次来轻轻敲门，都没能叫醒他。作为一名副官，他几乎没见过金啸天睡懒觉，他心想，大概是这阵子太累的缘故，自然也不敢大声叫醒他。金啸天睡得很沉，总是做梦，梦境中那少女的脸孔不断出现，笑靥如花。他拥她入怀，她顺从而娇羞，让他感到未曾有过的愉悦。

　　在将醒未醒之间，一阵轻轻的敲门声把他唤醒，他一下子坐起身，发现窗外的光线已经有些朦胧，打开门，见林雨祥站在门口。

　　"现在几点了，我睡了多长时间？"金啸天将副官让进屋子，自己坐了下来。

　　"现在已经是晚饭时间了，长官！"林雨祥毕恭毕敬地回答。

　　"噢，睡了这么长时间！"金啸天回想起刚刚的梦境，心情舒畅之极，脸上的表情也极其愉快。

　　"长官休息得还好吧？我看长官脸色很不错！晚饭舍下早已备好，长官一天没用饭了，现在去用晚饭如何？"林雨祥道。

　　"不忙，坐下吧！"金啸天摆摆手。

　　见副官按他的命令坐了下来，金啸天沉吟了片刻，开口道："林副官，你回来后，我听你家中的人均叫你'大少爷'。你家有几位少爷？二少爷我怎么没见到呢？"

"噢，长官，"林雨祥笑了起来，"哪有什么二少爷，我父母亲仅有我这么一个儿子，大少爷、小少爷都是我。"

"那你父母亲仅有你一个孩子？这倒不多见！"金啸天如拉家常一样拐弯抹角地想确认那个少女的身份。

"那倒不是，我还有一个小妹。我母亲不准我父亲娶小妾，母亲仅生了两个孩子。"林雨祥呵呵笑着说。

"你那妹子与你年龄相差不多吧，是否已出阁？有你母亲的教导，你妹子一定也不许你妹夫另娶小妾吧？"金啸天笑着问。

林雨祥也笑了起来，这样类似说笑的谈话，在两个人之间从来没有发生过。在他的眼中，自己的长官是个不苟言笑的人，冷峻严肃，沉默少语，有种不怒自威的气质。现在忽然关心起自己的家事，这让他大感意外。

"没有没有，长官，"林雨祥笑着连连摇头，"小妹刚满一十七岁，待字闺中，哪里有什么妹夫！"

金啸天心中一阵狂喜：那个少女果真是林副官的妹妹，也许事情会好办许多。但他表面不露声色，只接了一句"噢，才十七岁"，静静地等待他往下说。

"我这妹子，难缠得紧。人家姑娘哪个不是想方设法将脚裹得越小越好？她倒好，瞅见机会便将裹脚布解了，丢得远远的，不学女红，每日捧着本书不撒手。母亲说她好后悔将她送到女中去上学，还不如不识字好！"

"是啦，就是她，那个为了读书而拒绝睡觉的女孩儿。"金啸天心想，脸上也浮出了一抹温柔的笑意。嘴上却接了一句："还是识字好！"

"长官有所不知，"林雨祥皱了皱眉头，一脸苦恼的表情，"小妹尚在娘胎中时，与徐家订了一门娃娃亲。前几年潢城开办了女中，小妹被送到女中读书，本想让她识几个字就行了，哪知她竟越来越上瘾，都上了五年还不停歇。去年人家男方上门来下聘礼想今年秋后将她娶进门，这小丫头倒好，将人家的聘礼全给丢到门外，说自己还小不想嫁人，如果人家能等就三年以后再说，如果不能等这门亲事就算了。三年后，她都多大了！人家徐家也是这一方有头有脸的人，让她给气得……唉！"

"那后来呢？"金啸天想笑，但忍住了。

"后来，能怎么样？人家坚持秋后，父母亲是同意了，但这丫头到现在还没点头，也不知心里是怎么想的。"林雨祥愁眉不展地说："我真担心人家那边会解除婚约，到时候她可真嫁不掉了！"说着又长叹了一声。

"不会的，不会的！"金啸天接了一句看似安慰的话。

"看我，光顾与旅座说这些无聊的话了。旅座饿了吧？咱们快去吃饭吧。"林雨祥忽然意识到自己说得太多，急忙站了起来。金啸天感到不便再多问，也立即起身。

吃过了晚饭，金啸天早早洗浴上床，他要养足精神，如昨日一样，等待夜深人静去看那个美丽的少女。

月光依然清朗，待金啸天坐在凉亭边时，却发现少女的窗户竟黑着灯。他心中一阵惆怅，但又想：也许是昨天她睡得太晚，白天又去上学累了，今天早睡了吧。他已睡了一个白天，刚才又在床上躺了一个多时辰，这会儿精神正好，反正回去也睡不着，还是坐在这儿看她的窗户吧。

他打定主意后，便从衣袋中拿出一支雪茄，点好后慢腾腾地抽了起来。昨天光顾看那个美丽的少女，他竟一天一宿没抽一支烟。

他低头刚将第三支烟点燃时，忽听一声非常轻的开门关门声。他怕又是自己的副官与那丫鬟，忙掐灭烟抬起头来，却发现一个白衣少女向他婷婷袅袅地走来，在春夜微风的吹拂下衣袂飘飘，犹如仙女下凡。他的呼吸几乎要停滞了，忙站起身来呆呆地盯着自己的梦中女神，一时间竟不知说什么才好。眼见她已来到自己的跟前，才惶惶对她鞠了一躬，叫了一声："林小姐！"

少女用右手的食指竖在唇边，示意他小点声。金啸天尴尬地笑了，心中对自己的表现也感到奇怪，自己早已不是毛头小伙子，每日指挥千军万马，何时在哪个人面前如此失态过？但他的确听到自己的心在胸腔中怦怦跳动的声音。

少女在他身边的栏杆上坐了下来，月光斜斜地照过来，在她的脸上镀了一层薄薄的银辉，美得让他喘不过气来。漆黑如夜的双眸上，密密的睫毛在光影的作用下，投下一片淡淡的阴影，让人看不清她的眼神。金啸天深吸了一口气，想让自己的情绪稳定下来。但之后才发现，这空气中含有大量少女的体香，让他更加意乱情迷。

"你是金旅长吧？请坐，是不是也睡不着？"少女清脆的声音轻轻一响，金啸天躁动的心情一下子便安定了许多，很快恢复了平时的笃定与从容。

他坐了下来，刻意与少女保持了不近的距离。"她必须属于我，必须！"一个声音在心头响起。于是他又挪了挪，紧挨着她坐了下来。

"是啊，你怎么知道？"金啸天的脸侧过去，对着少女的脸，温柔地笑着问。

"我当然知道，我哥只要一回家便常向我们说起你。"少女天真烂漫，对着他浅浅一笑，娇艳的脸上出现了一对小小的酒窝。

"呵，林副官在背地里还敢说我坏话！看我回去怎么收拾他。"金啸天仍微笑着看着她。

"不行，那可不行，我哥可从来没有说过你的坏话。你要收拾我哥，我不跟你说话了。"少女生气了，欲起身离开。

金啸天轻轻握住少女的手，她的手可真软！

"不许走，你要是走了我便更厉害地收拾你哥哥，把你得罪我的这份也算在他头上。"金啸天仍微笑着看着她。

"我……我怎么得罪你啦？"少女噘起了小嘴巴，一脸的无辜与委屈。

"你不陪我说话就得罪我啦。"此时的金啸天真想将她拥入怀中，但理智告诫他不能那么做，他不舍地松开她的小手，微笑着。

少女无奈地重新坐下，继续说："我哥说你是个谦谦君子，想不到竟

上
部

103

如此小气！"

"噢，'谦谦君子'是好话，我不收拾林副官了。"金啸天笑着说。

"真的？"少女转忧为喜，如头一天对杏花一样，少女双手拉着金啸天的一只手不住地摇着，"你可要说话算数！我哥真没有说过你坏话的。"

"说话算数？那看对谁啦。他都说我什么了？"金啸天并不急于抽回自己的手。

"他说你枪法好，人品好……"少女发觉自己的双手被金啸天紧紧握在他的大手中，一下子意识到了什么，羞怯地用力想抽回自己的手。金啸天怕吓着她，只好松开。

"嗯，好像都是好话。林小姐，你一个姑娘家，为何三更半夜不好好睡觉，到后花园乱跑一气？"金啸天只想让她多在身边待一会儿，便又扯了个话题。

"我不想睡觉，我想看书，《红楼梦》真是好看，可杏花总不让我多看一会儿。我今天刚看了几页，她便非让我上床睡觉，但我想知道结果嘛。看不了，便拼命想，哪里还睡得着。我隔着窗户见亭子里头有人在抽烟，火光一闪一闪的，还以为是大哥呢，便想出来与他说说话……"少女道。

"如果知道是我，你是不是就不出来了？"金啸天盯着她的眼睛问。

"这……当然不是，我远远地见不是大哥，不是也没转身就走掉嘛！"少女生怕又得罪了哥哥的长官，大概也感到这个长官很愿意自己陪他说话，因此反应奇快。

"《红楼梦》嘛，我倒是读过几遍。林小姐读到哪儿了？金某左右也是睡不着，小姐要是不嫌弃，我倒可以为小姐讲述一下。"金啸天道。

"真的呀？"少女顿时面露喜色，"我刚刚看完元春省亲，下面是什么情节呢？金旅长，你说古代的人也真是奇怪，自己家的姑娘当了妃子，回家转一圈儿将娘家人搞得如临大敌，真是好没有道理呀！"

金啸天终于与少女找到了共同语言。周兴一也算是个风雅之人，家中有不少藏书。金啸天打小就在母亲的教导下学习识字，很早便读了诸如

《红楼梦》《窦娥冤》之类的小说戏剧，对中国的许多文学著作比较熟悉。他领兵南征北战，口才极佳，在外从军多年，官话说得相当标准。《红楼梦》经他娓娓道来，再加上他自己的理解释义，让少女听得入了神，不知不觉中，两个人在那儿已坐了近两个时辰。

金啸天讲了三回后，猛然感到有点冷，他意识到此时夜已经很深了，看了看身边的少女，她的眼睛睁得大大的，却似乎全无倦意，只有用双臂抱肩，不停地颤抖，看来早已经被冻得不轻了。

"回去吧，"金啸天见她这样，忍不住伸手轻轻拍拍她的头，温柔地说，"是不是冻坏了，快回房睡去吧！"

"不嘛，我还要听，求你再往下讲一回吧！"少女兴致盎然，连连摇头。

金啸天又何尝不想与她多待一会儿，见她不依，便从自己身上脱下军装，替她穿在身上扣好，伸出双手将她那双冻得冰凉的小手握到自己的掌心中。少女这回倒没有往回抽，而是静静看着他，认真地听他往下讲述。

时间飞快地流逝，不知不觉中下一回又讲完了。见少女仍一副意犹未尽的样子，金啸天害怕自己禁不住她的软磨硬泡，便说："这下可不能再讲了，我现在送你回去睡觉，明天再讲。如果你不听话，我就再也不给你讲了。"少女吐了吐舌头，顺从地任金啸天拉着她的手将她送回房中。待她进了门，金啸天才让她将自己的衣服脱了递出来。

金啸天心情愉悦至极，他回到自己房中，一夜无梦地睡到太阳出得老高。

第二十一章

雨夜惆怅

第二天下午下起了大雨，都吃过晚饭了，那雨还没有一点停歇下来的意思。金啸天看着天，心中有一丝烦躁。他一天没见到林小姐了，这一下雨，她今晚又怎能与他坐在凉亭中夜话红楼？"一日不见，如隔三秋。"他总算体会了古人的感受。

无事可做，他早早上了床，却翻来覆去难以入眠。侧耳细听，外面电闪雷鸣，那雨似乎下得更急了。他索性下床将灯点亮，在房间里叼着雪茄来来回回地踱步。就这样过了个把时辰。

突然他听到后院的小门那边传来轻轻的叩门声。他怀疑是自己出现了幻觉，忙走到门边仔细地听了好一会儿，千真万确，的确有人在外叩门。他忙打开小门，只见林小姐湿漉漉地站在外面。雨下得太大了，尽管两个小门之间的距离只有五六步，她却早已被雨水浇了个透。

金啸天想都没想，伸出双臂将少女一把抱进来，又用脚将门抵住，然后腾出一只手将小门牢牢闩好。

"金旅长，你说话不算话，"少女从他的怀抱中挣脱，不高兴地噘起了小嘴巴。几绺头发贴在脸上，还不住往下滴水，浑身都湿透了。但她对这一切浑然不觉，直接站到金啸天面前质问他。

他几乎不敢直视她那张美丽的面庞，"好啦林小姐，"他强迫自己将目光移向别处，"你先回自己房中将湿衣换下再来找我，我担心你会受风寒。"

"我不管，"少女仍不高兴地噘着小嘴巴，"昨天你答应得好好的，说今天晚上接着给我讲的。我在亭子中等了你好半天呢，你说话不算话！"

"好好好，是我不对，是我不对……我说话不算话，求你快回去换了湿衣服，我这就给你讲！"金啸天忙往床边跨了两步，好离她远一些。说这几句话的时候，语速极快，也不敢看她。

"我从前门回不去，我将前门闩死了。杏花老催我睡觉，我今天早早就睡下了，想养足精神晚上溜出来听你接着讲。我房中没有雨伞，从后门淋着回去，换了衣服再淋着回来，还不跟现在一样吗？要不，我先借穿你的衣服，你介意吗？"少女天真烂漫，见金啸天与她相距甚远，好像生怕他听不见自己讲话似的，专门跑到他面前，一双夜一样漆黑的眼睛紧紧盯着他的脸。

金啸天急忙扭过脸去，扑到床上抓了自己的一套白色带暗纹的干净睡衣递了过去，同时控制一下自己的情绪。心想："我怎会介意你穿我的衣服？这套睡衣你穿过之后，我将永远不洗，也永远不穿了，我一定会将它珍藏起来。"

少女笑了，她接过金啸天递过来的衣物，飞快地跑到那个专供洗澡的小隔间。

等她换好出来，金啸天不由眼睛一亮：自己的衣服套在她身上尽管显得很宽大，但身着男装的她更显出一种别具一格的韵味，只是她的头发仍不停地往下滴着水滴。他顺手抓起一条叠得整整齐齐的干净毛巾，将她圈在怀中，为她轻轻擦去头发上的雨水。同时在她耳边温柔地说："傻丫头，你一个姑娘家大晚上跑到一个男人房中，不怕吗？"

"怕？"少女对着金啸天浅浅一笑，"我哥说了，他的长官讨厌女子。自己的老婆好几年不回去瞧上一眼，多美的女子也是看都不看一眼，我自然不怕你呢！"

"这近二十年，我金啸天对别的女人是毫无感觉，但现在对你不同。在我的眼中，没有人比你更美！"说着，扔下毛巾，一口气将灯吹灭。

少女惊恐地睁大了眼睛，却没有反抗……从此以后，金啸天对阴雨天气变得不再反感了。

清晨的时候，雨仍在下，只是小了许多。少女蜷缩在金啸天的臂弯里闭着眼睛一动不动，长长的睫毛挂满了泪珠，双肩微微颤动着似在抽泣。金啸天内疚至极，轻轻用手为她拂去眼泪，拍拍她，等待她的责骂。但她睁开眼睛眼泪汪汪地看了他一眼，然后起身慢慢穿上金啸天借给她的那套睡衣，又进小隔间抱了自己的湿衣，开门离开。

金啸天目送她的背影消失，自己躺在床上却一动也不想动。他几乎一夜没有合眼，现在他也毫无困意，只是略微有点累。他在想自己如何与林家提亲，怎么开口比较妥当。正想着，那扇对着后院的小门又被轻轻推开，少女已换了一身鹅黄色的衣衫，怀中抱着他的那套睡衣，悄悄走了进来。

当她放下抱着的东西准备离去，金啸天一个鲤鱼打挺起身下了床，将门闩上，拦住了少女的去路。

"你又想干什么？"少女的泪水在眼眶中打转，"你欺负人还嫌不够吗？"声音不大，却充满了委屈。

"我……我也是身不由己。"金啸天一时也不知该说什么。

"我……我秋后就要嫁人了，你……你让我怎样去面对我未来的丈夫？"少女终于忍不住低低哭出了声。

"我已经是你的丈夫，你还想嫁给谁？他长几个脑袋，敢娶我金啸天的女人，我崩了他！"自从第一天夜里见到少女，金啸天早从心中认定她必须属于自己。现在少女这么一说，他不由勃然大怒，深邃刚毅的目光中呈现一股阴狠之气。

少女被他的表情吓住了，怔怔地看着他，倒退了一步。

金啸天见少女吓坏了，很后悔自己的失态。他上前一把将少女搂入怀中，温言道："你可知这几日我为何一直夜不能寐吗？我第一天从窗外瞧见你，便再也不能自已。那日我在你窗外坐了一夜你知道吗？"

少女在他怀中抽泣着："你……你好霸道，你自己是有老婆的，为何要夺别人的？"

"你还没有嫁入徐家，我也谈不上是夺人之妻。"金啸天说的是实话，他怎会轻易放过这个世界上唯一让他心动的女子？但在林小姐听来另有一番感觉：她刚刚处于少女怀春的年龄，又读书识字，对浪漫的爱情充满了渴望，幻想能有一个优秀的男子将自己带走，而决不甘心嫁给一个从未谋面的陌生人，所以徐家来下聘礼时她坚决反抗。金啸天给她讲《红楼梦》时，她对这个男人产生佩服的好感。金啸天外表俊朗，在她的眼中也足够优秀，待她又温柔体贴，她一颗芳心早已暗暗倾慕，又听哥哥说过他从来不近女色，倾慕之情就又添了几分，只是没想到自己竟能让他如此在乎。想到这儿，不由芳心大悦，便慢慢停止了哭泣。

"你现在先回去乖乖睡上一觉，我今天就与你哥哥商量一下，是这次将你带走，还是过一段时间再来迎娶你。"

第二十二章

休妻另娶

　　送走林小姐后，金啸天便将自己穿戴得整整齐齐的，等待着林雨祥的到来。尽管他这两天都没有起来吃早饭，但他知道自己的副官一定会在早饭前来敲门的。果然，不大一会儿，外面传来一声轻轻的叩门声，他没等林雨祥敲第二下，便将门打开，这倒让林雨祥颇感意外。

　　"旅……旅座，"林雨祥本是例行公事地来走一趟，没料到自己的长官今天竟起得这么早，表情还没准备好呢，门却已经开了，"早饭已备好，请长官去用饭！"

　　"不忙，你先进来，我有事与你商量！"金啸天摆摆手，对着自己的副官微笑着，满面春风的。

　　林雨祥恭恭敬敬地走了进来，还来个立正，向自己的长官行了个军礼。

　　金啸天又摆摆手，自己顺手将门关上，坐下对林雨祥说："你也坐下吧！"

　　林雨祥恭恭敬敬地坐到了金啸天对面。

　　"那个……"金啸天真不知如何开口。他踌躇了片刻，脸上出现了极不自在的表情。

　　"旅座，"林雨祥跟随他多年，极少见到金啸天这样，还以为上司想与自己说立即拔营的事，便说，"家中再好，我也是党国的人，决不会为了在家中多待几日影响旅座的计划。旅座说什么时候走，咱们即刻出发，决不耽误！"

"林副官误会了，"金啸天笑意更浓，"贵府太让人留恋，金某都想赖着不走了呢。"

林雨祥迷茫地看着他，有些丈二和尚摸不着头脑了。

"你那许配给徐家的妹子叫什么名字？"金啸天感到拐弯抹角的总归说不明白，索性开门见山。

"旅座，你是说雨晴？"林雨祥不明白金啸天为何提到自己的妹妹。

"噢，她叫雨晴。"金啸天笑了笑，表情里透出一种林雨祥从未见过的温柔。顿了顿，他又开口了："林副官，我想娶她，希望你在府上的老爷太太面前替金某保媒，让他们将林小姐嫁与我！"

林雨祥吓了一跳，多年来金啸天好似与女人有仇，怎么会打起自己妹子的主意？他何时见过自己的妹子？军中有多少貌美如花的女特工向他眉目传情，他均冷若冰霜，怎会看上那个难缠丫头？许多疑问一下子涌现，他的脸上出现了惊疑的表情，久久都没有开口说话。

"林副官，你为何不说话？难道你这大舅子一关便过不去吗？"金啸天微笑着问道。

"噢，那倒不是，旅座！"林雨祥忙说，"小妹能承蒙旅座垂青，真是林家的荣幸，只是小妹早已许配给了徐家，这个旅座是知道的……"

"林副官，我真对不住兄弟你，"金啸天忽地改口，"雨晴在昨夜已是我的人了，我金啸天怎会让自己的女人落入他人之手？"

"什么？"林雨祥惊得跳了起来，"旅座，你……你不是在说笑吧？"

"这种事岂能说笑？"金啸天一脸严肃，"兄弟，我自己也不知是怎么啦，昨天雨晴来我的房间让我给她讲《红楼梦》，我……平时我的为人你也不是不清楚……"

林雨祥大致明白了一些，他很快转怒为喜。无疑，自己的长官比徐家少爷强得太多，长官如果娶了自己的妹子，自己可是他货真价实的大舅哥，以后对自己的前途定会大有帮助，想到这儿，林雨祥忙说："旅座，事已至此，你倒也不必自责。现在就算你不向我们林家求亲，我们林家也是不依的。你如不娶了小妹，她还有活路吗？我这就与父亲母亲说去。"说着起身急急地走了。

不一会儿，林雨祥便满面愁容地回来了。见他的表情，金啸天的心情一下子变得非常紧张："林副官，伯父伯母不同意吗？"

林雨祥摇摇头："那倒不是，只是母亲说林家的女儿不能做小……旅座是知道的，我母亲不允许我父亲娶小妾，但是……"其实这时林家哪有什么退路，林雨祥当然也知道金啸天的正房太太形同虚设，休不休并没什么两样。只是怕金啸天正当壮年，又前途似锦，如果没完没了地娶起来可就麻烦了。

"这个……"金啸天又稍稍踌躇了片刻，眼前浮现出妻子那张哀伤的脸。几次回家，孩子没了，父母没了，冬菇几乎没对他笑过。"我……休了原配，以后也决不娶小老婆就是了！"

当日他便写了一封休书，让林雨祥带着两名士兵送回家。

冬菇吾妻：

　　啸天自与尔喜结连理以来，忽忽悠悠已近二十载。自入伍以来，啸天便以党国事业为先，对吾妻相伴甚少。父母托尔照料，得以颐养天年，啸天每每念及，便对尔感激涕零，却始终无以为报。但生命无常，吾每日生活于枪林弹雨之中，性命朝不保夕，累尔日夜为吾挂怀，吾亦为此深深不安。吾思前想后，感尔年纪尚轻，不必为吾虚度光阴，现写下此封休书，与尔解除夫妻关联。望尔保重身体，早日另觅佳偶。

　　家中用度吾依旧会派人每三月送往一次。尔有何需要，啸天仍会竭力而为！

金啸天

因距离较近，往返仅需一天时间，第二天一早送走了林雨祥，金啸天一直坐立不安。夜深了，他依然亮着灯等待，在自己的房间中来回踱步。林雨晴这两天均未露面，像是有意躲着他似的，昨夜窗户的灯都没亮上一下，这让他感到十分惆怅。他又有些担心冬菇接到休书后会想不开……就这样一直等到深夜。

林雨祥回来时直奔金啸天的房间，面对长官询问而焦虑的眼神，他用手揩了揩额头的汗水说："旅座不用担心，夫人倒是个明理之人，她看了休书后，一句话也没说，还留我们吃饭，我们怎么也推辞不了。你还别说，夫人做的饭真是可口！"

金啸天松了一口气。

送走了林雨祥，金啸天的心情愉悦至极。他掐灭雪茄，来到林雨晴房间的后门，边轻拍房门边小声叫着："雨晴、雨晴！"

门悄无声息地开了，林小姐出现在门口，她身着一身浅色的睡衣，在朦胧的月光下更显得明艳动人。长长的头发似乎洗完刚刚半干，蓬蓬松松地披散着，还有些睡眼惺忪。她站在那儿，漆黑如夜的双眸，迷迷蒙蒙地看着金啸天，让他的呼吸都不再顺畅。

"你……有事吗？"她吐气如兰。

"我……也没什么事，只是想见到你。"金啸天不自在地搓搓手，回答道。

"我不想见你！"林小姐嘟着小嘴，抬手想关门。

金啸天见她娇嗔的样子，不由心中一热，哪容她有机会后退。右手臂一伸将门抵住，左手顺势将她揽入怀中，坏笑道："那是不行的。你可以不见我，我却怎能不见你？"

"你……你真是个坏人，你是铁了心让我丢人现眼。母亲说了，我这几日不可与你见面，你……"她说不下去了，金啸天便用嘴唇封上了她的话……

休整了七天，当金啸天要带着队伍离开时，他执意带走了林雨晴，他感到自己不想与她再分开片刻。林家对这个女婿相当满意，也怕夜长梦多。万一金啸天反悔，林家无论如何是讨不回这个公道的，如果那样，林家的脸往哪儿搁？因此在他们走之前，林家让女儿女婿拜了天地与高堂，算是成亲了。因为金啸天早已无父无母，他们拜了林道成夫妇就算礼成了。林家按照当地的风俗，陪嫁了铺盖行李、金银首饰及绫罗绸缎等，拉了满满五大马车。还让丫鬟杏花与仆人有福跟到婆家侍候。

队伍回到汉口后，金啸天大宴宾客，又与林雨晴举办了一场盛大的西式婚礼。身着一袭洁白婚纱的林雨晴出现在宾客面前时，立即引起了不小的轰动。多年来，金啸天处事低调，对女人的冷漠一直是同仁们热议的话题之一，这次他大张旗鼓迎娶佳人，不由让了解他的人大跌眼镜。而林雨晴的美貌与气质亦是让他们眼睛一亮。

"看来金旅长不是不爱美人，而是之前没遇到让他动心的佳人啊！"有人赞叹。

之后不久，林雨祥被调往军需团任团长，直接由一个营级军官往前上了两个档次。他将妻儿接了过去，当然也包括秦氏（秀兰）的贴身丫鬟桃花。妹子嫁给上司后，林雨祥马上就开始青云直上了，任了个肥差，将心仪已久的俏丫鬟桃花收为小妾。

冬天的时候，林雨晴生下了一个女孩儿。金啸天为她取名叫金玲林，同时用了父母两个人的姓氏。近四十才得这么个女娃儿，金啸天将她视若珍宝，疼爱有加。

　　金玲林刚刚满月后的一天清晨，汉口的天气格外阴冷。金啸天穿戴整齐准备出门。他为了陪产后的妻子，已经好几天没理军务了。这时一阵男子的叫骂声从外传来：

　　"姓金的那个狗东西躲到哪儿去了，忘恩负义的畜生，放开我！你们不许拦着我，你们这些狗奴才……"依稀是周家大少爷周观海的声音，金啸天不由心中一阵收紧，急忙快步迎了出去。

　　大门口，周观海身着丧服，作势正往里冲，却被两个卫兵死死拽住，脸上有道明显的伤痕，应是与卫兵争执时留下的。

　　"放开他！"金啸天低喝了一声，卫兵急忙松手。

　　得了自由的周观海冲向金啸天，对准他的脸狠狠就是一拳头。金啸天人高马大，周观海却长得瘦弱矮小，两人的差距很明显。但金啸天不避不躲，任由拳头直直地砸在自己的鼻子上。周观海打这一拳看来是用了全力，直打得金啸天的鼻子瞬间鲜血直流。卫兵急忙冲上去，但见自己的长官毫无防御之意，就不敢贸然行动了。周观海见金啸天血流满面但并没有还手，就没再出手打第二下，而是双臂抱头，蹲在地上呜呜大哭起来。

"冬菇……冬菇她怎么啦？"金啸天此时哪里顾得上自己的鼻子！他双手握住周观海的肩膀，将周观海从地上提了起来，"你……你倒是说话呀，冬菇她怎么啦？"说这话时，他的声音已在颤抖。周观海是周家的长子，金啸天刚入周家时管他叫大哥，但他又是冬菇的弟弟。金啸天与冬菇成亲后，不知该如何称呼他，从此便不再有任何称呼了。

　　"呜呜，我姐……我姐她死了，自己喝耗子药死了……"四十多岁的汉子哭成了个泪人儿。冬菇与她这个弟弟相差不到一岁。容氏为人比较亲和，所以姐弟两人从小到大感情一直很好。

　　金啸天乍听噩耗，几欲跌倒。对于冬菇，他的确无一丝一毫的爱情可言。她是他的姐姐，一直都是，从他跟随母亲进入周家那日起，冬菇就以一个大姐的身份照顾他。他被大胜小胜欺负时，是不敢去找母亲哭诉的，因为母亲总是不分青红皂白地训斥他，甚至打他。有时实在太委屈，他就会在冬菇面前大哭一场。这个姐姐除了安慰他，总会为他出头，为他想法子将两个弟弟捉弄一番，让他幼小的心灵得到不少温暖。现在因为他的抛弃，姐姐死了，他的良心何安？想到此，他不由怔怔地流下了眼泪。

　　"我姐在观世音菩萨像座下留了信，让你回家为她办理后事。"周观海抹了抹眼泪，拿出一封信递给金啸天。这是冬菇写给周观海的信，写道：

观海弟：

　　姐要走了，这个世上唯一与我有关联的人——我的丈夫，上次让人送回了休书，他不要你姐了。姐再也无人可以挂念了，也不想活了。姐其实早已经不想活了，但他春天休的我，我不能在那时就死，天暖，姐的尸身等不到他归家，便残喘了十来个月。

　　但姐生是金家的人，死亦是金家的鬼。姐死后烦劳大弟去汉口叫回他，我是他明媒正娶的正房太太，要他亲手埋我。

　　　　　　　　　　　　　　　　　　　　　　冬菇

"姐……姐死的头天晚上，她忽来找我，叮嘱我第二天一大早去你们家。我第二天按她的要求一大早便去了，却发现门是虚掩的，等我发现时，姐……姐都凉了……姐的命好苦啊！呜呜！姐将自己洗得干干净净，还穿了一身上好的新衣，描眉画眼的，将自己打扮得跟新嫁娘似的，她……"周观海说不下去了。

"咱们这就动身回去。"金啸天从衣袋中拿出一块叠得方方正正的手帕，擦了擦眼泪与鼻血，吩咐卫兵牵来了马匹，回屋与林雨晴说了一会儿话，带上几个随从，便与周观海出发了。快马加鞭，天完全黑下来的时候，他们已经进了家门。

冬菇的尸体停放在堂屋正中央。因为担心坏掉，屋子所有的门窗都是开着的，灵堂之上供上的香火尚未点燃，纸钱一沓沓码在桌子上，尚未烧上一张。仅容氏与周观海的妻子及一个仆人守在那里，见金啸天回来，所有人都冷冷地阴着脸。金啸天一面让自己的随从去生火做饭，一面道："二姨娘，你们都歇息去吧，这几天大家都太辛苦，今夜由我来守着……"容氏几人仍一句话不说，起身走了。

金啸天点亮一支白烛，流着泪颤抖着双手揭开蒙在冬菇身上的白布。在他眼前的，赫然便是二十年前的那个新娘，她的穿戴妆容便是她当年结婚时的样子，唯一不同的是这个新娘再也不会娇羞地低头……

"冬菇、冬菇姐，你这又是何苦？我休你时，你完全可以哭，可以闹，可以带着自己的三个弟弟打上门来，逼我收回那封该死的休书，其实你有无金太太之名，我都从不回家，有什么分别呢？你却如此在乎这个名分，你为何不早说，却不声不响地自己走上绝路。冬菇，我负了你，你选择了用这种方式报复我，将我此生归入万劫不复的境地，让我金啸天以后怎么面对周家的人，死后怎么面对母亲与姨母？"想到这里，他几乎伤心欲绝，寸步不离地守在冬菇的身旁，一整夜地握着她那双早已冰冷僵硬的手，静静度过了她与他今生今世的最后一个夜晚。

第二天，金啸天不要任何人帮助，亲手为冬菇的新娘装外面套上宽大的殓衣，将她抱入周家为容氏准备好的棺材。

"孩子呀，你怎能走在我这把老骨头前头啊！"容氏哭道。

冬菇入土后，金啸天又在家中住了三天，将家中的房产土地分成三份，分别赠与了冬菇的三个同父异母的弟弟。

"记着每年清明时，为你们的姐姐烧几张纸钱，扫一扫墓地，为她的坟上添一撮新土……"金啸天离开时红肿着双目郑重地嘱托，周家的三个少爷含泪点头。

　　金啸天并没有急着回汉口，而是带着随从策马南下，向广东方向进发，那里是他婚后初次离开冬菇时的目的地，他要再走一遍当年的路。在那里有他的许多旧识，还有带他加入国民党的上司兼挚友鲍臣才一家，周家的丫鬟小莲也是在那儿得而复失的，他要去那儿再看一看，理一理心境。冬菇已经永远离开他了，他必须调整好状态去面对自己深爱的女人林雨晴，去面对未来无法预知的命运。

　　他的到来让鲍臣才一家十分开心。宁伟辉已经快十八岁了，长得与自己的母亲十分相像，在他成长的过程中，始终知道自己的身世，对金啸天的名字也颇为熟悉，开口便叫他"舅舅"。信晓荷也生育了两男一女。她的奶奶已经在一年前去世，谈起往事，大家都感慨万千。

　　过了几日，金啸天心中郁闷并未消减。这天，天空中下起了小雨，天气很阴冷，他的心情灰暗极了。于是他着上便装，撑一把雨伞，独自一人出了城，去了偏远僻静的西山。

　　山路弯弯曲曲，如同他千愁百结的心境。冬雨中，山中空无一人，他一个人慢慢地走着，似乎没有任何目标。南方山上的草木半黄半绿，在冬雨中瑟瑟发抖，如同一位苟延残喘的病人在与顽疾作着最后的抗争。雨丝斜斜地躲过伞的遮挡，肆意打湿了他的衣衫，让他感到一种从未有过的寒意，一种冰冷的孤独涌上心头。天地之大，但此时此刻仿佛只有他自己，也只余下他自己，这令他不由得打了个寒噤。

他加快速度，大概午饭时爬上了山顶。那儿有一座小小的尼姑庵，也许是年代较为久远的缘故吧，大门上方悬挂的名匾早已一片模糊；围墙也已经很破旧，许多缺口用山上的石头勉强堵上；黑色的门漆斑斑驳驳，门上的铜钉早已暗淡无光，有些地方还锈迹斑斑的，似乎在无声述说着什么。

门半掩着，一声声敲击木鱼的声音从庵内传出，为宁静的山间平添了几分诡秘。金啸天静静站在门口，远远地能看到堂上供的是一尊观世音菩萨铜像。这是冬菇最敬畏的神，从他离家后，冬菇的卧房中就开始供着，直到她死都没有停止过。他平日里是不相信鬼神的，而此时此刻，对那尊铜像，他却有一种莫名的亲切感，他想进去拜上一拜，同它说上几句话，但此地为尼姑庵，他一个大男人，进去是否合适？

正在犹豫着，只听到一个女子的声音响起："阿弥陀佛，善哉善哉，施主，请进！"

金啸天收起雨伞，轻轻推门进入，接过一个中年尼姑递过来的香，恭恭敬敬上了三柱，在那尊观世音菩萨的铜像前跪下，磕了三个头，却长跪不起。他盯着那尊铜像，将心中对冬菇的忏悔与歉疚默默讲给观世音菩萨听，讲到痛处，他的泪水止不住涌出，全然没有在意身边那位接待香客的尼姑越来越惊异的脸。就这样过了良久，眼见天色已晚，才起身准备离去，却发现双腿已完全失去知觉，走路都有些踉踉跄跄了。

"阿弥陀佛，善哉善哉，施主节哀。施主已跪了两个多时辰了，庵内备有素斋，吃些再下山去吧。"刚才招呼他进门的那个声音又响起了。

金啸天摇了摇头，自从冬菇死后，他好像不知道饥饿了，每天吃不吃、吃几次饭、吃什么，他好像都不再介意了。天马上就要黑了，他必须在天还有亮光之前下山去。

"施主，还是用些素斋再走吧，要不，带些路上吃。从这儿走到山下，最快也要个把时辰。"那个声音竟对他充满了关切之情，全然不像一个四大皆空的出家人的话。金啸天忽然感到这个声音像极了一个人。他抬起头，惊喜地叫道："小莲！怎么是你？"

这个尼姑便是宁伟辉的母亲，周家的丫鬟小莲。那年她坚持不离开南方，从此却再也不见了踪影，没想到她在这个偏远的尼姑庵出家当了尼姑。

原来那年他们走了以后，小莲一个人在广州过日子。不料一天上街买东西时遇到了山上那个跑掉的土匪老五吴飞达。当时小莲并没发现他，而吴飞达却认出了小莲，并悄无声息地尾随其后，跟踪她到了住处。经过几天观察，吴飞达确认房子里仅住着小莲一个人时，便在一天夜间先下手毒死了那两条狗，闯了进来。

"我当时害怕极了。"当小莲与金啸天面对面坐在尼姑庵的一间小小禅房中，讲述十几年前的陈年旧事时，小莲的脸上依旧充满了惊惧的神情。"吴飞达是山上十几个土匪中脑瓜子转得最快的一个，长了一肚子坏心眼，身体也十分强壮，他突然出现在我眼前，真是让我大吃一惊。"

"他逼问我三哥的下落，说一定要杀了他为山上的弟兄们报仇。我跟他说三哥已经死了，他忽地又特别高兴。说死了更好，倒省得他亲自动手了。我见自己不是他的对手，再说一个妇道人家也想不出什么好主意，便想一死了之。第二天趁他出门，我将自己吊到院子的一棵树上，但想不到他一会儿却回来了，便没死成，他把我放下说：'你这女人当真蠢得厉害，好死不如赖活着，你死了到阴曹地府，山上的兄弟能饶得了你吗？'我想想他说得也有理，就活了下来。于是我每天给他洗衣做饭，侍候得十分周到，但是……"说到这儿，小莲停住了。

"发生了什么事？"金啸天问。

"他刚开始几天对我还好，有一天出去后给我买回了块好布料……但后来他便天天打骂我，还骂三哥，每天将我看得死死的，连上街买东西都不让我一个人去。他每天出门时便将大门从外面锁上，回来还总在饭菜上找碴打骂我，我的身上总是青一块紫一块的。有一天，我半夜醒来，却发现他正提着一盏油灯在翻箱倒柜找东西。我不敢吭声，偷偷瞧他找什么，最后发现他竟将我的房契找出来放进他自己的口袋。我心中'咯噔'一下，明白他在打什么坏主意了。他干完这些事后就倒头睡了，等他响起了鼾声以后，我听到他说起了梦话：'小心肝，爷不光送你地，再等等我会送你一所院子……你让我……杀了那女人……不行，不能让她那么容易就死，她欠山上弟兄十几条人命呢……'我悄悄地起身点上灯，却发现我的田契早已没有了，不用说，是这天杀的吴飞达给偷去卖了！我恨极了，他太无耻，竟偷卖了我的水田去给别的女人买地！听梦话，他是想让我活着，慢慢将我折磨个够再要我的命。我那个恨呐！这时我正好看到床头放着一把我从山上带下来的长刀，我想都没想，提起来对着他的脖子狠狠就是一刀……杀了吴飞达后，我自己也吓傻了，见满床的血，我吓得几乎动弹不了了，我用被子将那死人和血盖得严严的，缩在屋角一直到天亮。第二天我想了一天也想不出什么好办法，只好等天黑后，在后院挖了个坑，将他和那床上的物件一起埋了。"

"然后你就上山来到了这儿？"金啸天问。

小莲缓缓地摇了摇头："我埋了吴飞达后，却也不想离开自己的院子，尽管心中害怕得紧，但外面兵荒马乱的，我一个女人能去哪儿呢？我自己又在房中住了五天，却没料到第六天一大早，就有人来敲门，声音大得很！"

"那是谁？"金啸天问。

"我忙穿好衣服，从缝隙中往外看，见一个打扮得妖里妖气的女人站在门口，我想一般的女人是打不过我的，让她进来倒也无妨，就将门打开了，谁知……"小莲又停住了，神情中像是遇到了十分让人恐惧的事。

"难道她后面还有别人？"金啸天问。

小莲缓缓点了点头。"冯三笑！她后面居然站着冯三笑！他没死，那女人叫门时他躲到了一边不让我看到。他们一步跨进门，女人转身将大门闩上，冯三笑狞笑着一步一步逼近我，双手掐住我的脖子：'没想到吧，大爷我那日挨了一枪可没死，大爷我身上穿着铁护甲，命大着呢！五爷呢？好几天没去我那儿了，你不会又将他也杀了吧？'我吃了一惊，但我早就料到那个女人是来寻吴飞达的，也早已想好了说辞，现在多了个冯三笑，只不过多编几句瞎话罢了。我装出很害怕的样子，哆哆嗦嗦地说：'大哥没死最好，五爷早已告诉我了，小莲太高兴了，也不是我向大哥打的黑枪吧？我也没有枪啊！我怎会杀了五爷，我一个弱女子也不是他的对手啊！大哥想想，我一个女人在这人生地不熟的地方，三哥短命，我一个人过这日子有什么滋味？幸好五爷来了，不光不嫌弃我，还对我百依百顺，又疼又爱的，前几天我发现自己有了，就告诉了他，他那个高兴！这几天一直守着我，都不舍得出门，什么事也不让我动手做，说是怕动了胎气。他早晨刚刚出去，这几天我胃口不好，瘦了一些，五哥心疼得不得了，说要上山给我打几味野物补补身子，临行时告诉我恐怕要天黑才能回家。'我之所以这么说，是防着冯三笑对我非礼，告诉他我肚子里头有他兄弟的孩子他便会收敛，他毕竟是讲义气的。那个女人，她让吴飞达骗我的财产，我当然要好好让她伤心一番。"

"后来呢？"金啸天继续问道。

"我边与冯三笑说话，边用眼角瞅那个妖气女人，只见她脸色惨白，浑身发抖，上牙齿紧紧咬着下嘴唇，眼泪在眼中打转。我感到非常解气，这时冯三笑的双手也离开了我的脖子，他倒很开心，哈哈大笑说：'青小姐，我没说错吧？他为你赎身你就相信老五就爱你一人，现在人家娃都要生出来了，他还见你做什么？你呀，别再扭扭捏捏的了，就从了我吧，你跟着我不比跟着他差。'那女人便大哭起来。那个女人叫俞烟青，是吴飞达与冯三笑来广州刚认识的妓女。吴飞达与她多次鬼混，他卖了我的水田为她赎了身又买了地，许诺卖了我的院子就娶她……"

"那后来呢？"金啸天追问。

"我开始暗暗打主意，这个冯三笑最爱吃饺子，我得先让他饱吃饱喝一顿，让他放下戒心再做打算，于是我赶紧和面做饺子，将家中所有的酒全都拿出来摆上。那冯三笑也真多疑，他坐到桌边却不动筷子。我知道他

上
部

123

是怕我在饺子或者酒中下了毒，我笑了笑，自己开始吃饺子喝酒。过了好半天，他与那女人才开始吃，边吃还边夸我的手艺好。那女人大概是心情不好，左一杯右一杯与冯三笑喝个没完没了。冯三笑心情很好，说俞烟青早就应该是他的，并警告那女人以后不得再与吴飞达有染，也不能与他眉来眼去……我听了想笑，心想吴飞达那死鬼早已让我埋了。过了一会儿，他们似乎也没有离开的意思。如果天黑了他们没见吴飞达回来，我可没法圆自己的谎话了，怎么办呢？我当时唯一能做的，就是拼命劝他们喝酒，他们不停地喝呀喝，直到不省人事。"小莲幽幽地讲述着。

"然后你将他们两个都杀了？"金啸天问。

"没有，我那天是气急了才杀吴飞达的，那满床的血，我一辈子都忘不了，我可不想再见到血了，太可怕了！"小莲使劲摇了摇头，似乎想让可怕的场景从脑子中彻底消失。金啸天静静地坐着，等待她往下讲。

"说实在的，我不想害他们性命，但那时候我知道，如果冯三笑醒了酒仍不见吴飞达，一定不会罢休，他是个很残忍的土匪头子，他一旦发现事情不对头，我会死得很惨，或者会生不如死……"顿了顿她又说，"其实那个俞烟青也很可怜，罪不该死的，但我让冯三笑死，也决不能让她活。我知道但凡酒醉的人都会口渴得厉害，于是便为他们沏上一壶茶，将吴飞达留下的毒死我那两条大狗剩的药全部倒了进去，他们就这样在迷迷糊糊中送了命！"

金啸天打了个寒战。

"他们断气之后，夜深之际，我在后院挖了个大坑，将他们两个一起埋了。做完这事之后，天将亮了。折腾了一天一宿，我好累，就回房躺在床上睡了，但我做了个噩梦，被吓醒之后，感到那个家不能待了，就收拾了一下，到了这儿。我来的时候，庵中仅有两个老师太，已是风烛残年，她们很愿意收留我。我也自知罪孽深重，的确也没有比这儿更好的去处，便削发做了尼姑，法名'却旧'，每日烧香念经，祈求菩萨的宽恕。两位师太每日教我诵读经书，我也因此认识了不少字。之后两位师太先后圆寂，又有三个姑娘相继入庵，便一直到了现在。"

小莲看了金啸天一眼，笑了笑又接着说："少爷还未进门，却旧便认出了你，所以一直在旁相伺，本想不与少爷相认，但又想打听我儿伟辉的事……转眼一二十年过去了，我依然无法真正将旧事统统忘却，唉！"

"伟辉很好，一直与晓荷一起生活，都成大小伙子了。小小年纪就威风凛凛的，很强壮。要不，我改天带他来见你？"金啸天说。

小莲又缓缓地摇了摇头："那倒不必了，我心知他一切均好，倒不再挂怀了。我希望少爷能将伟辉带在身边。哦对了，少爷为何如此伤心？"

金啸天将冬菇的事与她讲了一遍，将心中的忏悔与不安讲了出来，同时也讲了林雨晴，讲了好久才停止。小莲默默听着，直到他住口才合掌道："阿弥陀佛，善哉善哉，各人自有天命，小姐命运使然，你也不用太过自责。小姐此状，生有何欢，死有何哀？早日轮回，对她未必不是一件好事。"

冬菇死后，金啸天尽管内心难过之极，但对任何人他都没有如此详尽地讲述过这一切。与小莲诉说了之后，多日的积郁似乎减轻了许多，又听小莲的一席话，便更加释然了。外面天已经很黑了，当晚下山已不可能，只有在庵中将就一个晚上了。却旧让小尼姑送上素斋，金啸天饱饱地吃了一顿，这是冬菇逝去后他吃得最多、最香的一顿饭了。

金啸天下山，次日带着宁伟辉上山寻母。但小莲不在庵中了。"却旧师父说了，二位施主不必找她，她云游去了，少则三年五载，多则一辈子。师父让贫尼转告小施主：'心中有娘，娘便在身边'，不必寻找。"庵中的小尼姑如是回答。从此，他们再也没有见过小莲。

第二十五章

桃花之死

二十多天后，金啸天带着宁伟辉返回汉口。他发现林雨晴憔悴而消瘦。林雨晴一见到他便一头扑进他怀中，低低地哭出声来。

"怎么啦？"金啸天捧起她的脸，温柔地问。

"我……我以为你再也不回这个家了，不要我了呢，我……我好害怕！"林雨晴抽抽搭搭地低声说。

"你怎么会有这种想法？"金啸天轻轻地抚着她的背问。

"是我害死了冬菇姐，如果不是我娘说林家的女儿不做小，你就不会休了她，她……也不会……寻短见。"林雨晴声音低得几乎让人听不见。

"这不怪你！"金啸天紧紧搂住妻子，"人各有命，与你又有什么关系？你一定要相信我，无论发生了什么事，你都是我金啸天今生最重要的人，不许胡思乱想。"

"真的吗？我是你今生最重要的人？有多重要？"林雨晴从他怀中抬起头，用那双夜一样漆黑的双眸紧盯着自己的丈夫……

金玲林不满三岁的时候，爆发了"七七事变"。此时，宁伟辉已经是金啸天的副官，在他的影响与训练下也是枪法精准，体格健壮。金啸天接到上级命令，要率部队开往华北抗日前线，他让宁伟辉留下保护家人，这样也能保护故人的儿子。

"你不要跟着我去了，前线太不安全，你就留在汉口等我回来，也可以带着玲林回娘家去。"金啸天与妻子告别时说。

林雨祥的正房秦氏（秀兰）在来汉口的一年多后又有了身孕，而后为他生下了一个儿子，取名林子涵。部队要开往前线时，儿子还在吃奶。林雨祥便将秦氏和孩子送回老家，带着小妾桃花去了华北。秦氏（秀兰）心中虽然不情愿，却也没有别的办法，只好与丈夫洒泪而别。

金啸天对妻子也是万分不舍。作为一名军人，他知道抗日前线的凶险与日军的凶残。他不能让自己心爱的妻子与女儿去冒险，同时他也要求下属不带家眷。但对于大舅哥林雨祥，金旅长的命令却显得无足轻重了。林团长就这样带着他那如花似玉的小妾踏上了北上的征途。

华北战事十分紧急。日军凶残无比，无恶不作，所到之处，上至老妪，下及孩童，均难以从他们的枪口刺刀下幸免。作为一名军需团团长，林雨祥不用上前线与日军面对面交锋，保护运输军用物资、保证全旅供给是他的职责。这职位危险较小但责任重大，他自然不敢有丝毫的大意。他将桃花安排在军需团总部，那里与军需仓库相距不远，所在之地比较隐蔽，并常驻二十名军人把守。在战略的安排上，林雨祥感到这样已经非常到位了，却没想到还是出了纰漏。

那天他带人去北平接上级从南方运来的军火。等他将军火运入秘密军火库安置好，带着队伍返回团总部时，那儿已是一片狼藉。二十名军人已被击毙，十几个日本兵控制着桃花。

汉奸在日本军官的授意下，开始喊话："军需团团长听着！你这漂亮小老婆已经在大日本皇军手中，如果你投降，交代军火库所在地，除了将她毫发无损地还你，还给你好处大大的！不然，这漂亮小老婆可就保不住了！"

林雨祥大脑瞬间一片空白。桃花是他极其深爱的女人，他爱她远远超过爱自己的结发妻子秦氏。他一直自信自己能够保护好她，没想到……

桃花的尖叫声与日本兵的笑声也不绝于耳，让他感到撕心裂肺的痛。

"怎么办？怎么办？"他不停问自己。

"少爷救我，少爷救我！"桃花哭喊着。

"桃花，桃花！"林雨祥想冲过去，却被手下的士兵紧紧拉住。林雨祥怒不可遏："若想让我投降，就别碰她，你们也得容我考虑片刻吧！"

那汉奸又将他的话翻译了，叽里呱啦与日本兵说了一通，接着又喊道："大日本皇军给你十分钟的时间考虑。我给你看着表。"说着便从怀中摸出一块怀表。所有人都不再出声，一切都静静的。

林雨祥脑子飞快地转动，他怎可投降？那是绝不可能的！如果投降，全旅失去了供给，很快会全军覆没，自己身败名裂不说，在日军那里又能讨到什么便宜？如果不投降，桃花怎么办呢？真后悔将她带到前线！两全其美的途径似乎没有。只有不再顾及桃花的生命，将该死的日军消灭掉！他恋恋不舍地远远看着自己的爱妾，真盼着时间永远停滞不动，那该多好！

"就差两分钟了！"那汉奸的声音忽然响起。

"打！给我狠狠打！桃花，卧倒！"林雨祥忽然拔出手枪，一边对着日本兵开火，一边下达了作战命令！

日军大概没料到林雨祥会这么无所顾忌，一时没反应过来。林雨祥一枪一个，瞬间便撂倒了三个日兵。双方交火了。桃花站在双方交火的中间，早已被吓得魂不附体，中了几弹后，扑倒在地。

"打！狠狠地打！"见桃花倒下，林雨祥更是疯了一般。不一会儿，这小股日本鬼子便被消灭干净，只余下那个汉奸抱头趴在一棵树后不停发抖。

林雨祥冲过去抱起桃花。她身上共中三弹，其中从后背击中心脏的一枪是致命的。"桃花，桃花！"林雨祥流着泪不断呼唤着，桃花微微睁开了眼睛："大……大少爷，你……为……为什么哭？"

"桃花，桃花！我的心肝，我对不住你，我对不住你啊！你要挺住！"林雨祥哭着说。

"大……大少爷，别……别哭！"桃花笑了笑，吃力地抬起一只胳膊，想用手去为林雨祥擦泪，却做不到。林雨祥抓住她的手贴在自己脸上：

"大……大少爷，我……只要……只要……你好好的……桃……桃花知足，大……大少爷对……桃花……不薄！桃花……"便再也没了声音。

林雨祥抱着桃花那温暖渐失的身体走进屋子，泪如雨下。这时他的手下已将汉奸押到他的面前。林雨祥轻轻将桃花放到床上，拔出枪对准了他。

"长官饶命，我……我其实也是一名军人，只是……被小日本鬼子逼的。我……我老娘和老婆孩子都在他们手里……我……我也是不得已……"汉奸哆哆嗦嗦地说。

据汉奸交代，这队日本兵是专门负责侦察我方军用物资存放地的侦察兵，他们要从根本上给我方以最沉重的打击，从而取得整个战争的胜利。A师G旅开到华北后，两军的几次正面交锋中，日方均未讨到太大便宜，这引起了日方指挥者的高度关注，并下命令端掉G旅的军需仓库，断绝其供给。日军侦察了好久，才发现了这儿。他们开始以为会有许多守兵，便用火力猛攻，所以二十个守兵没留下一个活口。捉住桃花后，几个日本兵对她进行了恐吓威逼与盘问，但桃花始终说"不知道"。

林雨祥听得冷汗珠直流。敌人的狡猾阴险让人始料不及。他的临战经验并不丰富，因此军需仓库的位置他并没有对桃花保密。桃花被他们控制后，如果她不够坚强，军需仓库恐怕早就灰飞烟灭，那他可就成千古罪人了。他从没想到桃花那么一个弱女子会如此坚强，对一切恐吓威逼都可以咬紧牙关挺住。想到这儿，林雨祥长叹了一声，凄楚地摇了摇头，做了一个手势。手下的军人将那汉奸拖了出去，不久便听到一声枪响。

桃花的死让林雨祥受到巨大的打击，让林家所有人认识到战争的可怕与残酷。林雨祥是独子，林老爷可不想让自己老年丧子，无人送终。而林雨祥自己也已育有一儿一女，上有老下有小的。所以两年后，林雨祥便退伍回到家乡，在潢城城关镇谋了一个副镇长的差事。每日早晨沏一壶上好的六安瓜片，坐在自家的果子店中吃糕品茶，然后去镇政府坐坐班，处理些公务，偶尔帮家中打理一下店铺土地，日子过得倒也悠闲自在。

第二十六章

金啸天殉国

前线的战事如火如荼，总有不好的消息传来。小地方消息闭塞，但报纸还是有的。林雨祥每天到镇政府的第一件事就是看报，了解战事情况。直到有一天，他读到了Ａ师Ｇ旅旅长金啸天为国殉难的消息，他急忙赶往汉口去看妹妹。

林雨晴一见到兄长，便扑在他怀中大哭起来。宁伟辉也刚刚从战场上回来，红着眼圈默默站在一旁。不足八岁的外甥女见到了舅舅，也扑过来抱住他的大腿哭喊着"要爹爹"。问起妹夫殉难时的情况，宁伟辉这个二十多岁的大小伙子又流泪了。

"这次出征，舅舅本不想带我。"宁伟辉私下里，一直管金啸天叫"舅舅"。"他怕我在战场上有什么闪失，对不住我的爹娘。我向他恳求，说前面在打仗，我一个身强力壮的军人不上战场，算什么军人。经不住我软磨硬泡，舅舅最后答应了。但叮嘱我要一直跟着他，千万要注意安全！我跟着舅舅上了前线，身份仍旧是他的副官。我与小鬼子面对面作战的机会真的不多，因为舅舅很照顾我，危险的事从不派我去，有时间就教我作战布阵、敌情的侦察与情报的综合分析，还有怎么指挥实战等。从舅舅那儿，我学会了很多东西。有一次，在我的一再要求下，他允许我带了一个

130

小分队化装成卖菜卖柴草的乡民，混进了Z城，端掉了小日本鬼子在那里的据点，大大立了一功，舅舅高兴地夸奖我一番。"说到这儿，宁伟辉像是回忆起当时的情形，脸上浮现出一种喜悦的神情。

这种神情转瞬即逝，接着，他脸上出现了非常愤怒的神情："谁能料到我们的队伍中竟出了汉奸叛徒！"

"舅舅骁勇善战，机警过人，名气很大，鬼子只要一听与我们旅对阵，心中先怯了三分。舅舅也成了他们的'眼中钉''肉中刺'，因此鬼子总惦记除掉他。"顿了顿他又接着说："左厚实那王八羔子带着一队人去攻克鬼子设在D城市中心的据点，两天后就他一人血糊糊地回来了，还告诉舅舅说自己装死才逃了命。我当时就起了疑心，担心他是让鬼子俘房后投降了被放回来做奸细的，但舅舅说不会的，偏偏相信了左厚实！"

"左厚实？骑兵营的副营长，跟了旅座多年了，他怎么会？"林雨祥也不相信这个人会叛变。

"那时他已经是骑兵营的正营长了，"宁伟辉接着说，"我知道林团长也不会相信姓左的会叛变。看来舅舅信任左厚实也不是没有道理，可就是姓左的王八羔子当了汉奸叛徒，他回来后，舅舅说他伤势严重，让他住在旅部养伤。到了第五天夜里，旅部只有十来个人，他大概见旅部当天的人少，便向鬼子报了信。鬼子来了一个团的兵力，将旅部包围了，舅舅……"宁伟辉说不下去了。

"那你是怎么逃出来的？"林雨祥问。

"我当时没在旅部。"宁伟辉回答说，"鬼子在D城无恶不作，百姓几乎要让他们杀光了。舅舅准备第二天攻打D城，让我在那边提前部署，但又没让左厚实知道，也许舅舅私下也在怀疑他，所以将他放在自己身边，但没料到他的目标不是窃取情报，而是要对舅舅下手！"

"这些你是怎么知道的？"林雨祥问。

"舅舅……他毕竟不是一般的人，他发现被包围后立即控制了左厚实审问。旅部的位置非常隐蔽，没有内线领路是很难找到的。左厚实什么都

上部

131

招了。原来日军俘虏了他后，先将他折磨得死去活来，又许诺如他投降，便给他金钱美女，他就叛变了。这次日军行动的目的是要舅舅的命。舅舅问完后，先一枪崩了那王八羔子，然后带领兄弟们往外冲。我见到他时他身上中了数弹，已经成了个血人，但尚有一口气息在，便告诉了我这么多。军医说，按舅舅的伤情，他能坚持那么久简直就是奇迹，一定是有种强烈的意念支撑着他，让他能睁着眼睛再见到兄弟们……"

"他有什么话留下吗？"林雨祥问。

"舅舅让我告诉舅母，他对不住她，叮嘱舅母不要太伤心，好好活下去，将玲林抚养大，让我……让我照顾好她们娘俩。"说这话时，宁伟辉神情很不自然，顿了顿他又说，"舅舅……让我带回一个包袱……给舅母。"

那包袱是深红色的，手感有些硬，上面沾了不少血迹。打开一看，赫然便是当年队伍在林家休整时，林雨晴穿过的金啸天的那套白色带暗纹的睡衣。睡衣的一角还有明显的血迹，那显然是金啸天遇难时留下的。自从两人结合后，林雨晴就再也没有见过这件睡衣，原来是被金啸天珍藏起来，一直带在身边，就连出征也没有忘记过……林雨晴紧紧搂着睡衣，痛哭不止。

金啸天的遗体已被安葬在前线战场的青山脚下，后事没有什么可操办的。林雨祥回家时想让妹妹一起回去，毕竟林家家大业大，一定能保证她们娘俩吃香喝辣，但林雨晴说什么也不同意。

妹妹态度很坚决，林雨祥也没办法，其实妹子的心思他又何尝不明白。当年她与徐家退婚，嫁自己的上司时，在潢城闹得满城风雨，是何等的风光！这会儿年纪轻轻的却成了寡妇，她回娘家如何去面对家乡人的目光与好事者的议论呢？他叹了口气："好吧，雨晴，你不回去也就罢了，那我隔一段时间来这儿给你送钱送粮。你缺什么也告诉哥一声，可别委屈了自己和孩子啊！"

私下里，他又详细问了宁伟辉关于金啸天遗嘱的事。

"舅舅让我娶了舅母，说舅母和我是一年生，比我仅大两个月。"宁伟辉红着脸对林雨祥说。

此时的宁伟辉已经二十五六岁了，长得高大威猛，很有男子汉气概。"那你怎么想？"林雨祥问。

"我……我……如果舅母同意，我是求之不得的。"宁伟辉红着脸回答。

"真的吗？"林雨祥有点意外。

宁伟辉红着脸点了点头，小声说："我第一眼见到她，都不能相信天下竟会有那么美的女子！心中充满了好感，只是我从不敢想这事。这是大逆不道的，按辈分，她……是我的舅母……"

林雨祥拍拍宁伟辉的肩："伟辉，事到如今，也没那么多讲究了，再说还是旅座亲口托孤。有你在这儿照顾着，哥哥我安心多了，不过你得等等，过个一年半载的，我出面让雨晴嫁给你。"

"那太感谢大哥了！"宁伟辉平时叫他"林团长"，这会儿一激动，都改口叫他"大哥"了。

此时与林雨晴一起到汉口的丫鬟杏花与仆人有福也已结为夫妻，并有了自己的一双儿女。有福也当了兵，都是个小排长了。林雨祥又对他们叮咛了一番，才不舍地离去。

之后的时间中，每隔一两个月，林雨祥便带人去给妹妹送钱送物，半年之后，他提出了让妹妹改嫁的事。

"哥哥怎会有这种想法？"林雨晴惊讶地睁大了眼睛，"我已嫁了啸天，即使他死了我也是他的老婆，岂可再嫁别人？"

"但你才二十多岁，以后的日子可长着呢。"林雨祥劝道。

"不，不行！"林雨晴坚定地摇头。

日子一天天过下去。有娘家周济，林雨晴母女在汉口的日子过得并不艰难。宁伟辉在金啸天死后，也由副官改任营长。他有空时经常到她们那儿坐坐，为金玲林买些零食，还常带她出去骑马玩耍，两个人关系好得像一家人。由于宁伟辉的关爱，小姑娘在父亲去世后，倒也没有感到明显的父爱缺失。对于金啸天的亲口托孤，哥哥与宁伟辉私下里的谈话，林雨晴毫不知情。她完全沉浸在失去丈夫的痛苦里，沉浸在对美好往事的追忆里，沉浸在外人无法进入的自己的世界里。

两年后的一天，林雨晴正抱着一本《红楼梦》读得如醉如痴，丫鬟杏花推门进来："小姐……"她欲言又止。

"什么事，杏花姐？"林雨晴从书中抬起头，那双漆黑的眼睛仍然充满了忧伤。

"有福昨天回来，说有人想托小姐保个媒。"杏花说。

"保媒？我？"林雨晴迷惑不解地看着杏花。

杏花点了点头："有福他们团长前天将他叫了去，说宁营长各方面条件都很好，他们团长想把妹子嫁给他，想请小姐出面与宁营长做媒。"

"嗯，这是好事。伟辉也老大不小的了，早该娶个媳妇了。"林雨晴点了点头，"要不，你去伟辉那儿一趟，叫他过来吃晚饭，我与他说。"

这是林雨晴第一次主动邀请宁伟辉，他很意外，也有些激动，更有些忐忑。出门前他特意换上一套崭新的军装，将自己梳洗打扮一番，更显得年轻帅气，英姿勃发。

"呵！咱们宁副官今天可真漂亮，像新郎官一样。"杏花开门见了他，忍不住笑着与他打趣。

"呵呵！"宁伟辉不好意思地挠挠头。

吃过晚饭，林雨晴让杏花将女儿带走，将他让到小客厅中，开门见山向宁伟辉说了那件事。

"不行！"宁伟辉一口拒绝。

林雨晴想不到宁伟辉拒绝得如此干脆："你这孩子也老大不小了，早该娶房媳妇了。难得人家姑娘家里相中你，多好的事儿啊！"

"不行！"宁伟辉还是一口拒绝。

"说说理由！你都快三十的人了，三十而立，你不知道吗？"林雨晴道。

"媳妇要娶，但不能随随便便娶个女人回家！"宁伟辉回答。

"什么叫'随随便便娶个女人回家'，你相中哪家的姑娘了，我去帮你保媒去。"林雨晴道。

宁伟辉沉默不语。

"你这孩子倒是说话呀，急死人啦！"林雨晴道。

宁伟辉还是沉默不语。

"你这孩子……"

"够了！"宁伟辉猛地站了起来，一脸怒容地打断了林雨晴，"林雨晴，你才比我大两个月，凭什么说我是孩子。我不是孩子，我是男人，以后不许说我是孩子！"

林雨晴吓了一跳，她不明白宁伟辉为何忽然发起了脾气，她嫁与金啸天后，没有人和她如此大声地说过话，包括金啸天本人。现在丈夫死了，连他以前的副官都敢对自己凶巴巴的，再说自己不也是一番好意吗？她感到委屈极了，不由怔怔地流下了眼泪。

宁伟辉内心很焦灼。金啸天在世时，他不敢对她有任何非分之想，但只要见到任何一个年轻女子，他都会不由自主地在心中与她作一番比较，而最终都是她毫无悬念地胜出。金啸天逝前的嘱托，让他的心中升起了一种希望与企盼。而现在，她居然还将他当孩子，要他娶别的女子为妻，他真是忍无可忍了！

林雨晴那双漆黑的眼睛中盛满了泪水，长长的睫毛被打湿了，密密地粘在下眼睑上，一脸的无辜和委屈。宁伟辉很过意不去，他真想将她拥入怀中，好好安慰一番，但他知道不能。

"我……我……对不起……雨……舅母！"宁伟辉不知该怎么说。

"我有恶意吗，我有吗？"林雨晴忍不住啜泣起来，"我再也不管你了，你爱打一辈子光棍就打吧！"

"我……我……不是那个意思！"宁伟辉搓搓手，不知说什么好，"我……我……"宁伟辉鼓足勇气，"雨……晴，我……我……爱的是你，我想娶你，除了你，我谁都不娶！"

"你……你……"林雨晴太意外了，她想不到这个"孩子"会有这种念头。她摇摇头："不可以的，伟辉！我是你的舅母！"

"舅舅……旅长他临终前让我娶了你，照顾你们一辈子。再说，我也对你一直有好感。"宁伟辉总算将自己憋在心中许久的话讲了出来，顿时感到无比畅快。

"啊？"林雨晴几乎要晕厥，他怎么能让自己嫁给别人，他把自己当成什么人啦？"伟辉，我……我心中乱得很，你先回去吧。那事你再考虑一下，听说……听说那姑娘很不错的……"

"我不用考虑，除了你，我谁都不娶，打一辈子光棍我也认了。"说完他快步离开了林雨晴的住处。

听到宁伟辉的脚步声渐渐远去，林雨晴无力地回到卧室，瘫坐在床上。"乱了，一切都乱了，我该怎么办，我该怎么办？啸天，我的夫，你为什么让我再嫁人？不嫁人，我可以自由自在地回忆过去，想你念你；如果我嫁了人，除了对不起你，我还怎么能如现在这样无拘无束地在意念中与你相会相拥？不！不！我不嫁人，决不！"想着想着，她的泪水已慢慢将胸前的衣衫打湿。

几天后的一个上午，林雨晴刚刚起床吃过早饭，就听到外面一片喧闹声。"妹子，妹子，我又来瞧你们了，趁着今天这好日子，哥来瞧你来了。"只听林雨祥的声音在外面响起。

"噢！舅舅来喽，舅舅来喽！"金玲林飞奔出去，林雨晴也赶紧迎了上来，"哥啊，今天是什么好日子啊！"

"瞧我这傻妹妹，守着个大汉口居然不知这天大的喜事！"林雨祥身着一套白色绸衣，满面春风的。

"到底是什么喜事？"林雨晴真想知道。

"那该死的小日本鬼子投降了，美国佬往小日本本土上丢了两颗原子弹。那两个原子弹好像还有名字呢，一个叫'小男孩'，一个叫什么'胖子'。美国佬还真是幽默。小日本真是活该！"

林雨晴的泪水夺眶而出。

"看，妹妹你又来了，是哥不好，还没进门就惹得你伤心。"林雨祥比这个妹妹大将近十岁，一向对她十分疼爱。

"不……不是的，哥，我是高兴，高兴！'多行不义必自毙'，日本鬼子做了那么多恶事，这回总算遭到报应了，真是老天有眼啊！"林雨晴拿出一块手帕，抹了抹眼睛。

晚上兄妹两个聊天的时候，林雨祥又旧话重提了："妹子，妹夫已遇难两年多了，你也该为自己考虑一下了。"

"考虑什么？"林雨晴问。

"为玲林再找个爹。"林雨祥回答。

"哥，你怎么总惦记这事，是不是林家不想出钱养我们娘俩了呀？"林雨晴不耐烦地说。

"小妮子怎么跟哥说话呢？我们林家会缺你们娘俩一口饭？你才多大啊？人的一生有多长你知道吗？你一个人带着个孩子离娘家这么远，不是长久之计呀！"林雨祥劝道。

"我……"林雨晴又流泪了。

"好了好了，乖妹子，你别哭了！是哥不好。"林雨祥三番两次让妹妹哭泣，心中早已是万分不忍，急忙柔声劝慰，"伟辉他也老大不小的了，为了你他不娶亲，你可知道？"

"我……我知道，上次我帮他提亲，他……他都告诉我了！"林雨晴抹了抹眼睛，回答道。

“你一点也不动心？”林雨祥问。

“好女不嫁二夫！再说伟辉年轻英俊，什么样的姑娘找不到，我一个寡妇，怎么能配得上他？”林雨晴轻轻说。

“妹子你别死脑筋了，伟辉都不在乎，你有什么在乎的？”

“不，哥，我在乎，那样我太对不起啸天，我死后怎么去面对他？不行！”林雨晴连连摇头。

“傻妹子，这可是他自己安排啊，是他在临终前留下的话让你嫁给伟辉的呀！”

“他一定是受伤太重糊涂了。哥，这话是信不得的！再说，就算是他明白时说的，我也不会再嫁人。女人不能从一而终，那是什么人啊！”

林雨祥见多说无益，便住了口。

宁伟辉听说林雨祥来了，晚上也赶过来吃晚饭。

饭后两个男人一起在院子里散步，林雨祥叹了口气，开口了：“伟辉，你也不小了，雨晴一时半会儿是不会开窍的，你就别等她了，找个好姑娘成个家，别太苦了自己！”

“不，不，林大哥，我不着急，我可以等！”宁伟辉忙说。

“唉，你这又是何苦？你这样让我感到我们林家很对不起你！”林雨祥说。

“林大哥，这事与任何人都没有关系。我不是不想娶，而是没有合适的，与其不合适，还不如不娶。林大哥你说对不对？”宁伟辉说。

“唉，什么叫‘没有合适的’，你是‘一叶障目，不见泰山’。你们两个啊，一个痴，一个傻，叫人没办法！”林雨祥无奈地摇摇头。

日子一天天过去了，战争在日军战败撤走后依然在继续。宁伟辉已经是一名团长了。有一天，他匆匆忙忙地跑来：“雨晴，赶紧收拾收拾，明天晚上的船，咱们要从大陆全线撤退了。”

“去哪儿？都走吗？”林雨晴问。她从不关心战事，知道在战场上国民党军队接连失利，与共产党和谈好像也没有什么结果，但想不到会全线撤退。

"去台湾岛，我把你们娘俩和杏花一家都给报上了。咱们一起撤退！"宁伟辉的表情有些不自在。

"我哪儿也不去！"林雨晴说。

"雨晴，"宁伟辉上前一把握住她的手，"雨晴，别再与自己过不去了。我们失败了，也许以后还会打回来，也许再也回不来了，这个谁也说不准。但现在必须走，留在这里很危险，你知道吗？"

"我哪儿也不想去！再说跟你走也名不正言不顺，说出去多难听啊！"林雨晴依旧坚持，并试图抽回自己的手。

"雨晴！"宁伟辉紧紧攥着她的手不松，"我知道我配不上你，你也看不上我，但现在是危急时刻，如果你坚持留在这里，会很危险，就算你不为自己考虑，也要为玲林考虑一下，她可是旅座唯一的骨血啊！如果她有什么三长两短，咱们如何向旅长交代？"

林雨晴沉默不语。过了好大一会儿，才开口道："要不，你将玲林带走！"

"不，雨晴！"宁伟辉摇了摇头，"你要是真不走，我也不走了，就是死，我也要与你在一起。"

林雨晴看着他，眼睛中渐渐涌出了泪花："好吧，我与你一起走，只是我……我……"

宁伟辉轻轻拍了拍她的背："雨晴，跟我一起走，咱们先活下来，别的事以后再慢慢考虑。我不会强迫你做任何事情，你一定要相信我！"

晚上，他们登上了开往台湾岛的大船。

下

部

第二十九章

林晓雪的烦心事

二十世纪九十年代末的一天，林晓雪坐在省城经济发展银行营业部大厅的柜台里，有些魂不守舍。这是一幢崭新带电梯的九层高楼：一层是临街的营业部大厅，二至八层是行机关的办公室，顶层是员工单身宿舍。正门在楼后，还有一个不小的院子，种了不少花草树木。八个保安二十四小时轮岗，将大门守得严严实实。

刚进入十一月中旬，市政尚未开始供暖，天气忽然变得奇冷无比，夜间天空中竟纷纷扬扬飘起了雪花，一直到上午都没停，这在中南地区很少见。雪天路不好走，办理业务的客户少了许多，这让林晓雪有工夫想想自己的心事，发发呆。

昨天是周日，她给父母亲打电话，这是她离开家上大学以来一直的习惯：每周日与父母亲通一次电话，讲讲自己一周的生活，遇到什么心结与困惑与当中学语文老师的父亲探讨一下。两年前的七月，她从外省的古城金融高等专科学校会计专业毕业，经过笔试面试等程序，幸运地留在了省城，做了一名金融业的小白领。这在她的故乡——距省城三百公里外的潢城的亲戚中间，引起了不小的轰动。

"我们林家的小侄女可是凭自己的本事留在了省城的银行上班的。"小姑林子凤到处炫耀。

"三年前古城金融高等专科学校在咱们省的文科生中就招了七个学生，我小侄女能占上一个名额，那叫'手拿拂尘——不是凡人'。"大姑林子馨可是个文化人，说起话来更是精彩纷呈，让人忍俊不禁。

做教师的父母虽然不像大姑小姑那么张扬地四处宣传小女儿留在省城金融系统工作的事，但内心也是非常骄傲的。他们一共育了五个孩子，除了老四是男孩儿，另外四个都是女孩子。林晓雪与哥哥相差近六岁。上大一时的寒假，林晓雪曾经问过父亲林子涵："爸，你们生了哥哥以后，儿子女儿都有了，为什么又生了我？"

林子涵笑了笑，大概不知该怎么回答小女儿的问题。当小学老师的妻子白珍芳开口了："你以为我们想要你这黄毛丫头啊？生了你哥后我就去医院上环了，哪知道那个年代医疗技术不过关，过了几年我发现又怀上了。那时我在乡下小学工作，一个班就一个老师，我得等学生们放了学才能坐车到潢城医院做流产手术。你爸为这事与我吵了一架，不让我将你做掉……咦，我是不是给你讲得太多了呀？"

"妈，我的头发可不黄，好多人都说我这头美丽的乌发都可以去拍洗发水广告了。"林晓雪调皮地吐吐舌头，又转向林子涵："爸，你当时为什么坚持再要一个孩子呢？四个孩子已经不少了呀！"林晓雪的兴趣更浓。

"雪儿你真想知道啊？知道真相了可不兴哭鼻子啊！"林子涵对小女儿一向宠爱有加，连说话的语气都如对一个三岁的孩童，全然不考虑女儿都二十多岁了。

"爸，我都这么大了还哭什么鼻子啊，就算你们再后悔，我也回不到妈的肚子里了是不是？"林晓雪嘻嘻笑着。

"那好吧，那爸就告诉你，我呀，还想再要一个儿子。当时我想，如果再生个男孩儿，我就有一对儿子了！咱们林家加上你哥，已经是四代单传了，这也许就是林家的命运吧！"林子涵叹了一口气说。

"堂堂人民教师还重男轻女，相信什么命运，爸，你真好笑！现在实行计划生育，哥以后反正只能生一胎，不管姑娘小子。爸，你那'命运论'没用了！"从林晓雪记事起，她与父母的谈话都是愉快而随意的，很少发生冲突，不论是面对面时，还是在电话中。

但是昨天，林晓雪与父母的电话沟通却不欢而散。

"雪儿，你还记得'勇敢'吗？就是你小时候咱们在乡下中学住时，熊老师的儿子。"林晓雪打电话回家时，是妈妈接的电话。闲聊了一会儿后，白珍芳忽然问女儿。

"'勇敢'？"林晓雪想起来了。那时她还很小，她家隔壁是住着一位姓熊的女教师，丈夫在潢城的邮局工作。这个叫"勇敢"的男孩当时是独子，比她大两岁，经常因为自己母亲做饭不合胃口而哭闹。有时奶奶会让他来家中一起吃专门为孙子与小孙女做的鸡蛋泡(一种用鸡蛋与面粉搅在一起煎制的面点)。奶奶很勤劳，在离学校不远处河对岸觅了一块空地，开垦了菜园，又在自家房后搭起了鸡架鸭舍，还在学校后门外的竹林边盖了个猪圈，养了头黑黝黝的猪。平日里，林家的鸡蛋、鸭蛋、青菜、萝卜从来不缺。每年腊月时，奶奶养的猪已长得肥肥胖胖了，父亲会去集市上找个屠夫，将猪宰杀掉。奶奶留足过年吃的鲜肉后，将余下的腌制成腊肉。奶奶还把肥膘与猪肚子中的大油放在锅中炼制成雪白的猪油，分装在大大小小的瓦罐中密封好，这些猪油足够林家吃上一年。所以学校的同事们都知道林老师家的日常生活要比别人家好一些，油水大一些。"家有一老，如有一宝"啊！有不少人羡慕林家有这么一位能干的老太太。

因为奶奶的勤俭持家，林晓雪尽管出生在那个物资匮乏的年代，但记忆中的生活，似乎过得并不艰辛。她清楚记得，自己童年生活的那个乡下中学，建在一片高地上，地方很大，环境优美。学校的后门边是一大片碧绿青翠的竹林，竹林里除了数不清的竹子，还长着桃树、杏树、梨树和柿子树及各种各样的野花。沿着后门外面的石阶往下走，左边是两个清清的水塘连接着，夏天时塘中长满了菱角与鸡头米。每当学校放暑假，母亲空闲下来时，便会挑一根带杈的树枝，将它做成一个结实的

下部

145

钩子，在钩子的上方用刀刻出一圈凹槽，将一根长绳子牢牢拴在凹槽中以防绳子受重脱落，再用一只网兜装上一块砖头与钩子固定在一起，这样往水中央用力一抛，再一拉绳子，那结满菱角与鸡头米的水淋淋的绿秧子便被扯上岸来，几个孩子围上去小心翼翼地摘那带刺的果实。右边是一大片水田，水田上面的高处，还有一个狭窄修长的水塘，孩子们管它叫"长塘"。每到春种时，长塘被村民扒开缺口，水就由高处往低处流下浇灌农田。因为她与勇敢年纪相仿，两个孩子经常一起粘知了，上树摘果子，每日都玩得兴高采烈，有时也因打架而哭哭啼啼。有年春天，奶奶让他们两个将自家养的两只下蛋的鸭子放进水塘，两个孩子便一人抱着一只沿着台阶歪歪扭扭地往下走，到了塘边奋力一扔，比谁将鸭子扔得远。男孩胜利了，将她狠狠嘲笑了一番。不足六岁的她感到委屈极了，眼泪忍不住在眼眶中打转。但又害怕男孩发现骂自己是"好哭精"，便回头悄悄用衣袖将泪水擦掉。恰恰这时，她发现水田的中央躺了一条大大的鲫鱼，白肚子朝上，一动不动的。

"哎，勇敢，那儿有条大鱼，你下去将它捉上来吧。"小姑娘破涕为笑，伸手去拽小男孩的衣服。勇敢扭头看到了鲫鱼，也是又惊又喜。

"真的耶，真的有鱼耶，它一定是不听鱼妈妈的话从长塘里乱跑时掉下来的。但我可不下去，妈妈说水田里头有蚂蟥，吸人血的。"

"你真是胆小鬼！"小姑娘啐了他一口。

"有本事你下去呀！"小男孩口头上可不吃亏。

小姑娘轻蔑地横了他一眼，竟然自己将鞋袜脱了，卷起裤腿下去将鱼搂了上来。那鲫鱼在她的怀中不停扭来扭去。她一只手紧紧抠着鱼鳃将它竖抱着，腾出一只手拎着自己的鞋袜，光着一双小脚丫将鱼带到奶奶面前。小男孩跟在后面，被伶牙俐齿的小姑娘奚落得满脸通红。

"反正你今天不许来我家吃鱼，我与我哥一人一半，你这个胆小鬼！还好意思叫'勇敢'呢！"那日林奶奶将鲫鱼煎得两面焦黄，香喷喷的。勇敢果然没有露面，吃饭时也没有向母亲哭闹。但是在林晓雪七岁那年，勇敢的母亲调回县城，两家便断了联系，虽然三年后林家也举家迁到潢城，却从未再与勇敢一家见过面。

母亲怎么会忽然提起了他？

"记得呀，妈，怎么啦？"想起那次捉鱼的事，林晓雪不由抿嘴笑了。

"今年夏天，我和你小姑逛街时遇到勇敢他妈了。你熊阿姨问起你的情况，你小姑嘴巴快，就告诉人家了。没料到，昨天人家来提亲了。她家勇敢上的是本科，比你早两年就分配到省城的交通运输部门工作了，到现在还没有女朋友呢……"

"妈！现在都什么年代了，还提亲？太可笑了吧！"林晓雪感到啼笑皆非。

"你熊阿姨那次问清楚你单位的名字，回去就给勇敢打电话说了，勇敢都去你们单位偷偷看你好几次了。你熊阿姨说勇敢在找女朋友方面挑得很，脸皮子还薄，现在就看上你了。你不也没有男朋友吗？我们两家大人也都感到合适，从小一块长大的，彼此都知根知底的……"

"妈！"林晓雪一下子感到了事态的严重性，"这都哪儿跟哪儿呀，你们在那儿瞎掺和什么呀，我就不觉得合适。他看上我有什么用，他看上我，我没看上他！这事以后不用再提了！"

"你这鬼丫头，你也不小了，还没见人家，怎么就说没看上人家？"白珍芳也急了，"不管怎样，你和勇敢先见一面吧。那小子从小就长得浓眉大眼的，听他妈说，他都一米八三了，去年他们单位还给他分了一套两室两厅的房子，还没装修，说等到结婚时再装修搬进去住。父母都有工作，只有一个妹妹，家中也没有什么负担，条件多好啊，你……"

"妈……我与他是不可能的，你不要再说了好不好！"林晓雪态度很坚决。

"鬼丫头，你都二十三了，老不找男朋友，等再拖两年，你就成老姑娘了，到时候想嫁都嫁不掉！"白珍芳生气了。

"这事你就别瞎操心了好不好，我又不是小孩子了。"林晓雪也不耐烦了。

"鬼丫头，你要不是我闺女我才懒得管你呢！气死我了，我不跟你说了，真是越大越不懂事了！"白珍芳在那边啪一声挂断了电话。

母亲生气摔了电话，这让林晓雪心中别扭极了。为了这事，她当天晚上饭都没吃，就早早躺下睡了，却又翻来覆去在床上无法入眠。

　　"哎，晓雪，你烙大饼呢？明天可是周一，咱们得养足精神。周一一般都是一场恶战呢！"单位宿舍的室友平艳艳让她闹腾得无法入睡，开始抗议了。

　　"我……艳艳，对不起，我……睡不着！"林晓雪喃喃道。

　　"你有心事，不妨说出来听听！"平艳艳来了兴趣，从床上坐了起来。

　　"说来话长，艳艳！算了，今天不说了，太晚了，咱们睡吧！"林晓雪努力让自己安静下来，迷迷糊糊到了天亮。

　　早上起来，林晓雪发现下雪了。她楼上住楼下上班，天气对她上班没有丝毫影响。她起床后发现快八点了，赶忙洗漱一下，直接下楼上班去了。

　　她初来单位是名储蓄员，负责个人存取款业务。一年前因工作需要，调到对公服务的记账柜，主要是接收公存客户的转账支票、为他们存取现金、办理电汇及汇票记账，同时负责全营业部的日终对账及各种报表的上报，还有和各单位月、季、年度的对账工作。偶尔会接到几张本行签发的银行承兑汇票，她会仔细审核，保证到期准确无误付款。全行所有的贷款账也在她的手中，她要按月手工做账结收利息。此时个人住房按揭贷款刚刚兴起，这是一个低风险、稳收益的新型贷款种类。省城经济发展银行在短短不到一年的时间里，就做了近500笔。日常工作中，她的忙碌是全行出了名的。无论是哪个窗口柜台不慎出了差错，日终的大账就不能借贷双方结平。她也经常为了"找账"加班加点工作到很晚才下班。

第
三
十
章

儿
时
的
玩
伴

今天天气不好，自己柜台前面没有几个客户。林晓雪提起精神快速将他们的业务办完，便静静坐在那里，隔着玻璃看着大厅外纷纷扬扬飘落的雪花。

接下来的一上午都很清净。"这大雪天的，不是急事儿，哪个单位的会计也不会发神经来咱这儿麻烦林美女。林美女你说是吧？"中午快下班时，坐在她邻桌的同事，转业军人苏友友闲得无聊，便没话找话地与林晓雪要贫。

林晓雪懒得理他，白了他一眼后将目光转向别处，没说话。

"哎，林美女，真是'省城话不能说，说个王八来个鳖'，快看快看，还真有一个发神经的会计，他一定是找你办业务的，我见他进来就一直盯着你。他奔你来了耶！"苏友友平时就油嘴滑舌，这会儿仗着面前的防弹玻璃隔音，监控只录像不录声音，说话肆无忌惮。

林晓雪朝门口望去，只见一个高高的身影向自己的柜台走来。那男子穿着一款黑色的长款皮衣，很潇洒的样子。一眼看去，她便知道他一定不是找自己办业务的。因为一年多来，她早已熟悉了自己服务单位的所有会计。即使有少数不常发生业务的小单位会计，她见面虽然叫不出名字，但

下
部

对那人还是有一定印象的。而正走来的这位她似乎从来没有见过。

"死苏友友你说话嘴巴放干净点。"林晓雪瞪了苏友友一眼,小声说。苏友友身高一米七五,虽然有些瘦,但身着一套深蓝色的名牌西服还是蛮精神的。因为平时他老与林晓雪油嘴滑舌,让她不胜其烦,所以她时不时便损他一番。

那男子牢牢地盯着林晓雪看着,好一会儿也不说一句话。

"先生您好,请问您办理什么业务?"林晓雪让他盯得心中发毛,却不敢说什么,只好又重复了一遍工作中惯用的语言以防失礼。在入行后的岗位培训中,服务态度与礼仪是省城经济发展银行反复强调的内容之一,无论客户对工作人员如何无理,前台的工作人员都不能与他们发生任何冲突。否则一旦被投诉,轻者会被扣除当月奖金,重者则有可能饭碗不保。

那男子笑了笑,一脸的温和:"我不办理什么业务,我就是想来看看你!"

林晓雪惊讶地瞪大了眼睛,看着与自己隔着玻璃的这位男子:这是一个英俊的男人,个头绝对超过一米八了,发型是时下流行的样子,左边略长右边较短,梳理得整整齐齐的。一双炯炯有神的俊目温柔地看着自己。

林晓雪从来没有遇到这种情况,岗位培训中也没有这一节。她茫然地站着,不知该说什么好。

"你是谁呀?人家又不认识你,你一个男的没事跑来看人家一个大姑娘,想干吗?"苏友友忽然从自己的座位上跳了起来,对着那男子大叫起来。

那男子又温和地笑了笑,没有理会苏友友。"晓雪,你不认识我了吗?我昨天夜里给你写了一封信,你先看看,周五下班后我来接你!"说着从皮衣口袋里掏出一个厚厚的信封递了进来,还没等林晓雪说话,便转身离去。

"哎……你这人怎么回事!人家又不认识你,你干吗给人家写什么信!晓雪,快把它丢到碎纸机里去!"苏友友情绪很激动。

林晓雪目送着男子的背影消失在门外,已经明白他是谁了。她将男子的信收好放进西服口袋里,又瞪了苏友友一眼:"关你什么事儿,我偏不丢，你管得着吗？"

这时已经到了中午下班时间，准备去后院食堂吃饭的同事们都笑逐颜开地瞧着这对活宝。他们俩是营业部年龄最小的，没事的时候总斗嘴，为大家平淡忙碌的生活增添了不少乐趣。

这时有人起哄："林晓雪，这还不是'司马昭之心，路人皆知'吗？苏友友那小子爱上你了，他怕刚才那帅哥与他竞争……""对呀对呀，刚才那帅哥给咱们小林美女写了那么厚一封情书，苏友友你也该加把劲，写一封更厚的，可别让肥水流入外人田了……""哈哈，这叫英雄救美，刚才那小伙儿可比咱小苏同志壮实多了，但咱小苏同志在关键时刻能不顾个人安危挺身而出，多勇敢啊！"林晓雪面红耳赤，苏友友龇牙咧嘴作势追上去要和人家拼命，大家才嘻嘻哈哈地散去。

中午十二点到下午两点有两个小时的休息时间，林晓雪吃过午饭回到宿舍。平艳艳在距离行机关三公里的分理处上储蓄班，通常不是中午一点钟接班，就是中午一点钟下班。加上路途的时间，中午林晓雪休息时她大都不在。林晓雪将房门关紧，开始读小时的玩伴"勇敢"亲手交给自己的信，只见信中这样写道：

晓雪：

我在心中已经不止一次地叫你"亲爱的晓雪"，但昨天给你写这封信时，我却没有勇气如此称呼你。我实在害怕你一见称呼便不再往下读了。我写了撕撕了写，用了几乎一本信纸，才写好这封你手中的信。递给你之前，我千万遍地祈祷，希望你能耐心将它读完，而不是看都不看一眼就将它丢掉。

夏天的时候，我母亲来电话告诉我，说你已毕业分配到了省城经济发展银行营业部，我当天便来你们营业部找过你。在众多的柜员中，我远远地便一眼认出了你。人们都说"女大十八变，越变越好看"，我从来都当这句话是骗人的，是安慰那些家有丑女的家长们的鬼话。但见了你后，我真的惊呆了：那坐在银行柜台后的长发美女是小时候的那个"好哭精"吗？她为什么会将那套白色竖条纹的西服穿得如此上档次！不瞒你说，亲爱的晓雪，在知道你在这儿上班之前，有位热心的同事曾经为我介绍了一位省城经济发展银行的职员。见面时她刚下班，也是穿着你们的夏季工作服，但她穿上身的样子，显得工作服廉价了许多。那个女孩我再也没有见第二面。见了你之后我才发现，这不是衣服的错，只是没穿在合适的人身上。

亲爱的晓雪，我没有任何恭维你的意思，而是有感而发。

那天，我没有打扰你。我请了半天假，在银行大厅中的等待区足足坐了一个下午，远远地看着你。你那么忙，忙得让人怜惜。此后我几乎每周会去偷偷瞧你一两次，有时是一眼，有时是好半天。晓雪你知道吗？远远地看着自己心爱的姑娘，也是一件很幸福的事。

亲爱的晓雪，你知道我从小就不是一个勇敢的男孩子。为了这事，你曾不止一次嘲笑过我。母亲恨铁不成钢，给我起个小名叫"勇敢"，但到现在，我也没有真正成为一个勇敢的男人。面对你，我仍然没有勇气去大胆地直接追求，只是默默观望。我发现与你坐得很近的那个瘦子在打你的主意。他只要有空闲，目光便粘在你身上。我真想狠狠揍他一顿，却又怕你不高兴。当然我还有一个让我自己特别欣喜地发现：你没有男朋友。因为我周末通常比你下班早，下了班我便直奔你们单位，从来没见过有异性来接你。

上周我与母亲通电话时，鼓起勇气与她说了对你的爱慕，求她出面与白阿姨说咱俩的事。本来希望通过大人的传话得到你的允许，让我能与你约会。可今天母亲却告诉我你拒绝了，这让我好伤心。电话里母亲将我狠狠地骂了一顿，劝我只要看上了就应该赶快去追，还说如果这次我再将你弄丢了，她会跟我没完。

晓雪，请不要拒绝我，做我的女朋友吧，咱们从小一起长大，可以称得上是青梅竹马了吧？我从小就喜欢你，以后更会珍惜你的。

另附近期照片十张。晓雪，你一定要好好看一下。一想到这么多次我站在你的面前，你看我的眼神却与看一个从未谋面的陌生人没有任何两样的时候，我就非常难过。我将你弄丢了这么多年，这全是我的错，你一定要原谅我！亲爱的晓雪，你日日出现在我的梦境中，而我，何时能够进入你的梦乡？

勇敢

林晓雪一张张地翻看勇敢的照片。照片上的男子剑眉星目，俊朗潇洒，依稀还有一些童年时的影子，只是比小时候略微黑了些。林晓雪慢慢看完，将信与相片重新装入信封，放进柜子锁好，她不想让平艳艳看到，也不想让她知道这事，她想等周五与勇敢见面时把这些统统还给他。做完这些事后，她躺到了床上，微微叹了口气。

第三十一章

心有所属

　　其实，林晓雪早已心有所属。只是因为他远在千里之外，所以没人见过他。林晓雪也从来没有向人提及过。她小心翼翼地珍藏着这份感情，她怕这份太遥远的，与世俗格格不入的爱情一旦过早暴露，会招致来自各方面的打击与反对。她要好好保护它，期待着它早日生根发芽，强大得能够禁得住任何风吹雨打，而不是在各方面的压力下不堪重负而夭折。

　　他叫陈清然，是距离省城六百公里外的首都某部的一名军官。这位来自贫困山区的农民的儿子，与她相识于青涩的高中时代。那时她数学成绩不好，对数学考试屡次满分、聪明好学而又刻苦的他充满了崇拜与羡慕。每每遇到数学难题不会解时，她都会主动向他请教，而身为班长的他不论有多忙，都会抽出时间为她详细讲解。这对少男少女很快成了要好的朋友。高考结束填报志愿时，他问她想报考什么院校，林晓雪叹了口气，说：“我特别向往成为一名军人，我想考部队的院校，但我恐怕一辈子也考不上，那儿要求的分数太高了，我学习哪有那么好？”就是她不经意的一句话，让他毫不犹豫地填报了那个让她梦寐以求的军事院校，成了一名军人。当年，他可是学校的文科状元，被军事院校提前录取后，他便失去了上别的更好的名牌大学的机会。为此她很内疚，也埋怨过他，他却温和地笑了笑说："林晓雪，这与你没有关系，你不用内疚，成为一名军人一直也是我的梦想。再说，上军队院校不用花钱，可以为我父母减轻负担，不是很好吗？"而那一年，林晓雪没有考上，复读一年后，却在数学考试时吐得一塌糊涂。她母亲一直说，是天太热，早餐吃了油炸糍粑的原因。数学考砸了，她只上了个大专。

　　毕业后，他去了首都某部，成了一名连级军官。而她留在了省城经济发展银行，做了一名银行职员。尽管两人天各一方，但几年来一直保持着书信往来。他上了大学后，就每周给她写一封信，多年来从未间断过。信中，他没有提及过爱，但林晓雪能从字里行间体会到他对自己浓浓的爱意与深情。她也了解他的顾虑：他爱她，却深知自己与她的家庭条件相差甚远；他每月工资不多，害怕自己不能给她带来幸福；他也担心她的拒绝，因为他个头中等，外表普通，与风流倜傥、英俊潇洒等词毫无关系。如果她拒绝，也许以后连朋友都做不成了。一个多月前的国庆节，他终于鼓起勇气利用假期来到了省城向她表白了，她的等待终于有了结果。工作两年多来，她几乎成了同事眼中的怪物。别的女孩子都忙着找对象，生怕好男人让人挑完了，只有她笃定而从容；别人给她介绍的对象，她总能挑出理由拒绝。长久以来，别人都说她是眼睛长到头顶上去了，甚至有人私下里议论说看看小林能找个什么样的。也就是国庆节那次，两个人确立了恋爱关系。

　　林晓雪许多年后仍能清楚回忆起那次见面的每一个细节。国庆长假的前一天，为了将全行二十多个营业网点的月报与季报汇总，以便在第二天上午及时准确上报财务处，她一直加班到深夜十二点多。一大早，她又准备起床下楼继续工作。每月、每季和每个年度的最后一天，都是她最忙碌的时候，并且这种忙碌通常会持续到第二天下午。当时林晓雪很烦，她都快半年没有回家了，想早点结束工作好赶上下午两点半那辆开往老家的班车。这时，她的手机响了，显示的是陈清然的手机号。

　　"林晓雪，我来省城出差，想见见你，有空吗？"陈清然客客气气的声音在电话那边响起。

"陈清然啊，对谁没空也得对你也有空呀！"林晓雪听见陈清然的声音后，心情瞬间明媚起来。她极少接到他的电话，好像他比较喜欢写信。而她自己也不好意思主动给他打，女孩子嘛！

"我中午十二点在'照记麻辣大盘鸡'等你，我记得你喜欢吃辣的！"陈清然说。

"好啊，我请你！"林晓雪开心地回答。

挂了电话，林晓雪愣了一下。那"照记麻辣大盘鸡"离她工作的单位非常近，即使步行也用不了十五分钟，陈清然这家伙怎么会找到了那里？

哼着小曲结束了工作后，林晓雪上楼将自己梳洗打扮一番。她换上一条藕色的连衣裙，在左胸前别了一支紫色郁金香状的胸针，挎一个白色的小坤包，化了个淡妆，长发飘飘地去赴约了。走在路上时，身材高挑的她引来了不少男女频频回头，让她小小地得意了一把。

她到饭店的时候，远远看见陈清然正在大厅门口等她。一身军装的他站在秋天的阳光下，如一株挺拔的梧桐树，浑身上下张扬着青春的活力和朝气，两年多不见，他居然长高了不少，也许是那套笔挺的军装显得他高大了？林晓雪想。

林晓雪见陈清然的目光向自己投射过来，便站住等他迎上来。却发现他只瞟了自己一眼后，就又将目光看向了别处。"这家伙已经不认识我了？是啊，我们已经太久太久没有见过面了。"林晓雪想。大学毕业后，他们就再也没有见过面，他已经两年没有回家过年了。有封信中说中间他回过老家一次，但她当时不在老家，两人自然是没见到。

"陈清然！"林晓雪叫了一声。

"林晓雪！"陈清然惊喜地迎了上来，在她面前站住，上上下下将她打量了好一会儿，"晓雪，你真美！"

这是陈清然第一次如此直接地夸自己。林晓雪不由心花怒放，却又有些不好意思，红着脸抿着嘴笑了笑："陈清然，你也比以前帅了呢。"

陈清然也不好意思起来。他不自然地笑了笑："晓雪，咱们别站在外面说话了，进去吧，我订了个小包间。"

两个人吃饭订个包间？林晓雪惊讶地看着陈清然："陈清然，你傻啊，省城所有饭店的包间都是要收包间费的，点一盘大盘鸡，加两份宽带面咱们两个都吃不完，还不到五十块钱，这儿的包间费好像是一百吧。快退了，咱们坐在大厅吃就行了。"

陈清然又不好意思地笑了笑："晓雪，我们这么久没见面了，我想与你好好说说话，外面闹哄哄的不方便……"说着话，他带着她进了二层的一个小包间。

陈清然大概来得早，饭菜早已经点好。他向服务员说了声"可以上菜了"。不一会儿，便摆了满满一桌子。除了大盘鸡宽带面，还有油炸大虾、清蒸鲈鱼、红焖羊肉及两样素菜，外加一份银耳甜汤。

"谢谢，我们需要什么再叫你们。"陈清然礼貌地对服务员说。服务员点头说了声"客人请慢用"，轻轻将房门带上离开了。

陈清然脱掉军帽挂好，挨着林晓雪坐了下来。见她一会儿看看满桌子的菜，一会儿又看看自己，一脸的诧异，便搔了搔头说："晓雪，快趁热吃！反正我都点了，咱们一定要努力将它们都消灭了是不是？我都饿坏了。"说着便忙不迭地给她往盘子中夹菜。

林晓雪其实也早就饿得不行了。昨天本就加班睡得晚，她怕长胖也从不吃夜宵与零食。放假期间单位食堂又没有饭，她早餐也没有吃上。听陈清然这么一说，便也不再说什么，两个人开始大快朵颐。多年的老朋友了，他们感到就算是十年不见，彼此也毫无生分之感，所以谁也不与谁客气。

不到一个小时，两个人都吃得饱饱的，而桌子上的菜却还余下一半多。"我去结账了，陈清然。今天你到了我这一亩三分地上了，我是主你是客，说好了我请客的，你不许与我争哦！咱们消费这么多，应该免费得一个水果拼盘的，不过咱们都吃饱了，要了也是浪费，我去跟服务员说不要了。"林晓雪抽了一张餐巾纸将嘴巴擦干净，从座位上站了起来。

157

陈清然伸出双手轻轻握住林晓雪的一双小手。"坐下，晓雪！"

林晓雪又重新坐了下来，瞪大眼睛看着陈清然，脸腾地红了。她想抽回自己的手，却发现自己好像办不到。

"晓雪，"陈清然深情地注视着她的双眼，"晓雪，我这次来这儿不是出差，我是专门来见你的，我很想你，你知道吗？"

林晓雪红着脸茫然无措地摇了摇头。

"晓雪，"陈清然继续说，"我爱你，从多年以前就开始了，但在你面前，我其实是很自卑的，我知道自己配不上你，无论是家庭条件还是别的方面。我两年多来从不见你，也极少与你通电话，我试图放弃这段感情，找一个条件相当的女孩共度此生。我家里贫穷，负担也重，害怕自己无力给你想要的幸福，更感到自己配不上这么美好的你。我做了很多努力想忘掉你，却发现自己做不到，我老是忍不住想给你写信……想来想去，我还是鼓起勇气来了，我必须让你知道我对你的感情，也许你看不上我这个乡下穷小子，会拒绝我，但是我还是来了，我……只是想亲口告诉你我对你的爱，如果你不同意，我这一生也不会后悔，毕竟，我努力了，也尽力了……"说到最后，陈清然的声音已小得几乎让人听不见了。

林晓雪怔怔地看着陈清然，禁不住流下了眼泪。这么多年来，她又何尝不是为了他而备受折磨。而他居然想放弃自己！这让她感到非常委屈。

"怎么啦，晓雪？"见她流泪，陈清然慌了神，一边抽出纸巾为她擦拭，一边说："好晓雪，别哭了，是我不好，是我异想天开，自不量力，我……我不应该来的……"

"你……你！"林晓雪已经委屈得泣不成声。她扑上前去，双手不住地擂打着陈清然的胸膛："是你不好，就是你不好，你不负责任，两年多来将我独自一个人丢在这儿不管不问的，我都成了同事眼中的另类，好像我是个挑三拣四的势利眼女孩。我恨死你了，你走吧，我再也不要见到你。谁让你来的，我……我明天就去与别人约会去……"

陈清然一把将女孩紧紧抱在怀中，林晓雪的泪水不一会儿就将他胸前的衣衫打湿。陈清然抚摸着她的长发，温柔地拍打着她的背，低声安慰着。在他的爱抚下，林晓雪慢慢平静了下来。

"是我不好，就是我不好，都是我不好，对不起，晓雪！"陈清然捧起女孩的脸，如捧着一件精美绝伦的瓷器，小心翼翼地，"晓雪，我爱你太深太久，因为太害怕你的拒绝，所以一直不敢挑明。你没有拒绝我，我感到还有希望，我还可以继续做我的美梦，我承认我不够勇敢，让你受了这么多委屈。你可以狠狠地骂我一顿，或者打我几下，只要你感到解气，无论你怎么惩罚我，我都无条件地接受。"

"真的吗？"女孩破涕为笑，"你说的，无条件接受我的惩罚，可别后悔啊！"

"不后悔！今生今世我将以能接受林晓雪小姐的惩罚为荣！"陈清然伸手刮了一下女孩的鼻子，眼睛中充满了如水的温柔。

"贫嘴！平时见你挺老实的，想不到也会油腔滑调！"林晓雪也笑了起来。两个人静静地依偎在一起，好久好久都不愿分开……

"我什么时候可以去正式见你的家人？"陈清然忽然问。

"等等再说吧，我得先给他们一个思想准备。"林晓雪回答。

"那你一定要快说啊，我还想利用这次长假与你一起回去见家长呢！"陈清然在女孩的耳边轻轻说。

这次分别后，陈清然开始每天都给林晓雪打一个电话，风雨无阻。林晓雪虽然与恋人相距甚远，但心中有牵挂，有思念，有爱情，每日心中倒也感到甜蜜而踏实。

下
部

第三十二章

落寞的冬夜

在她还没有想好怎么与父母提自己与陈清然的事情之前，勇敢竟率先争取到了她父母亲的支持。本来林晓雪就害怕家人不同意，现在又多了一个勇敢来当参照，母亲势必会反对得更加厉害了，自己该怎么办呢？

一天中午，林晓雪躺在床上反复琢磨，直到下午上班时间到了她也没想出来办法。算了，走一步说一步吧，奶奶最疼自己了，到时候争取她能站在自己一边，让老人家出面劝劝父母，应该没问题的。眼见快两点了，林晓雪拎着钥匙准备下楼时，平艳艳回来了："晓雪，你脸色不好！"平艳艳一见到她就这么说。林晓雪笑了笑，下楼去了。

周五下午，勇敢早早地便来大厅里等着。银行停止对外营业关门时，保安问明他不办理业务，便将他请到门外。"林晓雪，那人还在那儿呢，要不要报警？"苏友友打勇敢一出现，就不断关注，向林晓雪汇报勇敢的动向，这让忙碌的她更加心神不宁。

"不管怎样，应该与勇敢说清楚。"林晓雪心想。

这天还不错，下午六点钟大厅关门，六点二十分，营业部的大账全部平了。林晓雪匆匆忙忙起身上楼换衣服。拎包下楼时，发现苏友友站在九楼的电梯口。

"哎，老苏，你上九楼干什么？"林晓雪在单身宿舍见到这个省城"土著"，大为诧异。

"你干什么去？"苏友友没有正面回答她的问题，而是一脸严肃地问她。

"我出去一下！"林晓雪急匆匆地往楼梯里面冲，却被苏友友挡住了。

"林晓雪，你又不认识那傻大个，咱不去不行吗？"苏友友看着她，"我担心你的安全！"

林晓雪实在是不想与他说那么多，她感到烦透了。这个男同事也太爱多管闲事儿了，现在竟然来干涉自己的私生活。她没有说话，只是对他怒目而视。苏友友讪讪地看着她，小声说："我……我不是关心你吗！"

"哎，你们大周末的约会也不能站在楼梯口让大家眼热吧！"款车押运员小严刚刚下班上楼，见他们站在楼梯口，便笑嘻嘻地打趣。

"别胡说！"林晓雪又气又羞，一跺脚，转身冲进那刚刚载小严上来的电梯，下楼去了。

"晓雪！"见林晓雪出来，勇敢忙欣喜地迎了上去，"想吃什么？我带你去。要不，咱们去吃西餐。"

林晓雪摇了摇头，"勇敢，我不太习惯吃西餐，要不，咱们去吃大盘鸡，我请你！"

"这……"勇敢略略踌躇了一下，"太不上档次了吧，第一次一起吃饭，去那种地方，是不是有点不像话！"

"我喜欢吃。咱们从小一起长大，跟兄妹一样，你跟我客气什么？"林晓雪看着勇敢的眼睛，笑着说。

"晓雪！"勇敢叹了口气，"我完了！你这样看着我，让我做什么我都无法拒绝，我这辈子完了！"说着两个人都嘻嘻笑了起来，似乎又回到了童年。

照记麻辣大盘鸡的大堂里，人声鼎沸，包间早就没有了。两个人在大堂最里面的墙角找了一张小桌子坐了下来。林晓雪点了一盘鸡和两份素菜。吃到一半，女孩借口去洗手间，将账结了。勇敢知道后，也没有说什么。因为环境嘈杂，两个人好半天都没有说话。

"勇敢，你吃得很少，吃不了辣是吗？喜欢吃什么？再给你要点别的？"林晓雪见勇敢只吃素菜，便关切地问。

勇敢对着女孩笑了笑："晓雪，我是不吃辣，但现在我吃什么都没有任何区别，咱们走吧。"说着站了起来。两个人一起出了饭店。此时，天已经完全黑了下来，雪早就停了，寒风凛冽，气温很低，路边的灯光在寒冬的夜里，似乎很怕冷地颤抖着。一盏昏黄的路灯下，勇敢停下来伸出双手，紧紧握住了林晓雪那双冰冷柔软的小手，一双明亮的眼睛紧紧地盯着女孩的脸，里面的千缕柔情似乎要将女孩融化。

"晓雪，冷不冷？多年未见，我有许多话要对你说，咱们去喝咖啡，好不好？"女孩摇了摇头，用力抽回自己的双手，低下头避开勇敢那温情脉脉的目光："对不起，勇敢，你的信和照片我都看了，只是我不能答应你。我……已经有男朋友了。这些都还给你……"说着打开包，将几天前勇敢给她的信封递了过去。

勇敢的脸瞬间变得苍白，他伸手默默接过信封放入大衣口袋，轻轻摇了摇头："我不信，晓雪！你是看不上我所以才找了个借口是不是？这半年来，我几乎每个周五去看你，虽然你不知道。我从来没有见过有男的来找过你。我承认我有不少缺点，但我可以改，请别一口拒绝我，给我一次机会好吗？"

林晓雪又摇了摇头："勇敢，你很优秀，我没有看不上你，也没有骗你，我确实早就有男朋友了，请你相信我！"

"是你们单位的那个瘦子吗？他可配不上你，如果是他，我可不答应，我哪一点不如他！"勇敢的情绪有些激动。

"不是的，"林晓雪连忙说，"不是的，勇敢，不是他。我的男朋友，他在外地。"

"晓雪你也太不现实了吧！"勇敢的声音比刚才略高了些，"我不知道他哪点比我强，但是就凭他不在你身边这一条，我就认为他不适合你。他不在，谁来关心你、呵护你？生活中遇到困难，谁来帮助你？晓雪，我不相信这个世界上还能有人比我更爱你、更适合你，给我一个机会好吗？"

"不行的，勇敢。"林晓雪坚定地摇了摇头，"从我七岁那年咱们分开，到现在已经十六年了吧。十六年的时光很长很长，足以改变一切。我与他已相识八年多了，他爱我，我也爱他，我们早已经融入彼此的生命，尽管天各一方，但外界的困难也无法将我们分开，我相信你能明白的。"顿了顿她又接着说："我与他是高中同学，多年来一直保持联系，上个月已明确了恋人关系，很快就会领证结婚，我不想让他没有安全感。勇敢哥哥，你是个各方面条件都不错的男人，完全可以找一个比我强百倍的女孩，别在我身上浪费时间徒增烦恼了好不好？"

"不，不，晓雪！"勇敢不停摇头，目光中充满了伤痛，"请不要叫我哥哥，我不愿意也不想做你的哥哥，是我不好，我做事总是不够自信勇敢，如果我从得知你在省城那天起便开始追你，也许就不会把你弄丢。我……我好恨自己，上个月……上个月你们才确定关系？！"

见幼时的伙伴如此难过，林晓雪心中也酸酸的："勇敢，你别这样，我与他什么时候确定关系并不重要，关键是我心中一直只有他，早已容不下别人了。你早两年也没有用的，别太自责了。"

勇敢的脸色越来越难看，有种欲哭无泪的表情。"好了勇敢，"林晓雪笑了笑，"天不早了，又冷，我想早些回去休息，你也早点回去吧。"说着转身欲走。

"等等！"勇敢伸手拉住林晓雪，"我送你，这么晚了，我怎能放心让你一个人走夜路！"

"不用你送了，没有几步路。"林晓雪连忙拒绝。

"我必须送你，走吧！"勇敢很坚持，"晓雪，你的那个他在哪个地方工作？"

"噢，他在首都，是个军人。"两个人边走边聊，不知不觉便到了经济发展银行门口。

"晓雪，天气预报说明天天气很好，我早点来接你，咱们去公园玩玩好不好？"分别时，勇敢恋恋不舍地看着女孩说。

"不啦，我明天还有事，再见！"林晓雪向他招招手，欲进入大门。

"那么咱们什么时候再见？"勇敢问。

"等他来了，让他请你吃饭！"说完这话，林晓雪便再次向他招招手，瞬间消失在楼门中。勇敢呆呆地站在那里良久不动，心中非常苦涩……

林晓雪上到九楼的时候，已经晚上九点多钟了。她的房间仍黑着灯，看来平艳艳约会还没有回来。每逢周末，家离得较近的同事们都回家去了，有的去了亲戚那儿。仅一两个距她房间较远的房间亮着灯。林晓雪轻咳一下，声控灯亮了，她从包里摸出钥匙准备去开门，却猛地感到自己的身后好像有人。她急忙转身，见是苏友友站在那里。

她松了口气，停住了将去开门的手："喂，老苏，你半夜三更地不回家，躲在这儿吓唬人玩儿，有病吗？"

"晓雪，"苏友友一改平时的嬉皮笑脸，一脸的庄重，"我从下班后就一直没有回去，我有事情找你，能进你房间与你好好聊聊吗？"

"那可不行，这么晚了！"林晓雪一口回绝。林子涵夫妻大部分时间工作很忙，五个子女都是由奶奶一手带大的。老太太是旧社会的一名大家闺秀，平日里对几个孩子管得很严，尤其是对女孩子，除了教她们个个有一身好厨艺，贞操道德观念和"防人之心不可无"的安全教育常挂在嘴边。

"晓雪，咱们是同事，天天在一起，谁不了解谁啊？"苏友友叹了一口气，"我连进你房间坐会儿的资格都没有吗？我还能吃了你吗？那你为什么与一个陌生人出去吃饭，还一路上说说笑笑地让人家将你送回来？"

"你……你跟踪我？"林晓雪气极了。

"别说得那么难听！"苏友友尴尬地笑了笑，"我是担心你，害怕那个傻大个儿将你拐卖了你都不知在哪儿写契约！"

"苏友友！"林晓雪简直忍无可忍了，"你是谁，你凭什么干涉我的私事？我告诉你，我想与谁一起出去、与谁一起吃饭是我的自由，就算行长，他也管不了我的业余时间吧。你不觉得你自己太可恶了吗？"

"我……"苏友友一时不知说什么好。

林晓雪不想再理他，转身欲开门进屋。

"晓雪，"苏友友忽然低声下气起来，"我知道这次是我不对，但是我也是身不由己，我从去年转业分配到咱们行，见到你的第一眼就喜欢你。今天你一出门，我便远远跟着你，我……我也知道不该这样，但我就是担心你被那个人追走……"

林晓雪惊呆了。

"晓雪，"苏友友继续低声下气地说，"你看，我家在本市，我哥早就成家单过日子了，我父母也已经为我备下了一套三室一厅的住房，他们也有工作有退休金，我们家什么负担都没有，我又这么喜欢你……"

"你别说了，苏友友！"林晓雪无力地靠在自己的房门上，打断他的话，"咱们两个是不可能的，我实话告诉你，我早就有男朋友了，我与他早就认识了，已经八九年的感情了！"

"你骗人！那个大个子你根本就不认识他，为什么要骗我说什么已经八九年的感情了？！"苏友友连连摇头。

"不是他，我与他认识得更早，他是我小时候的玩伴。"林晓雪感到必须与苏友友讲清楚，好趁早断了他的念想，便接着说，"我男朋友是我的高中同学……"

"林晓雪你真会骗人！"苏友友不信，"你说你高中时就恋爱了，怎么没见你男朋友来找过你？是单相思吧？如果人家心中没有你，你又何必强求？别再耽误自己的大好青春了！"

"真是狗嘴里吐不出象牙！"林晓雪郁闷地想，在与陈清然确定恋爱关系之前，她心中一直很忐忑。一方面感到自己与他是两情相悦；另一方面又害怕自己会不会是错觉，对他仅仅是单相思，而他对自己也许仅仅是单纯的友谊。所以她对"单相思"一词相当敏感。

"必须让苏友友断了这心思，一个勇敢已经让我难以招架，再加上这个每天抬头不见低头见的苏友友，不是要人命吗？如果让陈清然知道了，他一定非常不放心，如果因此影响我们多年以来珍贵的感情，那就太让人痛心了！对，我必须说得让他很难堪，不留一丝一毫的余地，让他恨我恼我怒我，他就会退却了。"想到这，她将双眼瞪得大大的，装出对他怒目而视的样子："是，我是单相思，我单相思的是一个比你优秀一百倍的男孩子，就算他瞧不上我，我也想他等他，这辈子心中只有他！苏友友，借用你的话，我心中没有你，现在没有，并且以后永远都不会有，请你别再强求了，别耽误自己的大好青春了。你就自重点儿吧！"

苏友友的脸立即变得铁青，他看着林晓雪，目光中满是伤痛与气恼，一句话都没说，转身向步行梯冲去。沉重的脚步声持续从楼梯上传来，在这寂静寒冷的冬夜里，充满了落寞与忧伤。

接受『审判』

　　林晓雪心中也很难过。苏友友是个不错的小伙子，只是有些贫嘴而已。平时他与自己有一搭没一搭地斗贫，显得没心没肺，她从来没料到他会对自己心怀柔情。"长痛不如短痛，我也是为你好，尽管显得很绝情！"林晓雪开门进了房间，疲惫地坐在自己的床上，心想。

　　这会儿手机响了，是陈清然打来的。

　　"睡了吗，晓雪？"陈清然关切温柔的声音在耳边响起。林晓雪忽然有一种想大哭一场的冲动。泪水从她的脸颊一滴滴地滑落，她半天都不敢说一句话。

　　"怎么啦，晓雪？为什么不说话？"陈清然问。

　　"没……没怎么。"林晓雪有些哽咽。

　　"怎么啦，晓雪？你怎么哭啦？谁惹你生气了，还是有人欺负你了？"陈清然有些着急。

　　"呜呜！还能有谁，除了你还能有谁？你离我远远的，总让人感到我是个没人要的老姑娘。呜呜！"林晓雪越想越委屈。如果陈清然不是离自己那么远，一到周末他能像周围姑娘的恋人一样和自己约会，这样一来，勇敢与苏友友就不会以为她是一枝无主之花，也不会来不停地骚扰自己，让自己平白无故增加这么多烦恼了。

"呵呵！谁说我家晓雪没人要，这么漂亮的'老姑娘'，有多少，我全能给介绍出去！"陈清然乐了。

"你还笑，哼，你还笑！你真坏，我不理你了。"林晓雪嗔怪道。

"好啦好啦，别哭了，好媳妇儿！"陈清然安慰道，"这几年我从没有休过探亲假，过了年我就向领导申请休假半月，回省城天天守着你，好让全世界人民都知道林晓雪女士是有人要的，不是无人问津的'老姑娘'！"

林晓雪扑哧一声笑了起来，刚刚阴郁的心情一下子变得阳光明媚起来。

第二天，林晓雪吃过中午饭，便早早躺在床上补觉。平日里她太累了，总是感到睡不够。所以一有空她便待在床上，睡不着时便抱一本小说看得昏天黑地。

平艳艳总嘲笑她生活得毫无情趣："林晓雪，你整天不上网、不泡吧、不逛街，整个一头动物园里的大熊猫，但十二生肖中也没有属熊猫的呀！"说这话时，平艳艳还摇头晃脑，满脸惋惜的表情。而这时林晓雪会波澜不惊地斜她一眼，回敬道："平姑娘，你倒是自己照照镜子，看看咱们两个谁更像那胖乎乎的国宝。睡眠是女人最好的美容剂，胜过一切高档化妆品，多睡眠可比你那劳民伤财地在脸上胡涂乱抹好得多。"说着两个女孩儿嬉笑着打闹在一起。其实有时候林晓雪也逛街，只是她从不瞎逛，她缺什么衣物或日用品，总是列一张清单，然后直奔主题，买完后也不多在外面逗留，快速回到宿舍的床上。因为不乱买东西，她的钱总比别的女孩子经花，通常在月末，别的女孩子都囊中羞涩时，她还能随心所欲地买自己外出"偶遇"到的心仪的衣服鞋子。宿舍的女孩们没钱想找人借时，林晓雪是她们的首选目标。"林晓雪可是个有钱人！"大家都这样说。长此以往，她便得了个"有钱人"的雅号。

她刚想睡着，手机便响了，她迷迷糊糊地拿过来一看，是家里的电话。

"妈！"林晓雪的睡意正浓，接了电话轻轻叫了一声。

"傻丫头是不是又在做梦了，快醒醒！"白珍芳在电话那头嗓门儿很大，似乎还很着急。

"妈，我不是明天周日就给你打电话么，你这周怎么不等我给你打了，有什么急事吗？这么大声儿，把我的瞌睡虫都吓到南极去了。"经母亲一叫，林晓雪早已睡意全无了。

"急事，当然是急事！"白珍芳在电话那头嗓门儿依然很大，"你熊阿姨今天上午来咱们家了，她听勇敢说你找了个当兵的，还在外地，是真的吗？还是你不想跟勇敢处对象编的借口？如果是真的，我们可不同意！"

听到母亲连珠炮似的一番话，林晓雪的心一点点往下沉，她沉默半晌，久久没有回答母亲的话。

"喂，鬼丫头，你怎么不说话？"电话那头，白珍芳几乎在吼。

"妈！"林晓雪不知该与母亲说什么。

"喂，鬼丫头，你今天倒是把话给我说清楚。你嫁不嫁给勇敢，我不能强迫，但你要是找一个外地当兵的，我可不答应！"

"妈！这种事电话中怎么能说得清楚！回头我回家告诉你好吗？"林晓雪轻声说。

"你没有否认，那就是真的啦！"白珍芳已是怒气冲冲，"你现在就给我滚回来，我这就让勇敢去接你，让他陪你一起回来！吃晚饭时你们就能到家了，你今天必须把这事给我说清楚！"

"妈……"面对怒不可遏的母亲，林晓雪知道这次是无法搪塞过去了，"好吧，我这就打车去车站，但这是咱们家的事，与勇敢有什么关系啊？我自己回家就可以了，别牵连不相干的人好不好！"

"好吧，但你一个人一定要注意安全！我让你爸去长途站等你！"说着便啪地挂断了电话。

林晓雪看了看手机，已经是下午一点五分了。她赶紧从床上一跃而起，用最快的速度穿衣梳头收拾停当，又给陈清然发了条短信，告诉他自己这两天回老家了，回来再联系他，然后拎着包冲下了楼。此时勇敢已经等在了那里。

"我妈刚才打电话让我和你一块回去，我也好久没回了。"面对林晓雪难以置信的眼神，勇敢腼腆地说。

　　看来母亲与她通电话时，熊阿姨是守在一旁的。林晓雪叹了口气，也顾不上多说，便与勇敢一起拦了一辆出租车钻了进去。

　　到了潢城已经近晚上八点钟，因上周接连的雨雪，路面又湿又滑，汽车晚点了。林子涵并未到车站迎接女儿。见林晓雪有点不高兴，勇敢忙说："是我不让林伯伯来接你的，我怕路滑老人不小心摔倒。有我在，不用那么麻烦了，有我送你回家不好吗？"

　　他们迈进林家院门时，发现林家的老老小小都早已经等候在那里了。林晓雪大致一瞧，嗬！姐姐姐夫、哥哥嫂子，连大姑小姑也在，全家老少一个不缺。他们见了勇敢，纷纷热情高涨地围拢过来，尤其是小姑，上来拉着勇敢的手问长问短，恨不得将人家祖宗十八代都问个底儿朝天。大姑笑眯眯地上下打量着勇敢，说："好好！这小伙子好，咱晓雪可得看紧了！"弄得两个年轻人的脸都红了。

　　"好了，勇敢你快回去吧，熊阿姨肯定早就等急了！"林晓雪连推带拽帮助勇敢"杀出重围"，将他推到门外。"勇敢，今天就不留你吃饭了，我是回来接受'审判'的，你在边上他们肯定不能尽兴！"

　　送走了勇敢，大家又将林晓雪围住。小姑说："啧啧，这小伙子和咱们家小侄女真是天生的一对！"

　　大姑说："晓雪呀，你可不能傻啊。这小伙子有貌有才，对你又那么好，你可别捡了芝麻丢了西瓜啊！"

　　"对呀对呀！"旁边的人都附和着。

　　"好了，孩子刚刚进门，大冬天的还饿着肚子呢，天大的事儿也得让孩子吃口热饭再说吧！"已逾八十高龄的林老太太——秦氏（秀兰）从卧室中走出来，身上穿的依然是旧式的大襟衣裳，威严地站到了众人面前。她身体极其硬朗，耳聪目明，连拐杖都不用。

　　"奶奶！"林晓雪上前从老人身后抱住她，将下巴放在老太太的肩头，委屈地叫了一声。

"好了好了，你们不是都吃过饭了吗？也都见了晓雪了，连勇敢那小子你们都一并见了，现在你们都各回各家吧。珍芳，快去将饭菜热热端上来，孩子一定饿坏了。"

老太太发话了，没有人敢不听，大家都各自散去，不一会儿仅剩下林子涵夫妻及林晓雪祖孙三代共四人。老太太坐在林晓雪对面，爱怜地看着她吃饱。

第三十四章

追忆往事

　　收拾了碗筷，将炭火烧得旺旺的，四个人围桌而坐。白珍芳率先开口了："晓雪，听说你一口回绝了人家勇敢，说自己有个当兵的男朋友。当天晚上勇敢就打电话给你熊阿姨了，熊阿姨说勇敢可伤心了。你熊阿姨劝他放弃，他说什么也不答应，说再也找不到让自己如此喜欢的女孩子了。晓雪，你到底是怎么想的，你什么时候交了个当兵的男朋友啊，我们怎么一点也不知道啊？"

　　"我……"林晓雪考虑到自己迟早要面对这一切，索性将她与陈清然的事从头到尾讲了一遍。

　　"你这个傻丫头！"林晓雪的话音还没完全落下，白珍芳就猛地一拍桌子，站起来指着她的鼻子大喊起来，"你趁早给我吹了，就这条件，你跟了他，不受一辈子穷才怪！每月挣那仨瓜俩枣的，就算不吃不喝，他什么时间才能买得起一套房子？你……你脑袋让溏鸡屎糊住了吗？"说着挥手向女儿的肩膀就是狠狠的一巴掌。

　　林晓雪没料到母亲的反应竟如此强烈，她怔怔地望着白珍芳，泪水在眼眶中打转。

　　当白珍芳抬起手想打第二下时，林老太太开口了："别打了！闺女都这么大了，打能解决什么事情啊！"

"奶奶！"林晓雪眼泪汪汪的，用乞求的眼神看着自己的奶奶，她知道奶奶一向最疼自己，自从她留在省城银行工作后，奶奶更将自己看作林家的骄傲。如果奶奶能站在自己这一边，也许事情会好办许多。

"晓雪，"沉默了半天的林子涵也开口了，"你妈脾气急你是知道的，但她也是为你好。你还年轻，许多事情还不懂。我们做家长的哪个不希望自己的孩子过得好呢？你得理解你妈。"

"是啊，我着急上火的还不都是为了你。"白珍芳开始哭泣，"你与勇敢怎样我可以不管，以你的条件，什么样的找不到，却这么傻，这么死心眼子，让我……我这当妈的可怎么好啊！"

"陈清然他怎么了，头一年就考上了一本，又聪明又上进，不就是农村孩子吗？你们至于这样如临大敌吗？"林晓雪也哭了起来，"再说了，现在都什么年代了，早就提倡恋爱婚姻自由，你们身为人民教师，却这样……这样不可理喻。奶奶，你管管他们，他们不讲道理。"

"晓雪，"林老太太叹了口气，"好孙女，这事奶奶也不同意！不光因为你处的那小子家穷，那都无所谓，谁都没有穷根，也没有富苗，再穷的人只要勤快肯吃苦走正道，最终都能混好。我不同意，就是因为他不应该是个当兵的，咱们林家的姑娘是绝对不能再嫁给当兵的了！"

"为什么，奶奶？"林晓雪睁大了眼睛，"我知道我姑奶奶嫁的是一位国民党的旅长，我大姑嫁的是一名军医，为什么到我这儿你们会有这样的规定？这不公平！"

"小丫头读了几天书就跑到奶奶跟前讲公平来了？"林老太太一脸的严厉，"晓雪，奶奶今天要好好跟你说道说道了。"

"娘，您真得好好管教管教她，她怎么会这么傻啊！"白珍芳抹了抹眼泪，咬牙切齿地瞪着女儿，一副恨铁不成钢的样子。

"嗯，因为她最小，我一直不想与她讲那么多，现在她都二十多岁了，也该懂事了。"说着，老太太陷入对往事的回忆……

"你爷爷是在我与他成亲后才加入国民党军队的。因为一次偶然的机会，你爷爷部队的旅长见到了你爷爷的妹妹，也就是你的姑奶奶林雨晴，便娶了她。其实也有强娶的成分在里面，因为林家当时是没有任何选择余地的。这一下子，不光害了你姑奶奶一辈子，也让林家因此受到极大的牵连，连你爸妈也受到了影响。那旅长比你姑奶奶大将近二十岁，你姑奶奶嫁过去后，那旅长对她的确是又疼又爱，但也只过了不到十年的好日子，最后那旅长死在了抗日的战场上。你那可怜的姑奶奶，不到三十岁啊，年纪轻轻的，便成了寡妇。"老太太说着，从怀中摸出一块手帕擦了擦眼睛。

　　"奶奶，那是战争年代，军人为国捐躯也是正常的。再说抗日救国，那也是军人的职责嘛，但怎么会牵扯到我爸妈啊？"林晓雪不解地问。

　　"将日本鬼子打跑后，内战又打了好几年，想必这些你们上学都学了。"老太太接着说，"蒋介石败了以后，你姑奶奶就带着孩子跑到台湾去了，从此好多年都没有消息。后来你爷爷因为受到惊吓，得了心脏病，三十九岁就死了，你奶奶我……我也是三十多岁就守寡，一直到现在。"

　　"爷爷，他本身有心脏病吗？"

　　"他哪儿有什么心脏病？"老太太说着，眼泪已溢出了眼眶，她自己用手帕赶紧擦拭。"你爷爷是林家的大少爷，又当过几年兵，身体底子那叫一个好。可他从小到大哪里受过什么苦啊，后来，他见与他住一条街的警察局局长被拉出去枪毙了，他那个怕啊，每天都心惊胆战的。其实我们林家也从没有做过什么恶事，他那个副镇长也是个闲差，根本不管什么具体的事，更没有什么权力。你的太爷爷死后，家里没有人能管得住他了，他又一直花钱大手大脚的，家中的田地房产早就被他变卖得差不多了。划分成分时，咱们家被划成了破产地主。政府好像也没有打算将他怎么样，但他就是怕，每天吃不好，睡不着，总担心哪天有人来将他也抓去挨枪子儿，后来一听到门外有脚步声，就吓得直哆嗦，没有多久他就死了……"说着说着，老太太又开始抹泪。

　　"娘！您就别难过了，都是过去的事了……再说，我爹好歹也算寿终

174

正寝，总比被拉出去枪毙的人要好得多吧？"林子涵在一旁道。

"你胡说些什么！林家祖辈又没出过做官的，财产那是老一辈子省吃俭用一点点滚雪球滚出来的。现在的人不也是哪家人勤快节省会过日子，哪家就富裕吗？那些被枪毙镇压的人都是作恶多端有命案在身的，咱们林家可没有！"

"是，是，娘说得是！"林子涵附和道。

"你小姑是四九年出生的，你爷爷死的时候，她还不到四周岁啊；你爸刚读师范；你大姑还没嫁人。天塌了呀，我一个妇道人家拖着三个儿女可怎么活啊？我天天哭，几乎哭瞎了双眼。但眼哭瞎了又有什么用？日子还要过下去，总不能饿死啊。我没有办法，就提着个大筐子，在城里贩些针头线脑的小东西，挎到乡下田间地头去卖，去学着跟各种各样的人打交道。有时也会遇到个别不长好心眼的想欺负我，我就与那种人打骂拼命。时间长了，脏话粗话什么的我全都学会了，人也变得越来越泼。后来政府成立合作社，要割除'资本主义尾巴'，我才不下乡了。"老太太继续对孙女讲。

"割除'资本主义尾巴'时，你们靠什么生活啊？"林晓雪不由得担忧起来。

"我刚开始也很着急，听说不让自己单干卖东西了，连乡下也要成立合作社，如果自己再单干，被抓着了或是被人告了，会被关起来的。再说到处都有合作社，也没人买我们这些小贩的东西了。眼看着断了活路，我整天急得六神无主的，满嘴都长了口疮，直到有一天在街上遇到一个过去咱们家的佃户杨大嫂。"

"她有办法？"林晓雪睁大了一双美丽的大眼睛。

老太太缓缓点了点头。"她见我又黑又瘦，满脸愁容，便将我拉到一个背静地方，问我怎么啦。你爷爷生前出手阔绰，对他们也不薄，如果遇到灾荒年景，便直接免了租子，所以关系处得都还不错。他们也早听说你爷爷去世的事，只是当时形势要求必须和我们成分高的人划清界限，他们谁也不敢主动来家里头看我们。那天我和杨大嫂讲了自己的难处，说我们一家眼见没了活路。她也跟着抹了半天眼泪，最后让我去找县上合作社的负责干部罗主任的女人。"

"罗主任的女人？"林晓雪一双大眼睛中充满了疑惑。

老太太又点了点头："杨大嫂说，罗主任的女人心眼可好了，她男人也听她的，如果我能找到她，向她说明我这孤儿寡母的情况，没准能通过她进合作社给公家卖货，到时候是公家的人了，有了工资，我们一家的生活不就不用愁了吗？她还详细地与我讲了罗主任家住的地方，当天晚上，我就摸黑去了罗主任家。那时候着急，也顾不上那么多了。我去拍门，开门的正好是罗主任的女人，她男人那天刚好开会不在家。真是个和气善良的好人啊！我说着说着就忍不住哭了，那女人拿出雪白雪白的毛巾让我擦眼泪，还陪着我掉了好半天眼泪，后来我就进了合作社，这才将你小姑抚养成人。其实，这天底下还是好人多啊！"老太太说着说着，眼睛望向远处，似乎在回忆当时的场景。

第三十五章

军婚女子

"那后来呢，奶奶？"林晓雪问。

"后来有了工资，日子好过多了。晓雪你应该了解的，那时有文化的人成分都很高。当时政府的政策是提倡贫下中农来管理学校，但是贫下中农大多不识字，没办法教学生。你大姑是高小毕业的，认识字，就有人来请你大姑进学校当了老师。你爷爷刚刚过世不久，还有人来给你大姑提亲，说驻在潢城的部队医院上有个军医，是个孤儿，早早地就参军了，打过日本鬼子，打过蒋介石，成分也好，是地道的贫下中农，因为在前线打仗时，头上挨了一枪，成了残障军人，新中国成立后便被转到了这儿的部队医院工作，还是个什么副院长。有一次到潢城小学给小孩子们讲战斗故事，看见了你大姑，便托学校的干部来找我说媒来了。"

"残障军人？"林晓雪倒吸一口凉气。

"是啊，当时我一听这几个字，心中就一百个不愿意。女娃儿找婆家再不图什么，也总得嫁个身体健康的人吧！可是我哪儿敢直接说啊？我只有以你爷爷刚死，孩子要为她爹守孝三年为借口一口回绝。但媒人一下子就看出了我的心思，苦口婆心地劝我：'残障军人怎么啦？那可是咱们新中国的大功臣、大英雄。没有他们这些英雄的流血牺牲，能有咱们的今天吗？你摸摸良心再做决定！'我当时一听就傻了，不知道说什么了。这时你大姑从房内出来了，说：'没事，我同意了，都新社会了，我们妇女也解放了，我的终身大事我自己做主。那个军人我见过，长得特别英俊。'过了两个月，你大姑就嫁了过去。"

"大姑这辈子生活得幸福吗？"林晓雪上初中前，大姑父就已经过世，她对大姑父的印象不深，对大姑的婚姻生活也不太了解。

老太太长叹了一声："唉，我那命苦的女儿啊！晓雪啊，你不知道，你大姑年轻时长得可好了，你就有点像你大姑当年的模样，但是她比你白，脸上干干净净的，比你还好看。"

"我见过大姑父穿着军装的照片，也很帅啊！"林晓雪说。

"唉，你这小妮子懂什么啊！他长得是不丑，个头也不矮，但之前因为头上中了子弹，他时不时便会神志不清。你的大表哥出生后没人照顾，你大姑也不敢让你大姑父单独与孩子在一起。我没有办法，只好辞了合作社的工作，带着你小姑去给她看小孩。你小姑本来在上小学的，因为我一个人忙不过来，工作辞了后又没有工资了，就不让她上了，害得她到现在也不认识几个字。"顿一顿，老太太又说："你奶奶我其实也是有工作的，如果不是因为你大姑父家中什么人也没有，又疯疯癫癫，我怎么会辞了工作？如果我一直干下去，我现在每月都会有退休金，你小姑还能接我的班，不至于没有工作，成天受你小姑父的气。"

"噢，那大姑的教师工作是什么时候丢的？"林晓雪问。

老太太愤愤地说："还不是因为你那姑父！他的病越来越严重，最后竟然跑到大街上去胡乱打人，影响很不好，还三天两头到处瞧病住院，你大姑就得请假陪着。后来部队上的领导就去找你大姑，让她别当老师了，回家去给你大姑父当'护号'，就是专职照顾病人的护理人员，说会按月给她'护号费'，算算'护号费'与她当老师的工资差不多，她也就同意了。你大姑父一死，政府考虑到你大姑没有工作，每月给你大姑发一点抚恤金，就这样度日了。"

林晓雪点点头。从她记事以来，大姑给她的印象就是不舍得花钱。到现在大姑住的房子都没有装电话，她老说每月用不用都要交座机费太不划算。小时候，她家与大姑家相距不远。西瓜下市的季节，几分钱一斤，块把钱就能买上大大的一个。大姑偶尔会在回娘家时，用大手帕兜来一个西瓜的一片给奶奶吃。买了便宜的猪腿骨熬汤，通常是熬了头道汤喝了，啃完上面的肉后，将骨头洗洗再熬第二遍汤煮青菜，熬第三遍骨头汤用来煮面条。

　　"孩子，你想想，你爷爷也是当了十多年兵的人，奶奶也是个军人的妻子，用现在的说法，也算是一个'军嫂'了，尽管时代不同。你看奶奶这一生，过的是什么日子啊？他当兵时，我不到二十便独守空房，一大家子，上有老下有小的，还有一大片产业，全靠我一个妇道人家为主地打理招呼。他上战场了，我成天提心吊胆的，生怕有不好的消息传来。他回家当副镇长后，是过的几年安生日子，却早早就将奶奶丢下不管了！你爷爷还有一个小妾，叫桃花，当时随你爷爷上战场，她死在日本人的枪口下了。你的姑奶奶、你的大姑，她们都嫁给当兵的了。晓雪啊，你还太年轻，不懂生活的道路有多长，不懂这条路上会遇到多少艰辛，嫁给当兵的，就意味着生活中绝大多数事情你必须一个人去面对。那个人是国家的人，是军队的人，而不是你的人。生活中很多事情你只能指望和依靠自己完成。不算奶奶与桃花，不算你们这一代，咱们林家的姑娘，已经出了两代军嫂，命运啊命运……"

第三十六章

老故事的结局

"我姑奶奶不是去了台湾，后来怎样了？都改革开放这么多年了，她怎么不回来探个亲，看看自己的家人啊？"林晓雪问。

"如果她尚在人世的话还有可能，可惜来不了喽！"老太太一脸凄楚地喃喃道。

"啊？！"林晓雪惊得张大了嘴巴。

接着，老太太向孙女回忆起十多年前，林家以前的用人杏花、有福夫妻从台湾归来时，向她讲述的后来发生的一切。

林雨晴带着金玲林随着宁伟辉到了台湾。宁伟辉所在的部队就驻在现在T市的市郊。他在部队驻地的附近为林雨晴母女租了一幢二层小楼。刚到台湾时杏花带着自己的一儿一女与她住在一起，以方便彼此照顾。宁伟辉只要有空便往那儿跑，带着金玲林骑马玩耍，对她们关心备至。

林雨晴在T市的一所小学找到了一份教员的工作。尽管宁伟辉多次强调她不必出去工作，自己完全有能力养活她们母女，但林雨晴始终不愿意。她努力工作，空闲时间还教房东的三个儿子、两个女儿学习中国古代的诗词歌赋，用自己的劳动来抵减一部分房屋租金，所以她越来越消瘦了。杏花曾经不止一次地劝说林雨晴嫁给宁伟辉。但林雨晴每次都连连摇头，她心中始终只有金啸天啊。

金玲林慢慢长到了十六岁，读了中学，出落得如一朵娇艳的玫瑰花。本以为娘俩终于熬到了好日子，不承想，一场突如其来的车祸让林雨晴命丧黄泉……

"作孽啊！"林老太太用手帕擦了擦眼泪说："你姑奶奶的女儿金玲林由于母亲的意外去世，长期积郁成疾，才二十多岁啊，便撒手人寰。不过好在她结婚生下一个儿子。但话又说回来了，这孩子小小年纪就没了娘，也真是可怜啊！"

林晓雪也早已哭得双眼红肿。

"孩子，虽然你们都是新社会的人，但林家的姑娘是真的不能再嫁给当兵的了。"林老太太重重叹了口气。

"是啊，晓雪，奶奶说得对，俗话说得好，'不听老人言，吃亏在眼前'啊！"白珍芳附和道。

"我在汉口的那段时间，与你姑奶奶住得近，我们姑嫂经常在一起聊天。我听她说过，那个金旅长的父亲和继父都是清朝的军官，他母亲一辈子过得很不好。还有金旅长的那个原配，是自杀的。领着金旅长加入国民党的那个上司，也在抗日战场上牺牲了。他那老婆，就是将宁伟辉从小养大的那个，好像叫什么信晓荷的，也年纪轻轻地成了寡妇。"林老太太又补充说。

林晓雪听完浑身发抖——这个故事太惨烈了！

第
三
十
七
章

牟
连

　　"好了，天也不早了，我也累了，去睡了。珍芳啊，后面发生的事情由你来给孩子讲吧。子涵，你也去睡吧，让她们娘俩好好说说话。"林老太太说完这话，就回房去了。听母亲这么一说，林子涵也忙起身进了卧室。

　　"你姑奶奶嫁给了国民党军官，又跟着国民党跑到了台湾。你爷爷当过国民党时期的副镇长。"白珍芳见婆婆卧室的门关上后，便缓缓地开口了。

　　"新中国成立后不久，林家在划分成分时被列为破产地主；你姑奶奶是国民党军官的老婆，那属于'反革命分子'；你爷爷当过国民党时期的副镇长，那叫'伪镇长、坏分子'。你爸师范毕业后就被下放到很偏远的农村小学教书。每个月就挣十六块钱，给你奶奶十块，自己留六块吃饭都不够，没办法，自己在学校边上开了一块地，种了些胡萝卜、番茄什么的，饿了便用它们顶顶饥。你奶奶说过，那时物价也不怎么便宜，她领着你小姑在城里，光每月买捆烧饭的草，便要花四块钱。"

　　"我爸一个月就挣四捆草钱？"林晓雪说。

　　"可不是吗？"白珍芳说，"那叫个穷啊，当时都没有姑娘愿意嫁给他。"

　　"那妈怎么嫁了呢？"林晓雪问。

"我？"白珍芳扭捏了一下，"你爸年轻时长得还是不错的，个子也高，又有文化，还会拉二胡呢。"

"噢，原来爸年轻时是多才多艺的帅哥啊！"林晓雪笑了。

白珍芳瞪了女儿一眼，继续说："'文化大革命'时，身边的人时兴相互揭发，人心惶惶，怕被人揪住把柄。身边总会有个别唯恐天下不乱的人，这种人无事生非，损人不利己。"她说着说着，脸上出现了气愤的表情，好像回忆起多年以前的某个人或者某件事情。

"你们遇到那种坏人了？"林晓雪惊讶地问。

白珍芳点了点头。"就差那么一点点，你爸就成右派了。那一年，你爸同校的一个老师已经写好了一张迫害你爸的大字报，准备第二天贴出去，却让一个姓曾的老师看见了。"

"姓曾的老师制止了？"林晓雪紧张地问。

白珍芳摇了摇头："那时候没事写别人大字报的人，有几个是理智的？哪能听进去别人的劝说？那曾老师真是咱们林家命中的贵人啊，他发现后连夜跑来告诉我们了。"

"你们知道了又能怎么样？"林晓雪问。

"是啊，我们当时也吓得不知道如何是好，曾老师就给我们出了一招，让我们先贴那个人的大字报。本来，我与你爸只求能保全自己，从未想着去害任何人，但当时形势逼人，我们没有办法……"白珍芳的目光望向窗外，似乎在回忆当时的情景。

她叹了口气，继续说道："过度的惊吓，导致你爸爸的身体一直不太好，心脏出问题了。他胆子小得要命，到现在还天天做噩梦。孩子，我与奶奶和你讲这么多，无非是想让你过幸福日子。再说了，你如果真嫁给那个姓陈的小子，能给人家带来什么？你以为调进首都是那么容易的吗？光调动工作这件事，就得让你们脱几层皮。你如果嫁给他，便是拖累了人家……"

林晓雪感到自己的心猛地往下一沉。

第
三
十
八
章

分
手

　　第二天一大早，勇敢来接她去赶早七点县城开往省城的那趟班车。这车下午两点半还要从省城往回返，所以走得较早。林晓雪迷迷糊糊起床，匆匆忙忙起来擦了一把脸，早饭都没吃，便上了车。

　　他们上车坐稳后，勇敢变戏法似的从包里掏出一个塑料饭盒："晓雪，你肯定没吃上早饭吧？我买了油炸韭菜合子，我记得你小的时候最爱吃这个了。看，我还带了牛奶。"

　　林晓雪并没什么胃口。头一天晚餐吃得晚，她此时并不饿，加上几乎一夜没有睡着，她感到头痛欲裂。对于油炸食品，自从高考那天在考场上吐了以后，她早已经很少吃了。但她心里对勇敢还是十分感激的，这么多年，他居然还记得自己小时候的爱好。她笑了笑说："谢谢你，勇敢！但我坐车前不能吃东西，我晕车，胃里没有东西反倒好些。你应该也没吃吧？快趁热赶紧吃了吧！"

　　到了省城，已是下午一点多钟，林晓雪一路上反复琢磨奶奶和妈妈的话。连话都没与勇敢说上几句，一直闭着眼睛昏昏欲睡。这次回老家，她受到了很大的触动，哪个姑娘不希望自己的未来幸福快乐呢？但奶奶讲的故事是那么让人心惊胆战。奶奶的话在她耳边不断回响，挥之不去，让她感到从未有过的恐惧与不安。她该怎么办呢？陈清然是她的初恋，是她少女时代的梦想，难道就此放弃吗？这样一段长久渴望的爱情才刚刚开始，却因为家人的宿命论就此夭折，是不是太过可惜？与陈清然分手，哪里才是她的归宿？勇敢条件很好，但自己对他半点感觉也没有。苏友友呢？一想到他那油嘴滑舌的样子，她就反感至极。只有陈清然，她一想起他，心头就会涌上一种甜蜜兴奋的情绪，也许这就是爱情吧？但家人反对得如此强烈，得不到亲人祝福的爱情能幸福快乐吗？

"晓雪，咱们去吃饭吧，你都两顿没吃饭了，需要好好吃一顿补补，你想吃什么？我带你去。"下车后，勇敢体贴地问。

林晓雪避开勇敢那情意绵绵的目光，摇了摇头："谢谢你，勇敢。我真的不饿，一路上我都在晕，现在吃东西还会吐的，你自己去吃吧。我想早点回去睡觉，我真的好累！你不用送我，我没带什么东西，就一个随身小包也不重。"说着，招手叫了一辆出租车钻了进去。勇敢还没来得及说话，林晓雪的车便已启动。

"注定没有结果的事，何必当断不断，我不能给你一丝一毫的希望。没有希望，便没有痛苦。"她坐在出租车的后座上，透过后窗玻璃看见勇敢那张哀伤的脸，心中默默地说。

她并没急于与陈清然联系，她需要好好想一想。如果自己不能给他一个圆满的结局，一定要尽快作出决定，将对他的伤害降到最小的程度。也许，也许分手是最好的选择吧！自己与他相距千里，一时半会儿也调不过去；如果他能从部队内部或当地找一个姑娘结婚，也许要比与自己结婚方便很多，也幸福很多。分手吧，分手吧！心中一个声音不停地响起。

回宿舍后，平艳艳照例不在。她周末不上班时，便去约会逛街或找同学玩，反正从不闲着。林晓雪进门后倒头便睡，傍晚时才醒来，感到精神好了很多，肚子也在咕噜咕噜叫个不停。她去水房打了壶开水，泡了一包方便面，吃完之后，便带着手机下楼到院子中散步。她走了一圈又一圈，心里难过到了极点。但是昨夜临睡前母亲的那几句话委实让她受到很大的震动。

"我不能拖累他，我还是与他分手的好！"她对自己说。

她回到房间里，稳定了一下情绪，拨通了陈清然的电话。还没等他开口，她便用听似平稳的语气说："我感到咱们两个不合适，异地恋也不现实。同事给我介绍了一个，我感到与这个人挺合适的……"说完便关了手机，倒在床上用被子蒙住头，压低声音大哭不止。

此后的一个星期，一看到陈清然的手机号或是首都的电话号，林晓雪便直接摁断。周五一下班，她躲开勇敢的等待，背着包去了一起分配到省城工作的大学同学小扈那儿。两个女孩叽叽喳喳一直聊到半夜，第二天早晨都不愿起床，直到中午林晓雪才打开手机。

陈清然的短信已将她的手机塞满。

"晓雪，你在哪儿？我一大早就下了火车去找你，但保安不让进你们行的大门。我在门口见一个女孩，她自称与你同宿舍，说你昨天就走了。"

"晓雪，我不相信你所说的，你一定是在骗我。"

"晓雪，你一定是遇到了什么困难，为什么不告诉我？"

"晓雪，我爱你，你也爱我不是吗？有什么困难我们一起克服好不好？"

…………

最后一条："晓雪，请与我见一面，我会等你到明天晚上，我买了周日晚上十点多的返程票。"

林晓雪读得泪眼模糊。

"晓雪，人家大老远来一趟不容易，你还是应该去见他一面。"小扈劝道。

"不行的，"林晓雪含着眼泪摇了摇头，"见了面还怎么分手，见到了就分不掉了！"

"分手就是因为不再有爱了，你连见他一面都不敢，说明你对他很有感情啊，为什么要为难自己呢？见一面吧。"小扈说。

林晓雪只是摇头。

"唉，晓雪！你这又是何必？"小扈无奈地叹息。

"我在外地，大概要周二早晨才能回去，你不要等了。"林晓雪流着泪给陈清然回了一条冰冷的信息，然后狠狠心将手机关了。

林晓雪直到周一回到单位上班时才打开手机。有陈清然的一条信息："亲爱的，我决不放弃！我走了，但我还会回来的。"林晓雪读着，心中涌起一丝甜蜜，但更多的是苦涩。

第二周的周末，林晓雪照例躲到了小扈那儿。周五时，勇敢又来等她，她告诉他自己急着去会男友，与他绝无可能。陈清然又坐火车来了，但这次他仍未见到自己心爱的姑娘。

"下周你不能再来我这儿了，"小扈在周一与林晓雪分开时对她说，"我为了你已经两周没与男友见面了。时间长了，你没分手，我与他倒分手了可就麻烦了。"小扈是个性情耿直的女孩子，有什么说什么。

第三周周末，林晓雪无处可躲，只能待在宿舍里。还好，陈清然没有再来，勇敢也没有出现，连手机也没有响一下。她两天无所事事，只有窝在床上读小说、睡觉。梦中尽是陈清然的影子。

第三十九章

恋人重逢

　　很快又到周五了，已到了十二月中旬，天气越来越冷了。傍晚的时候，忽然刮起了猛烈的西北风。下班时营业部的大账没平，借贷双方差了一分钱，找了好半天才发现是同城清算业务出了错，等错误更正结完账后，已经快七点了，林晓雪收拾好柜面上的东西拎着包快步往楼上走，她冻坏了。因为楼上楼下的，她往往图省事连毛衫都不穿，直接身着一套统一的西服衬衫下楼上班。气温骤降，大厅太大，暖气似乎不怎么灵了，她的手边没有厚实的衣服，不能如别的同事一样在大厅关门后能将羽绒服等冬衣披在工作服外面。好不容易下了班，她急需回宿舍钻进被窝暖和一下。到了九楼，她从电梯里出来时，发现电梯对面靠墙站着一个男人。他看上去是那么熟悉，只是满脸的疲惫，人也很憔悴。林晓雪揉了揉眼睛——陈清然！她不由自主后退了两步，怔怔地半天都说不出话来。

　　"傻丫头，大冷天的穿这么少！臭美给谁看呢？"陈清然上前将林晓雪的一双小手握到自己的大手中，满脸关切地凝望着女孩。林晓雪顿时感到全身上下温暖无比。

　　"你……你怎么进来的？"林晓雪惊讶极了。

　　"一会儿再与你说，哪个是你的房间？快进屋吧，看你冻得这双小手都没有热气了！"陈清然将身上的军大衣脱下，裹到了女孩身上。林晓雪马上停止了颤抖。

开门进了房间，一股热浪迎面而来。小的空间里，暖气还是很管用的。平艳艳还没有回来，大概又去约会了，近来林晓雪很少见她，偶然见她露个面，也是匆匆忙忙的。好像听她说过正在与男友商议结婚的事。林晓雪这一个月来没有心情关心别的，做什么事都心不在焉的，整个人也瘦了一圈。

"你是怎么进来的？"进屋后，林晓雪为自己与陈清然各倒了一杯开水，两个人在房中仅有的两把椅子上面对面坐定后，女孩又忍不住好奇地追问。她太奇怪了：自己单位的大门向来由保安守得紧紧的，勇敢几次想进都没有进得来，陈清然怎么有这么大的能耐？

"我为保安带了首都产的香烟，每人一盒，又多给那保安队长两盒，给他们出示了军官证，证明自己是个好人。也巧了，你们单位那八个保安多数是军人出身，他们看了我的证件后，聊着聊着，大家都成了朋友，不就放我进来了吗？小丫头，以后我想进来找你，就不费吹灰之力了，看你往哪儿躲？"陈清然狡黠地笑了笑。

"看不出你还会'行贿'呢。"林晓雪也笑了。

"还不是被你'逼上梁山'，"陈清然叹了口气，凝望着女孩，"晓雪，你瘦了很多。为什么折磨自己？我做错了什么？你将我判了'死刑'，也得让人明白到底犯了什么罪吧？"

林晓雪的眼圈一下子红了，她低下头，沉默着。

"晓雪，"陈清然将椅子挪动了一下，向林晓雪靠了靠，双手握住女孩的手，"你抬头看着我。你知道的，我爱了你快十年了，我们不能糊里糊涂地分手，如果你的理由让我信服，我决不纠缠你，也决不会让你为难，但你必须得让我明白，不然的话我不会离开省城。上周因为一个任务我走不开，所以没来，这次我已向我们领导说明了情况，领导也已经对我下了命令，让我这次必须解决自己的终身大事，不然不许回去。军人以服从命令为天职，是不是？"

林晓雪抬起头来，眼睛中满是泪水。

"说出来，为什么要闷在心里头难受？晓雪，我爱你，国庆节时，我好不容易积攒了勇气来找你，我怎么可能轻易答应让你离开，不可以的！"陈清然坚定地摇了摇头，似乎在告诉女孩他不放弃的决心。

"可是……可是，奶奶说林家的姑娘不可以再嫁给当兵的了，否则日子过得会很辛苦。妈也说，我嫁你，就是拖累你，说你不如在你们当地找一个。我……我不想成为你的负担，也不想拖累你。"林晓雪已泪流满面，声音也越来越小。

"晓雪，你什么时候变成我的负担了？你说清楚点。"陈清然拿出一块大手帕，轻轻为女孩抹去脸上的泪花。

林晓雪将自己姑奶奶与大姑的事详细地讲给陈清然听。陈清然听着听着，脸上的表情越来越轻松，到最后，竟是满脸的微笑。

"你铁石心肠，这么悲苦的事你听了都会笑，可见你不是好人，我再也不理你了。"林晓雪不高兴地噘起了小嘴。

"好了晓雪，"望着心爱的女孩娇嗔的面容，陈清然身子一探，一把将她紧紧抱了过去，似乎要将多年的爱与思念全都抱住，迟迟不愿松手。

就这样仿佛过了一个世纪。一阵急促的敲门声惊醒了这对恋人。他们迅速松开彼此。陈清然也有些不好意思。

"晓雪，晓雪，你在吧？我忘记带钥匙了。"原来是平艳艳回来了。

"在……我当然在。"林晓雪惊慌地站起来，急忙用手理了理自己的头发去开门。

"哎呀，晓雪，多亏你没去你那个同学那儿，要不我可惨了。你可不知道，外面可冷了，还是咱们这小屋子暖和……"平艳艳边进屋边说，见了陈清然，她愣了一下，然后会意地笑了一下，"对不起，打扰你们了吧？晓雪啊，介绍一下吧。"

林晓雪的脸更红了。她张了张嘴，却不知如何开口。

"陈清然，晓雪的高中同学，现在首都的部队上工作。我们见过面的。感谢你平日里对晓雪的照顾。"陈清然伸出右手，落落大方地进行了自我介绍。

　　"嗬，想起来了。"平艳艳也笑了，伸出手与他握了握，又转向林晓雪，"晓雪，不是我说你，你都老大不小的了，谈个男朋友还瞒得这么紧。你也不打电话说一声你男朋友来了，这样我就不回来了。都怪你，让我当电灯泡！"

　　林晓雪的脸红到了耳根。

　　"不用了，"陈清然笑着接过了话，"我在你们行对面旅馆订了房间。再说我们晓雪可是个规矩的女孩，你回不回来她也不会让我在这儿待太久的。"

　　"哎，陈清然，你说这话是什么意思？"平艳艳表现出故意生气的样子，"你们晓雪是个规矩的女孩，那我们别的女孩子就不规矩了吗？"

　　"我没有那个意思！"陈清然不好意思地挠挠头，想了想，仍不知说什么好，便岔开话题："我与晓雪还没有吃晚饭呢，你与我们一起去好不好？"

　　"谢了，我在减肥，好在元旦时穿漂亮的婚纱。"平艳艳冲着林晓雪做了个鬼脸，"晓雪啊，你倒是应该好好吃些东西，看你苗条的。快去吃吧，多吃些，慢慢吃，今晚你不用回来了。"

　　"什么？不回来我住哪儿啊？"平艳艳的话让林晓雪一头雾水。

　　"好了，晓雪，她在跟你开玩笑呢。"陈清然温和地看着两个女孩儿，顺手将一件林晓雪放在床上的羽绒服拿起替她穿上，又披上自己的军大衣，笑着说，"那咱们走吧，让你的室友好好休息休息。"

　　两个人又来到了照记麻辣大盘鸡，已经过了晚上九点钟，大厅里用餐的人已经没有几个了。服务员见他们坐下，脸上露出了一丝不耐烦的神情。"我们就要一份大盘鸡，三份面。"林晓雪轻轻地对服务员说。

　　食物上来时，两个人都没有多说，快速吃完饭，结账离开。

　　"与我回旅馆，我有话对你说。"到了林晓雪的单位附近，陈清然紧握着女孩的手，不愿松开。

"我不去！都这么晚了，我要回自己宿舍。"林晓雪断然拒绝，并想抽回自己的手。

"你不跟我去，我就不让你走，不行咱们就在这大马路上站一夜。"陈清然态度坚决。

"你什么时候变得这么赖皮了？有什么话咱们就在这儿说，也是一样的。"林晓雪挣扎着。

"你不知道我这几个星期是怎么过来的，那两周的周五，我一下班就去请假走人。大伙眼见着我一副失魂落魄的样子，谁都不敢问，直到引起了单位领导的注意。领导知道情况后，立即给我批了假，所以我今天一大早就出发来找你了。你得给我点时间，我要一项项将你家的'宿命论'推翻。走吧，我又不会吃了你的。"说着连推带抱地将林晓雪带进了旅馆。

大堂的一个值班服务员向他们投来复杂的眼神。

第四十章

四个『警察』

陈清然订的房间在二楼，两个人进去后，陈清然在房门口挂上"请勿打扰"的牌子，将门关得严严实实。

"你干什么？挂上那种牌子，让人不往好处想。"林晓雪有些生气了。

"不干什么！"陈清然不急不躁，"我就是要让一直跟着咱们的那小子知道我与你的关系不一般。"

"什么，有人跟着咱们？"林晓雪大吃一惊。

陈清然点了点头："那小子在我进来找你时，站那儿不知道等谁呢。我与保安说话时他就站在不远处。我本来没在意，但吃饭时发现他就坐在离咱们不远的一个角落，两眼贼溜溜地老向咱们偷窥。见我们结了账，他也紧跟着出来了，刚才在路边，他就站在不远处。哼，他以为自己神不知鬼不觉呢，偏偏我这人耳聪目明、明察秋毫、心细如发……"

"少贫嘴！"林晓雪捂住耳朵，止不住咯咯笑出声来，"那跟着咱们的人长什么模样？"

"很高，好像也不难看。"陈清然比画着。

"是勇敢。"林晓雪心里说，却没有表现出什么，"好了，你的目的也达到了。天也不早了，我也该回去了。"

"晓雪，我只想告诉你，时代不同了，情况完全不一样了。你姑奶奶那个年代，战火纷飞，硝烟弥漫，不只军人的妻子，中国老百姓哪一个能真正过得上好日子？国都破了，家庭又怎么能幸福？至于你大姑，大姑父为国英勇负伤，你大姑嫁给他未必不是一个少女对英模的崇拜。你听到过你大姑亲口抱怨过自己的婚姻吗？"

林晓雪想了想，摇了摇头。她的确没有听过。

"你们林家算是挺幸运的了，至少没有受到大的冲击。就算你姑奶奶不嫁国民党的旅长，她嫁的人也必是当时有权有势的人家，若这人在伪国民政府中当个什么长的，后果更严重。我认为，你们家的'宿命论'纯属无稽之谈！"

林晓雪点了点头。她忽然感到自己所爱的男孩子说得是那么有道理。"但是，我妈说我会拖累你，会成为你的负担。"她叹了口气。

"你妈是怕我拖累你，"陈清然说，"其实我开始也这样认为，因为害怕不能让你幸福，所以久久不敢靠近你，但没有你，我感到我的人生失去了很多意义。如果你上次对我不理不睬，说明你对我没有感情，也许我会死心，回去相亲，按现实的标准去找一个女孩结婚生子，安度一生——这也是当下不少人的生活方式。但我分明见到你的眼里、心中都是有我的，这说明我们是彼此相爱的。都什么年代了，两个相爱的人为何不能走到一起？晓雪，我一定努力上进，到时候你就可以随军调到首都，结束两地分居的生活，国家是有这方面政策的。到时候，部队会分配宿舍给咱们住。当然，这中间我们会吃一些苦，但终究会苦尽甘来。请你相信我！"

林晓雪的心瞬间涌起了万缕柔情，她伸出自己修长白皙的手指，轻轻为陈清然梳理着那头浓密乌黑的头发。两个人沉浸在幸福中，仿佛一切都停滞了。

"是这间！"门外传来了一阵喧嚣声，仿佛好多人一起涌进了这家旅馆。两个年轻人都抬起头，默默对视了一眼。而后听到房间的门被猛烈撞击的声音。

"开门，公安局的！"外面的人叫道。

林晓雪吓得花容失色，陈清然镇静地揽住她，扶她在椅子上坐好。他想了几秒钟后，用手机拨打了110报警电话。又过了大概五分钟，他起身去开门。门口，竟站着四个身着警服的人，身后还跟着几名身着旅馆制服的男女。

"我们接到举报，有人在这儿进行流氓活动，你们两个跟我们走！"一个身着警服的胖子开口了。

"那你们的证件呢？谁知道你们这些警察是真的还是假的？"陈清然平静地说。

四个人迅速对望了一下："我们的证件不可能给你这个犯罪分子看！"仍是那个胖子。

"噢？是吗？我怎么这一会儿工夫就变成犯罪分子了？"陈清然笑了起来，"你们用词是不是太不专业了。别说我没有犯什么罪，就是真犯了法，也得等到法庭宣判生效后才能成为所谓的'犯罪分子'吧？"

"别与他啰嗦了，带走！"后面一个长得瘦小的"警察"煞有介事地挥挥手，显然已经很不耐烦了。

听他那么一说，那胖子和与他并排站着的另外一个满脸络腮胡子的人上前来扯陈清然。陈清然往后一闪，飞起一脚，将那毫无防备的络腮胡子踢倒在地，接连又是一脚，正踢中那胖子的肚子，那胖子如杀猪般大叫一声后蹲到了地上。

"大家注意安全，他们是假警察。我已经报警了，真警察马上就到了，别让他们跑了！"陈清然对着周围的人喊道。

有不少客人被吵醒，从房间中走了出来，有几个胆子大的男士听了陈清然的话后围了上来。那四个"警察"一看这势头便想开溜，那瘦子还亮出了明晃晃的刀子。

"让开，不然别怪我出手无情！""我这刀子刚磨过，不要命的就放马过来，我让他白刀子进去红刀子出来！"那瘦子不停叫嚣着，带着他的人急急往楼下冲。

陈清然拎起一把椅子，说了句"晓雪你先将门关紧"，直接冲向那伙正想逃跑的人。只见他手握椅子靠背，将那椅子挥了起来，直接将瘦子打翻在地。另外的三个人冲到旅馆大门时，警察也到了。

四个假警察被戴上手铐。为了配合调查，陈清然与林晓雪两人需要一起到派出所录口供。当陈清然回到房间再见林晓雪时，女孩早已吓得面无血色，抱着肩膀不住发抖。

"好啦好啦，晓雪，别怕，有我呢，有我在呢，什么都不用怕。"陈清然不住地柔声安慰。

经过审问，四个人很快招供。原来他们是当地的无业游民，那瘦子曾因盗窃入狱两年，半年前刚刚获释，他是这四人团伙的头目。他们这是第三次扮成警察的样子了。前两次他们都是趁夜深了到马路中间去拦截过往的车辆，尤其是外地的车辆，然后找理由要钱。或说人家司机喝了酒，或说人家违反了交通规则。因为他们要的数额不大，多则一两百，少则三五十，还装模作样地给人家开罚单，盖个章（当然都是假的）。大多数人都抱着多一事不如少一事的态度，谁也没有报案。这次他们本来也没想整出什么新花样，只想再去路上骗点钱花。不料却遇到了一个高个子男人将他们当成了真的警察，向他们报案说省城经济开发银行对面那个旅馆的213房间有人在进行流氓犯罪活动。他们一听都很兴奋，便放弃了最初的打算，直接冲到了那里。

"你们想将这对恋人带到哪儿去？"警察严肃地问。

"带到一个僻静的地方打劫呗。"那瘦子一脸无所谓的样子。林晓雪听后，吓得冷汗直冒。

"我们会设法找到那个向歹徒'报案'的高个子男人。"警察盯着林晓雪，"姑娘，或许你能为我们提供些线索。"

林晓雪脸色苍白地摇了摇头。陈清然默默看着她，没有说话。他们从派出所出来时，夜已经很深了。

"对不起，陈清然。勇敢是我儿时的玩伴，一直在追我，他一定是因为嫉妒失去了理智，他不会存心害我的。如果将他做的事情说出去，他在单位以后怎么做人，我怎么向熊阿姨交代，以后双方的父母如何见面啊！"

陈清然没有说话。

"你已经是胜利者了，别不高兴了嘛！"林晓雪娇嗔道。

"我理解！"陈清然点点头，"太晚了，我现在送你回去，你好好休息一下，明天我再接你出来好不好？"

"嗯！"林晓雪顺从地点点头。

"晓雪，别与我分手，永远不要提分手！"在林晓雪走进单位大门的一刹那，陈清然紧紧握住她的手不舍得松开。

"我再也不提了！我说过，你已经是胜利者了嘛！"女孩对他嫣然一笑，"今天你真勇敢，我没想到你这么厉害，遇到事情会那么镇定。我都快吓死了。你快回去吧，明天又见面了，你也早点回旅馆休息吧，我上去了。"

"如果你不在边上，我也不一定能反应那么快，我是怕你受到伤害。"陈清然松开了手。

为林晓雪开门的值班保安揉着睡意蒙眬的双眼，有些不满地嘟囔着："姑娘啊，少说两句，快进来吧，这半夜三更站在外面，天寒地冻的，不冷吗？"

第二天上午九点多，陈清然带着买好的豆浆鸡蛋来敲林晓雪的门。与保安混熟后，他进省城经济开发银行的单身宿舍已经非常容易了，而这时林晓雪仍在床上睡得正香甜呢。平艳艳上储蓄班，早上七点多就起床上班去了。被陈清然唤醒后，她慌里慌张地起身将衣服穿好，才开门放他进来。

陈清然一进门便目不转睛地盯着林晓雪：眼前的女孩儿长发有些凌乱，十分随意地披散着；一双大眼睛似乎还没睡醒，惺忪而迷蒙；穿着一条长及脚踝的粉红色睡裤，上身套了一件淡黄的紧身短款鸡心领半袖毛衫，衣服的长度刚刚齐腰，恰到好处地将她的纤腰卡在衣服中，显得盈盈可握。见男孩一直看着自己，女孩的脸一下子红了，她娇羞地瞪了男孩一眼，小嘴巴一噘："看什么看，不怀好意！"

他放下手中的早餐，从身后将女孩横抱起来，在屋子里转起圈来。女孩一惊，害怕得闭上眼睛，轻声叫了起来。

"丫头，你说我不怀好意，我就是不怀好意，我先将你转晕。"男孩坏笑着，小心地将女孩儿放在床上，自己俯下身子，不断亲吻着女孩娇嫩的面颊。

"别……我还没洗脸呢！"林晓雪双手齐上，去推拒陈清然的头。

"我不在乎，原生态、纯天然、无毒无公害的，多健康啊！来，咱们先吃早饭，然后再出去玩玩。为了配合咱家媳妇儿的减肥计划，我买了豆浆鸡蛋，无油无盐，豆浆里连糖都没放，媳妇儿还满意否？"

"贫嘴！"林晓雪佯装发怒，一脸的幸福。

周末，两个人在省城的几个公园不知疲惫地逛了两天。周一至周五，白天林晓雪上班，下午下班时陈清然就早已候在银行门口接她下班一起出去吃晚饭。没过两天，同事们都知道林晓雪交了个在首都部队工作的军人男朋友。

　　又一个周末，陈清然带着林晓雪乘车去了少林寺。山路崎岖不平，石阶无穷无尽。两个年轻人相扶相持地爬上山巅，浏览古寺名刹，心中洋溢着从来没有过的快乐与满足。

　　"晓雪，我走了，你要好好照顾自己。"周日晚上，陈清然与女友挥手告别。见林晓雪泪花飞溅的样子，陈清然有些难过，他重新折回来抱了抱女友，替她轻轻地擦去泪花："别哭了，我又不是不回来了，咱们应该高兴才对啊！这么多年了，咱们终于修成正果了，不是吗？我是齐天大圣，你是如来佛，我这只猴子怎么也跳不出你的手掌心！"经他这样一说，女孩又笑了。

第四十二章

约见勇敢

陈清然走后的第二天，林晓雪给勇敢打电话要求晚上见面。下班后，两个人在距离女孩单位不远的一家茶馆见了面。

"晓雪，你找我有事啊！"勇敢非常兴奋，这么久了，这可是林晓雪第一次主动与自己约会啊！女孩幽幽地看着他，微微叹了口气。

"你想说什么？晓雪，我们之间有什么话不可以说？"勇敢激动地说。

"是啊勇敢，我们之间有什么话不可以说？我想不到你会来那么一手。勇敢啊，谁在旅馆里进行流氓犯罪活动啊？你知道吗，你遇见的那四个所谓的警察全是冒牌货，如果不是我男朋友机警，我们就被你害死了。"林晓雪越说越生气，声音也逐渐高了起来。

"我……"勇敢的脸青一阵白一阵的。

"那四个人想将我们俩带到没人的地方打劫。幸亏清然聪明，识破了他们的身份，不然，我还能坐在这儿与你喝茶聊天吗？"林晓雪继续说。

"够了！"勇敢忽然提高了嗓音，一脸的怒气，"林晓雪，在你的眼中，我处处不及陈清然那穷小子是不是？他机警、聪明；我笨，不光笨，我还傻。我承认，我是做得有些过分，但你知道我的心中有多痛苦吗？"说着，他竟开始流泪。林晓雪惊愕地瞪大了眼睛，茫然地看着他。

"我到现在都不知道自己到底输在了哪儿。"勇敢稳定了一下情绪，抽出一张纸巾擦了擦眼睛，一脸的悲伤，"我们从小一块长大，我爱你胜过爱自己，我不论外形、自身条件还是家庭条件，哪一样不比那小子强？我会给你安定富足的生活，他能给你什么？我怕你被他骗，我……我也不知道那几个是假的。"

"你这是'以小人之心度君子之腹'。"林晓雪气不打一处来。"勇敢，你真是不可理喻，我不跟你说了。"她抓起包，欲往外走。

勇敢迅速站起来，一把抓住她的手，低声下气地说："晓雪，是我不好，我不该对你发脾气。请给我一次机会！你那个男朋友不是大部分时间都不在省城吗？他不在时，让我来照顾你，陪伴你。你也可以比较一下我们两个谁才是最合适的人选。"

"够了！"林晓雪用力甩开勇敢的手，气得脸都变了色，"你把我当成什么人了？一个女孩，如果像你说的那样朝三暮四，脚踏两只船，还是人吗？你这样说，不只是对爱情的亵渎，更是自轻自贱。你这样说，只能让我更瞧不起你！如果你再暗地里使什么不光彩的手段，我会恨你一辈子，对你自己也没有任何好处。那天，那几个人已经将你供出，向警察描述了你的外貌特征，我一听就是你。但考虑我们的友谊，在警察向我询问时，我选择了沉默。我不想让你难堪，更不想让你卷入任何麻烦中，但如果你一味不思悔改，下次我想我不会再选择沉默的。"

勇敢的脸色更难看了，铁青中透着暗红，如一块被煮过的猪肝。

"谢谢你！"过了好半天，勇敢很艰难地吐出了几个字。

林晓雪看着他，继续说："勇敢，爱情和婚姻都是要讲究缘分的，人与人之间并没有可比性。你各方面都很优秀，不愁没有好姑娘来爱你。我与他，今生今世是不可能分开的，请你别再自寻烦恼了。我走了，以后请你不要再来骚扰我了！"说完快速拎包离去。

勇敢双手抱头伏在桌子上，失声痛哭起来。

第四十三章

人各有命

　　周五下午，林晓雪向单位请了半天假，再次踏上了回老家的班车。到家时，天已经很晚了，全家人早已吃过了晚饭。

　　因为事先没有告知，她的归来让全家都很惊喜。"晓雪啊，你怎么又瘦了？"林老太太一见到小孙女，就心疼地说。

　　"她天天嚷嚷着减肥、减肥，吃得恨不得比猫还少，不瘦才怪呢！"白珍芳边从冰箱里往外取各种吃食，边不满地数落着。

　　"还不是想奶奶想的。再说奶奶啊，现在的女孩子不兴太胖，我要是长得太胖了，会嫁不出去的，你们还不得愁得睡不着觉啊！"林晓雪笑嘻嘻地抱着奶奶的腰，将脸贴在老太太的背上，撒娇道。

　　"咱们林家的姑娘从来就没愁嫁过！"林老太太撇了撇嘴，脸上显出骄傲的神情，"一家有女百家求。咱们林家的老少姑娘到了该出阁的年岁时，哪个后面不跟了好几家说媒求亲的。你姑奶奶倒是早早定了娃娃亲，都要嫁出去了，还不一样让那旅长给争着抢着娶走了。"

　　"呵呵，我奶奶心态真好，还真是自信啊，这哪像八十多岁的老太太啊，这明明是二十多岁的小姑娘的心态么！"林晓雪笑嘻嘻地仍不撒手。

　　"丫头，你进门就对奶奶嘴巴抹蜜，这会儿又给你奶奶戴高帽儿，但奶奶知道，你这冷不丁儿地回家来，准没什么好事儿，快好好吃些东西，吃饱了再交代你的真正目的。"老太太正色道。

"嘀！八十多岁的老太太还这样耳聪目明、明察秋毫啊！"林晓雪调皮地吐了吐舌头。

吃了一些东西后，林晓雪就直接向长辈们摊牌了。

女儿的话还没有说完，白珍芳就开始不停地抹眼泪："傻子，傻到家了！天哪，我怎么生了这么个傻闺女啊！"过了一会又说："我不同意，我坚决不会同意的。"

林子涵在旁边坐着，黑着脸一言不发。

林老太太一直听着，直到孙女说完都没有插话。等林晓雪的话说完好久了，做母亲的还在抽抽搭搭。

"别哭了，哭要是能解决问题，我早跟你一起哭了。"林老太太不耐烦地对儿媳说。接着转向孙女："奶奶问你一句话，晓雪你必须老老实实回答奶奶，你是'吃了秤砣铁了心'，是吗？"

林晓雪毫不犹豫地点了点头。

"以后无论遇到什么难处，你都可以自己解决，也不会后悔，更不会想着离婚是吗？咱们林家的姑娘可不兴动不动就回娘家哭哭啼啼，在婆家闹离婚，你知道吗？"

林晓雪又毫不犹豫地点了点头。

"好吧，孩子，"林老太太长长叹了一口气，"唉，人各有命，晓雪啊，也许这就是你的命，我们做长辈的反对又有什么用？"又转向儿媳："珍芳啊，你也看开些，'儿大不由爷'。当年子涵唯一的姑姑林雨晴，她可是大门不出，二门不迈的，谁能想到她就让那金旅长给相上了呢。唉！命哪！"

"娘，姑姑那可不能算是'大门不出，二门不迈'，您说过她不是每天都去上女中吗？"林子涵插话说。

"就你聪明，"林老太太瞪了儿子一眼，"我是说她好好地坐在闺房中读书时，让那个睡不着觉的金旅长隔着窗户看见了，要你来抠什么字眼！"林子涵便不再吱声。

"奶奶，我与姑奶奶、大姑可不一样，"林晓雪见奶奶松了口，事情比自己预想的要顺利许多，心情也顿时轻松下来，"我与陈清然是自由恋爱，没有任何强迫的成分……"

"哼，自由恋爱，自由恋爱！"白珍芳气哼哼地打断女儿，"什么'自由恋爱'！我与你爸是人家介绍的，过了一辈子，生了你们五个，不是也挺好的？"

"妈，你跟爸这一辈子，难道你就从没哭过？嫁给哪个人能保证让一个女人一辈子不流泪呢？这种人有吗？他长什么样，他在哪儿呢？"林晓雪歪着脑袋伏在桌子上，盯着自己的母亲。

"死丫头！"白珍芳白了女儿一眼，别过脸不再理她。

日子一天天过去。这对相距千里的恋人每天通一次电话，每周通一封信，一年见上两次面。花前月下的卿卿我我和男友的娇惯溺爱等，统统与林晓雪无缘。

一年多后的五月一日，借着假期，陈清然与林晓雪一起回了老家。这次是陈清然带着父母正式去林家商议结婚的事。

针锋相对

"结婚？"白珍芳看着这对年轻人和一对上了年纪的农民，"晓雪啊，结了婚你住哪儿？"

"我们单位不是有宿舍吗？"林晓雪睁大眼睛看着母亲。

"真是笑话！"白珍芳生气地剜了女儿一眼，"那陈清然回来了你们怎么办？同屋的姑娘也不能出去找地方住吧？"

"这……"林晓雪还真没想那么多。平艳艳结婚后不久便调到了离婆家更近的分理处上班，人自然不住单身宿舍了。单位又将两个新毕业的女大学生分到了她的宿舍，现在她的宿舍里已经有三个人了。

"还有啊，"白珍芳接着说，"晓雪你也不小了，一旦结了婚，就面临怀孕生孩子的问题，有了孩子你还住在单位的宿舍里吗？有点说不过去吧！"

林晓雪看了看陈清然，只见他的神色越来越凝重，双手放在腿上，紧张地握在一起，半天不说一句话。再看看他的父母——自己的准公公婆婆，他们一脸茫然的样子，似乎根本没有听懂自己的母亲在说什么。

"妈！"林晓雪一见这形势，害怕自己的心上人太难堪，便抢先开口了，"您这不是为难他吗？现在房子多贵啊，他不吃不喝好几年，也买不起省城的一套房子，况且他也不能不吃不喝是吧？我在省城将就几年，先不要孩子，等他到了一定级别以后，我就跟他去首都了，到时候部队会给我们分配宿舍住的……"

"那小陈啊，你什么时候能升到高级别啊？"白珍芳将目光转向陈清然。

"五……五六年吧！"陈清然避开准丈母娘的目光，不停搓着双手。

"晓雪啊，你太天真了，"白珍芳又将目光转向女儿，"暂且不论你五六年后年龄有多大了，你想想，哪个用人单位会愿意接收一个孕期或尚在哺乳期的妇女啊？所以啊，你们俩结婚也不是不可以，但必须要在省城买套房子。面积大小我这当妈的不要求，哪怕一室一厅，但必须有，不然不行。"顿了顿她又说："你如果结了婚还混在单位的单身宿舍里，姑娘不是姑娘，媳妇不是媳妇的，不光自己感到别扭，别人会怎么看你？你们既然非要在一起，就要考虑得全面一些。晓雪一定要在进首都之前将孩子生了，产假休了，孩子过了哺乳期，不然会影响以后的工作和前途。"

白珍芳的话说完后，几个人半天没有说话。

"儿啊，"准婆婆开口了，"咱们回家吧，回家妈让人给你保媒。还记得咱村大队书记的老闺女娟秀吗？她可惦记你了，一直在等你呢。"

在场所有的人都惊呆了。谁都没有想到在这个时候，男方的母亲会突然冒出这句莫名其妙的话来。

"娟秀从小就待见我们家贵（陈清然的小名），这几年好多人都给她说婆家，她就是瞧不上。她妈私下里跟我讲过，她老闺女想嫁我们家贵呢。我们家贵可是咱村里头的第一个大学生。娟秀她爹也说，我们家贵学的可是洋话，就是不当兵了去给人家将洋话弄成中国话，一个月也能挣好几千，抵得上咱一家种一年地呢！贵啊，咱又不愁没有媳妇，别在这儿受罪了。"准婆婆仍自顾自地说着，脸上还表现出了非常自豪的神情。

白珍芳呆住了。全家住在学校的家属院已经好多年了，她平时除了教书，与同学校的教师打交道多些，还真是不大与外界接触，她也没有料到陈清然的母亲会说出这种话，竟一时语塞，不知该如何应对了。

"你们家儿子那么抢手呢？"一直坐在自己房中没有露面的林老太太，

这时从房中走出来接腔了，"那好啊，那让你儿子回家去娶那个老闺女吧。你以为你家里出了个大学生就了不起了吗？我孙女也是大学生啊，我知道你们培养个大学生不容易，我们将晓雪培养出来也不容易啊。如果你儿子不是大学生，我孙女也不会认识他。就算你们有万贯家财，我们一个城里的姑娘也不会下嫁到你们陈家洼的！你别'王八爬到秤盘上，自称自高'了。你们不娶了正好，我们林家还不愿意嫁呢！我们全家都不愿意！"

陈清然的母亲一下子跳了起来，一张满是皱纹的脸涨得黑红黑红的。她瞪着林老太太，满脸怒气，但似乎又在忍着："贵啊，人家都骂咱是王八了。你妈这一辈子真是可怜啊，小时候娘家穷，八岁就被送到老陈家当童养媳。婆婆对我又打又骂的，我还要恭恭敬敬侍候她。你六岁那年奶奶死了，我总算'媳妇熬成婆'了，时代又变了，媳妇不孝顺了，更不侍候婆婆了。你三个嫂子对我一点也不好，我又没有女儿。咱们家你最有本事，原指望你能娶个管得住的媳妇好好孝敬妈，哪知道你更好！媳妇还没过门呢，她家的人就敢点到脸上骂你妈了，要是真娶回了家，还不得吃了我啊？你妈的命好苦啊！"她边不住地絮絮叨叨，边开始伤心地抹着眼泪。

"妈，您为了我，就少说两句行不行？"陈清然的额头上渗出了一层细细的汗珠，他一直是个孝顺的孩子，几乎从来没向母亲大声说过话。

"那咱们走吧！"准婆婆上前去拉陈清然的手，"别在这儿受罪了。"

"妈，"陈清然急忙甩开母亲的手，略微提高了声音，"我不走，除了晓雪，我谁也不娶。要不您与我爸先回家，别管我的事情了。"

"我哪能不管你，你是我的儿啊！你不会媳妇还没娶进来，就不要妈了吧？"准婆婆尖声叫了起来。

"走吧，走吧。"陈清然的父亲忽然站了起来，上前拖着妻子便往外走。边走边不住地道歉："对不住对不住，亲家！我们没文化，不会说话，你们可别跟她计较！孩子的事让他自己做主，我们什么也不懂，就不在这儿给孩子帮倒忙了。"他是个极其沉默严肃的老人，刚才一句话都没说，但在家中应该是个说一不二的男人，他的妻子见他发话了，就一声不吭地

下
部

207

跟他走了。

"奶奶、林叔叔、白阿姨,"陈清然擦了擦额头上的汗,"你们千万别把她的话放心上,不要和她计较。我与晓雪有多年的感情了,还请你们同意我们的婚事。"

"小陈啊,"坐在一边半天没开过口的林子涵说话了,"你们的事晓雪一直很坚持,我们也早就同意了,但刚才你白阿姨的意思就是希望你们能在省城买一套小房子,好让晓雪结婚后有个窝。常言说得好,'日求三餐,夜求一宿',我们的要求并不过分吧?"

"当然……当然不过分,只是……"陈清然一边擦着额头上的汗珠,一边朝女友望去,希望她能出面为自己解围。

林晓雪却正低着头,眼睛盯着自己的脚尖,不知在想什么。

"小陈啊,要不你再回家与你父母亲商量一下。"白珍芳又开口了,"我听晓雪说,你大哥是中专毕业,在县林业局上班,在农村的二哥、三哥也都娶媳妇了。你最小,让哥嫂们都帮帮你,哪怕先付个首付呢。买房子的确是个大事,一般的家庭很难一下子拿出那么多钱,你可以回家找亲戚借一些,等你们以后有了钱再还也是一样的。再说了,就算你没考出来,在农村种地,不一样也得娶妻生子吗?农村盖个院子虽说没有省城买套房子那么贵,但我听说农村的女方家都要彩礼,还听说这几年彩礼一年更比一年高,现在娶个媳妇,至少三五万块还是要花的吧?"

"白阿姨……说得是。"陈清然的脸红了,微微点了点头,"但我父母亲年纪大了,能顾自己就已经不错了。我已经是成年人了,不能再给他们增加任何负担了。嫂子们也没什么钱,再说了,就算她们有钱,我……我也是借不出来的……"

"你倒是个孝顺孩子,"林老太太一脸怒气地将话接了过去,"为自己的爹娘考虑得周周道道的,就是没为我家晓雪考虑!晓雪啊,我看陈家那婆婆可不是个善茬,小陈又是个孝子,就凭你这傻样,你嫁过去后就等着受气吧!奶奶劝你啊,还是再想想吧!"

陈清然的脸一下子变得苍白。

"奶奶！"林晓雪抬起头，泪水在眼中打转，"奶奶，我知道你们都是为了我好，但我和他都这么多年的感情了，再大的困难我们俩也不可能说吹就吹的。房子的事，让他慢慢想办法；婆婆好不好的，反正结了婚也不会一起过，你们倒不用担心什么。"

"那好吧，你们先去省城把房子的事解决了，就可以去领证了。"白珍芳说，"晓雪啊，也许你现在不明白我们做长辈的心，但妈相信你终归会明白的。"

第
四
十
五
章

婚
前
难
题

　　两个年轻人在家住了两天，便急忙返回省城。正值"五一"黄金周，大街上热闹非凡。二十一世纪初期，房地产行业还并不十分火爆，他们骑着自行车转了好久，仅发现两个正在售卖的楼盘，其中一个距离林晓雪的工作单位很近，均价为每平方米一千一百八十元。但最小的面积也是一百二十平方米左右。

　　林晓雪在售楼处拿着计算器摁了半天，将首付款、房款、契税、公共维修基金等统统加在一起，最后得出的结论是想要买房，手中至少得有六七万元的现金。

　　"我自己凑一凑可以拿出三万块，"林晓雪抬起头看着男友，"你呢，算算能拿出多少，咱们到底还差多少？"

　　"我？"陈清然的脸上出现了极不自然的表情，过了好一会儿，他才低声说，"晓雪，我工资低，又总来来回回往你这儿跑，有时老家有事我也得往回寄点，我走的时候，已将存折上取得剩不到一千块钱了……不过，我身上还带了两千多点……"说话时他脸涨得通红。

　　见自己的心上人为难的样子，林晓雪有些不忍。"咱们回去再商量一下吧。"她拉着他回到了自己的住处。同屋的两个女孩子都回家了，上储蓄班的同事们都正在上班，整层单身宿舍都静悄悄的。

"我可以向我姐借点，"林晓雪对男友说，"不过她们都是普通的工薪族，没有什么钱，但她们每家借我五千应该不成问题。我哥刚刚结婚，估计没钱，就算了。你想想你能找哪些人借钱，能借多少？"

"我……我家里肯定是没钱，二哥三哥盖房子娶媳妇，女方家又要彩礼，我爹妈也欠了债，我……"一向能说会道的他开始结巴起来。

"那你到底能解决多少？"林晓雪有些生气了，嗓门儿提高了许多，"总共就六七万元，我都解决了一多半了，你总不能袖手旁观吧！"

"我……我试试，我可以找同学帮帮忙。晓雪你别急啊！"陈清然急忙安慰道，"我明天再回去一趟，我去问问家里的人，能凑点是点。咱总会有办法的。"

"好吧，"林晓雪想了想说，"你自己回去吧，我就不回了，可以省一个人来回的车费。我给我姐打电话，到时候你回来时将她们借给咱的钱捎给我就行了。以后啊，咱们就得省着点过日子了。"当天晚上，两个年轻人没有出去吃饭，在房间里吃了些饼干等零食充饥。

当陈清然再次从老家返回时，已经是长假的最后一天，林晓雪见他的眉宇间充满了不快与忧愁。几日不见，男友似乎苍老了许多。

"你都瘦了，怎么啦？"林晓雪心疼地问。

"没什么！"陈清然淡淡地说，然后从包中往外掏钱。林晓雪数了数，两万两千元。电话中她早已得知大姐、三姐各借五千，二姐家里经济宽裕一些，借了一万，看来婆家那边只借到两千。

"对不起，晓雪！"陈清然将双手搭在女友的肩膀上，一副欲哭无泪的样子，"我妈就给了我五百，另外的钱是我随身带的，我的三个嫂子都是一口回绝了。我妈与她们关系搞得都很僵，所以嫂子们也不待见我……我……我也没有办法……"

"你不是说你的同学可以帮忙的吗？"

"我的大学同学大都刚刚结婚，跟咱一样等着用钱，我都没好意思向他们开口；有两个高中同学倒是同意每个人借两千，但我感到太少解决不了什么问题，还欠人家一个大大的人情，就没有借。"陈清然的声音越到后面越低。

"什么'欠人家一个大大的人情'，"林晓雪气恼地想，"'死要面子活受罪'，恐怕对所有人都没开口。"她在与陈清然确定恋爱关系后不久，便发现男友的自尊心特别强，脸皮特别薄。他在街上买水果、去小商品市场买小东西从不讨价还价，好像生怕别人嘲笑自己没钱，瞧不起自己似的，还特别在意别人对自己的看法。有一次她与他打车出去，花了六块钱的起步价。她给了十块钱让出租车司机找，而那司机却说没有零钱。她想去路边的小摊上买份报纸将钱换开，他却很大方地说："行了，四块钱不要了。"竟拉着她就走。而这会儿，面对买房的大事，他仍旧不能拉下脸皮去借钱。但钱不够怎么办呢？林晓雪无力地坐在椅子上，心情沮丧到了极点。

"晓雪，你也别太着急，"见女友这样，陈清然很内疚，"我已买好了返程的车票，今晚的火车，我回去后再找同事们想想办法。"

陈清然走后，林晓雪心中乱糟糟的。她将自己所有的钱，加上借的钱存在一张存折上，连将要到账的工资和过节费都算上了，总共五万四千三百元。"还有一万多元的缺口怎么办呢？"林晓雪郁闷极了。

郁闷了几天之后，她心里越来越难受。陈清然依然每天都打电话来，只是说话开始吞吞吐吐，再没有以前的幽默感与神采飞扬。"人是英雄钱是胆，一分钱憋死英雄汉啊。"每每这时，林晓雪便拿这些话来安慰自己，好原谅自己的心上人。有一天晚上实在是难受，她便给多日不见的平艳艳打了个电话，向她哭诉了一番。

"晓雪啊，你别太难过了。"平艳艳听完后安慰她说，"我听说咱行家属院有人往外卖房子，挺便宜的，应该四五万就能买一套。但就是没有完全产权。你可以找人问问。我在这边也帮你打听着。"

"真的啊？四五万我还是能承受得起的，那我现在就找人打听打听，谢谢艳艳啦。"这个好消息将林晓雪多日的郁闷一扫而空！

买房结婚

省城经济开发银行的家属院与行总部距离很近，从行总部门口向南边的大道走一百米左右，右拐进一条小街道向西走约两百米后，再往南拐进一条小胡同走五六十米就到了，步行仅十来分钟。那是一幢七层高的板楼，一层两户，没有电梯，是在林晓雪进单位前一年分配给员工的。当时单位房管部门从便于管理的角度考虑，将房屋产权的一半给了个人，另一半仍归单位所有，以防止房子上市交易，最大限度保证家属院的住户都是本单位职工。林晓雪常听人说起有人卖房的事，但从未将这事与自己联系起来。经平艳艳这么一说，她心动了。

"对啊，我是本单位职工，有没有完全产权有什么关系，只要能住。"挂了电话，她立即出发，徒步来到自己刚进单位时的带班老师施姐家。

施姐全家刚刚吃过晚饭。"晓雪你想买房子啊，我知道这儿有三家在卖。一个是三楼，一个是六楼，还有一个是一楼。好像六楼与一楼的价格是一样的，都比三楼的便宜一万块钱。这房子没有房权证，卖不上价。"听她说明来意后，施姐很热情地向她介绍说。

"那六楼与一楼是多少钱？"林晓雪问。

"五万五。"施姐倒是什么都知道，"晓雪啊，我劝你还是买那个三楼，不就多一万块钱吗？以后你结婚有了小孩，老人小孩爬楼也方便。当然一楼更方便，但脏，夏天蚊子还特别多；六楼太高了，岁数大点的老人要抱个孩子上楼，那可费了劲了。"

"好的施姐，"林晓雪笑了笑，"我回去想想，再和我男朋友商量一下，如果我买，您能帮我联系吗？"

"那当然啊。"施姐很热情地说。

林晓雪的心一下子轻松下来，她当晚就给陈清然打了电话。"晓雪，这事你自己做主吧，你觉得合适我就没意见。我感到很对不起你，还没结婚就让你跟着我受苦。"陈清然在电话那端说。

林晓雪最后选择了六楼，一万块钱不多，可对于她来说，却是个难以逾越的坎儿。"六楼空气好，夏天蚊子少，连买蚊香的钱都省了；六楼也安全，小偷什么的肯定也不敢往上爬。"当有人问她为什么放弃三楼而选择了六楼时，她微笑着这样回答。

一个姑娘家，她何尝不爱惜自己的脸面？除了家中的至亲，她对外人也是张不开口借钱的，当然她也不想让别人感到自己找的男友太穷，更不想让陈清然为难。卖主很高兴，因为大家都认为六楼的房子不好卖，结果偏是他这套最先卖出去了。卖主一高兴，又加上施姐在中间说话，直接给她便宜了一千两百元钱。最后双方以五万三千八百元的价格成交。

拿到钥匙那天正好是周末，别人在忙着约会聚餐，她却急急忙忙去打扫卫生。这是一所南北通透的两室两厅的房子，九十多平方米，被简单地装修过，四白落地，铺了地砖，装了窗帘，明厨明卫。阳台在客厅外面，没封，采光很好。这房子空了几年，积得到处都是尘土。"你可以找个保洁给你打扫打扫，不会超过一百块钱。"施姐对她说。她微笑着点点头，心中却早有打算。付了房款后，她仅剩下五百块钱，又欠了几万块的债，新居还要添置一些生活必需品，她必须节约一切可以节约的开支。打扫房间嘛，属于简单劳动，自己干得了。她忙了一天两晚后，鼻孔变得黑黑的。周六晚上回到宿舍，她在水房里大洗了一次澡。周日那天，她先将自己简单的行李收拾好了，在同屋两个女孩子的帮助下运到了新居，又骑车到了家居建材市场，花了一百五十块钱买了一张下面空心能放东西的一米五宽的简易大床，花四十块钱买了一个可拆装的布柜子，又用五块钱买了一个可插在暖壶里面烧水用的"热得快"。等她把所有的物品归好位，铺好了大床，已是下午一点多钟。她来来回回在房间里踱着步，不断欣赏着，除去厨房的灶台上放着几件餐具，卫生间内放着几个大大小小的盆子和几条毛巾，她自己仅占了一间南向的卧室。室内一床一柜，将卧室显得很宽敞。而其余的一室两厅，空荡荡的尚无一物。"回头我买一套桌椅，将这儿布置成书房。"她暗自规划着。到了阳台，她又寻思再添置几盆花花草草。她越想越开心，一天都没吃饭了，竟没感到饿。后来累了，就拉上窗帘舒舒服服地躺在床上美美地睡了一觉。

醒来时已接近黄昏。她懒洋洋地睁开眼睛。夕阳的光辉透过浅绿的窗帘斜斜照进来，给她的新居镀上了一层淡淡的金色，让人感到温暖宁静。房子里安安静静的，听不到一丝喧嚣的声音，好惬意啊！她舒舒服服地伸了个懒腰，忽然感到肚子很饿，就起身用"热得快"烧了壶开水，泡了一包方便面吃了，但吃了后还是饿。"对，等到下月发了工资，我就去买一套燃气灶，再买些锅碗瓢盆，菜板刀具，自己做饭吃。有了厨房，我这么好的厨艺，可不能浪费了。"想到这里，她仿佛看见自己做了满满一锅炖排骨，好像鼻子里都嗅到了香香的肉味。然后她不由自主地笑了。

国庆前一周，林晓雪已通过男友部队的政治审查，在自己单位办好了手续，开好了证明，带着户口本坐上了北上的列车到了陈清然的驻地。在首都的D区民政局，两人进行了结婚登记。

"我们结婚啦！嘿嘿，坐好了，媳妇儿，我要加速了！"从民政局出来，陈清然得意扬扬地吹了一声响亮的口哨，骑着自行车驮着林晓雪，兴高采烈地飞奔起来。林晓雪在身后抱住陈清然的腰，将脸紧紧贴在丈夫的背上，脸上露出了甜甜的笑容。

下
部

第四十七章

婚宴风波

　　小两口本来只打算给大家发点喜糖的，但陈清然的同事和大学同学们却不依不饶："嗨，小陈，你娶了个漂亮媳妇还不请大家高兴高兴啊？""你不请我们喝喜酒，我们就认为你们没结婚，是非法同居。""对呀对呀，无证上岗，我们要报案了！"逗得小两口的脸红红的，很不好意思。最后硬着头皮还是办了个俭朴的婚礼，请大家喝了喜酒。

　　"无论如何你们在老家也得再办一回，请一请陈家的亲戚和村里的乡亲们。"十一长假期间，小两口一起回家探望双方的父母时，陈清然的父亲这样对他们说。

　　"别办了吧，"林晓雪看了看丈夫，"何必'劳民伤财'？"

　　"贵啊，你这媳妇没规矩，娶亲哪有不办喜宴的？"婆婆撇了撇嘴，"再说啦，公公与自己男人说话呢，哪有女人插嘴的份？"

　　"妈，现在都什么年代了，您就别按老规矩要求晓雪了。"陈清然皱了皱眉，对母亲说。

　　"儿啊，你得好好大办一场才对，咱们陈家洼就你最有出息了，你应该请村上的人到县上好好大吃一顿，那才说明你混得好，以后咱家在村里头才有面子呢，保证谁都会高看咱们一眼的。"婆婆又说。

"这……"陈清然看了看妻子，没有说话。

"那要花多少钱啊？"林晓雪问。

"让我算算，"公公开始算了，过了好大一会儿，公公才开口说，"五千块钱应该能打住。城里的一桌好一点的酒席一般要二三百，烟酒要买好的，不能让人瞧不起。加上烟酒喜糖瓜子花生和饮料的钱，五百块一桌差不多够了。去掉外面打工没在家的，咱村现在在家的男女老少也就不到两百人，也不能都去吧。订十桌，一桌坐十个人，再备上两桌，就差不多了。当然，人家也不可能白吃你的，怎么着一家三五十元还是要送的，抹抹灰儿（当地土话，是指意思一下）嘛。这三四十家能收一两千块钱的礼，也够付那预备的两桌的饭钱了。我和你婆婆也不白吃你们的，呶，我们给你四百块，算是我们随的礼！"说着掏出了四张百元大钞递了过去。

"我不要，兴师动众的，我可不做！"林晓雪说。

"'人争一口气，佛争一炷香'。你陈老四娶亲敢不办酒席，不让人家笑掉大牙才怪！以后我与你妈在村里都抬不起头！"公公继续说，"闺女，钱你就拿着，你也是头一趟来这儿，算是上门礼了。就这么定了，后天，十月三号，在城里请客。贵啊，你现在就去订桌，我与你妈去通知。"

"可是……"林晓雪刚想反对，却发现丈夫正对自己拼命使眼色，她只好住口。"爸给你的钱你就拿着。"他从老人手中接过钱，放到了妻子的手里。"走吧，晓雪，咱们去订酒席。"陈清然拉着她骑上他们打城里来时从林晓雪二姐那儿借的自行车就走。

"五千块钱，咱们身上可没带那么多钱啊！"坐在自行车的后座上，林晓雪对丈夫说。

"晓雪，"陈清然骑着车离开村子好长一段距离后，才将车子停在路边拉着妻子来到田野，"我家穷，妈又生的都是男孩子，供我与大哥上学，给二哥、三哥盖房子娶媳妇，真的是很不容易。他们是有点虚荣，总害怕村里人瞧不起他们，甚至还想让村子里的人高看一眼，但好像他们活这么大岁数，一直没有什么值得他们扬眉吐气的事。我哥考上中专，我考上大学时，我爹叼着支烟，乐得恨不得在村里横着走，见人就给烟，不断向人炫耀。但那时为了凑路费学费，家中实在没钱，家里也没有请客。咱们就迁就他们这一回，让老人高兴一下，好不好？"

"你上的是军校，管吃管住的，连衣服被子都发，每月还有津贴，家里能花什么钱啊？大哥是老大，那时家里也没有办吗？那时二哥、三哥又没有盖房子娶媳妇，家里应该比现在宽裕一些的啊！你是不是想骗我？"林晓雪不高兴了。

"媳妇儿，你在城里长大，哪了解农村的事？我二哥、三哥的亲事是我上小学时就订下的，可没少花钱哪！每到端午、中秋和过年这些大节日，二哥、三哥都要将他们没过门的媳妇接到婆家来，还要从头到脚为她们添置一身新衣服鞋袜，这每个人一年就是三套吧。过完节送回去时，公公婆婆还要给节礼，一次一个人至少二百。谈婚论嫁时，她们娘家还要了一个大数的彩礼钱，我记得三嫂是一万元，二嫂我不大清楚。娶她们进门时，女方家又设了很多的门，进一个门要给一次钱。可是不容易呢。"陈清然说。

林晓雪扑哧一声笑了起来。

"你笑什么？"陈清然一脸迷茫。

"我笑你们农村的女孩儿真的是很值钱耶！"林晓雪笑得更欢了，"陈清然，我终于明白你为什么不在村里头找一个了，你家出不起钱了，怪不得你那么远还来纠缠我，原来是这样啊！哈哈……"

碧空如洗的天空下，秋色宜人的田野中，笑靥如花的新娘，这一切让陈清然的心情愉悦到了极点。他将妻子抱到怀里转起圈来……

"咱们去订酒席！'百善孝为先'，咱们做子女的，让老人高兴一下，好不好？"他看着双颊绯红的妻子说道。

"可是我真的没带那么多钱，我身上就一千多块钱，你又不是不知道。"林晓雪噘起了小嘴。

"晓雪，好媳妇，你的银行卡上不是还有七千多吗？取出来五千，反正你是员工卡，又不收手续费。好媳妇，让老人高兴一下。"

买完房子后，林晓雪过日子更加精打细算了。六月份的工资发了后，她立即就去购置了一个电饭锅，一个铁炒锅，还有一套燃气灶。平日里除了买些青菜萝卜，她几乎很少花钱。米面油盐等生活必需品，都是用单位过节时发的商场购物券在商场的地下一层超市解决的。以前没结婚时，过节单位发的购物券她都在商场的女装区买心仪的衣服鞋子。有了房子自己过日子可不同了，她算了算，购物券还是在商场的超市买生活用品最划算。几个月来，她的工资几乎没怎么花。在部队办婚礼时，同事、同学们送的礼金办完酒席后节余了将近三千元，陈清然也坚持存在了她的卡上。见自己卡上的余额一个劲儿上涨，林晓雪很开心。"咱们共有七千多了，照这个速度，到年底我就能还我二姐一万块钱了。过不了一两年，我们就能将欠我大姐三姐的钱都还清了。"她高兴地对丈夫说。而现在眼见着自己辛辛苦苦积攒下来的钱，要被一件她认为毫无意义的事情消耗掉大半，让她怎能不心疼？听了丈夫的话，她抿着嘴唇，久久都没有开口说话。

婚宴在潢城的滨河湾如梦大酒店如期举行。

让人始料不及的是，陈家洼全村的男女老少，只要在家的，有一个算一个，都来了。有几家还牵着自家的看门狗。

"我们全家都来了，狗在家没人喂食，就带来了。"进门时，狗的主人这样解释说。服务员自然不同意狗进酒店，为此引来了不少的争执："凭什么不让狗进，丢了你赔啊？""狗在地下捡捡骨头，碍着你们什么事儿了？""你管得着吗？就是要进……"本来十人一桌的酒席，早已加到了十二三个人，每桌的餐具椅子都不够，乱作一团。狗的问题又加进来，更是让人头大。陈清然出面协调，用上了备下的两桌，又加了两桌，才勉勉强强将这些赶来赴宴的人安顿下来。吆五喝六、拼酒猜拳，这顿酒席从上午十一点半开始，一直吃到下午五点多才散。席间，小两口不停地让服务员加菜添饭。六瓶装一箱的白酒，买了十箱很快见底了，林晓雪只好又打电话让再送十箱，并与卖酒的老板约定剩余的未开瓶的原价退回。但酒宴结束后她发现，公公婆婆满脸放光地送客时，将所有的白酒都东一瓶、西一瓶全分了出去。"拿回去喝，拿回去喝，俺家贵的喜酒啊！"林晓雪气得脸都白了，却又不好出面制止。

客走人散，林晓雪清点了一下自己包中的礼金：一千六百五十六元。怎么还有个六元的零头呢？林晓雪百思不得其解。整个过程没人记账，陈家洼的乡亲没有几个在礼金上写名的，大都三五十元往她或陈清然手中一塞了事，也有将钱递给婆婆的，但饭后婆婆不张罗着将礼金交给儿媳妇，更不愿意当着儿媳妇的面清点。

"我们还得还礼呢，下次人家有个红白喜事什么的，我们也得去抹抹灰儿。人家这次送你们三十，人家有事，我们至少得还回去五十；人家这次送你们五十，我们至少得还回去一百。谁叫俺家贵混得好呢？都给了你们，到时候你们回家来还礼啊？这次你们结婚，我跟你爹可在村子里欠了一大堆人情，可咋还啊！"婆婆不但振振有词，还一副愁眉苦脸的样子。林晓雪在心中一声长叹，推开酒店的门去银行将卡上的钱全部取出，加上收到的礼金，又从钱包里拿出六百块，才付清了这顿饭的所有账款。

"回老家一趟，让我所有的积蓄都归零了。这样下去，我什么时候才能还清欠姐姐们的钱啊！"回到省城见到小扈时，林晓雪红着眼圈对好友抱怨道。这种事林晓雪是不能跟娘家的亲人们说的，她怕家里的人担心，更怕母亲会埋怨她嫁错了郎。上次买房子没有钱时，母亲便在电话中将她数落了一大通。这事她更不能与单位的同事们说，她怕丢脸，也怕让苏友友知道后嘲笑她。她必须在所有人面前伪装得好好的。几天后她实在是太难过了，便给小扈打电话。小扈此时已结婚，那天她丈夫正好出差，两个好友就住在了一起，在小扈家聊到了半夜。

"晓雪啊，想开点，钱财都是身外之物。"小扈将她轻轻地抱了一下，"农村供出个大学生不容易，那就是整个家庭的银行和提款机，是家族中谁有困难首选的求助对象，还是'面子工程'和长辈们骄傲的资本。在老家人的眼中，我们这些跳出'农门'，留在大城市里工作的孩子无所不能。只要家里需要，我们是要钱有钱，要关系有关系，总之没有我们解决不了的难题。我每月挣的钱，一大半都要寄给我妈。弟弟也要娶老婆了，人家女方开口就要三万彩礼，好像是女孩子的哥哥也要给她娶嫂子，不找我们家狮子大张口，她嫂子也进不了门。我妈还经常抱怨不该让我上学考出来，如果我留在农村，将我聘出去，哥的事就不用着急了……不过还好，我老公家条件还可以，他对我也好。我将钱给了娘家，他从来都没说过什么，还同意借钱给我娘家办事用……"顿了顿她又说，"也真难为你了，你一个城里的姑娘，娘家人都宠着惯着的，这一结婚，嫁了个农村的穷小子不说，还成了个两地分居的军嫂，真是不容易呢。"

心直口快的好友的一席话，让躺在床上的林晓雪忍不住泪水涟涟。

第四十八章

傻人有傻福

　　结婚以后，林晓雪的日子其实没有太大的改变。她听从丈夫的建议，将自己家房门的钥匙放在单位的抽屉里备份了一套，以确保她在忘记带钥匙时能进家门。她本就是个能待在家中就决不出门的人，有了自己的房子后，她更不爱出门了。周末不上班的时候，她除了睡觉便是看书。客厅的地上被她铺上泡沫板后，她每天一有空，就穿上运动衣在上面蹦蹦跳跳的，有时也做做仰卧起坐，将自己折腾得出一身汗，她还报考了中级会计师职称考试，每日抱着《会计实务》《经济法》《财务管理》这些厚厚的书学得昏天黑地。

　　"晓雪啊，你怎么不报考中级经济师呢？才两本书，那多简单啊！会计师太难了，反正考过后在单位待遇都是一样的，何必让自己那么累啊？"平艳艳报考了中级经济师，在电话中聊天时，她对林晓雪的行为感到不解。

　　"反正我也没事做。"林晓雪笑着回答，"你看，我娘家婆家都不在省城，平时除了上班，什么事情也没有，也没有地方可去，老公一年也难得回家两次。我不用像你一样要天天买菜做饭侍候老公，我必须为自己找点事情做。再说了，我迟早也是要跟他去首都的，那儿与咱省城的情况哪能一样呢？那儿可没有省城经济开发银行，万一我出了金融系统，我可能还要靠会计这个行当来混口饭吃呢！"

"晓雪啊，真为你累得慌。不是我说你，你可真是自讨苦吃，省城不好吗？省会城市，离老家也不远，又有这么好的工作，为什么当初不在当地找一个，非要嫁个当兵的去首都呢？"平艳艳说道。

"艳艳，现在再说这话也没用了，"林晓雪笑了笑，"婚都结了，生米早已经做成了熟饭，这饭恐怕都让人塞进肚子里了。其实，我也不是非要去首都。陈清然是我的初恋，能与他生活在一起，是我最大的幸福。生活在哪里不重要，关键是我要与他在一起……"

"你后悔过吗？"平艳艳问。

"没有，目前还没有。"林晓雪回答得很迅速，没有丝毫的迟疑。

"晓雪，我有些羡慕你了。"平艳艳叹了口气，"现在的这个社会，像你这么单纯的女孩子实在是太少了。两情相悦的爱情，我以前只在小说中读过。"

"我妈老说我傻，其实我就是傻！希望傻人有傻福吧！"林晓雪咯咯地笑着说。

全国的银行业开始"朝九晚五"的统一作息时间后，林晓雪明显感到工作上轻松了许多。五点钟关门后，她每天结完账大概六点，已经很少有太晚下班的时候了。往往她下班回家一进家门，家中的固定电话铃声便会响起。陈清然好像与她有心电感应似的，这种感觉让林晓雪感到很好，感到丈夫虽然在千里之外，心却时时和自己在一起。好像下班时，丈夫就在家中等待自己似的。陈清然每天都在关注省城的天气状况，总在电话中提醒妻子第二天她应该穿什么衣服鞋子，带不带雨具，时不时地还为她寄来首都的果脯点心。十一月底林晓雪过生日时，他为她寄来了一个大大的毛绒玩具狗。

"我又不属狗，你也不属狗，为什么给我买个狗啊？"林晓雪问。

"老婆，狗是最忠诚的动物。你晚上熬夜学习时，让它乖乖趴在你腿上，你的膝盖就不会受寒。我不能常常守在你的身边，派一只狗替我陪着你、守护你，不好吗？"

"嘻嘻，你是不是想说你自己是一只对我忠心耿耿的小狗子啊？"

"哈哈，我老婆真是冰雪聪明啊！知我者老婆也！"

…………

通过细细的电话线，类似的谈话时时发生，每每这时，林晓雪心中就甜丝丝的。丈夫不在身边的日子，林晓雪的生活依旧过得有滋有味，简单而充实。日子一天天飞快地流淌着，转眼又到了一年中的最后一天。

第四十九章

新年惊魂

这是银行业一年中最忙碌的一天，也是林晓雪全年最忙碌的一天。因为这一天全行业要进行年终决算。

营业部早早就贴出了通知，下午三点就停止了对外营业。对外的业务停了，但内部的工作仍如火如荼。单单同城的资金清算业务，这一日就在平时两次的基础上又有所增加，负责跑同城清算的同事小缪跑来跑去的，大冬天额头上却汗水涔涔。即使是大年初一都不休息的储蓄业务窗口，每年的1月1日都会对外放假一天，为的是配合其他部门将头一天未尽的年终决算工作做完。

林晓雪婚后的第一个年终决算还算顺利。晚上十二点一刻，小缪拿回了最后一批的同城清算票据。两个小时后，营业部大账一次平了，该入的账、该调的账全部完成了。

"晓雪，你先回家休息，明天八点多再来出报表，打印分户的对账单。一直熬着不行，明天还要忙一天呢。"负责营业部工作的田主任对她说。

林晓雪的确太累了。她点了点头，穿上长长的羽绒服准备离开。

"让小苏送送你，这么晚了，不太安全。"田主任又说。

"不用了，也没有几步路。"林晓雪摇了摇头。自从被她拒绝后，苏友友

下
部

225

便沉默了许多，他也在国庆节结婚了。但两个年轻人早已经很少交流了。

苏友友坐在离她不远处，也不知是没有听见田主任的话，还是假装没听见，他正面无表情地看着别处。

林晓雪冲进了夜色中。天气十分寒冷，还刮着北风。风吹在林晓雪没有被围巾捂住的眼睛和鼻子上，让她感到小刀子掠过肌肤似的彻骨寒意。路边的树在不太明亮的灯光的作用下，在冬季寒风的攻击中不停地扭动着早已光秃秃的枝丫，在空无一人的小街道上映出了长长的影子。她不禁缩了下脖子，将围巾向上拉了拉，连鼻子都盖上了，仅仅露出两只眼睛看路，脚步也加快了许多。

"哈哈，抓住你了，抓住你了，你这个不要脸的狐狸精！"一个女人的声音猝然响起，林晓雪头上戴的帽子被一个人抓到手中。

林晓雪吓得几乎晕倒，她本能地使出吃奶的力量拼命一挣，一下子摆脱了女人的手，她头也不回地拼命开始往前奔跑，但她脚上穿的是一双高跟的长筒皮靴，怎么跑也跑不快，不久便又被那女人追上揪住了一只胳膊。可能怕她再次跑掉，这次女人将她的胳膊捏得紧紧的。林晓雪感到那只胳膊隔着羽绒服被攥得又疼又麻，她的眼泪忍不住掉了下来。

"哭了我也要掐死你！"女人凄厉的笑声回荡在寂静的夜晚，让人感到阴森而恐怖。林晓雪不由得浑身颤抖，几欲跌倒。

女人将脸凑近林晓雪。那是一个中年妇女，脸看上去雪白雪白的，嘴唇红艳艳的，过肩的头发烫着大大的卷儿，乱七八糟地堆在头上，将她的脑袋显得很大。林晓雪注意到她的眼眶和睫毛上都黑黑的，应该是画了很浓的眼影和睫毛膏。

"鬼啊，鬼啊！"林晓雪止不住张嘴尖叫。

她的声音惊悚凄厉，将女人吓了一跳，女人不由得松开了林晓雪。一得自由，林晓雪又忙着向前跑去。

女人又很快追了上来，这次她直接将林晓雪扑倒在地，用整个身子压住林晓雪，双手掐住了林晓雪的脖子。林晓雪用脚踹了女人两下，却丝毫没有用，她感到女人的手在不住地加力，自己快要窒息了。

"让你勾引我男人！"女人边不断用力边不停地嘶吼着。

"大……大嫂，你……你认错人了！"林晓雪费力地说。

"放手，快放手，你这个疯女人！"苏友友的声音忽然响起，那女人掐在林晓雪脖子上的手被一双强有力的大手使劲掰开。原来当田主任说让他送林晓雪时，他的确没有听到，当林晓雪离开五分钟后，他才在同事的调侃中发现林晓雪独自一人深夜回家的事。他不放心，急忙追了出来。不过也幸亏他及时赶到，否则后果不堪设想。

女人被制服后，苏友友拨打电话报了警。原来那女人生性多疑，总怀疑自己的丈夫在外面有了女人，让忙于事业的男人焦头烂额，颜面尽失。长久以来，男人终于不堪忍受，真的在外面有了新欢，与那女人离了婚。女人气疯了。她之所以对林晓雪下手，就是因为林晓雪穿了一款与"新欢"一模一样的羽绒服，并且有着与"新欢"几乎一样的纤细高挑身材。林晓雪知道事情的真相后，简直是哭笑不得。

"晓雪，以后不要逞强冒这种险了！"苏友友扶起早已面无血色的林晓雪，温和地说，"我们是同事，也是朋友，这点忙我不会不帮的，田主任说话时我真的没听到。你我都各自结婚了，过去的事早就过去了。你老公不在家，加班晚了没人接你，我送你一下，也是应该的。"

惊魂未定的林晓雪含着眼泪点了点头。

此事过去多年之后，每每回忆起那天晚上被人掐住脖子的情景时，林晓雪脑海中仍能清晰地再现当时的那种恐惧、无助与绝望。

她没有将这事告诉丈夫。千里之外的他，工作已经够累的了。知道之后，除了担心与焦急，还能做些什么呢？又何必让自己心爱的人牵肠挂肚，徒增无谓的烦恼呢？

第五十章

再次遇险

　　次年的五月，林晓雪参加了两场大的考试。一场是中级会计师的职称考试。要考四科，她通过了三科，挂了一门《会计实务2》，只好将它放在次年再考一回。另一场是全国统一命题的成人高考。通过这个考试，她进入了省城大学，三年后实现了取得本科学历的梦想。

　　中级会计师职称考试的单科成绩，有效期仅为两年。如果林晓雪第二次《会计实务2》的考试还不能通过，就意味着她辛辛苦苦已经通过的另外三科成绩会全部作废，她所有的努力也将付之东流。一想到这一点，林晓雪的压力就很大。为了确保万无一失，第二年职称考试报名之后，她花了两百八十元去报了一个辅导班，从十一月下旬开始，每周五晚上六点到九点上三个小时的课。这个辅导班会一直持续到次年五月的考试前两周。然后再交一百三十元钱，参加两次考前串讲。上了辅导班之后，林晓雪更忙了。

　　冬去春来，辅导班的课已接近尾声。五月份，省城的天气已经比较热了，周五的时候，天气很闷热，温度已接近三十六度，结完账下班时，距离上课时间还有不到二十分钟了。林晓雪以最快的速度拎着中午早就准备好的挎包，骑着自行车往上课地点冲去。还好，她进教室的时候，老师的课也刚刚开始。

三个小时的上课时间，中间仅休息十五分钟。休息时，林晓雪走出教室想透透气，却发现下雨了。"幸亏我带了雨衣。"她暗暗想。长期的会计工作，让她的心思缜密，心细如发。出门前，她会将家中的电热水器打开，好让自己回家有热水用；天气稍微阴沉，她就会带上雨具，将书和手机用一个封闭的塑料袋包好；春秋天气多变时，她还会在自己的包中放上一条长长的围巾，以备天寒时披在身上御寒取暖用。

下课时，雨下得更急了。站在教学楼门口边吃东西边望着天空，林晓雪等了近二十分钟，带的零食全吃完了，雨却丝毫没有要停歇下来或变小些的意思，反而越来越大了。时间越来越晚，一同上课的女生一个个被家里来人接走，林晓雪心里也越来越着急。"不能再等了，等到天亮，也不会有人来接我的，还是趁早走得好。"想到这儿，她将长围巾取出围在脖子上，将包仔细拉上拉链在胸前挂好，披上雨披，骑着车冲到了雨中。

雨下得好大，来时的大街小巷这会儿全都连成了一片汪洋。雨水中，路边的灯光都比平时暗淡了许多。她的二四式自行车的轮子几乎四分之三没入了水中，她吃力地蹬着，实在骑不动时就下来推着，靠着记忆与感觉在这条自己走过无数遍的路上向家的方向奋力前行。她知道自己平时常走的人行道是不可以走的，因为那儿有不少窨井盖，无论哪一个被水冲走，都足以让她小命不保。马路的中间地势较高，水相对浅一些，但那儿是快车道，此时此刻车倒是很少，但在这大雨倾盆的夜晚，能见度很低，亦是险象环生，同样是不能走的。她唯一能走的地方就是马路牙子，她推着自行车，循着路边的一棵棵树艰难前行。雨衣的帽檐在暴雨的攻击下，早就软塌塌地垂到了眉毛上，在她的眼睛上方形成了一道宽阔的水帘，让她的眼睛根本无法睁开，她不停地腾出一只手来抹脸上的水。她的鞋袜裤腿早已湿透，雨水在雨衣帽子的作用下，不住地往头上倒灌，弄得她整个脑袋都湿漉漉、冷冰冰的极不舒服，她冻得不停地打哆嗦。走了好半天，也刚刚走了近一半的路程。

快要到十字路口了，过了十字路口前面几百米，便是自己的工作单位。她只有更加小心翼翼地走，先将自行车往前推一下，用车子的前轮子试探试探，确认前面的路没有问题，才往前面迈上一步。好不容易挪到了十字路口，却发现路口的红绿灯不亮了，她踌躇了一下，又腾出一只手来抹了抹脸上的水，观察了一下四周，确认没有车通过，才又开始继续前行。

她费力地推着车，此时，水已经将自行车的轮子完全淹没。雨水、洪水让天地在她的眼前变成白茫茫的一片。她是喜欢水的，从小居住的地方都是河湖相连，天热时，她每天都会在傍晚时分跳入水中快快乐乐畅游玩耍一会儿，这个习惯也练就了她的一身好水性，常常能在水下憋几分钟的气。在她的眼中、心中，水是她的好朋友、好伙伴，给她的童年生活增加了不少都市无可比拟、无法寻觅的欢乐。在此之前，她从来没有体会到水可怕狰狞的一面。但此时此刻，她感到天地如此之大，自己孤零零地站在天地间，周围危机四伏，却没有人可以求助，她感到非常惊慌。她尽量加快速度，想早点到家。就在这时，她听到一声汽车刺耳的鸣笛声，好像就在自己的身后，她吃了一惊，本能地一扭车把，身子往右边赶紧一躲，却一下子踏空，整个身体急速地往下沉去。自行车也啪的一声倒入水中，溅起一股大大的水浪，便与它的主人一样再也不见了踪影。

林晓雪被吓得几乎昏厥过去。她晚上仅吃了点儿小零食，在这风雨交加的大街上苦苦挣扎近两个小时，早就精疲力竭了。"我要死了，我要被淹死了！"一个念头冒了出来。她感到自己沉得更快了。

"不能慌，不能慌！我会游泳啊，正常情况下怎么能让水淹死呢？地下管道纵横交错，我可千万不能让水将我卷入地下，还是努力往上浮比较好。但这边会不会就这一个井盖没了，如果水都往这儿挤，压力会很大，那会非常危险。我要用力快些上去，需要脚蹬硬物借点力才好。"想到这儿，她用早已没了鞋子的双脚试探着往四周井壁上寻找到一个支点，然后双臂上举，用尽全身的力量往上猛一使劲，还好，她的右手抓到了一根如铁棍一样的东西。

原来她掉下去时，自行车车身一歪，正好横架在那个丢了井盖的井口上。林晓雪抓到的，正好是自行车的车梁。她又伸出左手，双手一齐去抓那根救命的"稻草"，但水的冲力太大了，而她又力气将尽，头在水中也没了一会儿了，所以手总是哆哆嗦嗦抓不稳，她却也不敢松了手去往井沿上攀附，怕万一又滑落了那可就糟糕透顶了。但整个人都没在水中时间久了毕竟不行。林晓雪晃了晃头，感到很沉，原来是那条又长又大的围巾打湿了敷在脖子上，让她感到自己再不能去露头吸口气，会很快窒息的。"我真是多此一举，春天又不冷，戴什么围巾！"她沮丧地想。

　　"围巾，啊！我可以用围巾啊！"她想到这一招，精神一下子振奋起来。她用右手牢牢握住"铁棍"，空出左手将围巾从脖子上扯了下来，然后捏着围巾往上举。等到围巾的一头搭到了"铁棍"上，她又用力拽了拽，然后才敢将右手从"铁棍"上沿着围巾的另一边往下慢慢松开，直至末端。然后将围巾两头打了一个尽可能牢固的结，她拿着那个围巾圈费力地套到脖子上，然后又将两只胳膊也别了过来，好让那个围巾圈正好套在自己的上身双臂之下，以确保往井沿攀附时如果滑落不至于落得很深。事实证明，她的担心毫不多余，这个丢了井盖的井口简直就是一个大大的旋涡中心，她努力了三次，才用双手撑着井口的边缘爬了上去。当她的头露出水面时，她狠狠地吸了几口气，才踉踉跄跄扑到路边的一棵小树上，抱着它放声大哭起来。

　　哭了一会儿，林晓雪发现自己的包还好好地挂在身上，她用力捏了捏，感到钥匙还在，她的情绪好了一些。昏暗的灯光下，她见自己的围巾在水中上下招摇着，被天上落下来的雨点打得时隐时现。"多亏了围巾，它救了我，我怎能不要它了？"林晓雪又慢慢靠近围巾，用手远远地揪住一点边儿，一用力，将围巾与自行车一起带出了水面。她扶正了自行车，让它靠在树上，解下了围巾系在腰间，忽然感到全身上下都很疼，尤其是脸上和手上，还有脚。她伸着双手在灯下仔细一瞧，只见自己的双手让水浸得惨白，似乎也瞧不出什么伤痕。"算了，快回家吧，今天能活着回去，已是万幸，快快回家才是最明智的。"林晓雪骑上了自行车，却发现车头歪了，她利用树干正了正车头。光脚骑上车开始往前猛蹬。有过一次掉进窨井的经历，她已无所畏惧。家，就在前面不远处，她要快快回家，哪怕使出吃奶的力气，哪怕回到家立即累死，她也不想在这种鬼天气的大街上多待上一秒钟。

当她湿漉漉地叫开家属院已经关闭的大门时，她的样子把看门大伯吓得目瞪口呆。她见看门大伯的样子，也顾不上解释，直直地冲了进去，将自行车往楼门口一撂，锁都不锁，便手脚并用地往楼上爬。总算到家了，她进门打开灯，看见自己客厅地上那花花绿绿的泡沫板时，不由双腿一软，瘫了下去。

"叮叮叮……叮叮叮！"家中的固定电话响起，在这种时候，它的铃声显得分外刺耳。

林晓雪闭着眼睛躺在地上，感到浑身像散了架。她一动也不想动，仿佛思维意识统统停顿了。她任由电话不停地响，根本不想去理会。电话铃声终于停了下来，不久，她有了浓浓的睡意，但这时电话铃又响了。

"讨厌！"她猛地坐了起来，不高兴地嘟囔着，费劲地爬进卧室，去接电话。

"晓雪，晓雪，是你吗？你安全到家了？我打你手机你也不接，家中也没人，我就每隔十分钟往家里打一个电话。我看天气预报说省城下了暴雨，新闻说街上成了河。哇，画面上那水啊，我担心死了！谢天谢地，你没事吧？"陈清然不住地说着，好几个小时打了无数电话，这会儿总算打通了，他恨不得把一肚子的话都讲给妻子听。

林晓雪这时感到身上彻骨的寒冷与疼痛，她的泪夺眶而出，哽咽着半天才吐出了几个字："还好，没有死！"

"你没淋雨吧？别着凉了，啊！"陈清然继续说。

"行了，"林晓雪心头涌出一股怒火，"你别再啰嗦了，动动嘴巴有用吗？"说着，她怒气冲冲地挂了电话，自己冲进了卫生间，站到了镜子前。

镜子中的女子蓬头垢面，全身上下污秽不堪，上衣和裤子被刮破了好几处，连鼻子和嘴巴中都有沙沙的感觉。她慢慢用水将脸清洗干净，仔细数一数，发现脸上一共有五处伤痕，两耳边与下巴内侧的倒还不太明显，左面颊和鼻子上的擦痕却十分难看。见自己光洁如玉的面容被损坏，她的心中不由涌出一阵委屈和悲苦："如果不是他离得这么远，我就不会落入那倒霉的窨井；如果我不和他在一起，我也不用想着去首都，我在省会的银行上班，考个经济师就行了，还用这大雨天的去听什么课吗？差点丢了小命……"想着想着，她的眼泪如断了线的珍珠一般一颗颗往下滑落。

　　她在卫生间里待了好久，双脚踩在一个大盆子里，从头到脚地使劲冲洗着。腿上与胳膊上青一块紫一块的，膝盖骨和右边的肘关节处还受了伤。伤口的血早已止住，上面刺上了不少黑黑的污物。伤口的边缘处让水浸得泛出死鱼肚子一样的白色，让她自己看着都恶心。手上脚上也有无数道伤痕。她一边流泪，一边咬牙清理伤口。真疼啊！汗水、热水和泪水混合在一起，让她的整个头脸都水淋淋的。但她也完全不顾，好大一阵子后，伤口终于被清理干净了，却又开始由内往外不停地渗血珠。

　　家中什么药都没有。尽管单位报销医药费，她却从来不去医院，因为她基本不生病，就算平时有个感冒什么的，她扛上三五天基本上也就好了。实在扛不过去时，她会去单位斜对面的药店花几毛钱买上一板速效感冒胶囊，吃上两次也就没事了。"用什么处理伤口呢？"她边不停地擦着身上的血珠，边不停琢磨着。"对啊，我有芦荟啊！"灵光一闪，她忙裹上浴袍去阳台上揪下两根芦荟的叶子。坐到床上，林晓雪将那清香透明的胶状汁液轻轻剥出，对着一面小镜子在伤口处细细涂抹。做完这些事，已经是夜里两点多钟，她又累又困，躺在床上很快就睡着了。这一夜，噩梦不断。梦境中全是一望无际的洪水，她自己在冰冷的水中拼命挣扎，冻得几乎快要死了，身边却一个人也没有……

　　冷，真冷啊！她睁开眼睛时，太阳早已高高挂在了天上，光线透过昨晚没有拉严的窗帘的空隙照了进来，让人几乎睁不开眼。她感到自己仿佛置身一个冰窖中，浑身上下在不住地哆嗦，引得上下牙齿不停地相互撞击着，发出咔咔的声响。

"我这是在哪里，我这是怎么啦？"林晓雪的神志有些模糊，不一会儿又睡了过去。

一阵固定电话的铃声再次让她睁开眼睛。

"晓雪，晓雪，你在家吗？妈来了，妈在你家门口。"电话中，林晓雪听到母亲焦急的声音。

"妈？在你家门口？"林晓雪迷迷糊糊地重复着母亲的话，瞪大眼睛茫茫然不知所云。

"啊？孩子，你怎么了，你怎么了呀？妈在晓雪家门口啊！晓雪你快来开门，开门晓雪就能见到妈了。"白珍芳在电话中几乎哭了。

"开门，晓雪开门，晓雪开门……"林晓雪不住地嘟囔着，头一偏，再也没了知觉。

第五十一章

意外之喜

　　林晓雪醒来时，发现自己躺在一间四周雪白的房间里，自己的手上正挂着点滴。房间里头仅一张床，靠墙的地方放着一张长沙发，陈清然躺在沙发上，母亲坐在一旁打盹儿。

　　"妈！"林晓雪低低地叫了一声。她只记得自己给身上涂了许多芦荟的汁液，后来发生的事，她却再也没有任何记忆。

　　女儿的呼唤让白珍芳一下子醒了。她急忙站起来扑到女儿的床前："雪啊，你可算醒了，你可算醒了，你要吓死妈吗？"

　　"妈，发生了什么事，我怎么会在医院里？"林晓雪看着母亲，发现母亲的眼中布满了血丝，脸色发乌。

　　"我还想问你呢，发生了什么事？我的晓雪怎么会在医院里？这可是个从小到大连药都没有吃过几粒的孩子啊！这都周一下午了，你已经昏迷两天了，身上怎么还会有那么多伤口！"白珍芳说着，眼圈就红了。

　　原来陈清然被林晓雪怒气冲冲地挂断电话后，心中感到很不是滋味。从两人认识开始，多年来她从来没有对自己如此凶过。妻子的埋怨一直在他耳边回响，让他隐隐约约感到事情有些不对劲。等到第二天，也就是周六上午十点多钟时，他又往家中打电话，却没有人接听；打手机，也没有人接听；往单位打电话，储蓄柜台上的工作人员说林晓雪今天休息。最后陈清然实在没办法了，他给林晓雪的好友小扈打电话，但小扈正在老家，也不可能见到晓雪。那一日，他急得如热锅上的蚂蚁，但电话打到深夜，他都没有得到妻子的任何音讯。单位正在进行一个大项目，同事们个个都忙得不亦乐乎，他不能随便离开，三月下旬，他已经休了半个月的探亲假，现在刚回单位不久，哪能还请假呢？他想了又想，夜晚便给自己的岳父母打了电话。白珍芳一听，不停地拨打女儿的固定电话和手机，一样是无人接听，她一宿都没有合眼，周日一大早就坐上班车赶了过来。好不容易用电话将女儿叫醒，女儿答了几句奇怪的话后便再也没了声响。白珍芳那个急啊！她又与女婿联系了一下，得知女儿单位的抽屉中有一套房门钥匙。她又下楼找到那个看门大伯，将情况向他讲了一下。看门大伯立即想起周五晚上林晓雪叫门时的样子，并且从那时起他再也没有见到过她。他感到林晓雪可能出事了，忙将白珍芳带到同在一个家属院居住的女行长杜丽家。杜行长让人撬开林晓雪在单位的抽屉，取出了备用钥匙。白珍芳将门打开进去时，发现林晓雪全身烧得如炭火一样，已经在家中断断续续昏迷多时了。白珍芳急忙拨打了120急救电话，等救护车到时，随车的护士一量林晓雪的体温——40.3度。

"怎么现在才想着去医院，烧得这么厉害，耽误下去会很危险的！"护士很不满。"快快，先物理降温。你们不懂医，总是将感冒发烧不当回事儿，好多大病就是由小病引起的，你们也太大意了。"跟车的医生一面指导护士用几块湿毛巾放在林晓雪额头等部位，一面不住地"教育"在场的人。到了医院，急救中心对她做了一次全面的身体检查，除了发现她身上有多处伤痕，还发现了一个非常严重的问题：林晓雪已经怀孕一个多月，但下身见红，有先兆流产的迹象。

"先将我女儿救醒吧，大夫，求求你们啦。"白珍芳哭着说，几乎想给医生跪下。

"阿姨，人是肯定要救的，但她肚子里头的孩子要还是不要？如果不考虑胎儿，我们可以给她用所有的特效药，只要她不过敏。但如果你们要这个孩子，好多药就不能给她用。你是她的母亲吧，她丈夫呢？这个孩子要不要应该问他才对，他还要签字的。"大夫耐心地对心急如焚的母亲解释道。

"她丈夫？他在首都啊，大夫啊，你们先用不损害孩子的药物成不？我这就打电话让我家女婿快些赶回来。"白珍芳哀求着说。

单位出面，让林晓雪在医院住进了单间。入院的当天，林晓雪身上的所有伤口都让护士处理了一遍，上了药，需要包扎的地方也都包扎过了。输了几瓶液之后，林晓雪的体温也在缓慢下降，到了周一上午已基本正常，只是人还是一直不醒。"她身体底子不错，只是长久没有进食，太虚弱了，好像还受到了很大的惊吓。"大夫说，"要连着输三天，防止晚上体温反复，再加上营养液，应该很快就会康复。"

陈清然接到岳母的电话后，就急急忙忙请假往家赶，周一凌晨四点多钟，他从火车站打车到了医院。医院住院部的门卫说什么也不让他进，他苦苦等着，一直到早晨六点钟早班大夫查房时他才见到了林晓雪。见自己的爱妻脸上包着纱布、手上挂着点滴昏迷在床上的样子，这个坚强的男子汉也忍不住流下了眼泪。

"妈，辛苦您了！您先睡会儿，我看着晓雪，可别把您熬坏了。"见年逾花甲的老岳母那张疲惫不堪的脸，陈清然心中很不忍。

白珍芳见女婿到了，心情一下子轻松了许多。她太累了，自从接到陈清然的电话，她就几乎没有合眼，也没有好好吃过一顿饭。长途车的颠簸，来来回回的忙碌，让她感到力不从心。省城对她来说，是个陌生的城市，人生地不熟的；女儿昏迷不醒，让她又急又怕，心力交瘁。现在女婿一到，她顿时感到有了主心骨，也有了安全感。她对陈清然温和地笑笑，点了点头，径直倒在那个长沙发上沉沉睡去。

陈清然坐在妻子床边，伸出手轻轻去握林晓雪的小手。却发现妻子的右手包着纱布，左手的肌肤上也有好几道深浅不一的伤痕，上面已开始结痂，他握在手中不再是柔软丝滑的，而是有种沙沙麻麻的感觉。

"晓雪，我对不起你，娶了你却不能守在身边保护你，让你受了这么多的伤害。"陈清然内疚地想。

中午饭的时候，陈清然去医院外面买来了两份刚出锅的饺子。他叫醒岳母吃了饭后，白珍芳让女婿去睡，自己看着女儿。陈清然也已半天一宿没有合眼了，想想两个人替换着照顾病人也是对的，就没有推辞。

林晓雪醒了后，母女的对话将陈清然惊醒，他连忙起来去看望妻子。"周五那天晚上上完课，我在回家的路上，不小心掉进一个没盖的窨井里了，也幸亏我会游泳，不然就完了。虽然受了些伤，好歹总算爬上来了。"林晓雪轻声对两人解释道。

"幸亏小陈了，如果不是他上心牵挂着你，打不通你的电话就赶紧联系我们了，哪会有人知道你病了，也许现在还躺在床上没人知道呢。妈一想到这事，就吓得直出冷汗。"

"妈，您就别想了。"陈清然怕妻子又受到惊吓，赶紧说，"晓雪是我妻子，我对她上心牵挂是应该的。如果我在她身边，这种事根本不会发生，都是我不好。事情也过去了，咱们别再自己吓自己了。"

第五十二章

孩子问题

这时护士来叫陈清然，陈清然跟着护士来到了妇产科医生办公室。听说妻子已经怀孕，他很惊喜也很意外。

"可是你妻子经过这么大的危险和惊吓，有先兆流产的迹象，胎儿还太小，我们不能排除孩子有先天不足的可能性。所以我们本着对患者负责的态度，建议你们考虑一下要不要这个孩子。"医生推了推眼镜，看着陈清然。

"要不要这个孩子？大夫您什么意思？"陈清然不解地问。

"我们建议你们不要冒险。现在每个家庭都只允许生一个孩子，提倡优生优育。如果你们担心孩子健康，建议做人工流产。"

"不，不行！"陈清然果断地摇了摇头，"我妻子刚受了伤，还受到了很大的惊吓，我不能让她再受到任何打击了。我听说做人流很伤身体，她现在身体很虚弱，再说我们也早想有个孩子了。我与她平时都很健康，这次她住院是个意外，我相信我们的孩子没事。"

"那好吧，既然你做丈夫的是这个态度，我们也没有意见，但你妻子应该用一些安胎保胎的药物。"大夫说。

"不，不行！"陈清然又摇了摇头，"大夫，我还是希望一切顺其自然。如果这孩子能闯过这一关更好，实在闯不过去再说吧。"

大夫无奈地点了点头，不再说话。

"大夫跟你说什么了？"见陈清然回来，林晓雪便好奇地问。

"晓雪，"陈清然盯着妻子的眼睛，"大夫说，你肚子里的孩子很健康，让你出院以后加强营养，多吃多睡，最好将自己养成小肥猪。"

"我肚子里的孩子？"林晓雪迷茫地看着丈夫，又转头向母亲望去，一脸的迷惘。

"是的，你怀孕了，孩子。你要当妈了！"白珍芳回答。

"啊！我怀孕了，我要当妈妈了！真是太好了！"林晓雪的眼睛闪亮，声音中也充满了喜悦之情。

出院后，陈清然又在家陪了妻子两天。白珍芳趁女婿在时，又坐车回家取了一年四季的换洗衣物，与林子涵一起在陈清然离家之前返回女儿身边。林晓雪怀着身孕受伤又生了病，可把老两口吓坏了。林老太太在儿媳妇来省城前，执意让儿子一定跟着一起去。

"娘，珍芳去就行了，我留在家里照顾您！"林子涵说。

"不用，有你大姐与妹子呢。你们走后，我让子馨搬来和我一块住，反正她也是一个人。晓雪她男人离那么远，万一有什么事，两个女的怎么行？"林老太太说。

老两口知道老太太在家是说一不二的，唯有按她说的做她才会高兴。见父母来了，林晓雪又添置了一张简易大床，一台小冰箱和一台彩电。一日三餐需要做饭，没有冰箱是不行的。父亲每天都要看《新闻联播》，没有电视也不行。来到省城后，老两口分工合作。林子涵每天早晨不到六点便起床，步行去离林晓雪家两公里左右的大农贸市场，去寻觅农民散养的禽类、各种新鲜的水果，有时还能买上一些野生的鱼类。白珍芳则负责在家中烧菜做饭，洗衣打扫，在女儿下班前将核桃砸出来，然后让她吃下去补充营养。

在父母亲的精心照料下，林晓雪渐渐胖了起来，脸色也白里透红很好

240

看。"晓雪,看你的脸色就知道你肚子里头怀的一定是个女孩儿,闺女打扮娘呢。"好多已经生产过的女同事都这样说。"嗨,管它是男是女呢,反正就生一个孩子,不是男就是女,不是女就是男。孩子只要健健康康的,比什么都强。女孩儿更好,贴心小棉袄。"林晓雪嘻嘻一笑,一脸的幸福。

"晓雪啊,那咱们订个娃娃亲啊!你这漂亮妈,生的闺女一定好看,我先为咱家儿子订上了!"家中有儿子的同事时不时地这样打趣。"好啊好啊!先将房子车子聘礼给我备好了,房子要一百五十平以上的,车子三十万以上的(那时私家车在国内还不普遍,一辆普通桑塔纳就需要二十多万元),聘礼嘛,看着多年同事加朋友的份上,就不难为你了,二十万就勉强算了吧。"林晓雪一本正经地回答。说话的同事吓得吐吐舌头:"晓雪啊,你这是卖闺女啊!当年你家小陈怎么能娶得起你呢?""哎呀姐姐,我当年不是傻嘛,什么也没要就嫁了,'吃一堑长一智'嘛,所以要将自己吃的亏在闺女身上统统捞回来。"林晓雪回答,心想反正孩子也没有生出来,是男是女还不一定呢,开开玩笑也无伤大雅。

在不懈努力下,林晓雪顺利通过了中级会计师职称考试。她拿到那张专业技术证书时,回想起那日大雨天的一切,她有种大哭一场的冲动。

冬天时,林晓雪的肚子越来越大了。她的预产期是在第二年的一月底,春节的前几天。一月中旬的一天,她下班回家,发现父母亲的脸色凝重,有些不太对劲。

"发生了什么事?"林晓雪忙问。

"上次下雪,你奶奶自己去你大表姐家,跌了一跤,又着凉了。"白珍芳轻声告诉女儿。

"我大姑呢?我奶奶都那么大年纪了,大姑为什么不陪着啊?"林晓雪埋怨道。

"唉,你大姑说,当时是你那在职业技术学院当教授的二表哥回老家了,你大表姐在家请他吃饭让大家都去。你大姑认为天太冷,刚下了雪,路又滑,就不让你奶奶去,她为你奶奶做好饭后自己去了。你奶奶爱热闹，等你大姑前脚一走她就后脚跟了出来。这不就出事了吗！如果我们在家，就不会出这样的事了……"林子涵说着，眼圈红了。

"晓雪啊，我与你爸要回去一段时间。你奶奶住两个星期的医院了，医院已经下了'病危通知书'。"

"啊？"林晓雪大惊失色，"这么严重！那你们怎么现在才告诉我？"

"刚刚住院时，你奶奶神志还清楚，她担心你，就不让告诉我们，所以我们也是刚刚知道。这一段时间给家里打电话，家中老没人接，我们以为她去与你大姑一起住了。你知道，你大姑家又没有电话……我们也没有多想，谁想到会出这样的事啊！"白珍芳说着也开始掉眼泪。

"我和你们一起回家看奶奶。"林晓雪说。

"晓雪啊，你就不要回了，你看你离预产期还有不到半个月了，这会儿你随时可能生产。长途颠簸，万一你有个什么事，前不着村后不着店的，可就太不安全了！我们已经给小陈打电话了，他一周后就休假回家陪你生孩子，他说可以先让你婆婆来陪着你，反正你也快生了，正好让你婆婆来侍候月子。如果她没有意见，让她帮你把孩子看到三岁上了幼儿园最好。你婆婆明天就到了。"白珍芳说。

"我婆婆明天就到了？"林晓雪自言自语道，心中涌起一阵莫名的不安。

　　婆婆来的第二天，林子涵夫妇就坐上省城开往潢城的下午那趟班车离开了。林晓雪让父母给奶奶捎了两百元钱和一身内衣。"妈，你们什么时候再回来啊？"中午吃完饭临别时，林晓雪依依不舍地问。

　　"不好说呢，孩子。"白珍芳说，"都下了'病危通知书'了，也不知你奶奶能不能闯过这一关。要是好转了我应该很快就会回来的，将你爸留下就行了。如果……"她看了丈夫一眼，不敢再往下说下去了。

　　"亲家，你们放心回吧，有我在呢！"婆婆站在一边，信心满满地说。

　　"那麻烦亲家了。晓雪不爱吃面条，也不吃油太多的东西。每天给她砸好几个核桃等她下班回家来吃，核桃对孩子大脑好。"

　　"知道了，知道了，晓雪是我们陈家的人，将来生的孩子姓陈不姓林，我应当说麻烦亲家了才对。贵那小王八羔子，等我见到他非骂死他不可。晓雪需要人照顾他愣是没有告诉我和他爹，不然我早就来了。这个小王八羔子。"婆婆不住地骂自己的儿子。

　　"晓雪啊，你要保重自己的身体，时刻想着肚子里头的孩子，任何事情都不能生气，知道吧！"母亲走时一再叮咛着。

　　当天下午下班，林晓雪饥肠辘辘地走进家门，却没有嗅到熟悉的饭菜的香味。她用钥匙打开门，婆婆正端坐在客厅里兴高采烈地看电视。见她回来，婆婆开口了："雪啊，你回来了。我还没做饭呢，我不会使煤气灶，在老家里用的都是劈柴锅和煤火。你随便做点什么吧，我吃什么都行。"说着她又聚精会神地将目光盯在电视屏幕上。

林晓雪的嘴巴张了张，不知怎么说才好。她呆了一下，"那……妈，我的核桃呢？"

"核桃？什么核桃？噢，你自己去砸吧。那东西好像五六块钱一斤呢，你省着点吃啊。你们这一代的媳妇真是娇气，不会过日子。我生了四个儿子什么也没补，不也一样个个都好好的。再说了，我一看你这面相，一准是个女娃娃。我怀他们兄弟四个时，脸上长了好多斑，又黄又瘦的，哪像你现在这样白白嫩嫩的。如果不见你的大肚子，单看你的脸，你哪像个快生孩子的媳妇！你也别太使劲吃了。女娃与男娃可不一样，小子胖胖乎乎的倒没什么，到时候小丫头片子生出来，胖得没样儿，才难看呢。"婆婆一连串的话让林晓雪感到自己再吃任何东西都是一种罪恶。

她不好再说什么。自己进到厨房打开冰箱，找了一把母亲离开前买的青菜洗了洗，煎了两个鸡蛋，用炒菜的铁锅煮好了半锅面条。见婆婆仍坐在电视前不动，她只好用装菜的盆子盛好满满的一盆，端到了婆婆面前。

"妈，吃饭了！"林晓雪叫了一声。婆婆接过饭尝了一口，皱了皱眉："太淡了，还没有油，一点味道都没有。快给我拿点盐来。"

"盐和油都要少吃，对身体不好！"林晓雪提醒道。

"什么对身体不好，这是你们城里人的穷讲究。下面条要放猪油才香呢。你家有猪油吗？给我拿来。"

林晓雪点点头。父母亲在她家时，买了带有猪肉肥膘的肉，会将油炼出盛入一个大瓶子中，半年多来，已经积了大半瓶子了。她转身进厨房将盐罐与猪油瓶抱了出来。当着她的面，老太太在自己的面条中加了半勺盐，一勺子猪油，然后津津有味吃了起来。林晓雪十多岁时候的一个冬季，一次吃了用猪油做的放凉了的"鸡蛋泡"后，大病了一场，就再也不吃那种油了。见那黏糊糊的东西让婆婆放进碗里顷刻融化，她忽然感到胃里一阵翻江倒海，转身奔到卫生间，开始不停作呕。

"毛病真多！"婆婆边吃边对着她的背影小声嘀咕着。

饭吃不下去了。晚上躺在床上，她来回翻腾着睡不着觉，感到自己饿得都要虚脱了。家中什么零食也没有，自从父母来了后，母亲除了干果水果，再不许她吃别的零食，说那对孩子不好。对，还有核桃啊，我可以吃核桃啊！她想起了平时母亲总逼自己吃的最讨厌的食品，饿了想到它也是蛮香甜的。她忙起身开了厨房的灯，去找核桃，却又不敢半夜三更闹出太大的响动去砸，便将两个核桃放在厨房门的缝隙中一关门。核桃皮开了，她就捡起核桃将肉挑出来。正准备吃，北卧室的门吱呀一声开了，婆婆走了出来。

"妈，您还没睡着吗？"林晓雪抬起头来打了个招呼。

"你这样闹腾，该吃饭时不吃饭，现在二半夜的起来偷嘴吃，我哪儿睡得着？"婆婆气呼呼地说。

"什么叫'二半夜的起来偷嘴吃'啊，我没吃饭，您是知道的，我饿啊！"林晓雪辩解道。

"你还是不饿。好好的面条，还是你自己烧的，你自己不吃，还怨着别人啦？"婆婆撇撇嘴，"我可和你说清楚了，那剩面条我可不吃，你明天早晨自己热了吃了，别浪费了。你得给我做好了饭再上班，我不会用你家那灶。"

"我早晨起来从来没做过饭，也不知道该做什么。这样吧，我给您钱，您自己出去吃吧。"林晓雪将一块核桃仁放到嘴里，对婆婆说道。

"我不去，你给我买回来吃吧，我怕你家这门我锁了打不开。"婆婆说。

"我现在身子这样重，这六楼上上下下的多不方便啊。您不会的事情可以学嘛，如果事事都依靠我，我怎么忙得过来啊！"林晓雪说。

"哎，你怎么对我说话呢？我都这么大岁数了，你为我买个早饭不应该吗？我当年怀他们兄弟四个的时候，还挣工分呢，我大个肚子，到生都没有耽误一天工分啊，每天早晨，我照样早早起床为全家准备早饭，喂猪

下部

喂牛喂鸡喂鸭的，手脚慢了贵他奶奶还会骂呢。如果哪天她心情不好，见我干活不利索，举手就打。你真是身在福中不知福，让你买个早饭还敢跟我顶嘴。"老太太絮絮叨叨说着。林晓雪听得脊背发冷。

第二天七点钟，林晓雪哈欠连连地起床下楼去为婆婆买早点。刚刚出门便遇到了晨练回来的施姐："晓雪，今天早啊！干什么去啊？"平时早晨她都睡到八点左右，然后慢吞吞地吃完母亲为她端上桌的早饭，再用十分钟溜达着去单位上班，时间刚刚好。所以施姐这么早在院子里见到她，感到很稀奇。

"我给婆婆买早点去。"林晓雪说。

"什么什么，你给婆婆买早点去？"施姐大为诧异，"你挺着这么个大肚子从六楼跑下来去给你婆婆买早点去？买回去你婆婆她吃得下去吗？她不怕噎着？你可真是个孝顺媳妇！"施姐快人快语，眼中容不得半粒沙子。

"哦，施姐，我婆婆刚刚来这儿，还不熟悉周围的环境，等到周六周天，我领她出去认认路就好了。"林晓雪不想多谈婆婆，她又何尝不是个死要面子的人？她不再与施姐多说，径直走了。

等她买好了油条豆浆气喘吁吁地爬上了六楼，婆婆已经起床了。"那剩面条热了吗？昨天该吃的饭你不吃，今天你一定要吃了，都要当妈的人了，还挑食又娇气。这些臭毛病要是还不改，以后你怎么带孩子。孙女要是让你教坏了，长大嫁人都没人敢要。现在每家都一个娃娃，哪会有我们家贵那么好脾气的人，娶你这样的娇小姐！"

林晓雪一句话都没说，拧开燃气灶将面条热上。怀孕这几个月，她已从原来的不到五十公斤长到了将近七十公斤，又饿了一夜，一大早拖着笨重的身体楼上楼下折腾了半天，这会儿走路都感到有些力不从心了。再说，她说一句话，婆婆会有十句话在等着她。林晓雪在外面是出了名的好口才，但面对自己的婆婆，她没有丝毫办法：严格的家教和从小成长的家庭环境让她认为，她是无论如何也不可以与婆婆发生正面冲突的。再说了，左邻右舍住的都是单位同事，婆婆刚来一两天，假如自己与她发生口角，让别人听见了成何体统？而这一切在陈清然母亲看来，却完全不同。她一个字也不认识，童养媳的身世让她的一生过得很不如意，心态有些失衡。

林晓雪盛了一碗剩面条吃了起来。她从小就不爱吃煮面条，剩面条她更是从来没有吃过。刚吃了几口，她就感到不对劲，这面条怎么这么腥啊。她恶心得不行，不对！有猪油，还放了不少。她急忙放下碗，奔到卫生间哇哇吐了起来。直到胆汁都吐了出来，泪水鼻涕糊了一脸，嘴巴中满是苦味才罢休。

"妈，你是不是往面条里头放了猪油啊？"林晓雪吐完后，抬起头问婆婆。

"是啊，我放了两大勺子，你那面条少油无盐的，有什么吃头啊？我孙女在你肚子里不沾一点荤腥，怎么长得快？"婆婆坦然地说。

"我一吃猪油就吐，你……你要是想害死我和这个孩子，你就尽管放猪油吧！"林晓雪委屈极了，泪水止不住地流了下来。

"你怎么说话呢？我就没见过你这样的人，还不吃猪油。好好的猪油都不吃，我家贵工资得多高才养得起你啊？"婆婆生气地说。

"我不跟你说了，不可理喻！"林晓雪擦了擦泪水，拎着包下楼去了。

时间还早，还不到八点钟。林晓雪知道自己刚刚哭过眼睛还是红肿的，为了避开熟人，她朝与单位相反的方向，也就是父亲常去买东西的大农贸市场的方向走去，打算等自己眼睛正常后再绕个圈儿去上班。已经两顿没有好好吃东西了，刚刚还吐得厉害，她这会儿饿得心慌。想买点吃的时，打开随身带的包后却发现，早晨拿着钱包下楼为婆婆买完早点回家后，将它放在桌子上忘带了，自己身上居然没有一毛钱。刚刚走了不到一公里，她就已经上气不接下气了。腹中没有足够的食物，加之一夜都没睡好，她感到头痛欲裂，两眼发黑。勉强又朝前走了几步，忽然一个趔趄，便瘫倒在地上不省人事了……

第五十四章

儿子出生

不知过了多久，林晓雪被一阵婴儿洪亮的啼哭声唤醒。她费力地睁开眼睛，刺目的雪白又强迫她将眼睛迅速闭上。她感到疼痛，那是一种由体内发出的由内至外的疼痛，与平时劳累过度的肌肉酸痛有太大的不同。这种痛，是肉体被利器切割后的生疼，尖锐而难以忍受。她瞬间痛得全身冷汗直冒，止不住地呻吟起来。

"晓雪，你醒了，真是辛苦你了，你为我生了一个八斤二两的大胖小子。"陈清然抱着一个水红色的襁褓凑到她眼前。

"你什么时候回来的，我怎么会在这里啊？"林晓雪虚弱地问。

"晓雪，你顶着个大肚子往那边去干什么啊？要不是你们杜行长去大市场为她女儿买麻糖发现了你，后果真是不堪设想啊！她发现你昏倒在路边，就打电话叫来了你们单位的车和几个年轻人，以最快的速度将你送进了医院。医生说，如果再晚半个小时，大人孩子都会有危险的。你到医院时，腹中的羊水都破了，医生就直接把你推进了手术室进行了剖宫产手术。还好，你与儿子都平平安安的……"顿了顿他又说，"你这边一进手术室，杜行长就往家中打电话。我妈将我的手机号码告诉了她，她就给我打了。我一听就发疯一样地往回赶，到了省城就直奔医院……"

"还好，别瞧我妈不识字，我与我大哥的手机号码她全记得住。这两天你一直昏迷，她这做奶奶的可是辛苦了，孩子一天要喂好多顿，夜里也得爬起来冲两三次奶粉。这孩子饿了、尿湿了，都会大哭不止，那嗓门洪亮的，吵得左右四邻都不得安生。好多人都建议等他长大了，让我送他去唱男高音呢。这孩子精力旺盛，睡觉睡得太少。护士说剖宫产的孩子大都这样，出来时没有费力气嘛。但咱们儿子又属于这些孩子中精力最最旺盛的，护士说这是母亲在孕期营养太好的缘故。不少新爸爸还跑来向我和妈请教平时都给你吃了什么好东西了呢。呵呵，我哪儿知道啊！"

孩子被包裹得很严实，仅露一个大脑袋在外面。他的小脸是乌红的，头发和眉毛都很黑，头发还很长，乱蓬蓬地贴在头皮上。眉心和头发中间，还粘着不少黄黄的东西。眼睛和嘴都很大，却瞧不出眼皮是单的还是双的。没有鼻梁，或者说鼻梁很低。

"他长得好丑啊！"林晓雪皱着眉头对丈夫说。

"你胡说些什么，我孙子哪儿长得丑啊！"婆婆这会儿也凑了上来，"你什么都不懂，刚生的崽儿红，长大一点就会变白，就怕刚刚出生就白白的，长不了几个月，就变成黑不溜秋的小泥鳅了。这孩子浓眉大眼，头发黑漆漆的，以后是个美男子呢。"

婆婆来了这些天说了那么多话，林晓雪就感到这几句话最顺耳。

"没到预产期就出生了，他会不会还没长好？"林晓雪忽然担心起来。

妻子的话让陈清然乐了。"傻媳妇儿，你离预产期只有十来天了，医生说这前后十来天什么时候生产都是正常的。这八斤多的大儿子，你竟怀疑他不足月。儿子，咬你妈妈，看她还敢不敢再怀疑你，刚才她还说你好丑呢！"说着将孩子的嘴巴贴到了林晓雪的脸上。

孩子稚嫩的唇撩得林晓雪直痒痒。她笑着躲了一下，一阵钻心的疼痛让她脸部的肌肉都变了形，疼得几乎流下了眼泪。

陈清然忙扑到林晓雪床前，一只手臂托着孩子，一只手温柔地握住她没有挂点滴的那只手："你醒之前护士刚把止疼棒和导尿管摘了，她说时间到了，长久戴着不利于产妇的身体恢复。真是太遭罪了。"

"贵啊，你太宝贝你老婆了！妈生了你们兄弟四个，不也好好的吗？你老婆就是太娇气。贵啊，你可不能老这样惯着她。"婆婆又开始了她的理论。

"妈，您那个年代与现在能一样吗？您别再说了，让她安安静静好好休息休息吧。"陈清然对母亲说。

林晓雪从睡梦中醒来时，当天的点滴已经打完，左手上还固定着一个套管针头。她感到特别想去卫生间，便尝试着坐起来，却发觉自己稍稍一动，伤口就痛得似乎要裂开。她看看四周，见婆婆正抱着孩子睡在沙发床上，丈夫坐在一边看书。

"我要去卫生间。"她说。

陈清然忙放下手中的书来扶妻子，但扶了半天，林晓雪也坐不起来。陈清然又试图将妻子抱起，但林晓雪痛得直躲。她感到自己的肚腹不能再自由弯曲，而是像一根硬硬的棍子，一点儿弹性也没有，既不能弯下，也不能用力，稍一使点劲，就痛得冷汗珠直冒。她让丈夫放手，自己用臀部慢慢挪动，先将两条腿沿床边垂到地上，让上身仍平躺在床上，与已下床的两腿依着床沿自然形成将近九十度角（陈清然忙将两只棉拖鞋套在她脚上）。然后她又将双手放在后腰间，两手往前使着劲，忍着疼挺直身子，才慢慢站了起来。

"两次住院，都幸亏杜丽行长帮忙，还住了单人间，可方便多了！"林晓雪对丈夫说。

陈清然点了点头。"媳妇，你不感到自己是位幸运的军嫂吗？只要有困难，关键时刻都有贵人相助，让你逢凶化吉，转危为安。对了晓雪，你为什么一大早要往与单位相反的方向走呢？"

林晓雪笑了笑。奶奶曾不止一次地告诉过她一句话："会做媳妇两头瞒，不会做媳妇两头传。"奶奶说的这"两头"，一头是指婆家，一头是指娘家，意思是说贤淑的女子是不会在娘婆二家两头传话，将婆家人说的话与婆家发生的事向娘家人学舌，也不会将娘家人说的话和娘家发生的事向婆家人提起，以避免矛盾冲突的发生。她怎能向自己的丈夫编排自己婆婆的不是，引起不必要的争端呢？

"我……我那天睡不着觉，早早地就起床了，没事可干，想到市场上买……买麻糖。"她吞吞吐吐地对丈夫说。

陈清然看着妻子，他太了解她了。从她的表情他就知道，妻子没有对自己说实话。

"老公啊，你打电话给我爸妈没有，奶奶也不知怎么样了？"怕丈夫再问下去，林晓雪急忙岔开了话题。林晓雪猛地想起父母已经走了好几天了。他们回老家后，一直连电话都没有打过来一个。奶奶的病怎么样了，有好转吗？她心中真是特别惦念。

"过会儿出去，咱们马上就给娃姥姥、姥爷打个报喜电话。"陈清然说。

当陈清然扶着妻子从卫生间里出来时，婆婆已经坐了起来。

"妈，您醒了？怎么不多睡一会儿啊？"陈清然将妻子扶到床边，帮助她重新躺下，盖好被子。

"哼！我倒是想多睡一会儿。你媳妇上个茅坑都搞得动静这么大，让人怎么睡得着？没将孩子吵醒算不错了。我就不明白了，生个孩子自己娇成这样，我当年生你们兄弟四个……"

"妈……"陈清然忙将母亲的话挡住，"您又来了，您那时又不是剖宫产，怎么能一样！我听医生说，为了这个孩子，晓雪的肚子被缝了好几层呢，那是很疼的。"

"你老婆是个宝，你妈就是根草！"说着就开始抹起了眼泪……

林晓雪又在医院住了五天。在院方的一再催促下，陈清然才到住院处办了出院手续。他想让妻子在医院多休养几天，等伤口痊愈了再出院。但医院妇产科的病床一向十分紧张，不允许他那样。

第五十五章

婆媳矛盾

出院回家的那个上午，打开房门时，陈清然闻到一股浓浓的馊味。

"好像是什么吃的东西坏掉了。"他说。

"是你媳妇那天早晨没吃完的面条。"婆婆不屑地撇撇嘴。

那天晚上吃完饭，婆婆将饭盆往水池中一丢，就看电视去了。林晓雪吃几口就开始干呕，身体极不舒服，当晚没有洗碗。早晨她呕吐后就下楼走了，碗里的面条和锅中的面条都放在了那儿。婆婆认为儿媳妇又娇气又懒惰，也怄气不洗碗。后来林晓雪被送进了医院，到现在那厨房一直都没人收拾过。冬天房子里头有暖气，坏掉的面条自然而然就发出那个味儿了。

陈清然没再说什么。他的心里，隐隐约约地感到有什么事情不对劲。

林晓雪扑到电话前给家中打电话。那日从卫生间出来，见婆婆抹起眼泪，她便将给父母打电话的事搁下了。但电话铃响了半天，无人接听。她给父亲打手机，她又给姐姐们打，从大姐打到三姐，再打到哥哥，愣是没有一个人接电话。"奇怪啊，家中出了什么事呢？"她纳闷极了。

"别急，晓雪，中午饭时再打。"陈清然安慰着她，然后系上围裙，钻进厨房收拾去了。

"儿哪,这活你一个大老爷们怎么能干?你什么时候见你爹干过这种活?"婆婆忙上前制止,"你媳妇都在医院享一个星期福了,她也该动弹动弹了。雪啊,你去收拾。"

"妈,她还在月子里,怎么能沾冷水啊!"陈清然说。

母亲不满地对儿子撇撇嘴。"就你老婆宝贝,我生你时可是腊月,还没三天呢,就过年了。家里人来客往的,我不一样在家烧菜做饭,洗碗刷锅……"

陈清然没有理会母亲的话。厨房的自来水哗哗流着,也许他根本没有听见母亲后来说的那些话。

收拾完了厨房,陈清然打开冰箱看了看,从冷冻层里面找出了几条冻得硬邦邦的鲫鱼,还拿出了一只开了膛的鸭子,保鲜层中仅发现几个土豆和满满一屉鸡蛋。

"月子婆不能吃鸭子。"婆婆说,"有冰箱亲家也不多买点东西备着,要冰箱有什么用啊,白浪费电!"

"我爸妈在这儿时,我爸每天都上街买东西。妈说现吃现买,吃新鲜的对身体好。我妈让我爸每次都少买点,够当天吃的就行了。"林晓雪解释说。

"那晓雪你想吃什么?我去买。"陈清然温柔地对妻子说。

"还买什么啊!"婆婆说,"鲫鱼做了给月子婆吃,鸭子炖了咱们娘俩吃,将冰箱收拾干净把电给拔了,一点都不会过日子。"

"还有鸡蛋呢,房子里头这么热,鸡蛋不放在冰箱里,会坏掉的。"林晓雪忙说。

"放窗户外面。为了几个鸡蛋,还开个冰箱,真是的!"婆婆说。

"那就成了冻鸡蛋了。外面的温度多低啊!"林晓雪看了看丈夫,小声说。

"妈,您就别管那么多了,这么个小冰箱能用多少电啊!再说了,电钱也不让您出是吧,您就别瞎操心了。"陈清然忙对母亲说。

"好好！我瞎操心，我瞎操心！"母亲气哼哼地对儿子嚷道，"你就惯吧。我说一句，她八句话等着我呢，现在连你也帮她说话……啊！"说着竟哭开了。

"拔了拔了，妈！您别哭了，啊！"林晓雪的头都大了，老让婆婆哭哭啼啼的算怎么回事？让同事们听见了可不太好。她真不知道自己怎么做才能让婆婆开心，只好赶紧上前将冰箱的插头拔掉。

陈清然听从母亲的话，当日没上街买菜。午饭给林晓雪做的鱼汤，自己与母亲吃的鸭子。在医院的时候，医院给产妇配的是营养餐，一天六顿饭，上午、下午和晚间各加一顿。下午四点多钟，陈清然进厨房去给妻子做了三个糖水荷包蛋，刚递到妻子手中，就听到北卧的门吱呀一声开了，母亲正一脸怒气地站在门口。

"妈，您又怎么啦？"陈清然不解地问。

"我见你们败家我就有气！"老太太咬牙切齿道，"吃，就知道吃！你媳妇有多大肚子，老是吃个不停！这样下去，再好的家都要让她给吃穷了。"

"我……"林晓雪委屈的眼泪在眼眶中打转，"好，我不吃了。"她将碗放到床头的桌子上，又重新躺下，用被子蒙上头，开始任眼泪恣意流淌。

陈清然茫然无措地看了看母亲，又看了看床上用被子将自己捂得严严实实的妻子。单位很忙，他只请了半个月的假，眼见已经过了大半，他很快就要回京上班了。他原想有母亲在，产后的妻子会得到很好的照顾，他就不会有任何后顾之忧。因为他记忆中的母亲，是利索聪慧的。母亲从不与父亲发生任何争执，对奶奶也很孝顺。但这几天的短暂相处，他发现母亲变了，不再是那个记忆中的样子了。她的所作所为让他感到都像是在刻意欺负挤对儿媳妇。

"岳父母仅走两天，妻子就昏倒在路边；不论在医院还是出院回家后，母亲除了抱抱孩子，几乎什么也不干；那馊臭的面条是怎么一回事？晓雪最不爱吃煮面条了；她为什么大早晨的要往与单位相反的方向走？问她时她却不说实话……"一连串的疑问，让他呆呆地站在那里，好久不动。

电话铃这时响了起来。他接了一听，是岳母打来的。

"小陈啊，你都回来了，晓雪有动静了是吗？"白珍芳在电话里问。

"是的妈，晓雪都生完出院回家了，生了一个八斤二两的胖小子，你们走了第三天她就生了。今天上午她给你们打电话没人接，她还非常担心家中有事呢。"

"晓雪的奶奶去世了，今天出殡，家里所有的人都忙得不可开交。我们本打算瞒着晓雪，现在她都生了，我就说了吧。她生了那么大一个儿子呢，真好！她还好吗？奶水够吃吗？"白珍芳刚刚说话还情绪十分低落，一听得了一个大胖外孙，似乎一下子又高兴起来。

"还好，妈，我让她和您说话。"他边说边伸手拍拍被子。

林晓雪早就在被子里听了半天了，这时忙钻出来伸手接过了电话。陈清然见妻子的眼睛红肿，一脸的委屈，心中不由一阵难过。

"妈，你什么时候回来？"林晓雪的声音带着哭腔。

"晓雪，你奶奶也快九十了，寿终正寝，也没遭太多的罪。她走时，我与你爸还有你的两个姑姑都陪在她的身边，她走得很安详，你别太难过了……"做母亲的在电话那头一个劲儿地安慰女儿。她以为林晓雪是为奶奶的离世而难过呢，其实这会儿林晓雪并不知道奶奶的事。

"哇……"林晓雪抱着电话大哭起来。这几天她受尽了折磨，却不能吵闹，甚至不能哭泣，因为婆婆是长辈，是自己所爱的人的亲生母亲，因为住在自己单位的家属院，她害怕丢人现眼。现在奶奶不在了，她终于有了大哭一场的理由。这个理由是正当的，谁听到了都无所谓。何况她从小由奶奶一手带大，奶奶去世了，她的确悲痛欲绝。

"雪啊，雪，别哭了啊，当心太伤心了，孩子没有奶吃了。"母亲在电话中不住声地劝道。

林晓雪哭了足足有五六分钟，声音才渐渐由大变小，慢慢变成了抽泣："妈，你们什么时候回来呀？你们快回来吧，我都想你们了。"

下
部

255

"雪啊，你婆婆和小陈不都在家里吗？我们都去了住不开。再说，咱们老家规矩多你又不是不知道，你奶奶刚去世，还有好多事呢，我与你爸还要挨家挨户去谢孝，估计还得一段时间呢。好啦好啦，晓雪。你刚刚生产，不宜过度悲痛，太伤身子。妈要挂电话了，家里头还有没走的客人呢。好啦好啦，啊！"说着就放了电话。

林晓雪依然抱着电话在哭泣。

陈清然拿着一条冒着热气的毛巾走了过来，将妻子手中的话筒轻轻拿开，让她的头靠到自己怀里，低着头为她轻柔地擦去一脸的泪水，然后又轻拍着她的背不住地低声安抚着。他一抬头，发现母亲正站在不远处，对着自己怒目而视。

出院的第三天一大早，林晓雪就没有什么奶水了。陈家人似乎没有喝汤的习惯，出院后林晓雪除了喝粥，便没有吃过别的带汤汁的食物。陈清然本来也不会做饭，炒点带肉的菜，婆婆非要往里倒酱油。林晓雪听母亲说坐月子的妇女不能吃酱油，所以她只能一天三顿吃青菜炒蛋，没了奶水倒也正常，但孩子饿得哇哇大哭。陈清然忙着给孩子冲奶粉。但孩子吃惯了母乳，胶皮奶嘴一塞到口中便吐了出来，哭得更起劲了。

"讲究真多！不吃猪油，还什么月子里不能吃酱油。炒肉没有酱油能吃吗？"婆婆在一旁嘟囔着。

陈清然听着母亲的话，表情越来越凝重。"妈，我今天想回趟老家，晓雪的奶奶去世了，她坐月子不能回，我想代她去看看孩子的姥姥姥爷，也能顺便回去看一下爹，等会儿坐火车走，明天中午就能赶回来。"陈清然忽然对母亲说。

"人都出殡了，不用去了吧！来回不少车费呢。再说咱们老家可不兴人都下葬了还送礼的，不吉利，林家也不会收的。"母亲说。

"我不送礼，就是回去看看，我一会儿就走。"陈清然又转头对妻子说，"晓雪，我给你多煮些鸡蛋，冲好两暖壶开水，我不在时你将就着吃些糖水鸡蛋。妈，我下楼给您多买些烧饼和包子，您也将就两顿饭。晓雪在月子里不能动凉水做饭，也不能洗碗，您想洗碗就洗，不想洗就先放着等我回来再洗。"不等母亲开口，他就下楼去了。

他买回家了一大兜子烧饼和包子，又为妻子煮好了二十个鸡蛋。就匆匆忙忙收拾了一下，赶车去了。

陈清然到林家时已是晚上九点多，女婿的到来让林子涵和白珍芳颇感意外。

"爸、妈，"陈清然低下头，双手不自然地搓着，"我这次来的主要目的是想接你们去省城，晓雪需要你们！"

"你妈不是在那儿吗？晓雪又休产假不上班，就算你不在家，晓雪抱孩子，你妈做家务，不也忙得过来吗？我们家里还有事儿，再说了，我们去了省城你家那两居室，也住不开啊！"白珍芳说。

"我妈……她不会用燃气灶，我们老家做饭都用柴火和煤。我做的饭也不合晓雪的胃口，出院才三天她就没奶水了，孩子……孩子饿得一直哭。"陈清然吞吞吐吐地说。

"什么？你妈她不会用燃气灶？那她怎么侍候月子啊？那她去省城干什么啊？敢情你不在家，她还得让我女儿侍候她啊？"白珍芳惊得几乎跳了起来。

"这……"陈清然不知该说什么好。

"老林呀，要不我去吧。你在家处理老太太的事情，我自己去照顾晓雪吧。女人坐月子可是大事，要是这月子里身子亏了，这一辈子身体就垮了。小陈过不了几天就走了，晓雪还在月子里就要为婆婆做饭，她怎么吃得消！这当婆婆的也真是的，用燃气灶有什么难的，不会不能学吗？谁不是从以前用柴用煤过来的啊！你妈比我还年轻好几岁呢……"白珍芳不满地唠叨着。

"别说这些没有用的话了，你快去收拾一下，明天与小陈一起走。"林子涵担心女婿太难堪，忙制止了妻子。

当晚陈清然骑车回老家看了父亲后，就连夜赶回林家。第二天一大早，他就和丈母娘出发了。白珍芳这次带了很多的行李，除了两个大大的衣服提包，还带了两个很沉的大纸箱。箱子用胶带贴得严严实实的，他搞不清那里面装的究竟是什么，只是提着觉得很重。

"晓雪，你看谁来了！"中午一打开家门，陈清然就对着卧室兴奋地大喊。

此时婆婆正在午睡。林晓雪抱着孩子坐在床上。孩子这两天实在饿得很了，才会勉强喝几口冲好的奶粉，稍有力气便又开始大哭。这会儿哭得有些累了，正含着母亲干瘪的乳头迷迷糊糊地想睡觉。父亲进门这么一嗓子，他一下子被惊醒了，又开始大哭起来。

林晓雪很恼火。她这两天让孩子闹得不得片刻安宁，几乎没睡过什么觉。陈清然回老家以后，婆婆就一直不停地指责她，一会儿说她身体不好，一会儿说她挑食，真是让她烦不胜烦。加上孩子不停地哭闹，几乎让她接近崩溃的边缘。眼见孩子将要睡着，自己能休息一下的当口，却被丈夫这一嗓子一下子全给搅黄了。她生气地将哭得正起劲的孩子丢到床上，拉开了房门准备发火。

"妈，妈，您来了，您可来了。"林晓雪一见到自己朝思暮想的母亲，马上转怒为喜。她扑上前去一把抱住母亲，激动得几乎要哭起来。

白珍芳见女儿头发凌乱，眼睛里布满了红红的血丝，两只眼睛下面居然出现了又黑又大的眼袋，一脸苍白憔悴的样子，她的心痛得几乎要碎了。

"大中午的，吵吵什么！我刚刚睡着。"婆婆不满的声音从北边的卧室中传了出来。

白珍芳愣了一下，脸一下子拉长了，一股怒气在她的脸上迅速呈现。"你刚刚睡着，你还好意思这样说？是你坐月子吗？孩子哭，你当婆婆的不抱着哄让产妇休息，自己睡得倒滋润！天底下哪有你这样的婆婆！"那日谈婚论嫁，这对亲家第一次见面时，白珍芳就对陈清然的母亲不满，这一进门所见的情景，更让她恼火至极。

陈清然的母亲吓了一跳。她刚刚确实睡着了，不知道白珍芳的到来，更没有料到亲家母一进门，便会和自己"开战"。

她急忙起身打开门。"哦，林家大姐来了，我……我也刚睡。"当着白珍芳的面，这当婆婆的毕竟还是有所顾忌。

白珍芳没有理她，而是直奔厨房。她看见水池中泡的一堆碗筷，而碗柜中几乎没有可用的碗了。"昨天我走得急，中午的碗没有来得及洗。我不在的这两天，她们用的碗加在一起，就这么多了，我这就洗！"陈清然不好意思地挠挠头，忙着开始洗碗。

下
部

259

白珍芳气得脸都白了！她打开冰箱一瞧，里面空空的，竟没有任何东西，保鲜层的灯都不亮了。"你家的冰箱坏了？"她抬起头来问女婿。

　　"不……不是，妈说也不放什么东西，浪费电，就将它断电了。"陈清然如实回答。

　　"那你们平时都让晓雪吃什么啊？"一听这话，白珍芳的两只眼睛几乎要喷出火来。她将目光射向陈清然的母亲。

　　"妈，"林晓雪一见母亲的表情，生怕再起冲突，让丈夫为难，忙抱着孩子走了过来，"妈，快来看看你们家大外孙，生下来八斤二两呢。孩子啊，你看姥姥来了，她带了好多好多的东西啊，是不是有咱大宝宝的新排排（潢城方言，意为排场漂亮的新衣服）啊，姥姥快拿出来给咱们穿上。"

　　白珍芳的脸立即由阴转晴。她接过孩子，端详着，眉眼中满是笑意。孩子到了姥姥手中，也停止了哭闹，两只小手在空中舞动着，但人太小，还不能完全指挥自己的动作，好不容易才将一只小手递到自己口中，忙不迭地吧嗒吧嗒吮吸着，无限美味的样子。

　　"起名了吗，叫什么名字啊？"

　　"还没起呢，姥姥给起个小名，让他爸爸起大名。"林晓雪笑嘻嘻地对母亲说。

　　"让我想想。来，晓雪，你先抱着孩子，我得将带来的东西收拾一下了。"

　　白珍芳带来的东西可真不少。除了为外孙准备好的一年四季的各种花花绿绿的小衣裳、鞋袜，那两个纸箱中，有六只宰好的柴鸡，一大袋收拾好的野生鲫鱼，两大包排骨，八个猪肚。还有老家的特产糍粑、炒江米和豆筋。白珍芳将小冰箱塞得满满的，重新通了电，放不下的部分放在厨房的窗外和阳台上。然后下厨，为女儿做了一大锅清炖猪肚柴鸡汤。"我坐月子时，我婆婆一天让我吃七顿饭。别看你奶奶脾气不好，但大户人家出来的闺女，就是大气，可不像小家小户出来的那么抠抠搜搜的。以后妈也给你每天做七顿，少一顿都不行！这些东西吃完后，妈给你再买，咱林家吃得起！"白珍芳大声对女儿说。

陈清然的母亲早已听出亲家母的弦外之音，气鼓鼓的，一句话也不说。

孩子趴在母亲怀中拼命地吃，不愿松口。"他挺能吃的，小名就叫强强吧，我们都希望他的身体强壮，长大后做个强者。孩子身体好，比什么都强。"姥姥说。于是孩子的小名确定为强强，大名由陈清然起，叫陈庚孝。

"妈，孩子姥姥来了，要不您回家吧，我后天也要回去上班了。"陈清然来到北面卧室与母亲商量。他发现自从岳母进了家门后，母亲的话就很少了，连孩子都不抱了，只是整天待在北卧内，只有吃饭时才出来。两个老太太似有仇，谁都不理谁。

"人家都说'娶个媳妇卖个儿'，一点不假。我在这儿好好的，你却去将她妈接来。"母亲对着儿子小声哭诉着，"一进门你丈母娘就欺负你妈，你一声不吭。我与她说话，她理都不理我，那是瞧不起咱们啊！我的命咋这么苦啊！儿子都不孝顺，还指望得上儿媳妇吗？"

"妈，您又来了。我不是怕您累吗？您也要好好想想，我的三个嫂子为什么个个都与您吵架。晓雪算不错的了，无论您怎么对她，她都没与您红过脸吧！我马上就要走了。"陈清然忽地又将声音压得更低了，"我那老丈母娘可与您儿媳妇不一样，她可是个厉害的角色，句句话都能说得让您没法反驳，您可不是她的对手。妈呀，咱'好汉不吃眼前亏'。我可是您亲儿子，还能不护着您吗？快收拾收拾，我明天就送您上车。"

老太太想想儿子说得有道理，就不再说什么了。

第
五
十
七
章

陈家大嫂

第二天陈清然送走了母亲，第三天他自己也告别了妻儿老小，回京了。

不承想，陈清然走后的第三天，陈家大嫂子就来了。

"晓雪啊，我早就想来看你和孩子了。但婆婆在这儿，我不想跟她说话，只好等她回老家了我才来。"大嫂解释道。

大嫂在省城住了两天，妯娌两个谈起婆婆的做派，大嫂说话了："咱那婆婆，是不能近距离接触的。她总想挑些事儿让儿子和自己老婆不和。晓雪啊，你够不错了，我在月子里头不就让她挑唆得被你大哥打了一顿吗？你大哥是长子，我生的可是他们陈家的长孙啊，她当婆婆的却那样对我！当时我死的心都有了，但看着那么小的孩子，我……我又不忍心！"说到这儿，大嫂的眼圈红了，脸上的表情恨恨的，"打那以后，我只有不理她，惹不起躲得起，我这辈子也不会理她的。你大哥是她生的，我又不是她生的，我可没有义务孝敬她。你说现在两口子过日子，都上班挣钱，咱也没让男人养活不是？大家都是平等的，谁怕谁呀？我在月子里被她气得要死，眼泪都快哭干了，还因此落了一身的毛病！"

"大嫂，别难过了，现在大侄子都十来岁了，都过去那么多年了，忘记了吧！"林晓雪劝道。

"晓雪，你没有经历过，当然会这么说。"大嫂抽了张纸巾擦了擦眼睛。

"大嫂，我理解你的感受。"林晓雪叹了口气，"但是老记着痛苦的事情对自己没有半点好处，只能让那种不愉快不断加深和重复，让自己备受折磨。咱们那婆婆，要说心眼多坏、人多恶毒，倒也不是，只是她的人生太过不幸，心理不平衡。她从没有意识到时代变了，她那一套早就不时兴了，咱这些媳妇与她当媳妇时可大不一样了，所以她才与咱四个都搞得关系紧张。"

大嫂惊讶地瞪大了眼睛。"晓雪，你懂得可真多！我可没想那么多，谁对我好，我对谁好！谁对我不好，我对谁不好！"

"大嫂，别恨了！血浓于水，咱又没有打算离婚，不是还得跟人家儿子过日子不是？咱也有儿子，婆媳不和，最难做的是自己老公，何必让自己最亲的人为难啊！咱那婆婆从小就不在自己亲人身边长大，没有人教她做人处世的道理。她自己的婆婆和丈夫都对她又狠又凶的，以至于她以为婆媳、夫妻就应该那样，不那样是不对的。其实她也挺可怜的。"林晓雪看着大嫂，认真地说。

大嫂点了点头，刚才脸上那憎恨的神情不见了，仿佛开始思考着什么，久久都不再开口说一句话。

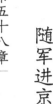

第五十八章

随军进京

孩子将近一岁时，林晓雪的随军政策终于落实，但没有对口的单位可以接纳她，这让她心中很不安。她听说，D区政府鼓励随军来京的军嫂自主创业，若不用政府安排工作，每个人还会得到三万元现金奖励。

"政府也有困难，每年都有不少像咱这样的家属进京需要安置。今年光是我们单位，就有五个家属进京。这一年几十位上百位的军嫂要安排下去，政府的压力还是很大的。晓雪你也别着急啊，D区是全国闻名的'双拥'模范区，一定会有办法的。实在不行，咱自己找工作。首都有的是机会，你有学历有职称的，年龄又不大，不给政府增加压力，对不对？再说孩子小，你就先在家带一段时间的孩子，等孩子上了幼儿园再上班，不也很好吗？"陈清然这样安慰妻子。林晓雪听丈夫这么一说，不安的心慢慢静了下来。

随军来京后，陈清然的单位按级别给他们分配了一套营级宿舍。那是一套面积将近五十平方米的南北通透的两室一厅，两间卧室在南边，客厅与厨房在北边，一个不足两平方米的卫生间与厨房对门，两门中间墙边的一块刚好搁下一台洗衣机。小小的客厅放了一个电视柜，将从省城搬来的小电视摆上倒还很合适。夫妻俩又花了三百八十元买了一张三人位的布艺沙发放在电视对面靠墙处，北边的墙角放着从省城搬来的小冰箱，冰箱与沙发之间放了一个饮水机。为了吃饭方便，小两口带着孩子转了好几个家具城，才买了一张尺寸比较合适的折叠的方形餐桌放在客厅的一角。稍大的卧室勉强放了一张一米五的双人床，一个三开门的柜子，外加一张小小的婴儿床就得侧着身子进出了。小卧室的墙上本来就装着一排大壁柜，剩余的空间只能放一张一米宽的单人床，床头再摆一张小小的桌子。这让住惯了大房子的她感到很局促，同时她也感到父母到一个新环境后的不适应。

"媳妇，这就不错了，现在D区的房子都快四千一平方米了，别小瞧这小房子，市价也得近二十万呢。有了它，咱在京城就有家了。"陈清然这样对妻子说。林晓雪点了点头，学会计专业的她何尝不懂天子脚下寸土寸金的道理呢？因为工作还没有着落，母亲眼睛又得了白内障，照顾开始学步的孩子已明显力不从心了，她便让父母亲先回了老家，独自带孩子。

岳父岳母离开后，因担心妻子人生地不熟，过于寂寞，陈清然便让厨艺精湛的妻子做了一大桌子菜，将另外四个同批随军的军属请到家中相互认识。五家人共十四口子济济一堂，挤在林晓雪的小客厅中，客主同欢。孩子们大的带着小的，玩得很开心。通过这次家宴，林晓雪认识了医生武雄伟的妻子邓丽水、参谋孙健的妻子裴晓琴、干事袁树魁的妻子秦娟和五级士官史柱的妻子朱红叶。过了不久，另外几家也以同样的方式邀请林晓雪一家共进晚餐。不到两个月，几位军嫂就成了无话不谈的好朋友，几个女人经常带着孩子一起聊天散步。邓丽水家的儿子武刚比强强大两岁，裴晓琴的女儿孙苗苗比朱红叶的女儿史笑笑小十二天，都比强强大一岁多，而秦娟比她丈夫小八岁，去年刚刚结婚，还没有要孩子。她们经常互相开玩笑，说要订两对娃娃亲，以解决当前男女比例严重失调的问题。"咱们先下手为强，为咱家儿子先订上，省得以后长大了找不着媳妇。"两个男孩子的母亲经常与两个女孩子的母亲这样打趣道。

春天的一天上午，林晓雪接到秦娟的电话，说她要与邓丽水合伙，当晚在D区快乐大酒店邀请五家人一块吃饭。

下
部

265

"哇！秦娟，你们好阔啊，咱这么多人连吃带喝的，至少得五百多块吧。我建议你们就别浪费了，在家做吧，上街花一百块钱鸡鸭鱼肉全买齐，还外带饮料酒水！"林晓雪说。随军后，她们几个都已经在家赋闲好几个月了。部队每人每月发一百多元的生活费，加上丈夫不足两千元的月薪，还时时想着积攒一点，所以日子过得都比较紧。快乐大酒店是D区一家相对高档的餐饮场所，连个醋熘土豆丝都要十几块钱。林晓雪在送父母回老家时曾去吃过一回，加上小不点强强五口人，都不敢怎么点菜，就花了两百多，付钱时把白珍芳心疼得直咂舌。

"晓雪，我与丽水有喜事，我们都找到工作了！"秦娟喜滋滋地说。

"真的啊！你们找的什么工作，快给我说说。"林晓雪也很惊喜。

"晓雪，我上大专时学的是酒店管理，毕业后分配到我们老家的县城招待所工作，一年后就升了大堂经理，都有了好几年的工作经验了。本来我也想等着政府分配的，毕竟不想离开国有单位嘛，但上个月我上网查查，发现酒店招人的信息还不少呢，我投了几份简历，竟接到了三家的面试通知。面试后，三家都同意录用我。我选择了一下，就决定去市内这家兴兴旺旺国际假日酒店，当客房部的经理，我昨天上午刚签了合同。丽水今天上午也与一家医院签了合同。我们俩人合计，这么大的喜事，咱几家要好好到外面撮上一顿。在哪家吃，不是都得至少有一人忙活吃不安生嘛！"秦娟说。

"的确是好事，应该好好庆祝一番。哎，娟啊，今天晚上我们是不是想吃什么都可以啊，你这大经理请客，我们是不是不用客气了，可以随便点啊？"林晓雪笑嘻嘻地问。

"必须的，亲爱的，你知道吗？单位与我签合同时就已承诺，给我每月底薪三千呢，如果干得好，还有提成，每月能领到手四千多块钱呢。总经理还说，这只是见习期的待遇，转正后，还会涨工资的。一顿饭小意思啦！晓雪啊，你也自己找找看吧，咱们必须转变观念了，是不是国有制真的没什么关系的，首都到处是机会，你也试试吧！"秦娟说。

"你年轻又漂亮的，还没有孩子拖累，我怎么能和你比？"林晓雪说。

"林姐姐，承蒙夸奖，真是不胜荣幸！"秦娟在电话中笑嘻嘻地回答，"你也很美啊，生了孩子后还那么美，你还说别人呢。好啦，今晚再好好聊啊，一定到！"

"我们全家都到！"两个人笑呵呵地挂了电话。

晚上，几家齐聚在D区快乐大酒店。几个女人坐在一起，聊得热火朝天。大家关心完了年纪最小的秦娟后，便又开始围着邓丽水问长问短。

"丽水，说说你的情况，怎么找到这家医院的？"

"我比较幸运。"邓丽水与林晓雪年纪相仿，也是豫省人，是一个中专毕业的护士。她是个比较腼腆的女子，长得白皙娇小，平时言语不多。刚才大家围着秦娟七嘴八舌时，她几乎一句话不说，只是在一边微笑着倾听。这会儿大家都问到她头上了，她才开口说了一句话。

"怎么讲？"大家兴趣更浓了。

"我有个老乡从国外留学回来，在市里开了家美容整形医院。医院刚开张，急需人手，他就让我去了。"邓丽水不紧不慢地说。

"待遇怎么样？"有人问。

"还可以吧！"邓丽水笑了笑，"社保给上三险一金。工资嘛，没有明确说，只说每月底薪三千五，提成另外算。"

"很不错啊！"朱红叶说。

"是啊！现在好多非国有单位都不给上公积金。上不上公积金，那待遇区别可大着呢。"裴晓琴说。她随军前在老家是人事局的公务员，对人事方面的政策了如指掌。

"咱回头也自己找工作试试。"林晓雪踌躇满志地说。

"试试倒是可以，但我在老家时本来也没有正式工作，又没什么文化，年纪也比你们都大，好像没有什么希望。"朱红叶说。

"别气馁，红叶！首都地方大，工作还是好找的。"裴晓琴安慰道。

这次聚会后，林晓雪就开始细细琢磨了。她家里还没有电脑，信息的

下
部

来源除了电视，就是报纸。"晓雪啊，你也不能见别人怎么样你也去跟着学。秦娟没有孩子，她想怎么折腾都没关系；丽水的孩子都上幼儿园了。咱们不同，强强还小啊，他还在吃奶，你等一等好不好？"陈清然劝道。

林晓雪想想也是，如果用人单位要求自己去面试，而陈清然又在上班，自己总不能抱着孩子去吧。于是也只好作罢了。

六月上旬的一天晚上，林晓雪吃完晚饭抱着强强下楼到操场上玩耍时，遇到了朱红叶，见她女儿史笑笑正和一个老太太玩耍。朱红叶穿着一条漂亮的连衣裙，头上顶着一个时尚的新发型，整个人看上去精神抖擞的，好像一下子年轻了好几岁。

"红叶，你今天好漂亮啊！这老太太是谁？"林晓雪走上前问。

"晓雪，告诉你一个好消息，我明天就要去上班了，我也找到工作了。那是我婆婆，她来帮我带孩子，今天刚到。"朱红叶满面春风地对林晓雪说。

"那可太好了，祝贺你了！"林晓雪心中猛然感到酸酸的，自己已经在家待了近半年了，眼见同伴们一个个都有了工作，自己的事还一点眉目也没有，难道真的要在家待上两三年等待孩子长大吗？到那时候，自己又老了好几岁，岂不是更没有去竞争的实力？

"红叶，你去哪儿工作？"林晓雪稳定了一下情绪，关切地问。

"晓雪，我去了D区商场，前几天我去那儿买东西，见商场的门口贴着招聘导购人员的海报，我去试了一下，居然被录用了。商场给我们上三险，底薪每月一千三百块，然后每月按个人销售额的百分之二给我们返利。晓雪，我一定会努力的，不管我挣多少，我想一个家庭两个人挣钱总比一个人挣钱强些是吧。我也想了，像我这样的军人家属，政府安排起来的确有困难，我就别给政府添乱了。"朱红叶说。

第五十九章

军嫂就业

那天晚上，陈清然值夜班，林晓雪将孩子哄睡后，自己躺在床上辗转反侧，久久难以入眠。

一周后的一天上午，林晓雪无意中在报纸上看到一则东达银行的招聘启事，要求：

1. 首都户口。

2. 金融类大专以上学历，年龄35周岁以下。

3. 五年以上从业经验。

4. 中级会计师以上职称可适当放宽年龄。

对方要求是网上报名，报名截止日期是第二天。等丈夫中午回家吃饭时，她忙不迭地将那报纸拿给他看。"我想去试试。"林晓雪对丈夫说。

"可以的，晓雪，你可以去试试。"面对妻子热切的目光，陈清然鼓励道。

当天中午饭后，小两口抱着孩子去了一家网吧，为林晓雪在网上报了名。她不想用邻居的电脑，八字还没有一撇呢，可不想让太多人知道。

接下来的日子，林晓雪将《支付结算办法》《银行会计》《中级会计实务》等书又重新找了出来，在孩子睡觉或者别的闲暇时间就翻一翻，为东达银行的笔试做着积极准备。

报名后的第四天是一个周六，林晓雪早晨不到五点就起床，去赶大院西门口那趟公交车的头班车。这是D区政府为了解决陈清然所在部队的官兵及家属们出行不便问题，才开通的一条全新的线路。她要先坐这趟车到D区镇政府门口，再倒三趟公共汽车，才能到东达银行办公大楼。单位要求她上午九点钟去参加笔试，但她来京后，每天忙着带孩子做家务，几乎没怎么出过部队大院，对路程的远近及环境全无概念。为了保证不迟到，她早早地就出发了。

　　车开得很快，她到达目的地时，刚刚七点二十分，东达银行的大门还紧紧关闭着。她又拿出随身带的《支付结算办法》，站在路边默默背诵着。

　　参加笔试的人真不少，林晓雪悄悄地数了一下，大概是十比一的比例。考试开始了，她感到自己熟悉所有的问题。计算题她也做得得心应手。整场考试，她的感觉好极了。

　　一周以后，她被通知去面试。终于，她以笔试面试总分第一名的成绩被东达银行录用。

　　"我们这次招了十名工作人员，七男三女。七月一日正式上班，在营业部前台先熟悉业务。每周休息一天，试用期一个月。胜任工作者，一个月后签正式的聘用合同，上三险一金。试用期内只发基本生活费两千元。还有，男女都要着装得体，不许穿休闲鞋上班。"东达银行的人事处处长在见面会上这样对他们说。

　　回家的路上，林晓雪喜忧参半。喜的是她通过自己的实力找到了一份不错的工作，忧的是离上班只有四天的时间了，她被安排在城北边的一个营业网点，距离自己的家非常远，真要去那儿工作，就意味着自己要每天早晨不到六点就起床，晚上八九点钟才能到家，那一岁多的孩子怎么办呢？

　　"让我妈来吧，那小卧室只能住得下一个人。大夏天的，我妈在这儿，我穿衣服会随便些。"陈清然得知妻子应聘成功，也很高兴。"我老婆很有实力啊，我娶媳妇娶得可真值啊！不过，这几天还是要赶紧给孩子断奶。要不你上班了，强强吃什么啊？"

过了几天，陈清然的母亲从老家千里迢迢赶到。林晓雪用一天半的时间教婆婆如何使用家中的电器，如何用燃气灶做饭，告诉她孩子平时都吃些什么辅食，以及照顾孩子的一些细节与常识。

"看你说的，怎么哄孩子我还要你教吗？你就放心上你的班去，什么都不用你管了。"婆婆嫌她讲得多了，还没等她讲完，便不高兴地将她的话打断。

第一天下班回家，上车时就没有座位，她穿着一双新买的高跟皮鞋一路站着，被挤得东倒西歪，路上还遭遇了大堵车。等林晓雪腰酸腿痛、头晕眼花地走进家门，已经晚上九点多钟。强强因为母乳还没有完全断掉，这日早晨醒来时又没见着母亲，没有吃上奶，一整天都哭闹着要妈妈。婆婆见林晓雪回来了，就一把将孩子塞到她怀里。强强一头扎进母亲怀中，两只胖乎乎的小手紧紧抱着乳房拼命吮吸着。等林晓雪吃完饭收拾完毕上床休息，已经晚上十一点四十分了。

对于孩子断奶的问题，婆婆也提出了异议："我生贵哥儿四个，都让他们吃奶吃到两岁多，小孩吃奶时间越长身体越好。你们什么也不懂，强强还没有两岁呢，不能断。每天晚上吃一点，也比这么早断奶强啊！"

"妈，从营养学上讲，孩子一周岁后母乳就没有什么营养了。老是不断，孩子老惦记着这口奶，该不好好吃饭了。再说，好多孩子从出生以来没有吃过母乳，不也都好好的！强强都一岁多了，吃的时间够长的了。"林晓雪试图说服婆婆。

"切！什么营养不营养的，哪有那么多的讲头，反正你不能这么早给我孙子断奶。"婆婆坚持道。

对于母亲的理论，陈清然似乎也颇为赞同。在强强是否断奶的问题上，无论妻子与母亲争论得如何激烈，他总是选择沉默，这让林晓雪感到很无奈。

第六十章

爆发冲突

对于每天不到六点钟就起床，晚上十一点多才上床休息，每日在公共汽车上"奋战"五六个小时的生活，林晓雪感到疲惫不堪。满打满算的，她每天躺在床上也就六个小时左右，而这中间还要不止一次地醒来给孩子喂奶把尿，应付孩子的各种状况。而强强因为每天睁开眼睛后一整天总见不到母亲，好像很没有安全感，晚上睡觉时总不踏实，时不时就惊醒啼哭，奶奶做的饭他也不怎么好好吃。这样的日子过了不到半个月，林晓雪和孩子两个人就都瘦了一大圈。

"我孙子瘦了，都怪他妈给他断奶断的。天天不在家，在家还偷懒不起床。"好不容易熬到第二个休息日，早晨不到八点钟孩子就醒了开始闹腾。林晓雪躺在床上想多睡一会儿，就听到婆婆埋怨的声音。

"妈，您别老责怪晓雪，咱家现在最累的是她。"陈清然对母亲说。

"你就是惯着你媳妇！"老太太没好气地说，"她最累，我不累吗？你儿子天天吃喝拉撒，哪一样不指着我。她天天除了上个班，干什么了？"

"妈，我去买菜了！"陈清然大概不想再与母亲理论太多，就下楼去了。

林晓雪连忙穿衣起床。她睡眼惺忪地来到客厅时，见婆婆正将一匙鸡蛋炒米饭填到自己的嘴中嚼碎，口对口地往强强的小嘴中喂。

"强强不许吃，太不卫生了！"林晓雪大惊失色，尖叫了起来。她想都没想，扑上去一下将孩子夺了过来。她这一系列的行动没有任何先兆，又无比迅速，老人和孩子都被她吓了一大跳。强强微微一愣，继而在她的怀中扭动着小身子哇哇大哭了起来。

接着，婆婆一屁股坐到了地上，双手不住地拍打着她那穿着五分裤的双腿，也大声哭了起来，边哭边诉说着什么。

陈清然上街买菜回来，在楼下就听到了母亲和儿子的哭喊声。他三步并两步跑上楼，一进门就将所有的门窗关闭，才转过身子问："怎么啦，怎么啦？小点声，这大周末的，大清早就大呼小叫的，邻居们好多没有起床呢，别吵着人家。"

老人孩子的哭声并没有因为他的制止而有丝毫减弱。他见妻子一脸尴尬地抱着孩子站在一旁，孩子一声一声地哭得很卖力。母亲在地上也已哭肿了双目，两条腿都被她自己的双手拍得发红了。

"妈，您起来，到底怎么回事？"陈清然扶起母亲，让她坐在沙发上，又从卫生间拧了一条毛巾递了过去。

老人略微平静了些，孩子也在林晓雪的安抚下慢慢地由哭喊变成了抽泣。过了好一会儿，老人才止住哭，对着儿子开口了："去问你那宝贝老婆！"

陈清然将目光转向妻子，目光中满是疑惑和责备。

"我……"林晓雪见丈夫的表情，心中充满了委屈。她实在不知道该怎么去与陈清然解释这件事。但她分明感到，丈夫已经不分青红皂白地站在了婆婆的一边。

"他的确是个孝子。我对于他来说，终究是个外人……现在仅仅为了他母亲的一句话，他还没搞清什么事，竟对我这样凶！这就是我抛弃一切，苦苦追寻的爱情吗？我当时不图钱不图势，难道就是为了得到这样一种奔波辛苦、委曲求全的生活吗？再说了，我这样做不也是为了孩子吗？婆婆为什么反应如此强烈？好像我做了什么不可原谅的事似的。"她的心中涌起一阵悲凉，双眼也模糊起来。她将孩子轻轻放在地上站好，一句话也没说，冲进卧室将门反锁上，也忍不住哭了起来。

"真是没有天理了，这会儿她倒挺有理的。"婆婆对陈清然说。

陈清然脸色铁青，没有说话。

"你给我出来。"婆婆站起身子，来到林晓雪的卧室门口，边拍门边嚷，"贵回来了，咱们让他来评评理。我做好了饭喂强强哪儿不对了？噢，你嫌我们乡下人脏是吧？告诉你，贵都是我这样一口一口喂大的。我不把饭嚼碎，强强卡了噎了怎么办？我这么尽心尽力侍候你们，你还嫌弃我。"

林晓雪一言不发地坐在床上，泪水如决堤的海，汹涌澎湃。

陈清然从衣服口袋里头掏出钥匙将卧室的门打开，见消瘦的妻子委屈流泪的样子，心里也很不是滋味。他默默地走到妻子面前，却不知道说什么好。

客厅里，母亲仍不依不饶地哭诉着，孩子离开母亲的怀抱后又开始哭声震天响。这一切让陈清然的脑袋都大了。

"都是你惯的，你媳妇对你妈都这样了，你抿（潢城方言，意为轻轻地打骂）都不舍得抿一下。我回家去，我还不伺候了呢，你快给我买车票，我明天就走！"老太太的情绪很激动。

陈清然走到卧室门口，弯腰将哭得正起劲的儿子抱在怀中轻轻摇晃着，一会儿看看妻子，一会儿看看母亲，却不知到底该怎么办才好。

就在这时，家中的固定电话响了，他赶紧抱着孩子去接。

电话是他单位政治部门的干事打来的，通知他，林晓雪已经被安排到离他们驻地不远的D区第十中学，第二天就可以去报到了。

林晓雪去东达银行上班后，陈清然并没有去政治部为林晓雪申请自谋职业，领D区政府补助的三万元钱。他是一个做事非常稳当的人，妻子还在试用期，路程又那么远，他害怕万一妻子不能顺利转正，这边好歹还有个备份。再说打心眼里，他非常不愿意妻子每日那么辛苦地来回奔波。他的心中一直存有一点希望，妻子有学历有职称，万一政府能为妻子安排一个不错的工作，她就能生活得安逸一些，儿子也会得到更好的照顾。多年的经验让他认为，妻子的工作在八一建军节之前一定会有结果，还真是不出所料。现在，妻子被安排进了教育系统，他认为很不错，事业单位，离家还近，每年两个大假期，那东达银行就不必去了，妻子也不用那么累了，孩子也不会每天一睁眼就见不到妈妈了。这个电话真是个"及时雨"啊！陈清然的所有不快瞬间烟消云散。放下电话后，陈清然的表情愉快极了。

"你快给我买车票，我明天就走！"老太太还在不依不饶。

"好好，妈！"陈清然一边敷衍着自己的母亲，一边走到卧室，"晓雪，好消息啊，你的工作安排好了，是D区十中，你不用去那银行上班了，咱不用那么累了。"

林晓雪抬起红肿的眼睛，看了丈夫一眼，没有说话。

"怎么，你不高兴吗？"陈清然问。

"我……我有什么高兴不高兴的，只是我还是想在银行工作，毕竟这是我的专业啊！"林晓雪用纸巾擦了擦脸，回答道。

"晓雪，我还是认为学校好，你每天这样辛苦，不是长久之计，对你的身体也不好。现在孩子小，自己照顾最好，一旦他大点上了学，还需要辅导他学习，你每天回家这么晚肯定是不行的。不过也没关系，学校正放暑假，政治部的人说，可以明天去区教委报到，也可以晚几天去，八月一日之前报到就行，这不是还有十来天吗，咱们可以再好好考虑一下。"陈清然说。

"你快给我买车票，我明天就走！"老太太总是不停地重复着这句话。

当天晚上，老太太就将自己的行李收拾好了。林晓雪看在眼中，心中充满了焦虑。

第六十一章

婆婆丢了

　　第二天中午十二点多，林晓雪正在单位食堂吃午餐，手机响了，是丈夫打来的。

　　"林晓雪，我妈不见了！现在我还在火车站找呢！她上午八点多将强强放在豪豪家，说自己一会儿就回来，却到现在都没有回来。有人看见她背着行李出西门了。十点多豪豪奶奶给我打电话我才知道这事，就赶紧请假出门去找，妈又不识字，我真怕妈丢了。孩子一直在人家豪豪家，你说她一个老年人，你就不能让让她吗？赶紧的，打车回家来吧！"电话中，陈清然的语调很急很冲。

　　从第一次见面到结婚生子，两个人已经相识十来年了，陈清然对她说话一直都是和和气气的，用这样的语气与自己说话，真的还是第一次。林晓雪长长地叹了一口气，她知道自己与东达银行的缘分已尽。她没有胃口再吃下去，放下碗筷，回到营业厅打开自己的柜子，将自己不多的私人物品一样一样收拾到包中，然后去找营业厅的负责人。

　　"小林，你干得不错，我们都看好你，怎么就不干了呢？你再好好考虑一下吧，我可以给你三天的时间。"负责人孙南是一位四十多岁的中年女性，长得优雅白净，戴着一副近视眼镜，看上去是个很有内涵的女人。

"家里出了点事，孩子太小了，没人管，我还是找一个近点的地方上班吧。不好意思啊孙姐！"林晓雪低下头，避开孙南询问的目光，不再多说一句话，便急急地转身拎着自己的包飞奔了出去。她怕自己会止不住流泪，更怕自己会忍不住号啕大哭。那天，她坐在出租车上，泪水一路流淌着穿过了大半个京城……

回到大院已是下午两点多，强强一见林晓雪，就扑到她怀中大哭起来。为孩子擦泪时，林晓雪发现孩子的脸上有三四道抓痕，在他那白皙粉嫩的脸上显得分外刺眼。"不好意思啊，晓雪！"豪豪奶奶一脸的尴尬，"我眼看着中午了，豪豪爸爸要回家吃饭了，急着去做饭，让两个孩子一起玩。一会儿没看住，豪豪就将强强挠了……"

林晓雪自然不好说什么，老人毕竟为自己无偿地看了大半天孩子，已经很辛苦很不容易了。她向豪豪奶奶道了谢，抱着孩子回了自己家。

她用清水仔细将孩子的脸清洗干净，孩子仍不停地哭泣。她一边安抚着孩子，一边在孩子的伤口上厚厚地涂上一层芦荟膏，然后把他放在婴儿床上，哼着儿歌轻拍着孩子，哄他入睡。在母亲温柔的爱抚下，强强渐渐平静下来，慢慢进入了梦乡。

已是下午五点多钟，夏日的阳光透过窗帘斜斜地照了进来，依旧很耀眼，林晓雪坐在孩子的身边，用蒲扇为孩子扇着凉风，凝视着儿子那张熟睡的脸庞：浓密的睫毛长长地低垂着，将整个下眼眶遮盖得密不透风。鼻梁已长得初具规模，呈现出未来挺拔的雏形。嘴巴如玫瑰花花瓣一样娇嫩鲜艳，像常年被涂上了某种高级唇膏似的。小脸圆乎乎白嫩嫩的，只是那几道涂上芦荟膏的抓痕很不协调地守在那儿，让孩子漂亮的脸蛋显得有些美中不足。林晓雪很心疼，她伸手握住儿子白嫩可爱的小手轻轻摩挲着，却发现手感与平时不大一样。睡梦中的孩子还皱了下眉头。她摊开手心一瞧，才发现孩子的右手手心有两排深深的咬痕，显然是被豪豪咬的。林晓雪捧着孩子的手，既心疼又内疚。"我首先是个母亲啊，连自己唯一的孩子都照顾不好，还谈什么事业前途，还谈什么爱好专业？全都让它随风而去吧。以后妈妈要好好守着你，再也不让你受任何委屈。以后你就是妈妈的生活重心……"她默默地想。

暮色已浓。林晓雪看了一下手机，都晚上九点多钟了。孩子这一觉睡得可真长，这么久了还没醒，看来孩子是真的倦了。"得设法弄醒他，再睡下去他夜晚该不睡了。还得做些饭给他吃，呀！我该做饭了！"林晓雪想。她用两个手指轻轻捏孩子的鼻子，又不断地亲吻着他，但孩子只是嘴角动了动，翻了个身，又接着香甜地睡去。

这时林晓雪听见门外有钥匙转动锁眼的声音，知道丈夫回来了。"婆婆怎么样了，找到了吗？"这个念头在心中一闪，她急忙小心松开孩子的手，起身迎了上去。

陈清然一声不响地进了门，脸色阴沉得吓人，一副疲惫不堪的样子。一向平平整整的军装略微有些褶皱。

"找到了吗？"林晓雪小心翼翼地问。

陈清然紧闭着嘴唇，默默无语。他一走进卧室，就开始脱下身上的军装，然后换上一身便装，起身准备出门。

"这么晚了，你要去哪儿？你吃饭了吗，要不我这就去做？"林晓雪追上去问。

"林晓雪！"陈清然缩回正去拉门把手的手，转过身子对妻子发火了："吃饭？不是你妈，你一点都不着急是吧？我还吃得下去饭吗？我中午饭都没吃！"说着怒气冲冲地摔门而去。

林晓雪听着丈夫下楼时那急促的脚步声，怔怔地流下了泪水。

这时卧室里传来孩子惊天动地的啼哭声。显然孩子已被父亲的怒吼声和出门时巨大的关门声惊醒，还没睡够，睁开眼睛时又不见了母亲，便大哭起来。林晓雪抬起手来用衣袖擦了擦眼泪，慌忙跑进卧室抱起了孩子。一边哄着，一边仍止不住眼泪。

"妈妈不哭，强强……强强乖，也不哭。"一岁多的孩子，话还没有说得很利落，见林晓雪哭了，竟也知道用他胖乎乎的小手去为母亲擦拭眼泪，用话语来安慰。

"好宝宝，咱们都不哭！"林晓雪将儿子紧紧抱在怀中，心中一阵酸楚。

当晚陈清然竟一夜未归，林晓雪了解丈夫是个作风非常严谨的人，他之所以回家换衣服，一定是不想让自己狼狈不堪的模样影响军人的形象。林晓雪猜测婆婆仍未找到，但她没有给丈夫打手机，毕竟事情是因自己而起，她的心中充满了愧疚和自责。打电话，她该说些什么呢？她只能一边等待，一边在心头千万遍地祈祷婆婆快些找到。

不知过了多久，她被一阵强烈的摇晃惊醒。睁开眼睛，只见丈夫头发蓬乱、双眼充血地站在自己面前。

林晓雪睡眼蒙眬地被丈夫提着双肩站了起来，有点不知所措！

"我妈是真的丢了，她不见了。我报了警，又找了一整夜，几个火车站我都找了，都没有找到！到现在连一点消息都没有！我可怎么跟爸和几个哥交代啊！"陈清然的声音里夹杂着深深的怒气。顿了顿，他的语气变得严厉起来："林晓雪，你干的好事！我刚去买菜走了一会儿，就出了这样大的事！你说，你到底怎么欺负我妈了？"

林晓雪已完全清醒了过来，大哭起来。一天多来，她辞去自己来之不易的工作，担惊受怕夜不能寐，早已经心力交瘁。昨天中午在单位吃了几口饭后，到现在她也是滴水未进，除了照顾幼小的儿子，还不止一次忍受着来自爱人的非难与苛责。这会儿，她实在有些扛不住了。

"就你，还知识分子家庭的孩子呢？你那当教师的父母连自己的女儿都没管好，真不知道他们是怎么教育别人家的孩子的！"陈清然表情漠然地盯着她说。

第六十二章

红本换绿本

　　林晓雪停止了哭泣，对陈清然怒目而视，她彻底被激怒了。她可以忍受别人对自己的责难或者无理取闹，但她不能容忍别人污辱自己的父母。

　　她抬起双臂，用尽全力挣脱了陈清然揪住她双肩的手。"陈清然，我这么差，这么没教养，你当初为什么要千里迢迢地求我嫁给你啊？是！我不好，你妈好！那你的三个嫂子为什么连话都不愿与你妈说上一句？你们陈家好倒霉，没教养的女人怎么全都进了你们陈家的门啊？现在孩子都一岁多了，我与你提过为什么强强出生前我昏倒在路边的事吗？我妈走后，你妈她让我挺着个大肚子两顿都没有吃上饭饿昏倒在路边你知道吗？如果不是我命好让杜行长碰到了，我当天就死了并且一尸两命你知道吗？如果那样，你妈现在也不会丢了！是，我那天见她将饭嚼烂了嘴对嘴喂孩子就将孩子抱走了，我只是说了不卫生，其他什么都没说啊！你认为这样卫生是吗？现在你既然认为我这么一无是处，这日子也没有必要再过下去了。我可以还你自由，给你一次重新选择的机会。咱去红本换绿本，今天就去，民政局也不远，现在就去！走！"

　　这时孩子也醒了，在一边哇哇大哭不止。

　　"红本换绿本？林晓雪你……你什么意思？你要跟我离婚？"陈清然

喃喃地问，脸色瞬间变得苍白，似乎有些神志不清。

"我……我……这日子没法过了，是你逼的！"林晓雪不再瞧他，而是将孩子抱了起来。

"你要离开我？为什么？为什么？"陈清然双手按着妻子的肩头，不住地摇晃着。孩子哭得更凶了。

这时陈清然的手机响了。他颓然地松开了手，按下了接听键。

"什么？妈回到家了？好好，大哥，太好了，太好了！"只听陈清然对着电话说。

挂了电话，陈清然脸上的阴霾一扫而空。"晓雪，太好了，太好了，我妈回家了。你还别说，妈虽然一个字不识，人还是蛮聪明的，她居然能自己找到火车站，还没上错车。好了好了，晓雪，咱们别闹了啊，一切都过去了……"

原来老太太虽然不识字，但她的记忆力很好。上次她从老家坐火车首次进京城，大儿子在潢城火车站将她送上火车。小儿子去火车站接她时，她记得路途中只倒了一次车就到了大院的西门。这次与儿媳妇闹别扭，她径直到西门，上了那趟公交车，上车便告诉售票员自己要去火车站，让售票员在该换车的地方提醒一下，就很顺利地到了目的地。随后又在售票窗口买了一张当日晚上由首都开往潢城的硬座火车票。在好心人的帮助下按时上车找到座位坐好，在第二天清晨到站。下车后，她就去了大儿子家吃早饭，同时向大儿子哭诉林晓雪的"罪行"。

陈清然的大哥了解了事情的来龙去脉后，赶紧给弟弟打了电话，同时也对母亲进行了劝说："妈，你那小儿媳妇没有错，只是说话急了些，但她从来没与你红过脸是吧。妈要再与她闹不和，以后四个儿媳妇可都让你给得罪光了。你自己想想你什么时候真心疼过她们？时代不同了，妈不该老拿你那时候与现在比，你这一声不响跑回老家，将我小侄儿丢下不管，他们两口子还都要上班，可让他们怎么办？你也太过分了！"

"晓雪，我大哥为你伸张正义了！我妈也认识到自己的毛病了。"陈清然继续对妻子说。

林晓雪白了丈夫一眼，抱着孩子走进卧室，将门从里面牢牢闩上。

"晓雪，我知道我不对，让你受委屈了！但妈丢了，我能不着急吗？你理解一下。"陈清然站在门外说。

卧室内静静的，连孩子都十分安静。

"好老婆，别生气了，我错了！"陈清然不停地道歉。但妻子仍是一言不发，卧室内安静得如没有人一般。

陈清然也的确倦了，他坐在沙发上，不一会儿竟沉沉入睡了。

醒来时，已经是下午三点多钟，卧室的门依旧无声无息地紧紧关着。陈清然又叫了半天的门，林晓雪仍是沉默不语。不过，倒是听见孩子咿咿呀呀不停地叫着"妈妈"，却没有听到妻子的任何动静。陈清然的心头忽然涌起一阵巨大的恐惧——妻子该不会出了什么事吧？！

第六十三章

出事了

"晓雪，快点开门，再不开我可要将门撞坏了。"陈清然知道妻子一向节俭，对家中的物品一向爱惜，自己这样一说，妻子自然会将门打开。

但五分钟过去了，房内依旧毫无动静。

陈清然慌了，他拼命用肩头去砰砰撞门，不到两分钟，门被他撞开了。

卧室内窗户关得严严的，小小的台扇不停转动着。林晓雪一动不动地斜躺在床上，双腿着地，身上还是银行职员的装束，白衬衫蓝裙子。领带牢牢箍在脖颈上，另一头被强强攥在手中不住地扯着，领带不断受着力，在林晓雪的脖子上箍得越来越紧。

"晓雪！"陈清然惊叫了一声，连忙冲过去，一把夺过孩子手中的领带去拼命解。实在解不开，他顺手抄起抽屉里的一把剪刀，用最快的速度将妻子脖子上的领带剪去。剪刀锐利的尖头将妻子光洁的脖子划了长长的一道血迹。

领带在林晓雪的脖子上勒出一道深深的沟痕，她已经窒息了。

陈清然稳定了一下自己的情绪，然后给卫生科打了电话。不到两分钟，武雄伟和两个护士带着急救箱匆匆赶到了。

经过十多分钟的紧急施救，林晓雪渐渐转醒，但似乎神志不清，眼神空洞地看向周围的人，很茫然的样子。武雄伟又用听诊器给她进行了一系列的检查，护士给她量了量血压，发现她的血压很低。

"血压太低，随时都有危险，快到卫生科做进一步检查！"武雄伟说。

卫生科是部队大院东北角的一栋三层小楼，负责整个部队几千官兵的日常医疗和定期的全面身体检查，所以硬件配套相对齐全。等林晓雪被检查完躺在病房里输上点滴时，已经到了吃晚饭的时间。裴晓琴得到消息后，用保温桶送来了热乎乎的皮蛋瘦肉粥和烙饼，并带走了强强。

"清然，我被分到了劳动局，昨天去报的到，过几天才正式上班。这几天我带着强强，你好好照顾晓雪，让她好好养养，她太辛苦了。你们放心吧，我一定会将你们儿子带得好好的。"

"清然，你怎么搞的，怎么能把媳妇勒成这样？还贫血这么厉害！夫妻之间什么事不好说呢？如果她有什么事，你能摆脱得了干系吗？"裴晓琴走后，武雄伟严肃地对陈清然说。

"雄伟你说的这是什么话？"陈清然诧异地瞪大眼睛，"她是我老婆，别说她没有做错什么，就是她有错，我也不可能动手伤害她啊！别说是自己的妻子，就是别人，我也不能去下手故意伤害啊，我又不是法盲！她为什么会成这样，我也纳闷儿呢。"于是他将事情的前因后果与武雄伟讲了一遍。

等林晓雪完全清醒后，陈清然扶她坐起，喂了她半碗皮蛋瘦肉粥。"我怎么会在这儿？我记得我进屋就先将孩子哄睡着了，然后我也躺在他身边睡了。这儿是哪里，是医院吗？我怎么会来这儿了呢？"醒来之后，她对自己身处何地一无所知。

"你今天没上班不是吗？为什么还穿着工作服？是一直穿着的，还是进卧室刚换的？我进家门时没太注意。"陈清然问妻子。

"早晨就穿上的，习惯了。"林晓雪低头看了看身上的衣服，轻轻说。

"有可能是她睡着了，强强醒了后拽着晓雪的领带把玩引起的。一岁多的孩子哪懂得危险啊！"武雄伟分析道。

"我将门撞开后，孩子还在使劲拽着妈妈的领带不放呢，应该是这样。"陈清然点了点头说。

"我一进卧室就有点晕，从昨天中午在单位吃了几口饭后，我就没再吃过东西，又担心着急，然后又生气，抱孩子坐到床上时，感到头痛得几乎要裂开，好不容易将孩子哄睡着了，我越想越委屈，哭了一会儿，觉得身上一点力气都没有了，不知不觉地就睡着了。后来就胸闷气短，却又动弹不了，再后来就什么都不知道了。我怎么啦？这是在哪儿啊？"林晓雪很迷惘地喃喃道。

"你还是过于劳累了，要好好休息啊！"医生叮咛着。

林晓雪点了点头。

打完点滴回到家，陈清然忙着为妻子用压力锅煲了一锅排骨汤，又喂她喝了些。林晓雪喝着喝着，眼泪又开始一滴滴顺着面颊滑落。陈清然放下碗筷，轻轻将妻子拥在怀中，一边温柔地哄劝着，一边埋怨着自己。

"我不是生气，我是伤心，好不容易得到的一份自己喜欢的工作，却没法再做下去了。"林晓雪靠在丈夫的怀中抽泣着说。

"好啦好啦，乖老婆不哭了，但那银行太远了！你天天那么起早贪黑的，太辛苦了，我心疼！"陈清然抱着妻子柔声劝慰道，"你这半个月以来，脸色差了很多，我可不想让我的漂亮媳妇早早地变成黄脸婆！咱们去学校多好啊，每年两个大假期，你有更多时间睡美容觉啦！"

"又耍嘴皮子！"林晓雪不禁乐了。

"你总算笑了，我都内疚得想揍自己一顿！"陈清然似乎松了一口气。

在城里上班的邓丽水和秦娟早已接到了裴晓琴的电话，一回来就带着大包小包的营养品来看林晓雪了。朱红叶也带着女儿来了，给林晓雪带来了一个大大的点心盒。三个女人了解到事情的前因后果，你一言我一语地将陈清然批得"体无完肤"。临走时，秦娟警告陈清然说，如果她的林姐姐再被她们发现受了陈家的虐待，她们会拿着棍子打上门来，好好教训陈清然。因为陈清然认错态度还不错，这次暂且饶了他。这弄得陈清然哭笑不得。

下
部

285

养了两天后，林晓雪的身体好多了。她接回了儿子，又在大院里找到了一位退休的军人家属杨老师为自己带孩子。杨老师不到六十，唯一的女儿在市里上班，出嫁后一个月也回来不了两次，而她又非常喜欢孩子，听说陈清然家的情况后，热心的杨老师主动提出在林晓雪上班时，自己可以帮助他们照顾强强，这让林晓雪感动不已。林晓雪采纳了丈夫的建议，去了区教委报到。区教委人事科的负责人本着拥军优属的原则，承诺给她从八一建军节开始起薪。这意味着她将有一个多月的带薪假期。

"媳妇，这一个多月，你不用给我做早饭了，我去食堂买着吃。你呀，和儿子好好享受享受假期！"陈清然乐呵呵地对妻子说。

经过一个多月的休养，林晓雪的脸膛渐渐红润起来，气色好了很多。强强有了母亲全天候的陪伴与关怀，小脸蛋又恢复了圆鼓鼓的样子。

距离九月一日还有大约一周的时间，D区十中通知她到校报到。林晓雪与杨老师商量，白天将强强放在她家，午饭在她家吃，下班后林晓雪去接回来，节假日让杨老师休息。一个月林晓雪给她六百元钱，伙食费另算。"什么钱不钱的，我又没事，带个孩子纯粹是为了解闷儿。晓雪啊，我不要钱！都是军人的家属，都离老家远远的边上没个亲戚，咱们不相互帮忙，谁相互帮忙？这是应该的。"杨老师推辞着。

"那肯定不行，杨阿姨！"林晓雪说，"您能帮我们哄着孩子，让我们安心上班，我们已经很感谢了，如果不象征性地出点钱，我们怎么好意思将孩子每天往您这儿送呢？您如果不要钱，我们只有另想办法了。"

杨老师见拗不过她，想了想说："好啦晓雪，我收钱，但咱们也别六百了，就五百块钱，包括伙食费。一个一岁多的小娃娃，能吃几口啊？切，还伙食费！"两人终于谈妥。

第六十四章

学校报到

　　林晓雪去 D 区十中报到的那个上午，学校的"一把手"孔校长正好不在，接待她的是学校办公室主任胡虎。这人三十多岁，是一个面容和善、身材魁梧的男人。他一边仔细审阅着林晓雪的各项证书原件，一边说："林晓雪是吧，欢迎欢迎！早就听说咱们学校要接收一位会计职称很高的年轻军嫂，校长很高兴啊。以前进的几个军属大都没有什么文化，年龄也偏大，只能被分配在食堂或者洗衣房工作，现在总算来了一个有文化的了，好啊好啊！"

　　"谢谢主任！"林晓雪有些不好意思，"我仅仅是考了中级会计师，职称也不能算高，原始学历是大专，在学校这种人才济济的地方，可不能算是个多有文化的人！"

　　"难得、难得！有文化还这样谦虚，真不错！"胡主任说，同时还对她竖了竖大拇指。

　　"谢谢主任！"林晓雪连连道谢。

　　"我们学校没有人事科，所以人事方面的事由办公室兼职管着。你是学会计的，按理说应该从事财务工作，但我们学校的财务室实在是太小了，已经有了一名负责人和三名工作人员。这样，马上就开学了，你呀，先和出纳一起收收各种杂费什么的，熟悉熟悉环境，学习一下事业单位的会计流程。岗位等一段时间后再固定下来，希望你不要介意。"胡主任说。

"我理解，胡主任，我一定服从单位领导的分配。"林晓雪点点头。

"那就好，小林，走，我这就领你去财务室。"胡主任说。

财务室在另外一栋楼的一层，离校办公室有一段不短的距离。路上，林晓雪出于好奇，问起学校为什么会设洗衣房的事。胡主任回答道："一般的学校都没有这种部门，但我们学校有住校生，被子褥子都由学校统一配备的，需要定期清洗更换。学校曾让社会上的劳务公司清洗过一段时间，但家长们意见很大，总担心社会上的劳务公司会将孩子们的被褥与医院病人的物品一起清洗，或者共用一套设备清洗。毕竟现在大多数家庭都是一个孩子，家长们的担心也不能说没有道理。"胡主任回答。

林晓雪点点头。

"关键还有一点，咱们区是全国'双拥'模范区，咱校高中初中都有，每年都有部队的随军家属被安排进来。这些随军家属要是教师，或者像您这样的专业技术人员还好说，但她们其中有不少没有什么专业技能，在学校也的确没有适合的岗位。最后校领导报上级主管部门批准，决定成立个洗衣房。现在那里面已经有七个工作人员了，除了一个临时工，剩下的六个全是随军家属。小林啊，我可没有说你们军属都没有文化，也许能力更强的都进了更好的单位吧。"

林晓雪笑了笑，不知道该怎么回答。

说着话，已到了财务室门口。

财务室是一个小小的套间，外屋的进门处，放着两张围着玻璃的桌子，将狭小逼仄的空间分成了独立的小空间，可使工作人员互不干扰地工作。林晓雪一眼望去，只见两张桌子前各坐了一个中年女人，她们的面前各放着一台电脑。靠内的窗子两侧，一边放着一排铁皮柜，一边放着一张电脑桌，上边也摆了一台电脑。里面的房间也靠墙放着一排铁皮柜，放着一张较大的写字台与一把椅子，这儿应该就是负责人的工位了。

胡主任向林晓雪一一做了介绍，负责人是个五十来岁，身体微微发福的中年妇女，胡主任称呼她为"沈姐"。她对林晓雪的到来表示了极大的欢迎。会计出纳也都是女的。会计姓葛，四十来岁；出纳已年过半百，姓华，戴着一副老花镜。她们两个人在林晓雪进门时，头都没有抬一下，各自在忙着手中的工作，在胡主任介绍时，也只是象征性地点点头，说了句"你好！"态度都冷冷的，这让林晓雪感到很不舒服。

　　"小林，你呢，暂时坐外屋那窗户边的桌子，咱们这儿目前就这个条件，只能先将就将就了。小葛呀，回头将你手中那桌子抽屉的钥匙给小林，让她放点私人物品。再过三天就开学了，华姐带着小林熟悉业务流程吧。"胡主任走后，沈姐这样安排。

　　报到完毕后，沈姐让林晓雪先回家准备一下，第二天再到单位正式上班。走出财务室时，林晓雪掏出手机看了一下时间，还不到上午九点钟。想想反正已把孩子送到杨老师家，晚点接会更有利于孩子适应新的环境，还是先熟悉熟悉学校的整体环境吧。她沿着学校围墙边上的砖砌小道信步走去，发现学校不是很大，总共有三幢五层高的楼房。北边那幢占地面积最大的，是教室与老师的办公室。财务室所在的建筑位于教学楼的南边，一层应该是行政后勤工作部门的办公场所，上面几层是图书馆、计算机房及实验室等。两个楼之间，是学校的操场。学校的大门坐东朝西，最东面的那幢大楼，一层是食堂和洗衣房，上面几层是学生宿舍。她走的小道，绕着教学楼和办公楼，却在这幢楼前穿过。

　　林晓雪慢慢走着，她惊喜地发现，学校财务室所在的办公大楼的后面，靠东南角落的地方，竟有一片小树林。清一色的银杏树，长得浓密青绿，那一片片小扇状的叶子，在夏日的轻风中微微摇曳，发出细碎的沙沙声。上午的阳光从天空中慷慨地大把洒下来，给每面"小扇子"都镀上了一层淡淡的金辉，在光影的作用下呈现一种梦幻般的美丽。林子里，地上长满了青青的野草，许多草叶上的露珠滚来滚去，晶莹剔透的。偶有几缕阳光冲过层层阻碍，照在那颗颗"珍珠"上，瞬间将它们变成了五彩纷呈的奇珍异宝。林晓雪置身其间，顿时感到身心都很放松，不由俯下身子，伸出自己修长白皙的双手，想去捧起那些美丽的宝贝。

"那个军嫂，听说刚才来报到了？"一个尖细的女人的声音忽然在林晓雪的耳边响起。那声音近在咫尺，一听口音就知道，说话的人是土生土长的本地居民。林晓雪愣了一下，很快意识到那人好像是在说自己，忙缩回了要捧露珠的双手，抬起头寻觅声音的发源地。

她发现自己所在的银杏树林与财务室的两扇窗子仅一路之隔，那声音正是从那里传来。夏天为了通风和凉快，窗户开得很大，加上学校尚未开学，四周很安静，所以声音听起来十分清楚。这声音不是财务室她已经见过面的那三个工作人员的声音。

"是啊，刚刚走了。啧啧，真是形象气质俱佳，听说还是个中级会计师呢。"林晓雪听到一个女人的回答，不禁微微一笑。

"老葛你就是没见过世面，什么'形象气质俱佳'，我还不信了，这么多年来安排进来的那些，有一个瞅着顺眼的吗？哼哼，什么中级会计师！外地考什么都作弊，她那个中级，指不定是怎么来的呢。"林晓雪一听，不由倒吸一口凉气，想起自己为了考中级职称，下课回家路上不小心落入窨井中的往事，此刻真想上去狠狠地抽这个信口雌黄的女人几巴掌。

"那就不知道了，小江啊，既然外地那么容易考过，你不妨也去外地报个名考一个中级会计师回来，咱首都肯定承认，"只听葛会计哼了一声，"沈姐再过几年就要退休了，这个军嫂啊，我看着比咱几个水平都高出一大截，年纪也小，很有希望啊！"

"那可不一定！"那个被称为"小江"的人回答，好像气呼呼的。

"我也没说一定是她接班，但她有那个潜能啊！小江啊，以前你在咱屋最小，现在人家比你小半轮都不止吧，咱可不能欺负人家啊！"葛会计的声音似乎有点阴阳怪气的。

只听那个小江似乎很不高兴地哼了一声，接着便响起关门声和女子高跟皮鞋的嗒嗒声，应该是小江带上门出去了。

"咱们有好戏看了，华姐。"过了一会儿，只听葛会计说。

"唉，小江这样不好，人家刚来就在背后说人家的坏话，还没见着面呢。"只听华姐说。

"咱们猜猜，小江与那个军嫂谁能胜出。"葛会计兴致好像很高。

"我不猜，管他呢，我再过一两年就退休了，操那么多心干什么！"华姐淡淡地回答，之后便没了声音。

林晓雪静静地蹲在小树林里，有些不知所措。刚刚放松的好心情在听了小江的那几句话后，早已荡然无存了。

"那个小江见都没有见过我，为什么要毫无根据诋毁我？听她说的那几句话，好像是对我充满了敌意，这究竟是为了什么？难道我的到来给她造成了什么麻烦？"她一边思索着，一边茫然地揪着身边的青草。脑袋都想得大了，也没有想出个所以然来。她不是一个心思复杂的女子，上学上班一直都很顺利，对于人与人之间的钩心斗角几乎是一窍不通。可能也就是因为心地纯净，在婚姻中考虑外界的因素极少，她才能与自己的初恋爱人陈清然终成眷属。对于这种事，她想不明白也是正常的，只是这时她忽然特别想念自己远在千里之外的银行同事们。

第六十五章

口是心非

　　回到家已是上午十一点多，她拿着陈清然的饭卡去食堂打了些饭菜回家。静等着丈夫回来一起吃。

　　"晓雪你在家啊？你的脸色怎么这么差，上班第一天就很累吗？"陈清然下班进门后，看到妻子的第一眼，就发现妻子不对劲。

　　"没……没什么，可能是天气太热了，吃饭吧。"林晓雪避开丈夫的眼光，轻声说。

　　"我上午回家晚了，眼见做饭来不及了，就去食堂买了些。"林晓雪低头摆上两副碗筷，对丈夫说。

　　陈清然坐在桌边，探究地盯着妻子看了好一会儿："不对，晓雪，你一定有什么事情瞒着我，快说说，别憋在心里不痛快！再说，遇到事情你不与自己的老公说，准备与谁说呢？"

　　"其实也没什么事。"林晓雪也坐到餐桌边的椅子上，轻轻地叹了一口气，将在小树林中无意听到的话告诉了丈夫。

　　陈清然听完后，握住妻子的双手，满脸的怜惜："晓雪，委屈你了。为了我和孩子，你作出这么大的牺牲，专业丢了，多年的工作基础全都归零，甚至不能做自己喜欢的工作。现在又到一个全新的单位，一切都要从头开始。每个单位的人员素质参差不齐，以后可能会遇到很多让人烦心的人与事，咱一定要想开些，千万别和自己过不去。"

林晓雪点点头："可是我与那个小江都没见上一面，她怎么能如此说话不负责任呢？"

陈清然起身来到妻子的身后，用双臂抱住她，低头亲吻着妻子的秀发："那是因为我媳妇太优秀了，你的到来直接让那个小江感到了压力。我猜啊，那个小江一定是学历职称都与你相差甚远，人也一定长得很难看，所以呢，她才会对我媳妇羡慕嫉妒恨呢！回头我去告诉她，我媳妇才不屑与她争呢，让她别那么神经质了。没准她一见我这帅哥出面，一下子被我的魅力折服了……"说着还扭头对着墙上的镜子甩了一下头发。

"你别臭美了！就你，还魅力？"林晓雪让丈夫逗得扑哧一下笑出声来。

"来，媳妇儿，咱们吃饭，什么小江大江大河小河的，咱就当她是空气！"见林晓雪笑了，陈清然似乎松了一口气。

"我从来也没想与谁争什么，我来首都也不是为了与谁争名争利，只是为了全家人能在一起，能让孩子天天见到爸爸。唉，她们的心眼怎么这样多呢？"林晓雪一边心不在焉地吃着饭，一边忍不住轻轻对丈夫嘟囔着。

第二天，林晓雪见到了小江。

她叫江久花，是个黑黑瘦瘦的女人，应该快四十岁了，个子不高，五官长得比较周正，尤其是那双眼睛，又黑又亮，闪着灵动狡黠的光芒。身材很不错，虽然不高却比例协调。出乎意料的是，她对林晓雪居然十分热情。见到林晓雪的第一眼，她就满脸堆笑，站起来拉着林晓雪的手嘘寒问暖，好像是个久别重逢的故人。

"林晓雪是吧，啧啧，真漂亮！昨天你来时我正好有事出去了，没见到美女，真遗憾！以后咱就是一家人了，咱这叫'有缘千里来相会'啊，你往后遇到什么困难就吱一声啊！"嘴巴甜得像蜜糖，说得林晓雪心里头暖融融的。这时她却不经意间看到葛会计不屑地冲着华姐撇了撇嘴，让她一下子清醒过来。林晓雪一边与她敷衍着，一边想："我总算知道什么叫

'口蜜腹剑'了。如果不是我昨天无意中听到她说的话，我一定会将她当成天下第一大好人的。她可真是个能说会道，口是心非的女人。对她，我以后可得小心点儿。"

小江是D区十中的主管会计，同时负责管理整个单位的三险一金。林晓雪刚到首都时，政策规定，干部身份的工作人员是不用交三险的，每月仅需要交住房公积金，林晓雪从豫省转过来的三险一金当即封存。当沈姐当着林晓雪的面向小江提到要为林晓雪上住房公积金时，小江说："小林的住房公积金现在上不了。在咱单位，一切开支按年初的财政预算走，增人不增资，减人不减资。她来得不早不晚的，年初的财政预算中，公积金单位负担的部分，没有她的这份钱，她的公积金得明年一月才能上呢。"转头又对林晓雪说："小林啊，我也很想现在就为你上公积金，咱都一个科室的，还能不护着你吗？但没办法，没有钱！学校可不比你们银行，事业单位与企业不同，每笔资金都是有预算的。"

她的话，有理有据，还将政策讲得头头是道，似乎没有一点漏洞，让人没有一丝一毫反驳的余地。但一年不到，林晓雪便发现小江的那些话全都是扯淡，因为后来的人，不论是毕业新分配进校的，还是从外单位调入的，都是在起薪的当月按照身份，全给补上了所有的保险和公积金。自己平白无故少了近半年的住房公积金，这事让她多年后想起还愤愤不平。而自己的经历，在D区十中当真是"前无古人，后无来者"了。

第六十六章

职场难题

"好媳妇，咱不跟那素质差的丑女人生气啊！咱家不缺那点儿钱，部队马上就要涨工资了。"陈清然知道这事后，忙不住地安慰着妻子。

学生开学后，林晓雪与华姐一起收费。多年的银行工作经验，让她在收费工作中得心应手，并且准确无误，效率极高。华姐索性全部放手，自己坐在一边指点着林晓雪用电脑或手写开着各类不同的票据。半天时间，林晓雪已经干得有模有样了。

午餐时，华姐当着沈姐和大家的面说："这年轻就是年轻，不服不行。我看出来了，这小林真是脑瓜子好使，手也快，干活麻利！"

"人家是大学生嘛，正规的财会专业毕业，还是中级会计师，不一样的。"葛会计随声附和。

"那你们以后要多带她多教她啊。她会得越多，干得就越多，你们不就轻松了嘛！"沈姐说。

小江却一句话都不说，只顾埋头吃饭。

"小江，你不总嚷着忙不过来吗？将你那主管会计的活交给小林，你教教她。她那么聪明，又有文化底儿，保证一学就会，你不就轻松了呀！"葛会计对小江说。

"我……我没有忙不过来啊，我什么时候也没说过那种话啊！小林跟着华姐，挺好的。"小江大概没有想到葛会计会当大家的面这样说，一时不知道该怎么回答，有些讪讪的。

沈姐笑了笑，开口了："小林刚从银行来到咱单位，一切都得从头学，毕竟与银行工作有许多不同之处。你们呢，都比她年纪大不少，又都是咱单位的老人了，有机会就多教教她，多带带新人，'艺多不压身'嘛。她如果学会了，往后你们谁要是有个事儿，她能顶上去，对大家都有好处。"

华姐和葛会计都点了点头，小江犹豫了一下才很勉强地点了点头。

忙忙碌碌地过了一个星期，学生的各种零零碎碎的费用渐渐收齐。在收钱的过程中，林晓雪点钞速度很快，并能精准地识别假币，无论是百元大钞还是十元五元的小票。这让华姐感到比往年开学时安心很多。去银行存钱时，华姐也带上林晓雪，将她介绍给银行的工作人员认识，有时华姐忙不过来，就让林晓雪自己去银行办理各项业务。在遇到问题时，华姐反复强调各个注意事项。往往在一天中对外的工作结束后，她又手把手地教林晓雪汇总凭证、自制记账凭证、电脑记账等业务，以及如何操作财务软件，并且细致地与林晓雪讲解各个总账与分类账的钩稽关系。在华姐的耐心帮带下，林晓雪上路很快，半个多月后，她已经掌握作为一名学校出纳应掌握的大部分财务知识和工作流程。

"小林啊，你华姐我也就会这点三脚猫的功夫，现在你基本已经学会了。年终结账时出纳也没有什么新鲜的，到时候你一看就会。"三个月后，当着所有人的面，华姐微笑着对林晓雪说。华姐又转向负责人沈姐："老沈啊，这几个月，小林一直跟着我，我发现小林能力很强，又年轻，我建议你让她多学点。她的思路特别清晰，以后咱们财务室大概要靠她当主力了。"

林晓雪正好站在小江对面，她注意到，小江的脸一下子阴了下来。

"那小江带小林一段吧！她已经掌握了出纳工作的流程，有了基础，学学主管会计的业务知识，应该不难学会。"沈姐对着小江说。

"好啊好啊，我有空时可以带她学，收一个美女当学生，我好荣幸

296

啊！"小江这时脸上的表情已经恢复了正常，连声音似乎都充满了欢愉。

"她的自控能力真强！明明不高兴却装出非常高兴的样子，这点我怎么就做不到呢？我总是将一切都挂在脸上，真不好！"林晓雪心想，却又不由打了个寒战，忽而感到一股深深的寒意和恐惧涌上心头。

已经到了阳历年的年底。林晓雪从十二月一日开始，正式跟着小江学习。因为有葛会计负责日常会计工作，小江只在月底结账时才上手，而她在财务账套中是系统主管的身份，所有月底结账的操作和会计报表的生成只有她自己才有权进行。其余时间除了跑跑财政局、教委等地方，她都忙着看书学习。

小江结账时，速度极快，并且她在工作中从不与林晓雪交流，更不会有任何解释。

林晓雪注意到，小江是在学习中级会计师职称考试的教材。不过这时《实务1》《实务2》已经合并成一本书，总共考三门课程。

"小江姐明年也考中级啊！"这天别人都有事不在，办公室仅有她与葛会计。望着窗外纷纷扬扬的雪花，林晓雪闲得无聊，便没话找话地开口了。

"她考什么都是白扯，连个初级都考不过，还去报中级，真是笑话！切，她假模假式的，看得懂吗？"葛会计正低头记账，头也不抬地说。

"什么？小江姐还没过初级呢？"林晓雪很诧异。

"她过不了，考会计系列的职称不是光靠用功就能过的，那需要一定的文化底儿。就她，末流高中都没毕业的主儿，能考过那才叫奇闻呢。再说了，她又不聪明，不过是有一肚子心眼子罢了。她是见你来了，害怕你抢了她的位置，才会着急忙慌地去报中级职称考试的。"

"噢！"林晓雪应了一声，不知该怎样回答。背后议论别人的确不是她的强项，况且葛会计的为人她也不是很了解，怎么敢乱说？

"她真是有毅力，真可称得上屡败屡战。她每年都报名，会计师、经济师都报，但每年都不过。这么多年她的报名费、听课费也能买两平方米的房子了（那时D区的房子每平方米将近四千元）。我都替她可惜！"

"噢！这么多！"林晓雪又应了一声。同时隐隐感到葛会计与小江之间似乎有极大的矛盾。

"她那个会计证是财政局直接发的，都没经过考试。如果考，她恐怕连个会计证都够呛拿得下来。本来没有会计师证是不能当主管会计的，但你架不住人家与孔校长的关系好啊。哼！什么玩意儿！"葛会计越说越生气，嗓门也逐渐高了一些。

林晓雪一听越来越复杂，不由有些害怕。"呀，我要去卫生间！"她叫了一声，装出很急的样子奔了出去。

她在卫生间里足足待了一刻钟，直到听见了小江高跟鞋有节奏的哒哒声，才从卫生间出来回到了办公室。

"小江啊，小林再不出来咱们就得去捞她了，真担心她掉厕所里头了！"葛会计见林晓雪回来，便笑嘻嘻地打趣说。

日子过得飞快，转眼间又过了好几个月。春天开学时，林晓雪仍跟着华姐收费，华姐有事时，她偶尔帮助发发工资，跑跑银行。其余的时间她都跟着小江，整天无所事事，只好看些关于事业单位会计业务方面的书来打发时间。

工作轻松到无聊，经济方面，林晓雪却过得紧巴巴的。陈清然的工资一月两千，她进了学校后，按新入职的人计算工资。除了一个月一千七百多元的工资，占工资近一半的奖励性绩效部分却一分没有。小江负责算工资，对她解释说刚入校的人得等六个月后，也就是第七个月才会有一半的奖金，九个月后，也就是第十个月才会有全奖。中秋节时，学校给每人发一百块钱的过节费，小江也以林晓雪入校尚不足半年为由扣发。等到春节每人发两百块钱过节费时，小江在做发放表时照例将林晓雪的实发数一栏写为"零"。"虽然这钱是二月份才发的，但这是去年的钱。你八月份才来的，还不到半年，所以没有你的。"怕林晓雪不信，她顿了顿又补充说："我来咱学校都二十多年了，一直是这样子的。小林啊，咱都一个科室的，如果我能给你发，还能不发吗？又不是我们家的钱。"

她如果什么都不说，林晓雪倒不觉得什么。她这样反复解释，倒让林晓雪心中很别扭，也让林晓雪愈发感到小江是个多么心胸狭窄而且恶毒的女人！

　　"别听她的，她就是存心！小林啊，你去找孔校长，将该得的都要争取回来！她就是嫉妒你才处处给你使绊儿，尽做些损人不利己的缺德勾当，有意思吗？切！"葛会计在办公室没有旁人时，这样给林晓雪支招。

　　"找孔校长？"林晓雪愣了愣，没有回答。她的眼前立即浮现出她之前见过的那个高瘦的中年男人，头上略有谢顶，常穿一套笔挺的灰西服，精神抖擞的样子。

　　"这事就得去找校长说道说道。小江她这是明摆的欺人太甚，狗仗人势！"葛会计继续说。

　　林晓雪忽然感到好累。说实在的，一两百块钱她从来没怎么在乎过，但小江的做法的确太让人生气，经葛会计这一怂恿，林晓雪的胸中升起一股豪气："找就找，谁怕谁啊！"

　　她呼地从座位上站起来，冲出了财务室的大门。

　　出了办公大楼，迎面一阵凉风吹了过来，林晓雪的大脑一下子清醒了不少。在篮球架前，她止住了脚步，站在那儿发呆。

　　这时衣服口袋里的手机响了，是父亲打来的。

　　林子涵是何等了解女儿啊，还没交谈几句，他就听出女儿的情绪不对。在他的一再追问下，林晓雪向父亲讲述了事情的全部。

　　"孩子，你千万不要为这点儿小事去麻烦领导啊！"电话那边，林子涵急忙叮咛女儿。

　　"可是小江欺负我，从我一来这儿她就与我过不去！这次我不能再忍让了！"林晓雪在与父亲讲述时，委屈的泪水早已经在眼眶中打转。

　　"孩子，"林子涵在电话中轻叹了一声，"孩子，不就是几百块钱吗，爸给你，不值得生这么大的气。"

　　"爸，这是钱的问题吗？我不与你说了，我要挂了！"林晓雪烦躁地说。

"孩子，不要挂，听爸说！"林子涵声音提高了一下。

林晓雪准备将电话挂断的手指停住了。

"孩子，你最懂事儿了，听爸爸的，不要为这点儿小事去麻烦领导，别再给自己添堵了！"林子涵说，"你如果去了，肯定会后悔的，对你自己也没有半点好处。孩子啊，你也老大不小了，许多事情不要太计较，哪个单位的领导都很忙。你这点儿小事不能叫事儿，如果去找了，只能让人感到你太小气太难缠，也会让别人看轻的！再说了，你一个人身处异地他乡的，又刚到一个新单位，你对别人了解多少？谁是你的人？谁有义务对你好，为你说话为你考虑啊？你仔细想过没有，那个撺掇你去找领导告状的同事为什么会帮你说话，她的动机是什么呢？"

"这……"听着父亲的话，林晓雪不由一惊。

"听爸的话，孩子！你还年轻，爸吃过的盐比你吃的饭多，爸经过的桥比你走过的路都长。你如果要找领导理论，也不急这一时。爸建议你先冷静冷静，回家好好想一想再决定，好不好？"

"爸，我明白了，我不找了！"林晓雪挂断电话后，又慢慢地回到了财务室。

"小林啊，孔校长怎么说？"她一进门，葛会计就迫不及待地问。

"我没找，我想了想，又懒得去找了，一两百块钱的事，太小了，我不想麻烦领导。"林晓雪回答。

"噢……"葛会计无精打采地回答了一声，刚刚兴奋关切的脸色一下子黯淡了许多，不再多说什么了。

三月的时候，学校办公室接到区教委的通知，要求作为区重点中学之一的D区十中会计档案在下一学期达标（即达到区档案局规定的重点中学档案管理标准）。拿着办公室转交的通知，沈姐一脸烦躁地走进了财务室的大门，一进门就奔里屋找小江。

"小江，你看看这个！"

坐在外面的林晓雪听见沈姐的叹息声："这二十多年的票据和账，可不是十天半月就能弄清楚的。以前没实行义务教育，每个学期每个学生都有一大堆书本费、学杂费票据，咱们学校这么多年有几万名学生毕业，加上日常的财务票据账等，工作量这样大，可怎么好？"

"是啊，现在到放暑假也不过四个月时间，就算暑假不休息，也就半年，这样短的时间！"只听小江附和说。

"现在咱每个人手头都有好几摊子的活，小江啊，这活也就只有你干了。你来得比我都早，是咱们学校的老会计了，那么多的票据你大多都经手过，整理起来会方便些。咱们以前哪里有什么会计档案，我瞧着那些会计票据能每月按时装订在一起，不缺号就不错了。"只听沈姐说。

"沈姐，以前单位刚成立，就我与小葛管所有的会计事务，收费做账都是我们，忙都忙死了，又没谁指点，能干什么样算什么样。这几年会计方面的各项政策都不一样了，哪能用现在的眼光看好多年前的事？我觉得我们够不错的了。"只听小江的声音已有明显的不满情绪。

"我没有说你们干得不好啊！"沈姐解释道。

"我们干得好不好，孔校长心中自然有杆秤。再说，别人忙，我也不是闲人，等我腾出工夫去整理，黄花菜都凉了！"只听小江冷冷地说。

话都说到这份上了，傻子都听得出来，小江是很明白地告诉沈姐：这个整理档案的活你爱让谁做让谁做，反正自己绝对不会去做的。

沈姐再没有说话。林晓雪却是越听越惊讶。这个主管会计小江，在顶头上司面前也太强势了吧？看来沈姐这个财务室负责人的差事，也不是那么好干的。

第六十七章

原来如此

　　整理会计档案的工作，不出意外地落到了林晓雪的肩上。当她拿着钥匙在小江的带领下打开档案室的门时，不由惊呆了。

　　总共两间房，六七十平方米的面积，靠墙壁一个挨一个地放着颜色各异的铁皮五节柜，将前后的窗户全都挡上了。三排柜子放在房屋中间，仅留出窄窄的距离能够供人通过。如果打开柜门，人只能站在两扇柜门之间。如果想出去，必须将柜门关上腾出空间来，否则出不去。林晓雪数了数，四十多组柜子。每个柜子上都插着钥匙。

　　"我怕柜子太多钥匙乱了，索性将钥匙全插在上面，省事！"小江对她说。

　　林晓雪张了张嘴想说话但最终还是忍住了。她想说存放会计档案的柜子怎么能够不上锁呢？但想到小江的强势，便硬生生地将到嘴边的话咽了回去。

　　"你就在这儿整理吧，上班时直接来这儿就行了，没事也不用下去了。不过你得快马加鞭，九月一日开学上级单位就来验收。"小江丢下几句话，下楼去了。

　　凭证真的好乱，一本本被横七竖八地塞在柜子里，毫无章法。有的封面已经没了，破破烂烂堆在那里，也许是多年以来，由于各种原因来来去去翻腾得太厉害吧。林晓雪不由眉头紧皱，有点"狗咬刺猬——无从下牙"的感觉，所以第一个星期进展缓慢。

慢慢地，她不断总结经验，按时间的先后顺序将凭证分类编号，整理的速度渐渐地快了起来。对于这项工作，林晓雪当然没有任何经验。小江给她的，也仅仅是一份上级单位通知的复印件，上面只说要进行会计档案达标的检查，给出了检查的具体日期，但没有具体的要求及细则。

问小江时，小江冷冷地说："谁知道标准到底是什么！二十多年前，我来咱学校时，还不满十八岁呢，那时候学校刚刚组建，财务室就我与小葛两个人。她比我大一些，遇到事只知道哭，有什么用！别说没人带，连个问的人都没有！华姐与沈姐也是后来才调进来的，刚来时还不是与你一样，什么都不会，那时候谁知道怎么干，自己多琢磨琢磨不也就过来了。整理档案有什么难的，难道还要我手把手教你啊！"

林晓雪不再说什么。"在小江的眼中，谁都不如她，谁都是一无是处的。"她默默地想。

中午休息时，她回办公室上网查看了一下档案管理方面的知识，将重点的要求用纸抄录了下来，自己用心体会，倒也真如小江所说"自己琢磨琢磨不也就过来了"。到了七月中旬的一天上午，学生的期末考试结束了，老师们正在紧张地阅卷时，二十多年的会计档案已经让她整理得初具规模。看着一组组码得整整齐齐、贴上统一标签、各项内容标注得清清楚楚的档案，她的心一下子轻松得如天空中飘荡的云彩。

林晓雪抬起头，前后左右地扭了扭脖子，又摆了摆早已经酸痛不堪的胳膊，心情非常愉悦。"到楼下走走吧，顺道去瞧瞧办公室后面的银杏结果儿了没有，果实长多大了？"从整理档案这项工作开始，她每天早晨一进校门就直奔档案室，中午吃饭时直奔食堂，吃完了又直接上楼继续工作，几乎没怎么回过办公室，毕竟是时间紧任务艰巨嘛。小江和沈姐倒是会偶尔上来看看她。夏天都过去一大半了，她竟然一次也没有去过那个她

下
部

303

一进校门就非常喜欢的小树林。

天有些阴，闷闷的，一丝风儿也没有。银杏树林里，那片片的"小扇子"一动也不动，安静极了。偶有一两只小飞虫掠过，它们扑腾着小翅膀扇出些轻微的风声，一瞬间便没了踪影。林晓雪走进小树林，不时扬起头望向树上，企图找到一两个银杏果实。她找啊找啊，一直找到最东边的那排树，居然真给她找到了一棵结果的树，尽管树上挂的没几个，但毕竟结果了呀！仰望着那高悬于树顶上的青色果实，她想起自己无忧无虑的童年时代，有一种想爬上树去摘取果实的冲动。但当她双手紧抱住树干准备攀爬时，她又不禁哑然失笑：那一大堆让人望而生畏的会计档案整理得差不多了，自己太开心，一下子也轻松得太没边儿了，都忘了自己已经为人妻、为人母，早已经不再是多年前那个爬上爬下、到处疯跑着玩儿的小女孩了。

她对着那几个青色的银杏果实仰望了半天，边看着边小声说："好奇怪啊，你们这一片树难道不是一齐种上的吗？为什么单单就你结了果实了呢？你出什么风头啊，这么多树都不结果，你傻啊，不懂得'木秀于林，风必摧之'的道理吗？不怕有人将你连枝带叶折下来啊！"进京以后，她离家乡的距离，由原来的三百公里延长到一千多公里，经常一年半载都回不了一次老家，省城的旧识也只能偶然在电话中联系一下。她除了认识部队大院的几个军嫂，平时接触的也就是单位同科室的这几个人。丈夫忙，孩子小，连个说话聊天的人都没有。这会儿实在是憋得难受，居然同一棵树聊了起来。

"凭什么她入党，她哪点比我强！"小江的声音在耳边传来，还夹杂着低低的呜咽。

"她不比你强，但必须先让她入！"是孔校长。听得出来，两个人是在财务室内说话，边上似乎没有别人。两个人的声音都不大，但因为周围没有别的声音，所以他们的谈话还是让林晓雪无意中听到了。

"校长你就是偏心！"小江带着哭腔说道。

只听孔校长轻轻地叹了口气："你和小葛一起进的单位，都为单位付出了青春。沈会计退休后，这个负责人的位置就是你的，但小葛也不服气啊，不让她先入党有点说不过去啊！"

然后两个人没有了声音。

过了好大一会儿，只听孔校长又开口了："你啊，也别什么都想占着，让别人说闲话。有我在，她比你早一年入党，对你有影响吗？"

"我就应该比她早，人家贡献大嘛！"小江似在撒娇！声音比平时也温柔娇媚许多。

"对，宝贝儿，你贡献当然比任何人都大……"孔校长低低的声音充满了暧昧，"今晚上有空吗？"

又是近两分钟的悄无声息……

下
部

305

第六十八章 噩梦

　　"那个军嫂怎么样？"过了好大一会儿，孔校长的声音重新响起。林晓雪一听提到自己，更是一动也不敢动地凝神细听。

　　"不怎么样，什么中级会计师，我带她这么长时间了，还是什么都不会！"只听小江回答道，声音中充满了不屑。

　　听到小江的话，林晓雪的心猛地一颤：这个小江，自己也并没有得罪她，为什么她要处处为难自己？校长都许诺负责人的位置是她的了，自己的到来并没有对她构成任何威胁，她为什么还要如此处心积虑与自己过不去呢？这么久以来，自己一直在楼上整理会计档案，几乎不去办公室，她什么时候教过自己业务知识啊？自己刚到一个新地方，竟遇到这样一个人，偏偏这个人还将成为自己的顶头上司。唉！在异地他乡不求升官发财，只求平平安安挣口饭吃难道就这么难吗？

　　林晓雪悄悄地回到了档案室，呆呆地坐在一把椅子上，心情沮丧到了极点。中午饭的时候，她没有下楼。

　　下午两点多钟时，小江上楼来了。她先询问林晓雪为什么没有去吃午饭，当林晓雪回答"没有胃口"时，她又关切地伸手摸了摸她的额头，温柔地说："晓雪啊，你发烧了，天气太热了，整理这些档案可把你累坏了吧。你身体不舒服应该说一声，可不能硬挺着啊！回去吧，回去好好休息休息，吃点药，睡上一觉啊！我帮你向沈姐请个假。"

如果没有在银杏树林里听到的那些话，小江的话该是多么让人感到亲切温暖呵！但此时的林晓雪感到身心俱疲，她虚弱地冲小江点了点头，轻轻地道了声谢，收拾好了东西向家的方向走去。

下午的阳光很毒，明晃晃地当头照着，晒得她头晕目眩。平时十多分钟的路程，她走了近半个小时。当她摇摇晃晃好不容易进了大院的门时，包里的手机响了。

"小林你跑到哪儿去了？孔校长想看看你的会计档案整理到什么程度了，都等了半天了，快回来吧，快点！"电话那边，沈姐的声音很着急。

林晓雪应了一声，来不及细想，招手叫了一辆出租车，不到五分钟的时间，她就出现在档案室的门口。孔校长与沈姐一起站在那里，沈姐一脸焦急的神情。

"小林，你怎么搞的，上班时间拎着包到哪里去了？"沈姐一见她出现就嚷嚷开了。

"我……"林晓雪不安地看了一眼孔校长，不知道该怎样解释。本想告诉两个领导自己的确不舒服，是小江让自己回家休息的，但考虑到孔校长与小江的关系，话到嘴边又咽了下去。

"什么也别说了，快开门吧！"沈姐在一旁催促道。

林晓雪手忙脚乱地在包中捞了半天，找出钥匙开了门。孔校长的脸已经明显比她刚到时拉长了许多。孔校长两手别在身后，沈姐亦步亦趋地紧紧跟在他后面。林晓雪立在门口，有些不知所措。

孔校长在柜子林立的室内转了一圈，一句话也没说，就离开了。

林晓雪跟着沈姐来到了财务室。沈姐进门坐定后，开口了："你有事也应该打个招呼对吧，总不能这么无组织无纪律吧？"

"我……沈姐，我不舒服，中午饭都没吃。小江姐说她会帮我请假的。"林晓雪咬了咬嘴唇，鼓起好大的勇气，才艰难地说了几句话。

"这就奇怪了，小江来来回回在我面前走了好几趟了，她没有提啊！"沈姐似乎在自言自语，又像是在对林晓雪说话。

林晓雪不知该说什么好，只是呆呆地站在沈姐的对面一言不发。

两个人沉默了好一会儿，沈姐微微叹了口气："小林啊，这次我知道你也不是故意的。小江她一定也不是存心这样，可能是忘记跟我说了吧。这孔校长早不来瞧晚不来瞧，怎么你刚离开他就来了？这么久了，我了解你是一个很守纪律的人，今天的事情就到此为止吧。你也别往心里去，以后这种请假之类的事还得自己来。一忙就忘记了别人委托的事情也是正常的。"

林晓雪连连点头。

"小林啊，我看你的脸色的确不好，你呢，今天先回家休息休息，如果明天身体还不好受，给我发个短信或者打个电话，就不要来上班了。"沈姐温和地说。

沈姐关切的话语让林晓雪有一股想哭的冲动。怕自己止不住流泪，她连忙道了谢，拎着包离开了。

回到家林晓雪就一头栽倒在床上，开始发烧，并且总是做噩梦。梦中，自己兴高采烈地在那片小小的银杏树林中转来转去，采了许多好看的野花野草，所有的指甲都被染成了绿色，这时却忽然发现离自己不远处，有一条浑身长着斑斓花纹的大蛇，吐着红红的信子迎面而来，她吓得没命地逃，但奇怪的是，梦中的小树林一下子变得如此广袤无边，无论她如何拼命狂奔也总摆脱不了那条大蛇的追逐。一会儿，那条大蛇变成了江久花那张笑盈盈的脸。她刚刚松了口气，想停下来歇一歇，一转身却发现江久花的脸又变成了大蛇……她歇斯底里地尖声大叫着，这时忽然听到了丈夫的声音，似乎从遥远的某个地方传来，并且感到身体被不住地晃动着。当她终于从梦魇中醒来，出现在眼前的是儿子那张可爱的脸。

和事佬

　　原来已经下午六点多了，丈夫下班后将强强从杨老师那里接了回来。

　　"晓雪，你怎么啦？身上这么烫！去医院吧！"陈清然一脸关切的神情。

　　"没……没什么！吃点药就好了。"林晓雪挣扎着坐了起来。

　　"这个袁树魁还真是不太会挑选时候啊！"陈清然抬手抚摸了一下妻子的长发，"晓雪，我不知道你身体不舒服，我都答应袁树魁了，让你今天晚上去市里头见见秦娟，和她好好谈谈，劝劝她。秦娟也答应了。"

　　"出了什么事？"林晓雪一惊，她猛地意识到自己已经很久都没见到秦娟了。两个多月前自己请几家一起到家中聚会时，快吃饭时秦娟打了个电话说单位有事，实在走不开就不来了，是袁树魁一个人到的。当时她没有多想。是不是这两口子之间早就有问题了？

　　"她正和树魁闹离婚呢，都闹了快半年了。树魁一直没告诉咱。"陈清然说。

　　"离婚？好端端的离什么婚啊！"林晓雪意识到事态的严重性。

　　"妈妈，什么叫'离婚'？"强强仰着肉嘟嘟的小胖脸，望着母亲，天真地问。

　　"这个问题，小孩子听不懂的。强强乖，爸给你开电视看动画片。"陈清然将孩子抱到客厅，把电视打开，调到了孩子最喜欢的少儿频道。强强高兴地随着电视里的音乐扭起了小屁股。

"嗨！这个袁树魁，死要面子活受罪。"安顿好儿子后，陈清然返回卧室，对妻子说。

"袁树魁说秦娟到城里工作才半年多，两个人就开始闹了。秦娟动不动就以值夜班为由三天两头不回家，但这事他一直不好意思告诉咱儿家。你说咱还能笑话他吗？也不知道这袁树魁到底是怎么回事，脑子天天在想些什么。现在倒好，秦娟死活要离婚，他才慌了神。今天中午他来找我，我也才知道这事。他说你与秦娟岁数相差最小，也最谈得来，想来想去，还是想请你出面去劝劝他媳妇儿。"陈清然接着说。

"那丽水、晓琴和红叶她们几家都知道吗？我叫上她们一起去呢？是不是效果会更好一点儿？"此时林晓雪已经完全忘记自己的病，急切地问。

陈清然摇了摇头："袁树魁还特意叮嘱不要告诉别人，他不想让太多的人知道这件事。每个人都是讲面子的，这个咱得理解。再说秦娟也只同意见你一个人。如果人太多跟去打狼似的，好多话都没法说，你说对吗？"

林晓雪沉思了一下，点了点头。"那我去吧，怎么走，怎么坐车？"说着准备起身。

"袁树魁说叫辆出租车送你去。我也带着强强一起去吧，你身体这个样子，我有点不放心。晓雪你能行吗？"陈清然说。

"我没事，咱不能眼见着好好的一个家庭就这样散了。"林晓雪说。

"我先让雄伟给你瞧瞧，给你吃点对症的药，然后再叫上树魁一起去秦娟那儿。我与树魁就不进去了，你一个人好好与秦娟聊聊，看看她到底是怎么想的，两个人的矛盾根源到底在哪儿，还有没有挽回的可能。"陈清然说。

"好！"林晓雪点了点头。

兴兴旺旺国际假日酒店内灯火通明，那种豪华与气派真是让林晓雪头晕目眩。见到秦娟时已经是晚上八点多钟了，林晓雪发现秦娟很憔悴。她本来当天要值夜班的，因为知道林晓雪要来，特意与人调换了。她引着林晓雪来到酒店后院的一幢筒子楼。二楼有一间是她的宿舍，两个女子进去将门关好。林晓雪环顾了一下整个房间：四白落地的墙壁，昏暗的灯光，简单的一张铁制高低床，下面的一层铺着一套雪白的卧具，上面那层放了一个箱子和几个盆子，几条毛巾整齐地搭在床头的横栏上。室内连个卫生间都没有。这与酒店外部金碧辉煌的装潢很不相称。

见林晓雪一脸疑惑的样子，秦娟苦笑了一下说："很奇怪我的宿舍如此寒酸吧。酒店本来是不为员工提供住宿的，即使提供也是七八个人一间房。我离家太远，当时入职时就提了要个独立的小宿舍的条件。三家酒店也就这家酒店满足了我，因此我才选择了它。这两年之所以没有跳槽去更好的地方，这间小房子也是很重要的因素之一。有时候遇到酒店要承办什么大型活动，下班更是没点儿，多数时候公交车早就没了。家里又没车，我一个女人，好歹得有个落脚的地方啊！再说咱D区没有通地铁，这儿的冬天又那样冷，赶上天气不好时，我就可以在这儿将就一下。这个房子虽然差点，但好赖也是单间啊，冬天还有暖气。在这样的地段，如果在市场上租的话，这间房一个月也得一两千块钱呢。"

林晓雪点了点头。"娟，你瘦了！脸色很不好，听说你与袁树魁闹别扭了，能跟姐说说吗？"

秦娟的眼圈一下子红了。林晓雪上前搂住她，轻轻地拍拍她的背，秦娟索性伏在她的肩头哭出了声音。

过了一会儿，秦娟的情绪稍稍平静了。她抬起头，扯过床头的毛巾擦了擦泪水，轻轻开口了："他老是疑神疑鬼的。我这个工作性质能跟你们事业单位一样吗？只要我晚上不回家，他就不往好处想，好像我做了什么见不得人的事情。自从我来这儿上班，他天天为这事与我吵架。我在外面上班，每天看房客的脸色本来就够累的，回家还要应付他，我受够了。我不是想趁着年轻，没有孩子拖累时多挣些钱么，我没有别的想法，就是想在三环以里买一套房子，我也不要太大，七八十平方米的大两居或是小三

下
部

311

居就行。然后再买辆车，十多万的那种就行。晓雪姐，你说我的要求过分吗？我自己辛苦点，省着点，想快点将房子买了。你看现在这房子，一天一个价。咱刚随军过来时，D区的房子每平方米也就三千多，市里最好地段的房子也不过八千；你再看看现在，三环边上的房子都快一万了，D区的也六千以上了。为了早点实现目标，我现在几乎不敢花钱。以前我在老家时，只要看上了哪件衣服、哪双鞋子，价钱都不属于考虑的范围，喜欢就买，现在……现在我能吗？我现在的衣服大多数还是以前的，好在上班时酒店都要求穿统一配发的制服，不然我都寒酸死了。他们部队是刚涨了工资，涨了后他一个月也挣不到四千块钱，不吃不喝在郊区也就能买半平方米房子，况且又有谁能不吃不喝？他父母亲是农村的，岁数也都不小了。他那几个兄弟都认为我们两口子在大都市里上班，挣钱多得花不完，所以他们除了平时给老人送点自家地里头生产的粮食蔬菜，其他老两口花钱的事就都是我们家的事。老爷子年初来北京做手术就花了两万多，现在每月他都要往家里寄六百块钱的药以供老爷子手术后恢复用，加上老人的生活费，他工资将近一半就出去了。我……我说过什么了！大前天我值完一宿夜班，正赶上第二天休息，我早饭都没吃就高高兴兴回了家，一进门他就给我脸色看，还审犯人似的审我。这日子没法过了，连最起码的信任都没有，还有什么意思啊！"说着说着，秦娟又开始抹眼泪。

林晓雪松了一口气，看来这小两口之间是没有什么原则性的大问题的，那自己这个"和事佬"或许能胜任。

"唉，也真够不容易的！咱们军嫂哪个容易啊！"林晓雪小心翼翼地开口说，"娟，听我说。你这次把你老公吓坏了，他今天中午去找我家清然时，都快哭了！他说到你要和他离婚时，脸色都是惨白惨白的，浑身都在不停哆嗦。"她尽量夸大袁树魁的紧张情绪。

"什么？"秦娟抬起一双清丽乌黑的大眼睛，将信将疑地望着林晓雪。

"袁树魁那是太在乎你了！"林晓雪劝道，"你想想啊，傻妹妹，那家伙挑媳妇挑到三十多岁，眼睛都挑花了，好不容易才娶到了你这么个聪明又贤惠的小美人儿。你还比他小那么多，又这么能干，每月还比他多挣那么多的钱，他哪有不紧张的道理啊？要我是男人啊，我会天天跟着你，这么才貌双全的媳妇要是让别人抢走了可怎么好啊！"

秦娟的脸色一下子明媚起来，看来林晓雪的话她听了很受用。

"瞧姐姐说的，我哪有你说得那么好啊，我就是一个傻丫头，就是能吃苦罢了。你夸得我都不好意思了。"说这话的时候，她的脸上已经有了明显的笑意。

"美就是美，还谦虚什么。咱家娟啊，天生丽质，根本不需要用什么高档衣服来装扮。"林晓雪加紧赞美道。顿了顿，她又接着说："你呀，有事说事，别再吓唬他了，当心将袁树魁吓出点什么毛病，到时候我看你后悔不后悔！听姐的话，今天跟我回家！"见秦娟的脸色缓和下来，林晓雪趁热打铁加紧劝和。

"我不回去，我就是要跟他离婚，看他能再找个什么样的！"秦娟嘟起了小嘴。

"老说离婚，那是什么好事呀？你要是跟袁树魁离了，他太伤心，要打一辈子光棍的。你没见他刚才那样子，好像世界末日到了！"林晓雪故意装出不高兴的样子，将脸板了起来。

"你就会骗我，晓雪姐！他既然那样在乎我，也没见他来接我啊？"秦娟仍然嘟着小嘴。

"你还要他怎么接你？袁树魁为了接回媳妇，今天可是破费了，花五百块钱包了一辆出租车在门外等着呢，怕你不给他面子，才让我出马。嘻，我面子有那么大吗？除了我这个美女，车上还有四个帅哥在静候佳人呢。"林晓雪拉起秦娟的手，想让她跟自己走。

"四个帅哥？"秦娟一脸的迷惘。

"是呀，咱两家的老公，我们家的小帅哥，还有司机，不是四个是几个？"

听林晓雪这么一说，秦娟忍不住扑哧一声笑了起来。

"走吧，走吧，我的好妹妹！你不心疼你老公，也心疼一下你那可爱的干儿子吧！平时的这个时间点，他早上床睡觉了。今天怕他干妈不要他干爸了，就不辞辛苦来接干妈了，现在都不知道困成什么样子了呢。"说着连推带拽地将秦娟带到了车上。秦娟一直都很喜欢强强，认识以后她就一直让强强管她叫干妈。

车上，强强已经在父亲怀里睡着了。林晓雪疲惫地在丈夫身边的座位上坐了下来，感到浑身上下都很难受，整个人都要瘫了。陈清然伸手摸了摸妻子的额头，轻轻地问："晓雪，你没事吧？"

"娟，晓雪还发着烧，下午请了病假，却为了咱们俩的事都没顾上休息。咱们别闹了好不好？"袁树魁将坐到身边的妻子揽在怀里，温柔地说。

一场家庭风暴就这样平息了下来。为了这件事，陈清然大大地表扬了妻子一番，说妻子真是个能文能武的巾帼英雄。直夸得林晓雪心里美滋滋的。心情好，病也好得很快，第三天她就神清气爽上班去了。

一到单位，林晓雪照例直接上楼去了档案室。学校再过几天就要放暑假了，她想赶紧将这项工作全部干利落了，将会计档案的电子文档建起来，再将纸质的材料打印出来存档。忙忙碌碌过了一个上午，中午到食堂吃饭时，却感到气氛与平日里大不相同。同事们一个个神情肃穆，往常人声鼎沸的餐厅安静得好像没有人，偶尔能听到的只有勺子与餐盘轻微碰撞时发出的声音，没有人说话，连吃饭的动作都小心翼翼，这让林晓雪感到一种莫名的不安。凭着直觉，她感到单位一定是出了什么大事情。

吃完饭，林晓雪回到了财务室，仅葛会计一个人在。在好奇心驱使下，她开口问道："葛姐，单位里出了什么事吗？我怎么感到有些别扭？"

"这样大的事，都上新闻了，你居然不知道？"葛会计奇怪地问。

林晓雪不好意思地摇了摇头。整天忙家务忙孩子的，哪儿有时间看电视呀！

"老孔被抓起来了。"小葛淡淡地说。

"老孔？哪个老孔啊？"林晓雪没有听懂。

"孔校长，咱们边上还有别人姓孔吗？"葛会计说。

"哦！"林晓雪惊讶地瞪大了眼睛，自言自语道："怪不得吃中午饭时大家一句话都不说呢。"

"现在的人多精明啊！"小葛压低了声音说，"老孔是昨天晚上在家时，被公安局的人带走的。咱们学校的教职员工是有人欢喜有人愁啊！但现在一切都不明了，谁又敢多说一句话啊？他过两天又回来继续做他的校长也说不定呢！万一哪句话说错了，不小心让某人打了小报告，说话的人还不得吃不了兜着走！多事之秋还是少说话为妙啊！"

林晓雪点了点头。

"电视上说他的巨额财产来历不明。小林你知道吗？老孔一家三口名下，居然在D区金秋花果园拥有五套住宅和二百平方米的底商。啧啧，真厉害，真有钱！"葛会计继续小声说。

金秋花果园是D区北边的一个高档社区，十层高的电梯房，南北通透，一梯两户，全是超过一百五十平方米的大面积住宅。当时开盘时，林晓雪也去看了，住宅均价每平方米六千三百八十元，临街的底商均价每平方米两万五千元。风姿绰约的售楼小姐接待她时明确告诉她，底商在未开盘时就已通过内部关系全部售罄，根本就没有再看的必要，所以也不用去看了。那日，她徜徉在装修高端大气上档次的住宅楼样板间里，久久不舍离去。但左算右算，她这个学会计专业的女子最后不得不选择放弃。

"五套住宅和二百平方米的底商！天呀，那得多少钱哪？"林晓雪大脑飞快地转动着，越算心越惊。

"一千多万啊，"只听小葛小声嘀咕着，"还仅仅是一个小区的房产，谁知道老孔在别的小区还有没有房子呢？小江还挺会做账的，我在财务科这么多年居然都没发现，就只是感到学校怎么越来越穷呢？学校收的部分学生费用从来不入大账，也不开票据，仅将学生的名字打印在一张A4纸上，把交了钱的打个钩完事。钱都让小江存在另外一个账上了，这账也从来不公开，也没见给大家发过一毛钱，原来都这样没了啊！"

"现在这房价涨得多厉害啊！那个小区的二手房的价钱都快一万了吧。"林晓雪也不由自主地小声说。

三天后，司法机关委托的审计师事务所开始进驻D区十中，对学校的财务状况进行了全面的清查和审计，结果发现自孔校长任"一把手"后，学生交的赞助费、借读费从未入过学校的大账，几千万的资金进入了孔校长私自设立的小金库，已所剩无几。财务负责人沈姐和主管会计小江也因此受到了极大的牵连。但鉴于她们两个名下没有来历不明的巨额财产和存款，并且在整个案件的侦查审理过程中积极配合调查，态度良好，很幸运地被免于了诉讼。孔校长被判十年零六个月有期徒刑，没收所有非法所得。沈姐与小江也被调离D区十中，从C区六中调来了一名财务负责人，兼任主管会计，又在当年财会专业毕业的大学生中招募了一男一女两名财务人员。

　　这个案子在当时的D区引起了极大的轰动。经过了一年多的时间后才最终结案。那一年多的时间里，小江噤若寒蝉，瘦得皮包骨头。只要一听见电话铃响就不住地哆嗦——怕机关又来询问她，或者要求她提供相关证据。她的丈夫听到了不少风言风语，怀疑她与孔校长有染多年，决绝地与她离了婚，只给她留下了年幼的女儿和一所五十多平方米的小两居。

　　"偷鸡不成蚀把米，长了一肚子坏心眼，有什么用啊！多行不义必自毙！机关算尽空欢喜！"小江调走后不久，华姐也退休了，林晓雪便接替了她的出纳工作。在两个小青年面前，小葛常常以老前辈自居，还时不时地引经据典，以江久花的事为例子，对两个年轻人进行说教。

第七十一章

遭遇奸商

　　时间过得飞快，转眼间，强强已经长到三岁半，该上幼儿园了。这时杨老师的女儿也将要生产，已经休假回到了娘家。虽然杨老师没说什么，仍是尽心尽力地照顾着强强，但老人脸上的疲惫一日比一日明显。林晓雪感到再让她照顾强强就不太合适了。好在陈清然的部队大院里有自己单位内部办的幼儿园，并且正好坐落在他们家住的那栋楼后面。小两口合计一下，让孩子就近入了园。

　　孩子入园后，林晓雪明显感到轻松很多：幼儿园里配有专门的营养师，为孩子们制定了一日的三顿营养餐，此外，上午十点和下午三点半还提供水果或牛奶之类的辅食，这让她不再为给孩子吃什么而发愁了。还有就是离得近，有专门的老师接送孩子，根本不用他们接送。有一次，林晓雪因为学校有事加班，回家晚了。孩子放学回家发现没人开门，就自己去了杨老师家，在人家家里大吃大喝了一阵子后，居然想起央求杨奶奶帮助拨号，给自己的妈妈打了个电话。这让林晓雪既感动又欣慰。

　　"我早就说了嘛，当代军嫂是非常幸福的。组织上把好多事情早都安排得妥妥当当的，现在各项后勤保障工作早已经形成了完善的配套体制，让军人没有任何后顾之忧，好多事根本就不用咱们操心。边上又都是同事，'一方有难，八方支援'的，看看，你加个班都有人帮你哄着孩子，我媳妇命是真好。儿子不到四岁就会自已照顾自己了，真是给力啊！"陈清然下班回家知道这事后，这样对林晓雪说。

林晓雪也将强强狠狠夸奖了一番。孩子得到父母亲的鼓励，一下子明白了不回家时和自已父母联系的重要性，并牢牢地记在心头。从此以后，无论他去哪里，去了谁家，他一直保持着给父母打电话告知的习惯。

强强上幼儿园中班时的初夏，林晓雪省吃俭用，手中渐渐积攒了一些钱，她已将省城经济开发银行家属院的那套住房按买价退还给了单位，得到了一笔钱。将两者存在一起，林晓雪手中一下子就有了十五六万元的积蓄。

"咱们买套小房子吧！这钱应该够首付的。"林晓雪对丈夫说。

于是小两口开始利用中午的时间到处看房。因为中午两人都有两小时的休息时间，孩子在幼儿园，不用随身带着，两个人行动会自由快速许多。此时周边的房价每平方米已经将近万元，房龄超过三十年的老旧小区，地段好点的也已超过每平方米七千元，地段差的也几乎没有低于每平方米六千元的。刚开始时，小两口想着手中的钱少，就专拣着地段偏僻、价格低的房子看，并且选了一处位于D区城乡接合部，尚未开盘的名叫星星花苑的楼盘，交了五千元的订金订了一套115平方米的大两居。对方承诺三个月时间之内肯定开盘，到时候售楼小姐会逐一电话通知已经订房的客户的。还承诺如果到期不能开盘，或者买方突然反悔不想买了，卖方会全额退还订金。当时那儿的房子已经出了主体的框架，打出的价格是当时D区在售楼盘中最低的。

但是左等右等，眼见将近半年的时间都要过去了，林晓雪夫妇却没有收到星星花苑开盘的任何消息。房价一天天飙升，小两口的心里越来越不踏实，就打电话到售楼处去问。接电话的售楼小姐态度和蔼地解释说房子还在建设中，没有封顶是不能开盘的。

"女士，您真有眼光，订房订得早，就算这房子涨到每平方米一万元了，我们在开盘后也是以您当时订房时的价格卖给您！您瞧，您仅用五千元，在不到半年的时间里就赚了二十多万元，太值了，不是吗？"售楼小姐声音甜美迷人，林晓雪听后激动万分。

又是近半年过去了，星星花苑开盘的事还是杳无音信。林晓雪一次又一次打电话去询问，售楼小姐一次又一次地用画饼充饥的方式让她那焦灼的心灵得到片刻的慰藉。当D区的二手房都涨到每平方米一万多元时，她再也忍受不了了。一个周末，小两口将强强放在杨老师家，各骑了一辆自行车，奋力蹬了半个多小时，又来到了星星花苑的售楼现场。

那儿还是老样子，将近一年的时间，楼房框架还是框架，房屋的建筑状况与上次他们订房时没有任何改变与进展，但售楼处仍在开着，比他们一年前来的时候更加热闹拥挤。林晓雪与丈夫抬头看了看，见门口悬挂的巨大条幅似乎是刚刚换过的，红底黄字，喜庆艳丽地在夏季的热风中招摇着，左边写的是：你低他低谁都没有我低；右边写的是：民买官买哪个不买吃亏；横联是：订了就赚。门口堆满了人，小两口好不容易挤了进去，发现售楼处大厅的正上方高高地悬挂着一条宽大的横幅，上面清清楚楚写着：均价每平方米9980元，订金每套房20000元。再四处看看分散在大厅各处的售楼人员，个个西装革履，风度翩翩，每个人脸上都挂着灿烂的笑容。

"晓雪，我感到这儿有问题。"大厅里面人很多，热得让人几乎喘不过气来。陈清然护着妻子奋力"杀出重围"，来到了离售楼处较远的一棵大树下，远远望着人如潮涌的售楼处，担忧地对妻子说。

"我看着也是，咱们怎么办？"林晓雪蹙着眉头问丈夫。

"你们这些小年轻儿啊，都让这个老板给耍了。"一个苍老的声音忽然从身边传来。

两个人都吃了一惊。同时扭头寻找，只见大树后面，有一位左手提着麻袋、右手捏着一把烧火叉子的老头。六十多岁的样子，上身穿着一件发黄的白汗衫，下身穿着一条麻灰色的七分短裤，一双网眼状的黑色塑料凉鞋已经没了后跟，好似一双样子古怪的拖鞋。通过这身行头，两人看出这是位拾荒的老人。

见陈清然与林晓雪停住话看着自己，老人接着说："老头子我在这一带捡了五六年破烂了，这个地方的房子都卖了三四年了，但没人说得清楚这房子盖了多少个年头了，反正打我一来这儿，那楼就是现在这个样子，一直丢在这儿没人管没人问的。好几年前的冬天，这儿忽然来了一帮人，过了没几天，就有了现在的售楼处，从那时起，这儿一刻都没消停过。"

"哦！"林晓雪冲老人点了点头。

见两人对自己的话感兴趣，老人又往两人面前凑了凑，将声音压得低低的："最早打出来的价钱才两千多每平方米，订金才一千块。后来慢慢涨，从每平方米三千多，到四千多、五千多……现在每平方米都快一万了。订金也跟着不断地涨，瞧瞧现在，都两万块了。也就邪了门了，这价儿越涨，人还越多。大热天的，你们这些人还真是不怕热啊！"

"那这房子到底还要过多久才开盘啊？老人家您知道吗？"陈清然边问，边随手将已经喝光了水的矿泉水瓶子递给老人。

"开盘？"老人麻利地将矿泉水瓶子塞进麻袋，向四下里机警地东张西望一番之后，才小声说："这楼啊，我看一时半会儿是开不了盘的。这个老板特贼，他只收订金，从来不真正卖房子，大概这房子手续不全，或者这老板根本就是个骗子，没准儿这房都不是他的。嗨！这事谁又说得清楚呢？但你想啊，不管他手续全不全，他一人收你几千，最多一两万，也不是什么大罪过吧？再说了，你如果等烦了，拿着那订金条子什么时候来，人家痛快地将钱退给你，只是钱让他白使了一段时间……"

"那也不怕有人告啊？"林晓雪忍不住插嘴。

"丫头，你告人家什么啊？人家又没说不开盘了，只是让你等，你不想等可以退钱。钱也不多，你去告估计都没有人搭理你这茬儿。"老人一副很懂行的样子。

"那他这几年收了不少钱了啊！"林晓雪的大脑飞快地转动着。

"这回丫头你算说对了。这儿哪天不来他三五十个人的。自从这售楼处开了以后，我每天光矿泉水瓶子就能收差不多两麻袋子。去年夏天的一天，天太热了，我一下子收了四麻袋瓶子呢。说实在的，这地方开着对我老头子还真是个好事呢。"说到这儿，老人突然停住了。

顿了顿，老人好像忽然记起了什么事，一拍脑门："瞧我这记性，我得走了啊，我还有事呢。"不等小两口开口，他已经背着麻袋走远了。

"这老板可真会算计啊，这一天下来，每人两万的订金，一天就算只有十几到二十几个人上钩，至少也得收个几十万元呢，这一个月下来进项至少也是好几百万上千万啊。"林晓雪望着老人远去的背影，喃喃道。

"是啊，这好几年了，还真是骗了不少钱呢。"陈清然接着说。

"咱们怎么办？都让这缺德玩意儿耽误了快一年的时间了，这房价几乎又翻了一倍。要不咱们去投诉他们，你说会有用吗？"林晓雪望着丈夫问。

陈清然想了想，无可奈何地摇了摇头："算了吧，晓雪，咱们能投诉人家什么？当时咱们交订金时人家没有给你开盘时间的纸质证明。人家说不退咱们订金了吗？人家能说一百个理由证明自己现在没开盘是合法的，而咱们能说什么呢？你不愿意等那是你自己的事情，对不对？你也可以等啊，没准儿再过三年五载，十年、二十年的开盘了呢。咱们孩子那么小，单位的工作又都忙，哪儿有时间去与人家折腾这事儿。现在咱们得想想，是继续等下去，还是将那五千块钱的订金给退了。"

"你说呢？"林晓雪没想到在首都第一次买房子就会遇到这种事，一时没了主意。

"依我说，咱们先将押金放在这儿，再去看看别的楼盘。"陈清然说。

"但是咱那五千块钱不要了吗？"林晓雪望着丈夫，有点犹豫不决。五千块钱可是她近两个月的工资啊！

"晓雪，这样做一定会有风险，万一这老板跑了，钱就要不回来了。"陈清然若有所思地说。

"还是别冒这个险了吧，咱们不是还得看别的楼盘吗？可能很快会买上一套小一些的房子。房价都这样了，咱们无论如何不能再等了。"林晓雪思考了一会儿，说："就算这儿过几年当真开盘了，咱们已经买了一套，

322

那时也许连贷款还没还完，哪儿来的钱再买？要是那样可是咱们违约了啊，到时候人家不退订金咱们都没话说。"

这的确是个两难的问题。房价在飞，手中有些钱，名下却没有一套房子，担心房价暴涨，担心自己手中的那点儿钱贬值，那可是自己辛辛苦苦、省吃俭用好不容易积攒下来的血汗钱啊！林晓雪已没有定力无尽地等待下去了，她又犹豫了好大一会儿，咬咬牙，从口中挤出几个字："退了吧！"

"那咱们就退了？"丈夫用询问的眼神望着妻子。

林晓雪无精打采地点点头，两个人重新挤进售楼处。

里面的交易正热火朝天地进行着，几乎每个售楼人员身边都围着十个八个人。有的已经交了订金，正在等待对方开收据；有的在询问。售楼人员个个满面春风，态度周到和气，几乎是有问必答。听说小两口是来退订金的，那个售楼小姐不由得愣了一愣。边上正在盘算着订不订的几个人却一下子涌了上来。

"呀，五千多的时候订的啊，干吗退啊，多值啊！"

"这儿马上就突破一万了，你们不要让给我吧！"

一群人七嘴八舌不停议论着。有一位四十多岁的中年男人，甚至悄悄地将陈清然拉到一边商议："小兄弟，你们不要了，这订金条让给我得了，我把五千块钱给你。"说着就开始匆匆忙忙将手伸进衣兜往外掏钱。

陈清然摇头，他马上改口："六千，我给你六千。"

见陈清然还是摇头。"八千，我给你八千！"他不停地加价。

"好啦，大哥，"陈清然打断他的话，"您出十万我也不能将订金条卖给您！我还害怕您过几年去法院告我呢，那时候我没准就成了诈骗犯了。您想想啊，如果这房子能买上，我能退吗？我放着几十万的钱不自己去赚？"

中年男人一脸的迷惑不解。正想再说点什么，一个二十多岁，身着一身黑色西服，满脸横肉的男人走了过来。林晓雪发现，他西服的颜色与那些售楼人员的颜色有所不同。

"请你们什么都不要说！说多了对谁都没有好处！"那人似乎尽量保

持着彬彬有礼的语气，但脸上的表情是非常不善的。

林晓雪正有气，一瞧那个人的表情，再听那人的语气，不由火冒三丈："想跟客户耍浑是吧？怎么，还不让人说话啦？什么'说多了对谁都没有好处'啊？你威胁谁呢？告诉你，姑奶奶我可不是吓大的！"

林晓雪的嗓门很大，她把近一年来所有的怨气与不满都凝聚在这一嗓子里，屋子瞬间静了下来。

那人的表情更阴沉了。

一位烫着披肩卷发，长相白净清秀的售楼小姐赶紧走了过来："他是我们的主管。您别生气，这样大声嚷嚷，对自己的身体不好是不是？"

"我就是要退订金，我可不想等到你这儿人去楼空。五千块也是钱啊！别人与我老公说几句话他就出来威胁。主管怎么啦，他管得了你，可管不到我头上来！"林晓雪气哼哼地说着。

"好了好了，美女消消气，我马上给您退，您跟我到后面来。"她赶紧截住林晓雪的话，拉起了林晓雪的手。

林晓雪跟着她来到了大厅的后面，陈清然也连忙跟了进去。

三人在一张桌子边坐定。

"我们这儿过不了多久就会开盘的，您可想好啦美女，到时候可别后悔！当然，您要退我们立刻就办。但您这一退可是一下子损失近五十万元啊！"售楼小姐仍在画饼充饥。

林晓雪撇了下嘴角，冷笑了一下："后悔？你们当初两千多时我没来买，真是后悔呢，有五年了吧？"

售楼小姐惊讶地瞪大了眼睛。"五年了？五年前我还没来呢，我是上个月才来的。这儿五年前就开盘了吗？我还真是不大清楚。"她不再说什么，而是麻利地开红字收据，让林晓雪签字，然后退了钱。

秋天的时候，小两口在D区公园对面相中了一套六十多平方米的两居室。20世纪90年代中期的房子，总价五十万。因为是二手房，评估机构给出的评估价格会比较低，房屋中介说评估价格大概不会超过三十六万元，还说银行会根据这个金额为小夫妻提供最高七成的住房按揭贷款。林晓雪算了算，加上小家庭在过去的一年中又积攒下来的钱，不加上给中介的佣金和其他各项费用，首付款还是差五万元。

"这么贵！不买了吧，老婆！太累了！咱又不是没地儿住。再说咱们很快就会调团职楼的，那可是八十多平的三居室。"陈清然大概是怕妻子又逼着自己找人借钱，先开口了。

"不行，这次不能再拖了。部队的房子再好也不是自己的，儿子长大了没有房子，连媳妇都娶不上怎么办？"林晓雪说。

陈清然被妻子的话逗得几乎笑翻了："老婆啊，你也太居安思危了吧，强强他才多大啊？再说了，女孩子嫁人，看的是人品，又不是嫁给房子。我一无所有，不也娶上你了！"

"现在的女孩子还有像我当年那样单纯无知的吗？大多数女孩子在择偶时要求男方有车有房有存款，还有几个愿意嫁给个一穷二白的小子啊！

等咱儿子长大了，谁知道结婚的条件又有什么新花样啊！"林晓雪说。

"那样的势利眼女孩说什么都不能要！再说如果真遇上个势利眼女孩，六十多平方米的房子人家也看不上啊。晓雪啊，我知道你爱孩子，但孩子自有他的人生，你不可能事事都为他先准备好，也没有必要为他这么累对吧？好多人都说现在的房价不太正常，说不定你买了后，价格又下来了，到时候你不是又要后悔？"陈清然说。

"我不管，反正我这次一定要买。咱的名下有房子吗？你父母亲万一有一天想到这儿来住，咱家怎能住得开？而这个小两居老两口住正合适。小是小点，但有就比没有强。我都看了，这房价一时半会儿是降不下来了，还得涨！我可不想看着房子涨到三万时自己的肠子悔青了！"林晓雪一脸严肃地说。她毫不犹豫地交给对方一万元的定金，约定两周后首付款全部到位。

"林女士您可真会说笑话！"房主边在中介开好的收据上签字边说，"咱D区的房子怎么会涨到三万呢？如果那样的话，肠子最先悔青的人是我！"

林晓雪着手开始筹款。但她借了一圈，也仅借到两万多。小两口身处异地他乡，可以开口借钱的人本来也不多，再说，他俩又都是爱面子的人，一般的关系他们也无法张口。娘家的亲人各家有各家的事，能提供的帮助也不大。婆家嫂子们都说没钱，每家仅借了一千元。眼见十天过去了，事情却进展不大。林晓雪心急如焚：如果自己不能在剩余的四天内将首付的款项如数凑齐，那交给对方一万元的定金就会打了水漂。怎么办？她急得都口腔溃疡了，连喝口水都疼得龇牙咧嘴。

心中实在是太焦急，一次与葛会计闲聊时，她忍不住说出了自己的烦心事。葛会计给她支招，让她找已是校长的胡虎求助。

"你可以申请从工会借点，单位工会有责任帮助咱们每一个职工。"

"那多不好意思。再说了，校长能同意吗？"林晓雪有些举棋不定。

"你呀！你自己不说谁知道你有困难啊？再说了，你只是借用几天，有什么关系啊？再说了，就算领导不同意借，你也不损失什么啊。但如果你违了约，那一万块钱是铁定要不回来了，再说了……"葛会计给她列了好几条理由。

林晓雪点了点头，默默思忖如何向胡虎开口。

离交齐首付款的日子只剩两天了，陈清然又从同事那儿借到了一万元钱，但仍是不够。林晓雪黔驴技穷，那天上午一上班，她就硬着头皮去了校长办公室。

她敲敲门，在胡虎的一声"请进"后推门进去，却发现校长的办公室中坐了三位陌生的客人。

"林会计有事吗？"胡虎问。

"胡校长，"林晓雪没想到室内会有那么多人，一时不知说什么好。她定了定神，有些不自然地笑了笑说，"也没有什么大事，胡校长您先忙着，我待会儿再来。"然后便转身将房门轻轻带上离开了。

十点多的时候，葛会计接到了一个电话，只听她说："好的，好的，胡校长，我马上通知她。"

"校长让你去呢，快去吧，小林！"她放下电话，就冲着林晓雪说。

林晓雪起身快步来到了校长办公室。

"林会计你一定是有什么事吧？坐！"胡虎一见林晓雪进门，就微笑着招呼道。

林晓雪点了点头，将事情的来龙去脉和此行的目的向校长讲了一遍。

胡虎微笑着听完，沉默了一会儿，才开口说："小林啊，需要多少？工会的钱是可以用于救助职工的，何况你只是暂时借用一下，没问题的。"

林晓雪没想到事情会这么顺利，她心中的一块大石头一下子落了地。她想了一下说："我首付款还差不到两万，还要付中介费加其他费用大概两万。只要先借我两万元，我将首付款先付了，交其他费用还有一段时间，我自己再慢慢想办法。"

"这样吧，林会计，你呢，先从工会借五万，你自己写个借条，我给你签字后你自己去找工会出纳支出来就行了。买房子嘛，钱还是富裕点好。

如果年底你手头宽裕了，可以先还一部分，你看这样好不好？"

"那当然好，这钱我不会用很久的，我一定会竭尽全力尽快还上的。太谢谢校长啦！"林晓雪连声道谢。

"小林啊，以后无论在工作中或是在生活中，遇到什么自己解决不了的难题，一定不要自己扛着。记住，咱们是有组织的！"当一切手续都办好，林晓雪准备离开时，胡虎又对她说。

"好的，胡校长，我记住了，谢谢！"林晓雪感动得几乎流下了眼泪。

房子就这样顺利买了下来。因为地段好，房主一交钥匙，林晓雪就将它租了出去。租户一下子交了一年的租金，加上多借出的钱，林晓雪在三个月后就还给学校工会三万元。

"小林你也太急了吧，好不容易张了一次口，还不多用些日子，哪怕多还些贷款也是好的啊，不是可以省些利息？公家的钱多用几天又有什么要紧！"知道她这么快就去还钱，葛会计不住地埋怨她。

"有借有还，再借不难嘛！"林晓雪笑了笑，"学校能在我有困难的时候帮我一把，我已经万分感激了，有钱就还，还完了心中不就踏实了吗？"

"你呀，真是傻得可爱！"葛会计无奈地伸出右手的食指，点了点林晓雪的额头。

第七十三章

物是人非

冬天来得真快，学生期末考试还没结束，京城已经迎来了当年的第二场雪了。

这场雪来得毫无征兆。第一场雪还没有完全融化，头一天的温度都在零度以上，很暖和的样子。但第二天一大早，林晓雪一睁开眼，就发现卧室里的光线很强。

"坏了，起晚了！这手机定的闹铃怎么没响啊！强强要赶不上班车了。"林晓雪一边嘟囔着，一边慌里慌张地穿衣服。

部队大院的六到十二岁的孩子们基本在一个小学上学，每天大院都有专门的班车接送孩子们上下学，这是单位提供的福利之一。

当她冲出卧室到了客厅，准备去儿子的卧室叫醒孩子时，她习惯性地抬起头朝挂在客厅中央的方形石英钟看了一下。

"天哪，天都这样亮了，这钟怎么才四点十分啊，一定是里面的电池又没有电了。这会儿到底几点了？"她又急忙重新返回卧室，将自己的手机打开。

手机上显示的时间是四点十一分。

林晓雪这才意识到是外面又下大雪了，耀眼的雪光将一切都映照得亮

堂堂的。她怕惊醒孩子和丈夫，便自己跑到厨房的窗户边，将窗子打开欣
赏雪景。

"忽如一夜春风来，千树万树梨花开。"真如诗句描写的那样，楼前大
树的枝丫上全都挂满了簇簇白雪，与此时天空中仍飞舞着的片片鹅毛大雪
交融，让人感到外面的天地好似落英缤纷的梨花海洋。

林晓雪越看越兴奋，身上的衣服早已穿好，她在窗前站了有十几分
钟了。冬日的冷风裹着雪的寒气透着窗纱向她吹来，早让她睡意全消。索
性，下楼好好地玩味一下雪景吧。

她拿了钥匙和相机，穿上羽绒服下了楼。天还早，大院里静悄悄的，
连每天早晨出操的战士都还没有露面。道路让大雪装扮得如玉带一样平整
无瑕。林晓雪踮着脚尖，小心翼翼地踩在雪上，开心极了。

天色愈来愈亮，林晓雪发现靠北边的那棵老槐树似乎不同寻常。也
许是立在风口上，积雪被风吹落无法大量堆积的缘故吧，树上的积雪并不
太多。苍老扭曲的树枝上，少量的积雪在低温的作用下，竟形成了一树毛
茸茸、亮晶晶的树挂。林晓雪忍不住停住了脚步，用相机对准它，调好角
度，打开闪光灯，然后伸手按下了快门。

但是她很快停了下来。数码相机一瞬间拍下来的老槐树后面的道路
上，一抹紫色的身影不经意地闯入了她的镜头。

那是一个身着紫色貂皮大衣的女人，留着像电影《罗马假日》中那位
美丽公主一样的卷发，两只手中各拖着一只大大的皮箱，身材高挑婀娜。
林晓雪感到那好像是秦娟。

她急忙追了上去。

"娟，娟！"林晓雪边跑边低低地呼唤着。

女人扭过头，果然是秦娟！

"晓雪姐！"秦娟丢下手中的箱子，迎了上来。林晓雪注意到，她身
上穿的是一件质地上乘的貂皮大衣。

"娟，你这么早是要去哪儿啊？还带着这么多东西，袁树魁他也不送

送你啊？"林晓雪边问边走近她，却发现秦娟的两眼微微发红，好像是刚刚哭过似的。

"我……"秦娟颤抖着双唇，却半天都没有说一句话。

"袁树魁那家伙又欺负你啦？看我不去找他算账！"林晓雪连忙安慰着。

"姐，是我……是我对不住他。我们离了。"秦娟似乎鼓足了勇气，才将这话说了出来，同时流下了两行泪水。

"啊?！"林晓雪大吃一惊。

"晓雪姐，咱们上车说吧，外面太寒冷了。"秦娟的神情语调已恢复了常态。

"你们买车了？"林晓雪问。

秦娟点了点头，似乎不愿意多说关于车的事。两个人拎着箱子，一起来到停车场。此时车早已让冰雪覆盖。

秦娟将车前面的挡风玻璃扫了扫，将两个箱子放进了后备箱，开了车子里的暖风后，两个女人钻了进去。

"晓雪姐。"见林晓雪不语，秦娟轻轻地呼唤了她一声。

"嗯？"林晓雪也低低应了一声。

"我坚持不下去了。"秦娟从放在车前挡风玻璃边的精致盒子中抽出了一张面巾纸，边说边流泪，边流泪边擦拭着。

"我和树魁曾经非常相爱，我几乎是见他第一面后就迷上了他。当时他在我的眼中，是那样英俊魁梧，那样成熟睿智。如果我不与他来到这儿，或者说我当时不到市里去找工作，也许我永远都会认为自己是天底下最幸福的女人。与他确定恋爱关系的那一刻，我真的认为自己好幸运，竟得到了这么一个优秀的驻京军官的青睐，那时我相信自己一定会与他白头偕老的。

"晓雪姐啊，正如现在网络上流行的那句话，'理想很丰满，现实很骨感'！爱是需要以一定的物质为基础的。刚到城里时，我拼命工作，努力挣钱，就是为了在三环里头有一处小屋和一辆车子。拼死拼活干了好几年，却发现那个小小的愿望仍然如空中的仙果、水中的明月，可望而不可即。车子倒还好说，现在三环以内的房子，能瞧得上眼的几乎没有低于每平方米三万元的。后来我发现无论我如何努力，如何节约，都不能实现自己的目标，而是离自己的目标越来越远。

"秋天时，我公公的病又复发了，需要进行肝脏移植手术，要不然只能等死。树魁是个孝子，他不能看着他父亲在家中等死，他做不到，我也做不到！他的兄弟们都说没钱，都当起了铁公鸡。树魁是他们家飞出的'凤凰男'，他不管谁管？这钱我们不出谁出啊？三十多万哪！我辛辛苦苦赚的钱就这样去掉了几乎一半，当时我看上了一套二环内的近七十平的两居室，总价两百万多一点，算了算自己手中的钱也刚刚够了首付，外加给中介的佣金及别的乱七八糟的费用，我与树魁商量了一下，付给了业主两万元的定金。这当口儿公公出了事，我那两万元的定金就要白白损失掉了，当时我都心疼得直掉泪。

"在D区住，在城里上班，路上的辛苦你们这些上班近的人是永远体会不到的。刚开始D区没有地铁，我天天坐公交车，倒好几趟，经常遇到堵车，有时甚至个把小时动都不动，赶上内急或是每月的那几天，那个痛苦啊！有时我中途下公交车去倒一段地铁，每次都恨不得被挤成相片。D区这两年虽然通了地铁，却成了最挤的线路……

"最可恨的还有那些家境好些的女同事们。有一个本地女人，好像没有什么文化，长相也很一般，因为是在酒店一成立时就进入的，熬年头熬到了部门主管的职位。本来家中没什么钱的，但人家运气好，婆家的平房拆迁了，在三环内得了四套房和好几百万的拆迁补偿款。她老公又是独子。你没见她那个德性，恨不得像螃蟹一样横着走路！有一天她居然嘲笑我，说我是个乡下人！还背地里说我那一副穷酸样，让她看着就恶心。我知道后，悄悄地哭了好几场。我回家将这事与树魁说了，他却毫不在意，还说我太敏感，不必计较这种人的话。"

"你老公说得很对啊，这种素质低的人搭理她干什么啊！"林晓雪当了半天的听众，这时忍不住接了一句。

"我也知道树魁的话没错，但我就是生气！她什么都不如我，凭什么在我面前摆优越。从那时起，我就暗暗发誓，我一定要过得比她好，不管用什么手段！"

说到这儿，秦娟停住了。她红着眼睛看了下车窗外。外面的雪依然不知疲倦地下着，纷纷扬扬的，车子刚刚扫过的地方又被大雪全部覆盖上了。

林晓雪想问秦娟："有钱就过得好吗？那个本地女人的老公对她有袁树魁对你好吗？她也未必有你过得好吧？"但想想她与袁树魁已经离了婚，多说好像已经没有什么意义了，所以话到了嘴边又咽了回去。

"我知道我永远欠树魁的。他把我从家乡那个偏僻的小县城带到了这个繁华的大都市，给我解决了万金难买的京城户口。他如果坚持不离，我肯定毫无办法，但他仅与我僵持了半个月，就在离婚协议上签了字。他说既然不能给我想要的生活，就选择还我自由之身。晓雪姐，树魁他是一个真正的男人！昨天晚上我惦记他，借口回来拿衣服，晚上便留了下来。但一整夜，我俩一句话也没说……"她双手捂脸，失声痛哭起来。

"所以，我一大早就起来离开了，我不能待在这儿自取其辱。想不到晓雪姐你也起得这样早。"秦娟说着，又伸出手去抽了一张纸巾，快速擦了擦自己的脸，然后扬起脸来吸了吸鼻子，好强迫自己快些止住眼泪。

"好啦，晓雪姐，看我耽误了你这么长时间，你今天还得上班吧？我也得走了……你也赶紧去忙吧。"

听着秦娟的话，林晓雪的心一点点地往下沉，刚下楼时的那点好兴致早被这件突如其来的事情打击得荡然无存，心中满是不快与厌烦。见她说完了，就点了点头："好的娟子，祝你幸福！我下车了。这大雪天的路不好走，你可要慢点开啊，一定要注意安全！"说完默默地推开车门下了车。

林晓雪注意到，自己下车后，秦娟将车前的雨刷器开到最大的速度，挡风玻璃上的雪被扫得四处飞溅，她便飞快地开车离开了。望着那辆红色的高档汽车溅起的层层雪浪和道路上车轮碾压过的痕迹，林晓雪的心中充满了苦涩，她怔怔地站在原地，半天都没动。直到身后传来了一阵沉重的呼吸声，她才如大梦初醒，急忙扭过头。

第七十四章

同舟共济

　　紧挨着她的身后，站着一个高大的"雪人"。林晓雪听到的呼吸声，显然是他发出的。

　　"她走了，再也不会回来了，这一次她是真的走了！她永远都不会再回来了……""雪人"不住地喃喃自语。

　　"树魁，你不要太难过了，'天涯何处无芳草'啊！"林晓雪听出是袁树魁的声音，急忙安慰道。从他身上的雪不难看出，他已淋了好半天的雪。

　　"晓雪，我没事，我……我没事！你不用安慰我。让她走吧，让她走吧！"袁树魁的声音慢慢变得哽咽。

　　林晓雪不知道该说什么好。

　　过了一会儿，袁树魁又开口了："都是我的错，我不该让她独自一个人去市里打拼，让她受了那么多的苦，她那么年轻美丽，不应该那样生活！我对不起她，是我没本事！"他不停地说着，似乎有些神志不清。

　　"树魁，你别自己跟自己过不去了。你与我们家清然一样，是国家的军人，这与有没有本事有什么关系。论金钱，咱与生意人有可比性吗？秦娟她与咱不是一路人，这一点你得明白！"林晓雪这时非常担心袁树魁会想不开。

"昨天她回家了，我好高兴啊！我以为她回心转意了，以为她要重新回到我的身边了，但她是将她所有的东西都收走了，她真的不要我了。晓雪，我很差吗？我很差是不是？"袁树魁忽然瞪大了眼睛看着林晓雪。

林晓雪吓得后退了一步，不住地摇头。

"我昨夜一宿都没睡着，我真希望夜永远都不要到尽头，黎明永远都不要来到，这样她就不会离开我了。但是才早晨四点钟，她就急不可耐地起床，连招呼都不愿与我打一下，就自己拎着箱子离开了。那两只箱子很重的，她都不叫我一声，哪怕让我帮她拎下楼也好啊！她送都不愿意让我送她一下，我真的那么让她厌恶吗？她下楼时，我就跟过来了，一直在那边的树下……"袁树魁自顾自地说着。

天已经大亮了，停车场里不知什么时候已经来了几个车主，正在清理自己车上的积雪。"树魁，你快回家吧，你都淋半天雪了，当心感冒。我也得走了，我还没给孩子做饭呢。再过一会儿他要赶不上班车了。"林晓雪还没等袁树魁回答，就连忙离开了。

她匆忙赶回家，时间已经是六点四十分了。陈清然正拿着饭卡准备下楼去食堂买早餐。他一见妻子就说："媳妇儿，你一大早去哪儿了？怎么这个点儿才回来？我看着这早饭你是来不及做了。你快些将孩子叫醒，让他赶紧穿好衣服。我去食堂打些，别误了孩子上学。"

"误不了，我去打饭，你快去停车场将袁树魁弄回家去。"林晓雪伸手将丈夫手中的卡与饭盒接了过来。

"袁树魁？这一大早的，他在停车场干什么？再说他们家好像没有买车啊！"陈清然感到很奇怪。

"嗨，这一句话两句话哪说得清楚啊，"林晓雪压低了声音，"秦娟和他离了，现在他正自个儿在停车场淋雪消愁呢。你快去吧，我瞅着这要是没人管没人问的，非得出点什么事儿不可！"接着，她又将声音抬高了几度，"强强，七点了，快起床了，班车要跑了，强强要追不上了！"

袁树魁病了。陈清然赶到停车场时，他仍站在那儿一动不动，真如一尊大雪人。他没穿大衣，也没戴帽子，脑袋上积了一层雪。雪不停地堆积，雪水顺着头发灌进了脖子。他被强行带回住处时，全身上下竟没有一处是干的。陈清然连忙帮助他把湿衣服脱下来，又从柜子里找出了干净的衣服为他换上，整个过程，袁树魁都机械地配合着，不声不响，不言不语，还发起了高烧，并且说起了胡话。陈清然急忙给卫生科打了电话。片刻，武雄伟就带着两个护士赶到了。

　　"这家伙平时瞅着多壮实啊，这次怎么会烧成这样！40.7度！秦娟又值夜班了？她什么时候回来？她知道树魁病了吗？"武雄伟举着护士递过来的量好的体温计，皱起了眉头。

　　陈清然将武雄伟拉到一边，简单地将自己知道的事小声告诉了他。

　　"那快点给他把大衣披上，将他弄到卫生科去。"武雄伟说。

　　几个人手忙脚乱地行动起来，好不容易才将身材高大魁梧的袁树魁送到了卫生科的门诊室。

　　"树魁的身体底子很棒，不会有什么大事的。这次生病是因为在室外待得太久了，还穿着湿衣服受寒所致。按理说他只要按时吃药，注意饮食，再连续打三至五日的点滴就会康复。"武雄伟为他做了一系列的检查，并挂上退烧的点滴之后，下了这样的结论。

　　"但他的精神状态太差，家里又没有别人，如果靠他自己，恐怕不行。"武雄伟又接着说。

　　"那让他在这儿住几天呢？咱们这儿不是有病床吗？"陈清然说。

　　"那几张病床是供身体不好的老干部输液时躺卧用的，从来没人在这儿住过院。病重的，就直接用救护车送到大医院了；轻的，在这儿开点药，或是每天定时来输液……"武雄伟停住了。

　　过了一会儿，他又接着说："树魁这不是什么大病，他现在这个样子，必须有人陪护才行。他一个人在家里，肯定是不行的！"

　　"那你说怎么办？听你的，你是医生嘛！"陈清然说。

"我说了也不算，这还得向上面请示一下。你想想，是不是要安排护士二十四小时护理？病人的饮食由谁来负责？平时，我们科只留一到两名医生值夜班，护士是基本不值夜班的。"武雄伟似乎颇为踌躇。

　　"那雄伟你这就去请示。树魁这情况比较特殊，病人的饮食由我来负责，我让我们家晓雪给他做好，我给拿过来，你看行不行？"陈清然说。

　　武雄伟点了点头，出去了。十几分钟后才回来。

　　"我们领导同意了，那就让他在这儿先住着。考虑到这个事情的负面影响，同时也得顾及病人的隐私，我们决定让他住在输液室隔壁的那间值班室里，由我全权负责他的一切治疗。清然啊，在病人的饮食方面，我倒有个主意。咱四家轮着来，一家一天。如果哪家媳妇有时间，就多做几顿，忙就少做几顿也无所谓。媳妇们忙不过来时，咱自己可以给他做嘛，咱也不能把自己的媳妇给累坏了对不对？"

　　"好，就这么定了！还是你会心疼老婆，我还真得向你学习学习！"陈清然笑着说。

　　事情就这样定了下来。袁树魁当天的饮食是由林晓雪负责的。病人第一天的饮食，按照医生的要求，主要是以流食和素食为主。

　　裴晓琴与朱红叶得到消息后，两个人一商量，由裴晓琴负责病人两天的早饭和夜宵，由朱红叶负责病人两天的中午饭和晚饭，均安排得细致周到。第四天时，在城里美容院上班的邓丽水专门调休一天，为病人包了三种口味的饺子，还煲了一锅浓浓的鸡汤。在几位军嫂的精心照料下，袁树魁的身体恢复得很快。

　　"树魁再住一天就可以出院了，现在病人基本康复，那明天的饭，咱怎么安排？"第四天晚上，武雄伟对来看望病人的陈清然说。

　　"好说，这几个军嫂哪个都能做。她们忙，让我媳妇做。"陈清然很大度地说。

　　"我不是那个意思，我的意思是咱这些大老爷们是不是也该参与一下，为自己的兄弟做上一顿饭了？"武雄伟说。

"这主意好！"陈清然竖起了大拇指。

第六天一大早，陈清然就来接袁树魁出院。学校已经放寒假了，为了迎接袁树魁出院，林晓雪早早起床开始准备：她用高压锅做了一锅软糯的八宝粥，煮了几个咸鸭蛋，凉拌了一盘黄瓜，还做了一碟盐焗花生，切了一盘卤牛肉。主食是自己烙的韭菜合子和葱花饼。袁树魁从卫生科被接出来后，没有直接回家，而是去了陈清然家。

"这次多亏大家了，真是太感谢了！"望着满桌子的美食，袁树魁很感动，他装着去卫生间，将眼中的泪花擦去。

"树魁啊，你能健健康康的，我们大家都为你高兴。过去的事就让它过去吧，咱凡事往前看。"几个人围桌而坐时，陈清然说。

"对，对，大丈夫何患无妻？回头我与红叶她们几个合计一下，给你找个更好的。"林晓雪说。

"好啊，就按晓雪说的办！经过这么一次，我也想开了，好好生活，努力工作，决不辜负大家对我的心意。地球少了谁都照样转，没有过不去的火焰山！"袁树魁边吃边说，和几天前的那个"雪人"真是判若两人。

"我这几天真是享福了，吃遍了大家的手艺，真是好口福呢。我这几天过的可是让各路神仙都羡慕的日子啊！"袁树魁笑着打趣道。

大家哈哈大笑起来。"对，对！以后你要是不想吃食堂，就各家挨个儿蹭饭去，想吃什么，你就打电话跟那家的媳妇预订！"陈清然边乐边说。

"必须的！"袁树魁乐呵呵地说，"还有啊，我还得跟那些媳妇们提前打个招呼，做了好吃的，要算上我一份。晓雪啊，这声招呼我先跟你打上了，记住了吧？"

"那还用说，我家如果吃只虾，也一定会给你留个虾腿儿的！"林晓雪笑着说。

第七十五章

牵红线

天气转暖时，几位军嫂开始张罗着给袁树魁介绍女朋友。袁树魁倒是很配合地去相亲。但他总是见上一面后，就没了下文。

"树魁，你不能总以秦娟为范本，因为这世上只有一个秦娟，你老以她为参照，永远找不到媳妇！"当袁树魁见过林晓雪介绍的一位比他小六岁的未婚女教师，却仍然以"没感觉"拒绝时，林晓雪急了。

"是啊，你这样是自己与自己过不去！上次我给你介绍的那个多好啊！"裴晓琴也说。

"你这样自己折磨自己，何苦呢？"邓丽水也慢悠悠地开口了。

"情到深处啊，树魁大概是身不由己，一起生活了好几年，哪能说忘就能忘掉的，他是个有情有义的男子汉啊！咱都少说几句吧！"这几位军嫂中，朱红叶年纪最大，也最善解人意。

"我……我也没有感到她们哪个不好，但真的没有任何感觉。我感到这一段时间见过的女孩子都一模一样的。"袁树魁面对几位军嫂的"群起声讨"，有些不自在了。

"怎么可能一模一样？""在你的眼中，我们几个也都一模一样是不是？天下所有的女人都一模一样是不是？""除了秦娟……"几个女人七嘴八舌，对他不依不饶。

袁树魁低着头默默不语。

"树魁，你不能老是沉浸在对往事的回忆中。秦娟已经离开你了，不会再回来了，你必须正视这个现实，你应该尝试着与别的女孩子交往，这样才有利于你尽早断了过去，开始新生活。"林晓雪说。

袁树魁听了林晓雪的话，身子微微一颤。

"树魁啊，这几个军嫂都是热心肠，她们心疼你没人管没人疼的。你啊，也紧着点儿，让她们少操点儿心。"陈清然说。

"教师多好啊，以后有了孩子，寒假暑假孩子都有人管，平时孩子上学还有人给辅导功课，倒省了请家教的银两了。我看晓雪介绍的那个不错！"孙健也劝道。

"对啊，你可以先处着嘛，谁也没说你一定要娶她，处一段时间看看，万一行了呢？"武雄伟也说。

"是啊兄弟，咱先处着，没准儿处好了呢？你不能再这样下去了，再这样下去，不光把儿子耽误了，连孙子也会受到牵连的。"一向不怎么参与话题讨论的史柱也开口了。真是"不鸣则已，一鸣惊人"啊！他的话将大家逗得哈哈大笑，餐桌上的氛围一下子活跃了起来。

"好，好……我……我就听大家的，试试吧，但人家姑娘未必看得上我啊！"袁树魁苦着脸结结巴巴地说。

"人家姑娘看上你了，你好好待人家吧树魁！"林晓雪说。

林晓雪给袁树魁介绍的对象是D区十中的一位高中语文教师，名叫关靖美，中等长相，肤色白净，又会化妆打扮，身材也是一流的，长腿纤腰，满脸的书卷气息，整体形象很不错。她是本地人，父母都是退休干部，家中就这么一位宝贝女儿。也许是将择偶标准定得太高，大学毕业都七八年了，却一直没找到合适的男朋友。

林晓雪几个张罗着给袁树魁介绍对象时，无意中在学校向葛会计提及，葛会计立即就向她推荐了关靖美。

"人家关老师条件那么好，男方可是离过婚的，不好吧！"林晓雪说。

"你还是给介绍介绍，权当是做件好事。我感觉男方条件不错，离婚有什么关系，不是没有孩子吗？"葛会计说。

尽管从心中认为两个人不是很般配，但经葛会计这么一说，林晓雪还是硬着头皮当起了月老，男女双方见面前，她很担心关靖美老师会不同意，但让她非常意外的是，女方好像很相中袁树魁。两人见面后的第二天，关靖美以要看一下自己当月的工资明细为借口，来财务室找了一趟林晓雪。从她那欲言又止的忸怩神态中，林晓雪感到她是想询问男方对自己的印象如何。但袁树魁的表现不冷不热，一下子惹急了林晓雪这个媒人。她只好在家设宴，发动大家一起来说服袁树魁。

经过大家的劝说，两天后的周末，袁树魁开始与关靖美约会了。两个大龄男女的爱情过程谁也不清楚，但林晓雪分明看到，关靖美老师的脸上一天天变得春意盎然起来。

又是一年春暖花开。一天，林晓雪接到袁树魁打来的电话，说要在D区快乐大酒店做东请客，几家聚聚，这让林晓雪感到很诧异。

"我这次不能再让清然捎话了，我必须自己给你打电话，晓雪！"袁树魁在电话中说，"这是谢媒酒，主要是请你，他们作陪。我与阿美想在'五一'结婚！"林晓雪听得出，他的声音里充满了欢乐。

"太好了，咱们军嫂队伍又要注入新鲜血液了，祝贺你们！"林晓雪连声道贺。

"五一"那天，这对新人在部队大院的招待所宴请亲朋好友，举行了一个温馨而热闹的婚礼。婚礼上，林晓雪激动不已。做媒成功，眼见着两人喜结良缘，她很有成就感。

第七十六章

开往地震灾区

　　"五一"假期过后的一天，林晓雪还在津津有味地回味着假日游玩的各种细节时，却听到新闻报道——南方某地发生了强烈地震。

　　"晓雪姐，我刚接到我家树魁的电话，说他们那儿要组织一支救援队赶往地震灾区，他与你老公，还有武医生都在其中，明天一大早就出发。咱怎么办啊？"地震发生的第二天中午，林晓雪刚刚在食堂吃完饭回到办公室，关靖美突然急匆匆地推门进来，声音中几乎有了哭腔。

　　这事林晓雪还真的不知道，也许是陈清然不想让她过早担心。刚听到这个消息，林晓雪也感到自己心跳加速。

　　"那儿多危险啊，余震不断的，晓雪姐，我好害怕！我们才结婚不到两周的时间啊！"关靖美的泪水涌出了眼眶。

　　林晓雪强迫自己稳定了一下情绪。她站起身说："别急，阿美，咱到那片小树林里散散步吧。"自从喝了这对新人的谢媒酒后，大家都随着袁树魁叫关靖美"阿美"了。

　　两个女人肩并肩，慢慢地走进了财务室窗户对着的那片银杏树林。

　　"晓雪姐，我好害怕！真的。"关靖美的声音里充满了恐惧。

　　"不会有事的，阿美！"林晓雪拍了拍关靖美的肩，轻声安慰道。

"他们都是职业军人，在体能和险境逃生的技能方面都接受过严格的训练，还会有相应的防护工具和手段，应该不会有事的。"林晓雪接着说。

"真的吗？真的不会有事吗？可是我就是不想让他去。树魁也真是的，这么大的事也不和我商量一下。"关靖美一脸委屈地望着林晓雪抱怨说。

林晓雪点了点头："阿美，这是没有办法的事，咱们嫁的男人哪，他们不是普通的男人，他们不仅仅是咱们的丈夫，也不仅仅是孩子的父亲，他们是共和国的军人，军人要以服从命令为天职。他们属于国家，哪儿需要他们，他们就得到哪儿去，家庭、老婆孩子什么的，那都是次要的。这么多年，我早已经习惯了，你也会习惯的。"

关靖美抽泣道："我家树魁说，他是主动要求去的，你家老公也是。我真不明白，他们在家好好待着不好吗，为什么非要去那儿活受罪呢？电视上说，那儿的淡水都不能保证正常供应，去了多遭罪啊……"

林晓雪轻轻叹了一口气："因为他们是军人啊！国家有困难的时候，他们必须迎难而上啊！"

接着，两个女人都沉默了。

时间过了足足一刻钟，最后还是林晓雪打破了沉默："好了，阿美，时间也不早了，要不咱今天早点回去，替他们收拾收拾行李。还有，几家今晚上到我家聚一聚吧，他们几个这一去，也不知道哪天才能回来呢。"

"我……我今天最后两节都有课，怎么办啊？一下子调两节课，又是最后两节的，这谁愿意调啊！再说学校有规定不能随便调课的。"关靖美为难地说。

林晓雪当然知道，自从胡虎校长上任后，对学校的工作纪律抓得很严。"没有规矩无以成方圆。言传身教，什么叫言传身教？咱对孩子们的要求，自己都做到了吗？"这是他常常挂在嘴边的话。他还规定：如无特殊情况，谁也不能迟到早退。如个人有私事，教师要向自己的教研组主任写请假条请假；像林晓雪这样的职能科室工作人员，须向他直接请假。

"那你就放学后再回去吧，我待会儿请个假早点走，你告诉你家树魁一声，晚上到我家去吃饭吧。"林晓雪说。

回到自己的电脑前，林晓雪用了近一个小时，以最快的速度将手头的票据处理完毕，又向直属领导说明情况，然后去了胡虎校长的办公室。

弄清楚林晓雪的来意后，胡虎校长说："林会计，你快点回家去吧，这可是大事。噢，对啦，关老师的爱人与你爱人是一个单位的吧，她爱人去吗？"

"也去，"林晓雪暗暗惊讶校长的反应速度，"但她今天下午最后两节有课，得放了学才能回家。"

"那怎么行！"校长一伸手就拿起了电话，边拨号边说，"南方发生了这么严重的地震，人家的丈夫都要上抗震救灾第一线了，咱学校难道不能让他的家属早点回家给爱人收拾收拾行装么！"

电话通了，胡虎校长与负责高中语文组工作的黄主任简单交代了几句就挂了电话。回过头，他又对林晓雪说："林会计，你也和关老师说一声，你们爱人不在家的这段日子，生活中要有什么困难呢，一定要让单位知道，我们也一定会尽力帮助的！"

林晓雪感激得连连点头。

当晚，几家人在林晓雪家聚齐。离别前的相聚，气氛自然与往日的聚餐大不相同。关靖美的表现尤其突出，她一直在不停地抹眼泪。

"好啦阿美，别哭了啊，"袁树魁笑着安慰妻子，"不就是抗震救灾嘛，又没人拿着枪对着你老公，没什么危险，我一定会小心的！"

"是啊，阿美，"裴晓琴也劝道："别哭了，刚娶了你这个美娇娘，你家树魁能不珍惜自己吗？"

"老公出门前要高高兴兴的，哭哭啼啼的可不吉利！"朱红叶也说。

听了朱红叶的话，关靖美忙用纸巾擦擦泪，想强迫自己止住泪水，却总是止不住。

"阿美这是新婚宴尔，舍不得呢，不像我与清然老夫老妻的。人家陈清然啊，巴不得找个机会出去疯两个月呢，省得老是面对我这张'永远不变黄

下
部

345

色的脸'啦！"林晓雪作为主人，尽力隐去心中的不舍与担心，装出一副无所谓的样子，笑嘻嘻地说着，最后引用那句《东方之珠》的歌词时，还是用歌唱的形式表达出来的，逗得大家哈哈大笑，沉闷的气氛也随之消散。

"对，对，我们家孙健一定是对他们三个羡慕得眼睛都绿了，他没去得了，不知有多遗憾呢。"裴晓琴说。

"我们家史柱也是！"朱红叶也附和说。

"那还用说！孙健和我都报了名的，只是经过多方面的严格考核，我们两个最终还是被刷下来了，不够格啊！唉！身体素质、专业技能等，好多方面都不能与他们三个比啊！也比他们老好几岁！阿美啊，你嫁的这个老公过于优秀了，你要是嫁给了我，就没有这方面的担忧了。"史柱一本正经地说。

"啊呸！就你那德性，人家阿美怎能看上你？也就我这样的，眼睛不大好使的，当时没瞅清楚，一不留神才跟了你这歪瓜裂枣！"朱红叶笑呵呵地说。

"那我到底是什么？歪瓜呢，还是裂枣？我总不能两头都占着吧，不大像话啊！大家说是不是啊？"史柱对着妻子做了个鬼脸，回答说。

他夫妻俩一唱一和的，逗得大家又是一阵大笑。

"你们这两个没用的留下也对，他们三个不在家这阵子，这几家的粗活都交给你们两个了，你们谁也不许偷懒！听见了吗？"裴晓琴显出一脸严肃的神情。

"向毛主席保证，他们三家所有的技术活归我，脏活累活归柱子！"孙健拍着胸脯保证着。

"哎，为什么脏活累活归我们家柱子啊！就你心眼多！"朱红叶不干了。

"谁让他不如我心灵手巧呢！"孙健嘿嘿一笑。

餐桌上，大家被他们的话逗得大笑不止。关靖美不禁破涕为笑。

第七十七章

度日如年

　　丈夫去往灾区以后，关靖美就不再回部队大院里住了。"一个人住，冷冷清清的容易胡思乱想，我还是回我妈家住得好！如果有什么消息，晓雪姐你一定要告诉我一声啊！"她这样对林晓雪说。

　　"能有什么消息，小丫头就爱瞎操心！"林晓雪故作轻松地回答。

　　陈清然临行前的叮咛她记得很清楚："媳妇，咱没事时别老相互打电话了，到了灾区后我会与你联系的。电视上说，那边的通信设施让地震破坏了不少，万一你打不通我的电话容易瞎想，你在家好好的，照顾好自己和儿子，我一定会平安归来的。记住了，如果由于客观情况通不了电话，你好好等着，没有消息就是最好的消息。"在丈夫离开后的头两天中，林晓雪只收到他的两条短信，尽管心里担心，却从未打过电话。

　　林晓雪从三月初开始，利用周末时间学习机动车驾驶，交规考试顺利通过后，再过几天就要进行桩考和路考了。对于自己的驾照考试，本来她的心中就没底，陈清然走了以后，她的心中更加不安了。

　　"这周六是考前最后一次上课了，周日就要考试了。但我去上课考试时，强强怎么办呢？"她不安地想着，她报的是快班，每周六周日上午从六点半开始，到十点半，她都要跟着驾校的教练上四个小时的课。通常五

下
部

347

点半左右，她就要从家里出发，步行二十多分钟，去赶驾校的班车。

"家里有个老人在该多好啊！最好能找个人在家里，头天晚上就住在我们家，这样不用折腾孩子，帮忙的人也没有那么累！但是，找谁呢？那几家都有孩子，怎能张开口说让别人带着孩子住到自己家来呢？关靖美倒是没有孩子，但让一个还没有孩子的女人来照顾自己的孩子，她能行吗？再说，当高中语文老师本来就累，大周末的还不让人家休息？啊，不对，关靖美周六上午还要给学生们补课呢。但如果这次不参加考试，又要等大约一个月，这一个月还要去练车，如果陈清然不回来，还是一样没时间，这可怎么办呢？"林晓雪想得头都大了。

"强强，如果妈妈有事不在家，你希望与谁在一起。"林晓雪实在是没主意了，便不经意地问了孩子一句。

"倩老师。"强强毫不犹豫地回答。倩老师是强强幼儿园大班时的班主任，名字叫陆倩丽。是一个二十来岁的年轻姑娘，家住外地，好像还没有对象。周末没事时，她常常来找林晓雪聊天，偶尔还会留下在家里吃顿饭。

"呵呵，为什么呢？"对于孩子的回答，林晓雪颇感意外。

"妈妈，因为我喜欢倩老师呀！"强强眨巴着一双大眼睛对母亲说。

孩子的意见让林晓雪精神一振。她当即便给那个姑娘打了电话。

"没问题，反正强强爸爸也不在家，倒方便。我周五周六晚上都住到你们家去，我也很想与强强待在一起呢。"陆倩丽满口答应。

事情就这样解决了，林晓雪在那个周日的当天，顺利拿到了自己为之奋斗了两个多月的驾照。

她兴高采烈地给陈清然打电话，想在第一时间告诉他这个好消息时，得到的却是"对不起！您拨打的用户暂时无法接通，请稍后再拨"的回答，一遍又一遍，一遍又一遍，让她的心紧张得在一瞬间就缩成了一团，刚取得机动车驾驶证的喜悦一下子便没了踪影。

她失魂落魄地坐在驾校送学员返程的班车上，一边不停地拨着丈夫的手机，一边回忆着头天晚上十点多陈清然打给自己的电话："晓雪，路……路……好多都断了，我们……我们的车……走了……走了好几天，我们……"丈夫的声音嘶哑，信号也是时断时续，最后竟一点也没了。

"你们到哪儿了？你们到哪儿了？"林晓雪冲着电话不住地大喊。

但电话断了。

仿佛过了一个世纪，林晓雪才接到陈清然的一条短信："已到灾区，勿念！"这简单的几个字让林晓雪立即平静了下来。但仅一天不到的时间，为什么丈夫的电话就打不通了呢？

下了驾校的班车，林晓雪一手拎着包，一手攥着手机，木然地走在回家的路上。快到部队大院门口的岗哨时，她的手机响了。她心中一阵狂喜，以为是丈夫打来的。

但一见手机屏幕上的来电显示，是关靖美打来的。电话刚接通就听她大呼小叫的："晓雪姐你在哪儿啊？你给你老公打电话了吗？我从一大早就给我家树魁打电话，打到现在，都没有打通。怎么办啊？"关靖美一向斯文，林晓雪还是第一次听她如此大声说话。

"我也打了好几遍了，"林晓雪尽量不让自己的声音颤抖，"也没打通。"

"晓雪姐，我怕，我好怕！电话上说那儿余震不断，五六级的都有，还有更大的。晓雪姐，我……我都不敢往下想……如果我家树魁……他……他有什么三长两短的，我可怎么活啊！"电话中传来关靖美的呜咽声。

林晓雪又何尝不担心？

她只有举着手机默默站在路边的一棵大杨树下，听关靖美诉说着，却不知道怎么来安慰这个刚刚过门不久的年轻军嫂。

就这样过了好大一会儿。"晓雪姐，你……你在听吗？"关靖美抽泣着问。

"我在听呢，阿美！"林晓雪想起了丈夫临行前的话，"阿美啊，你别想得太多了，那边的通信设施不少都让地震给破坏了，电话打不通也是正常的。我家清然说过的，这时候'没有消息就是最好的消息'！"

"'没有消息就是最好的消息'？为什么？"关靖美似乎平静了一些。

下
部

349

"这还用我一个会计来给一个中文系的高才生解释吗？放心吧！"林晓雪仍竭力让自己的声音听起来轻轻松松。

　　"晓雪姐，你好镇静！"关靖美说。

　　"嗨，你姐我可是资深军嫂了，身经百战的，哪像你那么嫩？好了，阿美，挂了啊，我家强强还让幼儿园的老师给照看着呢，我得快些回家了。告诉你一个好消息啊，我今天拿到驾照了！"林晓雪尽量夸张地表现着自己的高兴程度。

　　挂了电话，林晓雪快步往回走。

　　陆倩丽正领着强强在楼下玩。孩子一见母亲回来了，就急忙扑了过去。

　　"妈妈考一百分了是不是？妈妈再也不用去学车了是不是？"强强仰着稚嫩的胖脸，满怀期待地问。

　　"是，是，妈妈考一百分了，妈妈毕业了，以后周末都可以陪着强强了。"林晓雪俯下身子在孩子白白嫩嫩的脸上亲了一口，笑着回答说。

　　"耶，妈妈好棒！"孩子高兴得又蹦又跳的。

　　"祝贺你！"陆倩丽也迎上来道贺。

　　"谢谢你，陆老师！没有你帮忙，我这个驾照根本拿不到，我都没办法去参加考试。"林晓雪由衷地说。

　　"你不用跟我客气，强强爸不在家，有事你一定说，可别一个人扛着。"陆倩丽微笑着说。

　　倩老师的话让林晓雪的心中一阵感动。

　　接下来的两天，林晓雪和关靖美简直是度日如年。她们一边等待着消息，一边又提心吊胆，害怕得到什么可怕的消息。但灾区仍然没有任何消息传来，只是电视新闻中报道的死亡失踪人数在不断扩大。她们一有空闲就不停地拿着手机拨着各自丈夫的手机号码，但陈清然与袁树魁的手机仍是无法接通的状态。

第七十八章

赶往灾区

日子依然在有条不紊地过着。仔细算来，陈清然已经离家七天了。这天下午，林晓雪的电话猝然响起。她拿起一看，是一个陌生的外地座机号码。

"林晓雪，你是林晓雪是不是？"很陌生很急促的声音，沙哑而沧桑，却让林晓雪的心一下子提到了嗓子眼。

"是，我就是！请讲！"林晓雪紧张得几乎不能呼吸。

"我是部队的肖政委。"那个声音说。

"肖……政委？啊……我家……清然他怎么啦？"林晓雪由于紧张，已经语不成句了。

"陈清然……他……失踪了，这儿的南方渠受到强震的破坏，重要部位出现了大面积裂痕。如果南方渠决堤，灾区会在大地震后面临严重的洪涝灾害，后果不堪设想啊！我们到了之后，一部分人立即投入加固大堤的战斗，一部分人在震后的瓦砾中搜救幸存的人。陈清然昨天中午在为堤上的裂缝灌浆时，被一阵强烈的余震摔进渠里，到现在还没有被找到……"肖政委说。

听到这儿，林晓雪略微松了一口气。她最害怕听到的消息是丈夫被压在震塌的房屋下面无法救出，因为电视和新闻中多次有类似的报道。而现在仅仅是掉到了水里。她是了解丈夫的。婆婆家的院子三面环水，陈清然打小在水中泡大，一般的水是奈何不了他的。她相信自己的丈夫不会有事。

她思量着，半天没说一句话。

"喂，喂，"电话那头传来肖政委焦急的声音，"清然媳妇，你在听吗？"

"我在听。"听到对方对自己的称呼，林晓雪忽然感到是那样的亲切。

"陈清然同志的水性很好，当时之所以让他在渠边抗灾抢险，我们也是考虑到这一点的。你也不用太担心，"顿了一下，他又说，"袁树魁媳妇和你一个单位吧？"

"她？是……是和我一个单位的，树魁……他好吗？"林晓雪听他问起关靖美，不由又担心起来。

"你是说袁树魁？他非常不好！你赶紧以最快的速度，与小袁媳妇一起坐飞机赶来这里。咱部队的首长已经与你们学校的领导沟通过了，你们的工作暂时由别人接替。现在你们的任务是赶紧赶到这儿……"肖政委说。

"树魁……他出了什么事？"林晓雪感到袁树魁出事了。

"袁树魁同志在抗震救灾中受了很重的伤。"电话那头的肖政委长叹的一声，"生命危在旦夕，咱首长考虑到他家属的承受能力，决定由你全程陪同她来这儿。听说你是他俩的媒人，又是女方的同事，由你出面，也许袁树魁同志家属的思想工作会好做些。你先不要说袁树魁同志的情况，一切等到达这儿后再说。另外，你的孩子组织上也安排好了，上学之外的时间，他暂时住在幼儿园的全托班宿舍里，由幼儿园的老师们看护，这个你不用担心，他会得到很好的照顾。"肖政委的语速很快。

挂了电话后，林晓雪抬起头，才发现校长胡虎站在自己的办公桌前面，神情凝重。

"林会计，你爱人与关老师爱人的事我们都已接到部队方面的电话了，你们收拾一下快出发吧。工作的事先不要考虑了，我们会安排好的。"见林晓雪看着自己，胡虎开口说。

林晓雪点点头。

这时关靖美手中拎着包推门进来了，林晓雪注意到，她的脸上满是泪水，将脸上的妆容都弄花了。

"晓雪姐，"她哽咽着，"我家树魁，他……他到底怎样了，为什么由部队出面跟校长说让我去灾区啊？他的电话我打不通，他这么多天为什么也不给我打一个电话啊？部队那边也没人给我打电话，他到底出了什么事啊？呜……"

"我……我也不知道，我也和你一样，胡校长……不是也来通知我去那边了吗？咱别乱想了，去了……不就知道了吗？"林晓雪支支吾吾道。

走之前，林晓雪将强强托付给了幼儿园的老师们，还特意将自家的房门钥匙留了一把给陆倩丽老师，以方便她给孩子拿换洗的衣物及其他生活用品。她还给老家的父母亲打了电话，电话中她没有提及陈清然失踪的事，只说组织上安排自己陪同事关靖美去地震灾区，照顾她那在抗震救灾中英勇救人、身负重伤的丈夫。

她母亲白珍芳很支持："孩子啊，你去吧，这是咱应该做的，家里的电视我天天开着，灾区那边让人揪心哪！你不用担心强强啊，我和你爸这就买票坐火车去你家，我们去照顾外孙。你去了之后也要小心，一定也要安安全全回来啊！"

当天晚上，林晓雪和关靖美在一位部队干事的陪同下，坐上了南下的飞机。第二天上午十点多，她们才辗转到了袁树魁住的医院。

那是距离地震震中灾区一百多公里的一家地市级医院。医院的病房内，每间都挤得满满的。院子里，挤挤挨挨地搭了许多帐篷，到处是身上带着绷带纱布的伤员。身着白衣的大夫护士们个个面容憔悴，在伤员中间穿梭忙碌着。

第七十九章 危在旦夕

　　当三人在护士的带领下，来到袁树魁的病床前时，关靖美忍不住大哭起来。

　　床上的那个人是袁树魁吗？头部让绷带缠裹得严严实实的，只有右眼露了出来，能让人看得见的鼻子上，两只鼻孔都插着管子，双臂双腿上也打着满满的绷带，左手上还挂着点滴，直直地躺在那儿，一动也不动。

　　"病人太多，我们没有条件为他准备单人间，所以用布隔开了。他从前天中午被送来到现在，一直都没有苏醒过来，都过了四十多个小时了。"护士小声说，"病人如果再过二十四小时不醒的话，就很危险了。"

　　"我老公他都哪儿伤着了，为什么将他用纱布包起来了？"关靖美边哭边问。

　　"这个病人受伤很重，可以说全身都是伤。他在废墟中早已连续奋战了好几个昼夜，每天好像只休息一两个小时。听说那天他又挖出了两个还有呼吸的人，将他们中的一个转移到安全地带后，又去运另外一个时，来了余震。他为了保护那个人，硬是用自己的身体扛着压过来的那根横梁，将那个人护在身子下面。等到救援人员将他们救出送到这儿时，他完全成了血人，除了皮肤有大面积的严重擦伤，双腿双臂都骨折了，腰部受的伤也很重，体内脏器有不同程度的损伤，失血也比较多。不过，病人的身体底子不错，我们医院的专家们已经为这位英雄会诊好几次了，他所有的断骨已经接好了，现在只要他能快点醒过来，完全康复的希望还是很大的，但是……"护士继续轻轻地说着。

扑通一声，护士的话还没有说完，关靖美猛扑到护士面前跪了下来。

"大嫂您这是干什么呀？"护士吓得脸色都变了。

"求求你们了，快给他治，让他快醒来，求求你们了！"关靖美双目红肿，乞求地望着护士。

"大嫂您快请起，这位先生是我们的英雄，是我们的恩人，他为了我们家乡的百姓受了这么重的伤，我们当然有责任有义务对他进行全力救治，这点您尽管放心。再说，他能不能早点醒来，关键还在于您的努力。"护士边说边将关靖美扶了起来。

"我？"关靖美一脸迷惘，"我是学中文的，对医疗护理什么的可是一窍不通的。"

"是的，大嫂！来，咱坐下来说。"说着，护士将关靖美扶到墙角的一把椅子上坐了下来。

"姑娘，您快说，我能做什么，只要他好好的，做什么我都愿意！"关靖美急切地说。

"大嫂，您只需要在病人的耳边不停地说话，讲讲你们之间的故事，还有那些能刺激病人的话语就行了。大夫们该做的治疗一样不少全做了，已经没有别的办法了，最近一次会诊研究决定，请他最亲近的人来，或许能将他唤醒。现在就看您的了，大嫂您明白吗？"护士说。

"我明白了。我会努力的！"关靖美含着泪点了点头。

护士离开后，关靖美让陪同她们的干事去休息，仅让林晓雪陪着她，开始不断地对丈夫说话："树魁，树魁，你听见了吗？我来了，我是阿美啊！你为什么不理我啊？你好狠心啊，刚将我娶进家门，就不管我了。"她边哭边说，惹得林晓雪不住地陪着流泪。

"树魁，树魁，阿美快三十岁时，才遇到了你，阿美好高兴啊！咱们两个见面时，我就一眼相中了你，竟对你有过婚史毫不介意，这让我自己都奇怪，我以前从来没想过自己会嫁给一个离过婚的男人，但见了你后，我对这个事一点也不在意了。但那天，我分明在你的眼中看到了无所谓的神情，看到你对我的心不在焉。你没有问我要手机号码，你当时竟没看得上我，这对于我一个大姑娘家而言有多悲催！

"我回家后又羞又怒，真的，亲爱的，我想就这样算了吧，为什么我一个还没结过婚的大姑娘，要受一个离婚男人的气呢？那天回到家，我将自己关在房间里头，拼命摔枕头来发泄自己心中的烦闷，我咬牙切齿地咒骂你不识好歹，但当天夜里的梦中满是你的影子……

"第二天，我厚着脸皮去找晓雪姐，尽管从你头一天的表现中，我早已明白你并没有看上我，但我还是希望晓雪姐能带给我想要的消息。树魁，树魁，你看我有多可笑！

"我不知道晓雪姐对你说了什么，当那个星期五，我接到你的约会电话时，你不知道我有多开心。那天下午第一节和最后一节都是我的课，我想着下了班就要直接与你见面，就利用中午休息时间，去商场花了一千多元钱买了一身漂亮的新衣服，结果那天中午饭我都没吃上。晚饭时，我记得那天咱是一起吃的火锅，我当时很饿的，却又害怕吃多了在你面前形象全无，就强忍着饥饿仅吃了几口，装出一副淑女相，结果回家后又泡了两包方便面吃，惹得老妈目瞪口呆直咂舌。这些事我从来没与你说过，树魁，你感到好笑吗？

"树魁，树魁，我亲爱的人，你快醒醒，和阿美说说话啊！"关靖美说到这儿时，两个女人都已泣不成声。

"阿美，你也说了半天了，休息一下，喝点水，等会儿再继续，好不好？"林晓雪走过来，递给关靖美一瓶随行李托运来的矿泉水。

两个人在这一天余下的时间里，一直待在袁树魁的病床边，关靖美不停地与丈夫说话，林晓雪伴着洒下了不少泪水。但天都黑了，肖政委安排人来叫她们去吃饭休息时，袁树魁仍然还保持着她们刚来时的姿势，一动也不动。

"晓雪姐，你去休息吧，我在这儿陪着树魁！"关靖美说。

"阿美，"林晓雪上前轻轻揽住她的肩，"现在清然也还没有下落，我一样担心得不得了，但咱总不能一直不吃不喝不休不眠对不对？如果你老公醒来发现你又病了，他怎么能安心养伤呢？咱们先去吃饭，一会儿咱们再回来，今夜我与你一起陪着树魁，好不好？"

关靖美伏在林晓雪的肩头失声痛哭。

当夜，两个女人在病床边度过了她们在地震灾区的第一个夜晚。林晓雪坐在一张椅子上迷迷糊糊打了一夜的盹，关靖美则在丈夫的身边说了一夜的话。

第二天是一个阴雨天，一大早林晓雪就发现关靖美的脸色雪白雪白的，没有一丝血色。两人刚分吃了一碗护士送来的大米粥，关靖美就吐了，整个人虚弱得几乎站不住了。

"阿美，你这样下去不行！要不，你去肖政委安排的房间里休息吧。"林晓雪说。

关靖美无力地摇了摇头，但语气很坚定："不行，这个时候我决不离开他！"

第八十章

喜与悲

这时，那个护士和一名满头银丝的医生赶了过来。

"大嫂，我们想给您检查一下，您才刚来不到一天，身体就吃不消了，我们必须保证您的健康！"护士说。

"给我检查一下？我没事，就是有些累，不用了吧！"关靖美说。

"还是检查一下好，大嫂！"护士说着，已经行动了。

她为关靖美量了一下血压，测了脉搏；那个医生开始给她号脉，原来那是位老中医。

老中医号了好大一会儿脉，脸上的表情也是时喜时忧，然后问关靖美："闺女，你的月经近来正常吗？"

"以前还挺正常的，这次不知为什么不正常了，都过了一个多礼拜了，还没有来。"关靖美不明白老中医为什么问这个，不由脸红了。

"你怀孕了，闺女，你怀孕了！"老中医说。

"啊？！"关靖美大吃一惊，"真的吗？怎么会这么快，我与他刚刚结婚呀！"

医生点了点头："真的，闺女，不会有错的，你的确怀孕了。"

关靖美一下子扑到丈夫床前，"树魁，树魁，你快醒醒啊，你听到了

358

吗？我怀孕了，阿美肚子里头有了你的孩子，求求你，快醒来啊，快醒了啊！"说着她又哽咽了。边上的人不由眼圈都红了。

"闺女，你现在是怀孕初期，也是最危险的时期，一定要注意稳定情绪，适当休息！"老中医在一旁忙劝道。

"是啊，阿美，你从昨天到现在一直都没有休息，现在为了孩子，你去躺一会儿。树魁他醒来后也希望见到你们母子平安，是不是？"林晓雪扶住她，温言劝道。

关靖美眼泪汪汪地看着身边的几个人，又无限不舍地看了看床上的丈夫，最终还是点了点头。

两个女人在为她们安排的房间里分别和衣而卧，不久便都昏昏沉沉地进入了梦乡。林晓雪却总是做噩梦，梦中全是陈清然在水中拼命挣扎的画面，她伸出手想将他拉上岸，却总是差那么一点点……

当她好不容易找了一根长木棍，将它伸向水中让丈夫抓住时，她却被人用力推醒了。

"晓雪姐，我眼一闭就做噩梦，梦见我老公浑身上下血淋淋的。我叫破了喉咙，他都不理我，却越走越远。我拼命跑着追赶，却总是追不上他。晓雪姐，这是不好的兆头吗？"林晓雪睁开眼睛时，首先映入眼帘的是关靖美那张憔悴哀伤的脸。

林晓雪揉揉睡眼惺忪的双眼，迷迷糊糊地一下子坐了起来，很茫然地瞪着她："阿美，什么不好的兆头啊？我刚才也睡着了，没听清楚你说什么。"

"晓雪姐，我是说我刚刚做了个噩梦！"关靖美又流出了眼泪。

林晓雪的睡意瞬间让关靖美的眼泪冲得无影无踪，她以最快的速度穿好鞋子，又看了看手表："阿美，我也做梦了，咱长时间没好好休息了，躺下做个梦也正常。好了，咱已经休息了两个多小时了，现在赶快回到树魁那儿去。"

她们赶到医院时，发现一大堆人围着袁树魁的病床边，除了几个大夫和护士，陪同他们来的干事也在，还有一位她们从来没有见过的年长军官。

"我正要去叫你们呢，还好你们来了。"干事迎了上来。

"这是肖政委，"干事介绍说，"袁干事……他……不行了。医院今天上午就给肖政委打了电话，下了病危通知，他刚刚从抗震一线赶过来……"

"啊！"关靖美没等干事说完，便凄厉地惨叫一声，疯一般地拨开人群，扑到了丈夫的身上，正在准备拔去病人鼻子上的插管的护士停住了手。林晓雪也急忙跟了上去。

"树魁，树魁啊，"她泪雨滂沱，边哭边不停地使劲摇晃着袁树魁的身体，"你好狠心啊，我与你刚刚结婚你就不要我了吗？我不同意，我不同意啊！你既然一开始就看不上我，又何必娶我啊，你用这样的方式将我抛弃，你太卑鄙了，你太残忍了，你怎么能这样啊！你怎么能这样不负责任啊，你怎么能这样不声不响离开我，让年纪轻轻的我成了寡妇，让我肚子里头的孩子还没有出生就没爹啊！袁树魁，你不能死啊，你如果就这样死了，我关靖美会恨你一辈子，怨你一辈子，诅咒你一辈子的！我会在孩子长大后，告诉他你是一个多么不负责任，多么没有担当的父亲，树魁，树魁啊！"哭着哭着，她就昏厥了过去。

第八十一章

渡过难关

所有在场的人都哭了。"阿美！"林晓雪哭着蹲下身子，将关靖美揽在怀中，"阿美！阿美！"她不停地呼唤着。

"啊，快看病人的心电图啊，病人又有了心跳！"一个声音忽然响起。

"快，快，接着抢救！"一个沉稳的声音命令道。

在场的医护人员立即又投入了紧张的工作。林晓雪抱着关靖美，在干事和肖政委的帮助下，把她移到了房间一角的一把椅子上坐下。

仿佛过了一个世纪，就听一个声音说："好啦，病人的生命体征基本趋于稳定了。家属再努努力，如果能在一天内将他唤醒，病人基本上就没有生命危险了。"这个消息让林晓雪精神一振。

"阿美，阿美，"林晓雪晃了晃怀中仍昏迷不醒的女人，"你快醒醒啊，快醒来救你老公啊，他等着你呢。"

林晓雪的话引起了刚刚结束抢救工作的医生们的注意，两个大夫走过来，经过简单的施救，片刻工夫，关靖美慢慢转醒。

"你们救我干什么啊，我还是死了的好，我一个人活什么劲儿啊！"关靖美又开始哭了起来。

"阿美，"林晓雪手边没有现成的纸巾，顺便抬手用手背为她擦了一下泪水，"树魁让你叫活了，他这会儿病情又稳定了，现在靠你了！刚才医生们还说，让家属再努努力，也许很快会将他唤醒的。"

"真的？"关靖美停止了哭泣，用询问的目光看向身边的大夫。

"是的！"被她看着的大夫冲她点点头，"刚才病人已经没有了心跳和脉搏，连我们都认为他毫无希望了，是你的哭声和言语刺激了他，将他从死亡线上硬拉了回来，这真是个奇迹啊！"

关靖美赶紧坐直了身子。

"但病人还没有最后渡过危险期，你作为家属，再加把劲，争取尽快将他唤醒，现在也只有你能救他了，你可是他最后的希望啦，一定要挺住啊！"大夫继续说。

关靖美边流泪边不住点头。

这时肖政委也走了过来，林晓雪注意到，他的双眼通红。"小袁媳妇，小陈媳妇，你们辛苦了，我没有照顾好你们的丈夫，真是对不起！"说着弯下腰向她们两个深深鞠了一躬。

两个女人也急忙鞠躬还礼。"肖政委，您千万别这么说，您不也和大家一样，在抗震救灾一线奋战了好多天了吗？"林晓雪说。

经过关靖美不间断的努力，当天傍晚，袁树魁终于苏醒过来。

"阿美？"当他睁开眼睛发现妻子时，十分诧异，"我是在做梦吗？你怎么会在我的身边？这是在哪里啊？"

"在医院啊，你真是命大，总算活过来了！"关靖美抿着嘴，喜极而泣。见丈夫脱离了危险，她的喜悦无法形容。

"树魁啊，你能闯过这一关真是多亏阿美了，你可要好好谢谢人家。还有啊，你要当爹了，为了你们的小宝宝，你争点气，快点好起来吧！"林晓雪说。

袁树魁温柔地看向妻子，关靖美的脸一下子就红了。

"我不当电灯泡了，我先回房间了！"林晓雪说着快步离开了病房。

第八十二章

下落不明

回到房间，林晓雪的心情越来越沉重，刚刚过去的这两天，面对奄奄一息的袁树魁和痛不欲生的关靖美，她没有太多的时间想自己的事情。现在，袁树魁总算闯过了鬼门关，但自己至亲至爱的丈夫呢？他在哪里？

她无力地坐在床边，呆呆地望着窗外出神。

南方的春末夏初，窗外的景致与北方有太多的不同：这儿距离地震灾区一百多公里，没有明显震感。外面连绵的小雨，将窗外巨大的芭蕉叶冲刷得翠绿闪亮的。枝丫上，那还没成熟的果实湿漉漉的。好美啊，这满世界的苍翠碧绿，一派浓得化不开的春色！

但所有的美景又和自己有什么关系呢？

本来林晓雪对丈夫的水性还是很有信心的，她一直坚信陈清然不会出事的：他们的家乡是豫省南部有名的水乡，潢城的姑娘小伙们都是从小就在水里泡着，即使是在水流湍急的汛期，不少人能在清果河轻松游个来回。她真的不相信自己的丈夫还能被水淹死。

当她静下心来想一想的时候，她却越来越担心。

"泥石流！"这两天在医院里她不止一次听到这三个字，当时她的注意力全在关靖美夫妇身上，没有往深处想，但仔细将那三个字细细琢磨一番后，她不由吓得几乎要昏倒在地。

"那个南方渠附近是山区，"林晓雪边拼命回忆自己中学时学过的地理知识，边想着，"由于地震和暴雨，山体滑坡发生泥石流的可能性太大了。丈夫已经离家多日了，吃的喝的还有休息时间不能像在家中那样各方面都有保证，体力精力自然不能与平日相提并论。如果精疲力竭的他遇上了泥石流，纵然他的水性再好，也是没有用的，如果……"她一下子从床边跳了起来，一颗心几乎蹦到了嗓子眼。

这时，门外传来轻轻的敲门声，她开门一看，是肖政委和那个陪同她们来这里的干事。她将两人让进房内。

"小陈媳妇，"面对林晓雪询问的目光，沉默了好几分钟的肖政委终于开口了，"小陈已经落水快四天了，我们一直在派人尽力寻找，但刚才那边才有消息传来，到目前为止，还是没有找到。你……你要想开些，也许明天，或者后天找到，但无论发生了什么事，你一定……要想开些……还有，小袁这次能平安活下来，你与他媳妇的功劳最大。从这件事上看得出来，你是个坚强乐观的军嫂，以后无论发生了什么事，咱都要往好处想，只要有一线希望，我们一定不会放弃的。"

林晓雪听得出来，肖政委这些看似安慰的话，实际上是在让自己做最坏的打算，是在让自己做好迎接最糟糕结果的思想准备。此时她的心痛得如刀割一般，她很勉强对着肖政委笑了一下，点了点头。但她知道，自己的这个微笑，一定比哭更难看。

"好吧，小陈媳妇，今天你好好休息休息，如果小陈明天找到了，他很有可能是受了伤的，是需要你照顾的，估计那时你就没有时间休息了。"两人临走时，肖政委这样对林晓雪说。

林晓雪躺在床上，心中的担忧与恐惧如一盆加了许多酵母粉的面团，一点点地在扩大和膨胀，似乎要将她的胸膛撑破。她感到全身没有一处不痛，痛得让她感到自己快要死掉了。这种痛苦的感觉让她在床上不断地翻来覆去，不断地起床又躺下，躺下又起床，就这样周而复始，无穷无尽，不休不眠地过了一个晚上。

好不容易熬到天亮，林晓雪急忙起床穿好衣服。这一夜她过得太累了。她艰难地咽了几口工作人员送来的早餐后不久（非常时期，灾区周边的食品供应都是限量的。她们住的地方也一样，早中晚餐都是按房间的人头供应，由工作人员统一发放），干事过来告知，说肖政委一大早就启程返回地震灾区了。"他说要赶紧回去，自己带人好好沿着水边再找找陈参谋，让您安心在这儿等着。"

林晓雪又何尝能"安心"？送走干事后，她待在房间里，无聊得手脚都不知道该往哪儿放。她不断地在小小的房间里走来走去，大脑一片混乱，整个人的思维都停滞了，她不知道自己想做什么，更不知道自己该做什么，她只是机械地反反复复走动着，直到自己口干舌燥，却连水都不知道喝上一口。

中午饭的时间又到了，当工作人员送来午餐时，林晓雪摇头说不用了，自己还不饿，还不想吃饭，让人家将饭端走了。打发了午饭，她继续在房间中不停歇走动着。

就这样不知过了多久，外面传来钥匙转动门锁的声音，她的房间门被人打开了，是关靖美回来了。

但关靖美怔住了。她面前的林晓雪披头散发，平日那头乌黑柔顺的长发凌乱不堪，面色灰灰的，两只眼睛下面，明显出现了一对青黑的大眼袋，双唇干裂发白，下巴变得尖了许多。更让她惊异的是，林晓雪的双眼呆滞无神，空洞地望向自己，连脸上的表情也是木木的。

"晓雪姐，发生了什么事，你怎么啦？"关靖美走上去抱着她的肩头晃了晃。

"你……阿美？"林晓雪从迷迷糊糊中慢慢回过神来，"你怎么回来了，树魁他还好吗？"

"晓雪姐，树魁他好多了，你不用操他的心了。我现在问你怎么啦，到底出了什么事？"关靖美的眼眶中满是泪水。

林晓雪再也忍不住了，抱着关靖美大哭起来，边哭边说："清然他……他到现在都没有找到，也没有任何消息。我好怕，真的，我认识他都十几年了，我从来没像现在这样害怕过！如果他有什么三长两短，强强还那么小，我……我一个人在异地他乡的，可怎么好啊！"

　　关靖美吸了吸鼻子，强忍着自己眼中的泪水不掉落："晓雪姐，你不要把事情想得太悲观了，你不是常说，没有消息就是最好的消息吗？晓雪姐，你的心地那么善良，上天不会那么绝情的，一定会保佑清然大哥平安回到你的身边的。"

　　"阿美，你不了解的。"林晓雪松开关靖美，无力地坐到床沿上，"当初我与清然结婚时，我们全家都非常反对。我奶奶说，林家的姑娘嫁给军人的，没有一个过得好的！如果没有这场地震，我永远不会相信奶奶的话，因为我认为我与清然过得还不错，但这几天我一想起她老人家的话，我就毛骨悚然的，难道奶奶的话应验了吗？都怪我当初没听她们的话，硬是和清然结了婚……"

　　关靖美惊讶地瞪大了眼睛："你们家好奇怪啊，还有这种说法呢？你后悔嫁给他了吗？清然大哥多爱你啊！"

　　"我哪里是后悔，我是害怕自己给他带来噩运！阿美，嫁给清然是我少女时代的梦想，我怎么可能后悔？他到现在都没有消息，我是不是真的拖累了他、害了他呀？"说着又哭了起来。

　　关靖美越听越糊涂："晓雪姐，你今儿是怎么啦？老是说些莫名其妙的话，你别再胡思乱想了。清然大哥不会有事的，他那么爱你，决不会舍得丢下你一个人不管的。什么'奶奶的话应验了'，你奶奶不是早就不在人世了吗？你呀，就是缺觉，好好睡上一觉，一起来就精神了。来，你先喝点水，咱好好睡一觉。为了我和我肚子里的宝宝，你一定要安静地躺下，好不好？"

　　关靖美好说歹说劝了半天，林晓雪总算躺了下来。因害怕吵着孕妇，她只有一动不动地躺在那里，也许是太累了，不久她便昏昏沉沉地睡去了。

当林晓雪再次睁开眼睛时，已经是第二天的上午九点多钟了，房间里外都静悄悄的，连一丝声音都听不见。窗外，雨早已停歇，一缕阳光透过窗外的绿叶射进房间内，将整个房间镀了一层光晕。林晓雪转过头，看了一眼对面的床，发现上面空空的——关靖美已经起床离开了。不用问，她一定又到医院陪袁树魁去了。

林晓雪感到精神好多了。她起身穿好衣服下了床，洗漱梳头，将自己收拾停当，当感到肚子很饿时，才猛然意识到自己已经一天一宿都没有进食了。

她的目光下意识地将房间搜寻了一遍，希望能找到可以充饥的东西。这时她看见靠近关靖美的床边的床头柜上，有一对小碗好好地扣在了一起。她走过去才发现，碗下压着一张小纸条，纸条上面是关靖美的字迹：

> 晓雪姐，我赶去医院看我老公了，早餐是每人一个馒头一碗大米粥。粥凉后没法喝，我就将两碗大米粥都喝了，给你留下两个馒头。你吃了吧，吃了才有力气在清然大哥回来后照顾他！
>
> 阿美

林晓雪揭开小碗，只见两个精致异常的小馒头好好地放在里面，个头不及自己平时在部队大院食堂买到馒头的五分之二。这儿的大米粥她是喝过的，量少也很稀，里面没有几粒米。见怀有身孕的关靖美将馒头省给自己，林晓雪心中一阵感动。这次受灾面积太大，道路及其他设施被地震雨水破坏很多，灾区及周边的食品和日常用品的供应都十分紧张，这儿能为她们提供这些食品，已经相当不容易了。她到了以后，手机就没有信号了，住处也没有电。工作人员解释说，这儿虽受灾不是特别严重，但周边的移动联通基站都让地震破坏了，还没修好，信号无法传输过来。通电设施也被破坏了不少，电也过不来。医院备有小型的发电机，为了抢救病人没日没夜发着电。有专门的组织负责为医院提供发电用的原料，医院虽然也有发电机，却没有足够用于发电的原料，所以他们无法向仅用于住人的房间和简易房中供电。没了信号，手机似乎成了多余，倒成了夜太黑时的照明工具。为了省电，她们两个人大部分时间都将手机关了。

　　林晓雪两口吃完了一个馒头后，却感到肚子更饿了。对于吃不吃剩下的那个馒头，她倒是颇为踌躇。当她伸手拿起另一个馒头送到嘴边时，又想起关靖美肚子里的孩子，她咽了口唾沫，强忍饥饿又将馒头放了回去。

　　吃完饭无事可做，她怕自己独自一个人待久了又要胡思乱想，就在包里头找了一张餐巾纸仔细将那个馒头包好，去了医院。

　　袁树魁仍在那里躺着，手上仍挂着点滴，头上的绷带已经摘去，脸上还有已结痂的几处伤痕，左眼上方像是缝了几针，尚未拆线。头上顶着三块纱布块，套着一个用来固定它们的白色网套。虽然仍是伤痕累累，但比林晓雪前两天见到的模样已经好了许多。

　　见林晓雪来了，坐在床边的关靖美忙起身迎了上来。"晓雪姐，你醒了，来医院干什么啊，这儿有我就够了，你应该在房间里多休息休息。"

　　袁树魁冲着林晓雪咧嘴笑了笑，他虽然保住了一条命，整个人还是很虚弱的。

"我也睡了不短时间了，一个人在房间里无聊得很。"林晓雪勉强笑了笑，将那个馒头递向关靖美，"阿美，吃了这个馒头吧，怀孕头三个月，正是孩子长大脑的时候，多吃一口是一口……"

关靖美怔住了，然后伸手接了过去，缓缓打开那张包着馒头的纸巾，两颗豆大的泪珠顺着眼角流了下来……

林晓雪张了张嘴，却不知应该用什么话语来安慰她。的确，这个生在首都，长在首都，连上大学都没有离开过首都的独生女，不到一周的时间里经历了太多的磨难。好半天，她才说："阿美……你……别难过了，一切都会好起来的。"

"晓雪姐，"关靖美抬起右手擦了一下眼睛，摇摇头打断了林晓雪的话，"我不是难过这几天咱们遇到的事情，我是感动。你太善良了，清然大哥失踪这么久，你自己都这样不好过了，还处处为别人着想。就冲着这，清然大哥就不会有事的……"

"但愿吧，阿美，谢谢你！借你吉言，希望他能够早日平安归来！"林晓雪尽管知道关靖美是安慰自己，但仍然很高兴。

这时，一阵震耳欲聋的喧闹声传来，这喧闹声中除了有男男女女的叫喊啼哭声，还夹杂着杂乱沉重的脚步声。这让躺在床上的袁树魁痛苦地皱了一下眉头。

"快，快，那边凌晨又发生余震了，又有了新的人员伤亡。这批危重病人刚刚运到，前面人手不够了，咱们快去！"只听一个女子这样说。同时林晓雪发现两个白色的影子从病房门口急匆匆地一闪而过，那是平时负责照顾袁树魁所在病区的两个护士。

"坏了，晓雪姐！"关靖美忽然跳了起来，大声说。

"阿美你又怎么啦！"林晓雪也让她吓了一跳。

"树魁的这瓶液快打完了，该换了，一天要打四瓶呢，这刚第一瓶。她们两个都走了，谁给他换液啊？不行，我得去找她们。"关靖美说。

"换液有什么难的，不就是将插在一个瓶中的那根针拔出来插到另一个瓶中吗？"林晓雪抬头看了看袁树魁正在打着的那瓶点滴，的确仅剩一点点了，大概不用五分钟就能输完。其实，她也不会，只是这几天老在这家医院中来来去去的，见护士那样做，自认为能够照猫画虎罢了。

"嗨，晓雪姐，你真是越来越有才了。"关靖美乐了。但她毕竟有点不放心，想了一下还是自己起身出门找护士去了。

等袁树魁的那瓶药液输得剩最后几滴时，关靖美还没有回来。林晓雪知道，再不换液，血管里头的血就会通过输液针管倒流。病人刚有好转，滴滴血液可都是很珍贵的。她一边眼睁睁瞅着，一边不时焦急万分地扭头向门口张望。但时间一分一秒过去了，关靖美还没有回来。她没有办法，将放在袁树魁床头小柜上的几瓶液体仔细查看了一下，发现上面贴的标签都是一样的后，便拿了其中的一瓶倒挂在头顶的架子上，咬咬牙，做了一口深呼吸，然后将那空瓶从架子上摘了下来，将针头用力拔出后，又用力插到她刚刚挂好的那瓶液体的胶皮塞子里……当她看见瓶中的液体沿着输液器的透明胶管缓慢滴下时，不由松了一口气。

"啊呀，护士怎么还不来啊？我的液都已经没了，这可怎么办呀！"旁边猛地传来一声惊呼。

林晓雪初次做这种护理工作，真的是非常勉强，此时紧张的心还在怦怦直跳，听见叫声，急忙扭头望过去。她惊恐地发现，邻床的病人已经开始回血，输液器的透明胶管有一小段已经变红。她赶紧跑过去，问道："你今天的液输完了吗？"

躺在床上的人虚弱地微微颔首，含糊地说了句"没了"，便没了声息。也许刚刚的惊叫已用尽了他所有的气力。

林晓雪望着透明胶管中渐渐扩大的红色，心中的惊惧让她整个人都在不住地发抖。她忍不住又朝门口望了一眼，护士和关靖美还是没有踪迹。她正犹豫不决时，那个病人轻轻发出了一声痛苦的呻吟，她感到不能再耽误下去了，索性心一横，强迫自己平静一下，上前左手稍稍用力按住那个人手上贴着的白色小纸条（输液贴），右手一用力，将插在那人手上的针头拔了出来。

林晓雪松了手。血，顺着针眼慢慢渗了出来，浸湿了那个白色小纸条。林晓雪一时找不到医用棉签，慌乱中从包里找了一张纸巾，隔着那个白色小纸条用力按住替那人止血，大概两分钟后，血止住了。

"谢……谢！"那人艰难地吐出两个字。

林晓雪松了一口气，她已经汗流浃背了。

"水……喝水……"这时另一个病人又喃喃道。

林晓雪忙为那个病人倒好水，凉了一会儿，送到了他的嘴边……

几分钟后，关靖美才和一个护士快步赶到。

"那边太惨了，简直是惨不忍睹啊！一二十个血肉模糊的伤员啊。晓雪姐，树魁能活下来，我感到真是太幸运了！"关靖美双眼通红，声音也有些嘶哑，似乎刚刚流了不少眼泪。

当得知是林晓雪刚刚帮病人拔针换液，护士很惊讶，同时也表示了由衷的感谢。这时又有两个病人需要拔针，她就在工作的过程中教了教林晓雪这方面的工作要领和注意事项。

"大嫂，那边病人太多了，十几台手术都在抢救伤员，分秒必争啊！您刚才做得不错，我们还需要您的帮助。"护士说。

"没问题，你看我能做点什么？"林晓雪问。

"我也可以帮忙的。"关靖美也说。

"帮忙护理一下这边的病人！他们的病情基本稳定了，每天就是固定的输液治疗。每天早晨我们给他们输液后，你们帮忙看着，帮他们拔针换液，就能让我们省出时间全力护理救治那边的重症病人。他们这头一两天是抢救的最佳时间，过了这几天，恐怕就难说了。"护士说。

"好的！"林晓雪点点头。

"我也可以给他们喂喂水，擦洗消毒，帮晓雪姐。"关靖美说。

护士点点头："其实我这样说有点违反规定，毕竟你们不是专业的医护人员，但特殊时期，人手不够，这也是没有办法的办法，只是让你们受

下部

371

累了！"说着，护士对她们两个深深地鞠了一躬。

接下来的日子，林晓雪和关靖美真正开始忙碌起来了。每天，她们都早早起床，有时一直到深夜十一二点才能上床休息。大部分时间，关靖美都是躺在丈夫身边过夜，这位来自皇城根下的娇娇女表现出来的淡定和坚强真是令林晓雪佩服：她能在这种环境中闭眼就睡，旁边无论多吵，她都能睡得香甜怡然。简单的护理工作，她们做得越来越娴熟了。这时，从四面八方来的志愿者慢慢多了起来。两位军嫂夹在他们中间，不知情的人谁又能看出她们的与众不同呢？

日子过得充实而忙碌，不时伴随着泪水与辛酸。因为时时目睹着死亡的悲伤、重生的喜悦，她们对生命的意义更多了几分敬重和理解。林晓雪在医院的时间里，早已顾不得想陈清然的事了，只有在夜深人静回到住处时，才有工夫想自己家的事，在心中默默为丈夫祈祷一番。

她们到这儿已经第八天了，陈清然也已落水将近十天了。

第八十四章

劫后团圆

这天晚上，林晓雪拖着累得快要散架的身体回到住处时，已经将近晚上十一点半。关靖美照例没有回来。她简单洗漱后就上床了，却因为外面连过道都住了志愿者，人多过于嘈杂的缘故，她久久无法入眠。

这时，一阵急促的拍门声从外面传来。

声音太杂，林晓雪起初以为是有人走错了门，没有理会。她太累了，真是一点也不想动弹，两条腿好像是刚刚爬了一座海拔极高的山峰似的，酸胀疼痛得厉害。

但那正在拍门的人似乎很执着，仍一刻不停地拍着，并且用的力道越来越大。林晓雪意识到这是在拍自己的门时，就提高了嗓门连问了几声"谁啊？"门外的人没有回应。无奈，她只好挣扎着起身穿好衣服，走到了门边。

这个地方对她来说，完全是陌生的，这么晚了，她怎么敢轻易开门。

正在她踌躇间，外面的人似乎更急了，拍门的频率也更快了。

"您是哪位，这么晚了有事吗？不说清楚我是不会开门的。"林晓雪咬了咬嘴唇，隔着门冲着外面说。

门外的拍门声骤然停止，一阵沉默……

"是我！媳妇儿……我……我……陈清然啊！"那人声音嘶哑难听，与平日里大不相同。但她还是能辨认出那的确是丈夫的声音。

林晓雪的身子一颤，她伸手扶住了门，才勉强让自己不至于跌倒。泪水缓缓地沿着面颊流淌下来。

"晓雪，快开门啊，我呀！"门外的人说。

林晓雪抹抹眼泪，慌忙打开房门，一个瘦削的身影一下子扑了进来，牢牢地抱住了她。陈清然将他的脸贴在妻子的脸上，林晓雪感到丈夫的脸上湿漉漉的，同时自己的嘴巴中也滴入了咸咸涩涩的液体。夫妻俩在黑暗中紧紧地相拥在一起，久久不愿分开……

原来陈清然落水时，那个地区已经接连下了好几天的大雨，他在湍急的水渠中随着水流急冲直下。当时的他，经过长途跋涉，又连续几天抗震救灾，身上所剩的力气也已不多，不久就没了知觉。

幸运的是，水面上漂着的一个结实的大木桶救了他。大木桶的耳柄上系着的那根长长的绳子，不知为何缠住了他的腰，让他没有立即沉入水底。在水的强力冲刷下，大木桶不断与他的身体发生碰撞，让他在疼痛中很快清醒过来。这时他已经漂出了好远。

"我有了知觉后，感到全身上下都凉冰冰的，腿和手臂都不是自己的了——我的四肢早已不能自由活动了，甚至连头都不能自由转动了。那时我以为我死了，但这时那个大木桶在水流的冲击下，又猛地撞了一下我的脚踝，那个痛啊，让我一下子意识到我还活着。"陈清然休息了一夜后，第二天向妻子讲述了他落水后发生的事。

"活着，我还活着！当我意识到这一点时，我一下子来了精神，我的思维也在那一瞬间恢复了，我的脑海里立即浮现出你与儿子那亲切熟悉的面容。我想我不可以让你哭，不可以让孩子没有父亲，强强他还那么小，而晓雪你还那么年轻美好……

"我的游泳技术还是不错的，这个你知道，我努力调整了几下我的姿势，让自己抱住那个大木桶，脑袋尽力抬起放在大木桶上，这样我就不会被它撞伤，并且能比较省力地浮在水面上，以便使自己快些恢复体力，好早点上岸。我的游泳技术再好，也不能老是待在水中，毕竟我不是一条鱼儿。还不错，桶上的那根绳子足够长，我可以自由转动调节它，我真是幸运！"陈清然讲到这儿，顿了顿，微微笑了。

"过了一会儿，我感到身上渐渐有了些力气，就开始努力一边往岸边靠，一边仔细观察，寻找最容易上岸的地点。但水势太猛了，常常是我刚刚往岸边靠一点点，水流一下子又把我冲回到水里。我努力了好多次，都没有成功。真的是筋疲力尽啊，晓雪。我这次是真正领会到这个词的含义了，但我知道我决不能放弃，我决不能将你与儿子孤孤单单留在世间，我一定要好好活着再见到你们母子。每当被冲回水中央，我就让自己抱着木桶休息一下，再试，一而再再而三，就这样过了好久，眼见着天色慢慢暗了下来。

"我心中很着急，当时还下着雨，天地间都是一片雾蒙蒙的，我除了累，还非常饿，中午的饭早就消化干净了，全身冰冷。我想我必须在天完全黑下去之前上岸，不然我可能真的非常非常危险。

"我停止了连续的尝试，抱着木桶大口地喘着气，闭着眼睛好好歇了一阵子，慢慢我感到体力又恢复了不少，这时我的腿被什么东西重重绊了一下。我急忙睁眼一看，太好了，有一棵树倒在水中，也许是让水冲倒的，也许是地震的原因，谁知道呢？但它的根部还在岸边的土里扎着，没有被连根拔起。也许是这棵树太高了，横倒下来后，枝丫都伸到了水的中间了。我发现它后，忙用一只脚钩住了其中的一根树枝，又尽量稳住身体靠近它，再让另一只脚也努力钩住它，最后手脚并用，总算带着那只木桶连滚带爬上了岸。"

"你还带着那只木桶，不嫌沉吗？"林晓雪盯着丈夫那张消瘦黝黑的脸，感到很奇怪。

陈清然点了点头。"那是我的'救命恩桶'，我可不能抛弃它。不过，也幸亏带上了它。不然，我很有可能再也见不到你了。"

下
部

375

"为什么？你不是已经上岸了吗？"林晓雪问。

"傻媳妇儿，又是地震，又是接连的雨，上了岸只是意味着不会被水淹死，但岸上也是险象环生啊！"陈清然爱怜地拍了一下林晓雪的头，开始为她讲述后来发生的一切。

"我上去之后发现，那一段渠边两岸全都是山。这时天已经完全暗了下来，多年没有见过的那种伸手不见五指的漆黑，那种漆黑只有在我的记忆中，仿佛是特别小的时候，农村还没有通电时的阴雨天才会有的。这时雨下得越来越大了，我浑身水淋淋的，脚上的鞋袜早在水中不知去向了，全身上下每一处都疼痛难忍。整个人又冷又饿，又困又乏，每走一步都非常吃力，那时候真是不想动了，想随便找个地方一躺了事！但我知道我不能那样做，我明白，自己一旦躺下，就有可能永远都站不起来了，直觉让我感到四周危机四伏，自己必须尽快离开那个地方。

"其实我当时也不知道接下来要发生什么事，哪儿才是安全的地方，只是感到脚下的草很少，泥土特别松软，山坡上的石头特别多，我光脚走在上面。许多的山石都完全裸露着，上面既没长草皮，也没有泥沙覆盖，硌得我的脚底板生疼。上面的山体还不断有东西滚落下来，我一边走着，一边侧耳细听，不断用那只木桶护着自己的头部，尽量避免被滚落的物体砸着。忽然我的大脑灵光一闪，我一下子意识到了，这儿可能将要发生泥石流！"

林晓雪听到这儿，脸吓得煞白，她的双手紧紧揪着自己的衣角，紧张得大气都不敢出。好半天才说了一句："你还真遭遇到了泥石流？！"

陈清然温和地对妻子笑了笑，伸手捏了一下林晓雪的脸颊："花容失色啊！我现在不是好好地在你的面前了吗？后面还有更惊险的呢！我决定'罢讲'了，再讲下去，我担心把我媳妇这朵怒放的花儿给吓蔫巴了！"

林晓雪哪里肯罢休！

"好啦，好啦，我可以讲下去，但你不许再自己吓自己了，你想想，你老公能现在坐在这儿给你讲，就说明你老公在下面发生的一切危险中都战胜了困难。你应该投来深情崇敬的目光，来，调整情绪，记住，要对我投来'深情崇敬的目光'……"说着用双手去捧林晓雪的脸。

"贫嘴！还不快讲！"林晓雪娇嗔地一巴掌拍过去。她仿佛有几个世纪没听到丈夫与自己要贫嘴了，这会儿听着，忽然有一种说不出的幸福和踏实感。

"当我意识到可能要发生泥石流时，我吓得浑身上下的汗毛都根根竖起，那时身上也不觉得疼了，也感觉不到累了，整个人被巨大的恐惧紧紧包围着。我当时真的都要绝望了。因为我知道泥石流的可怕。

"'我快要死了'，我对自己说，但一瞬间，你和孩子的脸出现在我的脑海里，然后是我的父母亲！'我不能死，我不能让年轻美丽的妻子失去丈夫，我不能让尚在幼年的儿子没有父亲，我不能让年迈的父母白发人送黑发人！我不能死，我要活，我必须活下去！'这时一个声音在心头发出，我的大脑飞快地转动，我记不清在哪儿看过，当泥石流发生时，要往高处跑，往与泥石流方向相反的地方跑！想到这儿，我一下子来了精神，反正也是看不见，索性抄起木桶扣在头上用它当个头盔保护自己，再用手缩在桶里扯着上面的绳子，固定着桶，避免它在头上来回咣当。我撒开腿凭着感觉开始往山上跑，往地势高的地方跑，跌跌撞撞的，也不管脚被尖利的石头和植物划伤了多少道口子，也顾不上自己摔了多少跤，总之，我是尽最大的努力、以最快的速度跑的。身边不时传来轰轰的巨大响声，不断有泥土石块砸落在桶上，震得我脑袋嗡嗡直响。但我什么都顾不上了，只一个劲往上冲，往上冲……

"我当时比较幸运，在泥石流尚未完全形成时做了准备，提前争取了十多分钟的时间，但一个人想在黑暗中一下子到达山顶可不容易，毕竟还有相当长的一段距离，再说人的速度和泥石流的速度也没法比。当我到达半山腰时，泥石流真的开始了，我能感到泥浆夹裹着山石往下俯冲的力量，我能感到整座山似乎变成了一条黏稠的河流，在汹涌咆哮，整座大山都在剧烈地发抖、震颤。我逆流而上，几乎是寸步难行。几秒钟的时间，我的膝盖以下就被泥浆掩埋。我知道，如果这样下去，过不了多久，我会被活活埋在这泥浆乱石之下。想活下去，必须往高处爬，越高越好！

"我将手从桶中伸出，在四周摸索着。我随手一摸，就发现身边有好几棵大树，我根据树干的粗细来判断大树的情况。树干粗的肯定要高大一些，再说，树干粗的，它的根也会扎得深一些，应该在泥石流中能坚持的时间长一些。最后我在离自己最近的树中，快速选择了一棵最粗的树，用尽全力爬了上去，一直爬到树梢，才停住喘了口气。

"树干不断被大石块什么的猛烈撞击，树不住地在颤动。我仍将木桶顶在头上，它让我感到安全，并且还能躲雨防石头，它让我感到在那茫茫天地之间，自己尚有一处可以栖身的所在。其实，我在高高的树上也是非常危险的，万一树倒了，或者是晃动得太厉害了将我晃下去了，我就很有可能会被摔死。但当时我想，我宁愿被摔死，也不愿意被那可怕的泥石流活埋掉。

"我担心自己被晃得掉下去，就用牙齿使劲咬绳子，好不容易将木桶上的长绳子咬断了一大截，摸索着用它将自己的腰部固定在一根粗壮的树枝上，做完这一切后，我将木桶摘掉抱在怀中，用一只手抹了一把脸上的水，在黑暗中歇斯底里地对着正轰轰隆隆发出各种声音的天地大叫道：'爹、娘、老婆、儿子、肖政委，还有我亲爱的战友们，我陈清然已经尽力了。如果上天让我死，我也没办法。但只要有一线生机，我陈清然就一定要好好活着回去见你们，以后我会更加珍惜生命，好好地活！'我接连叫了好几嗓子，顿时感到心里轻松了许多，恐惧感也减少了许多。这时一道闪电迎面劈来，那一瞬间我的周围明亮得如同白昼。借助亮光，我发现了一件更让人惊悚的事情。"陈清然讲到这儿，忽然停住了，一脸犹豫不决的神情，像是拿不定主意要不要继续给妻子讲下去。

第八十五章

惊悚历险

"什么惊悚的事情？"林晓雪瞪大双眼，惊恐地问。

"也没什么。"陈清然不安地望了一眼妻子，轻轻地说。

"说嘛，快说嘛！"林晓雪用双手抱住陈清然的一条胳膊，嘟着嘴用头抵着丈夫的胸膛撒娇道。

"好，好，我说我说！你说你吧，胆子又不大，还非要听。但说好了，你不许再一惊一乍自己吓自己啦！"陈清然说。

林晓雪点点头。

"你知道我看见了什么？"陈清然顿了顿，脸上的表情也有了惊惧之色，"我发现自己身边的一根树枝上缠了好多好多条蛇！"

"蛇？"林晓雪失声惊叫了一声，双手将丈夫的胳膊抱得更紧了。

陈清然点了点头。"是的，好多好多的蛇，就在我身边的树枝上紧紧缠绕着，缠绕成大大的一团，距离我那么近，那情景我现在想起来仍感到恐怖至极。发现它们时，我幸亏用绳子将自己绑在了树上，不然我一定会吓得掉到树底下的泥石流中。

"我浑身顿时起了一层鸡皮疙瘩，当时的第一反应就是赶紧离开那棵树。我一扭身子，却发现自己根本动不了，我将自己固定得很结实，并且还将那绳子都打了死结，一时半会儿根本就解不开。我想这下我完了，要被这些蛇当点心吃了。一想到它们一定也和我一样饥饿难忍，马上会一口一口地将我吞噬掉，我就感到毛骨悚然！与其那样，我还真不如掉到泥石流中去呢！我该怎么办啊？我真是没有别的办法了，我唯一能做的事就是将那只大木桶重新扣到头上，将整个身体尽量缩小，都蜷缩进大木桶里。因为紧张，我颤抖着双手在身上不住地到处乱摸，这时我感到上衣口袋有一个硬硬的东西。啊！我想起来了，那是一把大号的水果刀。我们单位每个来抗震救灾一线的人，身上都备了那么一把，是肖政委亲自为大家挑选的，都开了刃并且锋利无比，为的是便于携带，以备不时之需。

"发现了这把刀之后，我的情绪逐渐平静下来。我慢慢地将刀子从衣服口袋中摸出来。有了它，我想割断缚在身上的绳子易如反掌，但我知道，我离开这棵大树也只有死路一条，并且会死得更快，那树下奔腾的泥石流用不了几秒钟就会要了我的命。想到这儿，我又犹豫了……

"尽管我是一名和平年代的军人，没有经历过战场上枪林弹雨的洗礼和磨炼，但我也深深懂得，军人不应该怕死！如果国家需要，舍生取义、为国捐躯是我们军人应尽的职责。假如我的死能换来地震和泥石流的消失，或者老百姓的生，我想我不会犹豫不决的。但仅仅是因为对一窝蛇的恐惧，就让我放弃生的希望，我真的不甘心！

"我躲在桶里，手中牢牢攥着那把水果刀的刀柄，一边听着外面大自然发出的惊天动地的各种声音，一边暗暗想着对策。我为什么不能让它们离我远远的呢？我可以让它们离开这棵树，到下面那夹裹着乱石和草木的泥浆中去啊！打定了主意后，我镇定了下来，开始仔细琢磨怎样做才最稳妥。要想让它们整体离开，我想我唯一能做的就是在保护好自己的情况下，将那根它们依附的树枝从树上斩断，它们就全落到下面去了。当务之急，我必须找到那根树枝与树干的连接处。

"想到这儿，我一下子来了精神。我将头上的大木桶轻轻移开，等待着又一个闪电的到来，借助它，我确认了下刀的准确位置。那个地方离我非常近，几乎是触手可及。我立即用右手将刀紧贴着树干用力按下去。那根树枝并不太粗，它之所以被那群蛇选中，可能是它的粗细比较适合蛇的身体缠绕吧。我将大木桶放在树上的枝丫间架好，将桶上的绳子绑在另一个树枝上，我不想让大木桶掉下去，我不能失去它。做好这一切后，我开始两只手一齐用力去按那把刀，不间断地使着劲。随着那根树枝与树干的连接处不断变小，那根树枝越来越无法承受那群蛇的重量，因此也颤动得越来越厉害。说实在的，在这场大自然的灾难中，谁都想活下去。它们也并没有伤害到我，而我只能这么做。

　　"后来，那根树枝直直地折了下去，带着那些蛇'咕咚'一下子全都掉了下去。当我的神经猛然松弛下来时，我整个人也一下子瘫成一团软泥……

　　"我重重地喘了一会儿气，等到心跳渐渐平稳后，我又重新抱回了那只大木桶顶在头上，将自己藏到了里面。这时，雨似乎小了些，我待的那棵树受到的撞击也渐渐少了，树也不再频频地剧烈晃动了，外界那震耳欲聋的声音慢慢变小变弱。我感到累极了，就将大木桶上的绳子捆到腰上，坐在树枝上休息，不一会儿我竟沉沉睡去了……"

第八十六章 | 死里逃生

　　"不知道我到底睡了多久，等我醒来时，雨和泥石流都已经停止了，天已放晴，太阳已经出得老高了。我睁开眼往树下一瞧，天哪，我怎么离地面那么近啊，我略一伸脚就能够得着地面了。再往远处一瞅，我来时的渠上，宽宽的水面一大半都被泥石和树木杂草所淤塞，山坡上除了偶有极少数长得高大粗壮没被冲走的树露出个树梢，几乎是一片泥石的海洋。我在树上不敢下来，怕自己一下来就会被地上厚厚的淤泥和乱石吞没。

　　"但是我非常饿，我已经好久都没有吃东西了，身上的衣服湿了又干，干了又湿，早已是又馊又臭。小飞虫很多，在我耳朵边不住地嗡嗡叫着，还不停咬我，咬得我身上又痛又痒的。天气又闷又热，真是难熬得很。我环顾了一下四周，并没有发现可以充饥的东西，等了不知道多久，也没见到一个人影。是啊，这个靠近渠边的山坡没有人家居住，泥石流发生后，救援人员只可能在人口稠密的地方展开大规模的搜救行动，怎么能顾及这儿呢？谁也不会想到这儿会有人等待救援，我可能在这儿等上十天半个月，也不会有人来的。我总不能活活饿死在这儿啊！我得想办法离开！

　　"但下面处处是凶险，我的脚上满是伤，连双袜子都没有，如何行动呢？好在睡了一觉后，我感到身上的力气恢复了些。我想了想，就将穿在身上的背心脱下来，用刀子割成两大块和几根布条，将双脚仔细包上，然后将大木桶从树上用绳子吊下来稳稳放在下面。我以大木桶为支撑，缓缓地向山顶前行。

"我当时距离山顶并不遥远，但那短短的一段路充满了艰难险阻。我好像在一片沼泽地中行进，时不时双脚会往下陷，因为有大木桶的支撑，我没有陷得太深，每次都能化险为夷。我尽量选择石头多的地方走。最危险的一次，淤泥眨眼间就没过了我的腰，我急忙将那救命的大木桶横了过来，将上身俯卧在它上面，让身子的重量大部分压在那横着的大木桶上，才好不容易将脚一只一只地从泥中拔了出来。我想要是没有它，我可能早就没命了。等我挣扎着到达山顶时，太阳快要落山了！

"山的另一面好像没有发生泥石流，但受到了地震的影响。我站在最高处向远处眺望，发现半山腰有不少东倒西歪的树，上面结了不少红红黄黄的果子，还有一大片菜地。山脚下有一个村落，村子的房屋多数已经倒塌了。这时暮色已渐渐浓了，但村子中没有灯火，没有炊烟，我也听不到任何声响。我双腿发抖，跟跟跄跄地想下山，却腿一软，一下子摔倒了。我明白我是不可能再凭借自己的力量下山了。于是我将大木桶横了过来，自己爬了进去，然后借助地势一路往下滚，到达半山腰时，我伸手抓住一棵不知名的小树，让自己停了下来，我发现自己在山上远远看到的果子竟是樱桃，大部分都成熟了，还很甜。我挑那些大个的填饱了肚子。肚子不饿了，人的精神状态好了许多。我又躺下来休息了一会儿，然后摸索着胡乱折了些果实，又重新钻进木桶继续往山下滚，很快就到了山脚下。

"当大木桶自动停下来后，我从里面爬了出来。借助月光，我拖着木桶慢慢向村子靠近。好几天没见到人了，我多想能见到个人啊！不管是什么样的人，不管男女老少，只要是人就好，实在不行，能让我见到一头猪，一条狗，或是一只小猫也行啊！那会让我感到自己还活着，让我感到自己还有与你和儿子团聚的希望，让我感到自己还有机会见到战友们。晓雪，如果没有亲身经历过，我永远都不会想到，人在那个时候的愿望竟会

下部

383

如此简单!

　　"但即使这样简单的愿望，也不是那么容易能够得到满足的。我在村子中游走了好大一会儿，却什么都没有遇见。晓雪，你能想象那个小山村当时的情景吗？那种死一样的静谧，真是让人不寒而栗。我拖着那只打造得粗大结实的大木桶，来来回回地寻找着，企图在废墟中发现点什么，但是整个村庄，只有我沉重的脚步声和大木桶与地面摩擦时发出的声音。最后我实在是太累了，两只脚又痛得厉害，就坐在一座倒塌的房子前那断裂的石头台阶上休息。

　　"但我刚刚坐稳，就感到地开始摇晃，并且摇晃得还越来越厉害，看来马上又有余震了。夜色中，我发现周围好像也没什么高的物体能够倒下将我砸到，但人的本能还是让我赶紧起身，以最快的速度往更空阔的地带跑，而这次我居然丢掉了我的木桶。这次余震，我感到足足持续了近十几秒钟，等待它完全结束时，我想起了我的木桶。这次我能死里逃生，那只木桶功不可没，我不能丢了它。那只木桶当时在我的心目中，是我生死相依的朋友，是我不可或缺的伙伴，我必须将它找回来。

　　"我慌乱地在山村的废墟中来来回回寻觅，那时的我，大脑一片混沌，仿佛不知道自己在做什么，只是机械地在那片残垣断壁中的一个小范围内重复绕圈子，绕圈子……后来就迷迷糊糊什么也不知道了……

　　"当我再次醒来时，天已经大亮。我的意识清晰了很多，肚子又在咕噜咕噜叫唤了。这时我首先想起了我的大木桶，那里面还有不少可以充饥的东西呢。抬眼四处寻找一下，发现它就在我身后不远处，静静地躺在那儿，满身的土，真是脏得很。我赶紧一瘸一拐地奔过去，发现里面的东西早就不知去向了。我心中有些懊恼，但很快就平复了。毕竟我还活着，并且知道不太远的半山腰还有可以充饥的东西，只是需要我费点力气罢了。但这时，我在桶边发现了一只手……"说到这儿，陈清然停住了。

　　"一只手？"林晓雪面露惊骇。她不能想象那种可怕的场面。

　　"是的，一只手，一只满是泥土的人的手！我发现它时，也惊得连连后退。因为它刚好伸进了我那倒着的桶里，像是在企图伸手取什么东西似的。过了一会儿，我定了定神，发现那只手不像已死去多时的人的手那样僵直，似乎还有一定的弯曲和弹性。我想这个人的手既然能露在外面，说明被埋得不深，也许他还活着呢？先将他弄出来再说。

　　"我开始拼命用双手挖，找树棍撬，最后竟挖出来一对看上去十分年轻的男女，他们一看就是一对恋人。

　　"两个人都还活着，只是两个人都气若游丝。女生被男生护在怀中，身体受伤并不严重。但男的伤情相当严重，双腿被压得血肉模糊，肚子也破了，流出的血早已干了，身上的衣物硬硬地贴在身上，腥臭无比，看样子已经不行了。

　　"我赶紧抱起木桶，到村边四处寻找水。还好，村头不远处就有一条河，我洗了一下桶，就装上半桶水匆匆忙忙赶回他们身边，用手捧着水往他们口中灌。灌了几口后，我又连滚带爬地上山坡摘了些西红柿，往他们口中挤西红柿汁，边挤边不住地叫'快醒醒'。

"过了不久，来了一支咱们解放军的救援队伍，我们被发现后都给送到了距离最近的医院，但那个男的因为失血过多，还是没有被救过来……"说着，陈清然长长地叹了一口气，一脸的凄然。

　　"我离开医院时，那女生还不知道男生已经不在了，还老是到处打听自己男友的下落，真是太让人难过了！"

　　林晓雪也跟着丈夫长叹了一口气，眼圈都红了。

386

第八十八章

大姑来了

　　六月下旬，陈清然所在的救援队完成了预定任务，可以回京了。袁树魁的伤势已大有好转，出发前，医院为他做了一次全面的身体检查，主治大夫又叮嘱了许多注意事项。月底时，他们一行人安全顺利返京。

　　一行人是在下午抵京的。军人们一进大院下了车，就被通知去会议室开会。京城六月下旬的天气已经比较热了。林晓雪提着自己简单的行李，走在院内的林荫道上。长途的颠簸，让她感到真的好累。一个多月的离开，让她有种恍如隔世的感觉。强强，自己的心肝宝贝，这么久没有母亲的照顾，过得怎么样呢？

　　当她在自己家的门口站定，在包中摸索着找钥匙时，门却从里面被打开了。林晓雪抬起头，发现站在面前的居然是自己的大姑林子馨。

　　"我就听着门口有人嘛！珍芳，你快来瞧瞧，看是谁回来了？"大姑冲着室内大声说。

　　"噢，大姑，您怎么来了！"林晓雪有点意外，怔了一下后忙与林子馨打招呼。

　　"嗯，你走后的第三天我就和你大姑来了。"白珍芳从屋内走出来，"你爸让潢城八中返聘了，走不开。你大姑担心我一个人照顾不了强强，就和我一起来了。"

"呵呵，我也没什么事。你妈眼睛刚做了手术没半年，视力也不是很好，她一个人来，我还真是不大放心。再说了，你大姑我活了七十多岁了，还没来过京城呢，正好借这个机会来玩玩。"林子馨一边接过林晓雪的行李将她让进屋，一边向侄女眨眼睛示意，"你爸替我出的路费，在你家有吃有住的，我不来白不来！"

见大姑一脸的老顽童模样，林晓雪忍俊不禁，扑哧一下笑出声来。

"是啊，你那天打电话说要去灾区，强强被放到了幼儿园，我就急得跟什么似的。外人照顾那么小的一个孩子，咋让人放心啊！正巧你大姑那时也在咱们家，我俩和你爸合计一下，买了火车票就来了。我们几乎没怎么耽误，就是着急忙慌的，仅买到了慢车票。站站停的那种车，真是耽误事，我们坐了一天一宿，第三天一大早才到。"白珍芳说。

"你们两个老太太还能自己摸到这儿来，没丢，真是奇迹！"林晓雪换了拖鞋，笑着与两位老人打趣道。

"切！你也太小瞧你大姑了。"林子馨白了她一眼，不屑地撇撇嘴，"想当年你大姑父身体不好，我带着他南里北里瞧病，什么不是靠我自己啊？我就是没来过京城，上海、汉口（现为武汉市的主要商业区）不大吗？我去的可不止一趟两趟，我也没丢啊！小丫头还敢瞧不起你大姑！'下巴底下是大路'，我们不认识路，我们还不会问啊！"

"嗯，大姑真是个聪明的老太太啊！"林晓雪赞叹道。

"那当然！"林子馨得意地望着侄女说，"那天早晨，我与你妈提着大包小包下了火车。那么多的出站口，你妈当时就蒙了，想随着人流出站打车。我说那多贵啊，别忙别急，咱们问清楚哪个地方有去你们D区的公共汽车。我去问了站台上的工作人员，然后在工作人员的指点下到了火车站南门，在那个广场上找到了要坐的车，两个人才花了两块钱。到了你们D区，一说你们家住的这个大院，好像没有人不知道。我们又花了五块钱坐了辆人力三轮车，就到了。算算，我们总共才花了七块钱，打车怎么着也得三十块钱吧！"

"不，大姑，你们那次可真省大发了，打车得六七十呢，如果再遇上堵车，那就更没谱了！"林晓雪说。

"啧啧，珍芳，你听听，你听听，得亏咱们没打车！这城市大了，车费贵得吓人啊！"林子馨惊得直咂舌。

"那你们怎么进来的？我们大院的战士将门把得可紧啦！两个老太太还蛮有本事的嘛！"林晓雪笑了笑，继续问。

"说明情况呗，那有什么难的。"林子馨自豪地往后扬了扬脖子，满脸笑成了一朵花，"我们说了陈清然的名字，说了你们两口子都去了地震灾区，小孩子没人照顾，我们是孩子的姥姥和姑姥姥，专门来照顾小孩子的。那站岗的战士真不错，当即给他的上级打了电话。不一会儿，来了两个肩上扛了四星的军人，他们客客气气地将我们接进了院子，又打电话让幼儿园的人将钥匙送过来。嗯，幼儿园的那个姓陆的老师是个好人呢，是她将我们领到你家开的门，人十分热情。强强放学后不知道我们来了，还是直奔幼儿园，也是那姓陆的姑娘给送回来的。孩子不认识我，但见到他姥姥也不怎么高兴，说妈妈又不在家，他不想回家住，还要和倩老师在一起，都哭了呢！最后也是那个陆老师哄了半天才哄好的。晓雪啊，倩老师是谁啊，强强怎么和她那样亲呢？"

林晓雪也笑了："大姑，倩老师就是那个陆老师，强强愿意叫她倩老师。强强和她感情深着呢。我有事都是那女孩帮忙照顾强强的，她在幼儿园教了强强好几年！"

"噢，那个姑娘有爱心，对孩子是真的好，要不，孩子不可能和她有那样深厚的感情的。"林子馨说。

芳华百年

第八十九章

重提往事

二十多天后，林晓雪放了暑假。她带着两位老人和孩子，用了十多天的时间，玩遍了京城的多处景点。站在长城上，俯瞰着长城内外的盛夏景致，林子馨感叹道："我林子馨这辈子值了！"

"大姑，您心中真的是这样想的吗？我听奶奶说，您嫁给大姑父是被逼无奈的。她说您这辈子过得很不好，还说咱林家的姑娘再也不能嫁给军人了，真的是这样吗？"林晓雪望着自己面前这位神采飞扬的长辈军嫂，忍不住说出了存在心中多年的疑问。

"你不要听你奶奶的一面之词。我自己的事，我最有发言权，我从来没有认为我这辈子过得有多不好，相反，我认为自己比较幸运，能嫁给你大姑父，在他的庇护下，我这一生过得平安顺遂。等今晚回去了，我和你好好讲讲我与你大姑父的事。"

当天晚上，白珍芳先带着外孙睡了。在林子馨的讲述中，林晓雪和陈清然了解了曾经发生在大姑与大姑父之间，与奶奶口中所说的截然不同的那段往事。

"我早就见过你大姑父的。"林子馨手中握着一只盛着温开水的杯子，陷入了深深的回忆。

"新中国刚刚成立那年的冬季，家中的房子院子全被没收了，仅给我们一家五口人留了原来后院里两间堆杂物的小房子。好像是过小年的头一天吧，天气寒冷无比，外面的北风刮得呜呜叫，这时家里却断了柴火，粮食也所剩无几了。那时我还没有进学校，你奶奶也没有进合作社。家中主要靠你爷爷拉架子车挣钱。但那时他的身体已十分衰弱，成天吃药，自然干不了什么体力活，挣不到什么钱。家中能变卖的东西早就卖得差不多了，每天只能吃一顿稀饭。我是老大，你父亲和你小姑都比我小，天又那么冷，这时家里头断了柴火，也没钱买，我不去捡柴谁去啊？"

"我爸那时也不小了呀，奶奶为什么不让他去，反而让你一个大姑娘去啊？再说，那捡柴的活应该是男孩干的呀！"林晓雪感到不解。

"丫头你不知道，林家三代单传，你父亲是林家唯一的男丁，在家从小就比我们女孩地位高。你奶奶怕他冻坏了，所以这种事一般都不用他。"林子馨的声音略带幽怨，长长叹了口气后，又接着讲，"那天一大早，我空着肚子，挎着一个大筐，带着一条长绳子和一把镰刀，冒着寒风走了好半天，才到了清果河边。那里有一大片树林，我平时老去那儿捡柴火。可能是因为头天风刮得太大，那天林子里的地上到处都是断枝。我很高兴，想趁机会多捡一些回家，想捡够到正月用的柴火。心想这些都是干树枝，又好烧又耐烧，平时哪能这么容易捡到那么多啊！我捡啊捡啊，捡满了那个大筐，又将那条长绳子摊开，在绳子上面堆得跟小山似的。捡完了跟前的，又跑到远一点的地方去捡。那时的我，完全忘了饥饿，也不感到寒冷了，反而忙得满头大汗的。但想不到这时出事了。"林子馨说到这儿停住了。

"出了什么事？奶奶就不应该让你一个大姑娘独自去捡柴，我爸应该跟你一起去！你一个人在一片大树林子里，如果来个坏人什么的，可真是太危险了！"林晓雪一下子紧张起来。

林子馨缓缓地摇了摇头："晓雪，你以为大姑遇到了流氓是吧？也不能说不对，大姑我是遇到了一个强盗加流氓！"

"强盗加流氓？"林晓雪瞪大了眼睛。

　　林子馨又缓缓地点了点头，"是的，强盗加流氓，一个不折不扣的强盗流氓。我又抱了一大捆柴火想回去放下时，却发现我的筐与绳子，还有刚刚捡了半天的柴火都不见了！"

　　"啊？！"林晓雪不由惊叫起来。

　　"是的，它们统统都不见了，还有镰刀。我放的地方自己是有记号的，每次我都能准确地找回来，何况我走得并不远。我当时就断定一定是有人偷走了我的东西！

　　"我刚开始特别惊慌失措！那筐子和绳子，还有镰刀，当时在家中都没有第二件了。如果我将它们都弄丢了，家中的生活都没法正常过下去了，你奶奶也一定饶不了我。但很快我就镇定下来了。我自己捡的柴火自己心中有数，那分量，一般的人扛着走，那么一小会儿工夫一定也走不了太远！

　　"我将怀中的柴火丢到地上，仔细观察了一下地面。你知道的晓雪，咱们清果河是一条沙河，那河边树林的土地也是较为松软的沙土。我观察到地面上有明显的拖拽树枝留下的划痕，就沿着那痕迹追了上去。没过几分钟，我真的追上了。窃贼也是一个人，还没有走出树林呢。从身后看是个矮小的男人，左手拎着那装满柴火的筐，右手将一大捆捆得结结实实的树枝用绳子拖在地上，走得很慢很吃力。'站住！'我怒喝一声，三步并两步冲到他面前。到了眼前却发现，这个人我认识，他是咱街上出了名的懒汉，大家都叫他'秃八'，这人父母死得早，无人管教，养成好吃懒做的恶习，手脚还不干净，常常做些偷鸡摸狗的营生，家又穷，所以三十多岁了，还是光棍一条。我刚刚记事的时候，他还在咱家做过工。后来好像是因为他偷了咱家的东西，我爷爷发觉后不便明说，就随便找个借口将他辞了。"

　　"这人也够胆大的，光天化日之下，就敢偷！"林晓雪惊叹道。

　　"偷？他哪儿是偷啊，他那是明抢！"林子馨的声音猛然变得有些愤怒，"你都想不到他当时有多理直气壮！"

"偷别人东西被主人发现，还理直气壮？"林晓雪更惊讶了。

"我当时见偷我东西的人竟是认识的人后，反倒不知道说什么好了。晓雪你不知道，我们那时候与你们现在可不一样，我们那时候，年轻姑娘基本上不和父兄以外的男人说话。你奶奶又是个老封建，管你们这些隔代的女孩都管得那么严，更别说管我们！如果不是生活所迫，她是一定不会允许我走出家门的。所以与那种无赖打交道，我是半点经验都没有。

"哪知道秃八丝毫没有理亏的感觉，反而停下来嬉皮笑脸地凑上来对我说：'林大小姐，你叫我站住干什么呀？是不是成分太高嫁不出去着急了，想嫁我啊？你放心，我不嫌弃你，什么时候想嫁，就说一声啊！'

"我气得要死，却不知道怎么对付那无赖。想了想只好说：'这是我捡的柴火，你不能拿走，我家里头也没有柴烧了，快将我的东西还给我！'

"哪知道那无赖仍然嬉皮笑脸，说：'噢，你的柴火，你的东西，在哪儿呢？那你叫它一声啊，瞧它答不答应。除了你那满嘴的大白牙，旁的什么都不是你的。这就是我的柴火、我的筐、我的绳子、我的镰刀！你这个地主羔子能把我怎么样！'

"我当时气得浑身上下直哆嗦，我骂了他一句'不要脸'。哪知那无赖一下子扯住我的一只胳膊，要把我摁到大河里淹死！作势将我往河边拉。我吓得一下子哭了起来。

"但那无赖不依不饶的，嘴中还不干不净地骂着脏话，嘟嘟哝哝说个不停，大意就是我如果答应嫁他，他就放过我。不然一定要将我丢进河里。边说边对我动手动脚的，我就拼命反抗。"

第九十章—

英雄救美

"两个人拉拉扯扯折腾了好大一会儿，秃八也没占到什么便宜。他人长得矮小，比我还低半头呢，力气不比我大多少。打斗的过程中，我还狠狠在他的左手上咬了一口。我想大不了就是一死，死都不能让这无赖给欺负了。想到这儿，我反倒不再害怕了。我开始拼命大喊大叫，不料引来了一名解放军的注意。"

"就是我大姑父吧！"林晓雪问。

"你小丫头还真聪明呢！"林子馨笑了，伸出右手食指，在侄女额头上轻轻地点了一下。林晓雪注意到，大姑的眉宇间充满了幸福。

"他穿着一身军装，个子很高，浓眉大眼的，英武极了！他大概是听到了我的哭喊声，从远处飞奔而来。他上来一把将秃八扯开，训斥道：'你一个男的，对一个姑娘动手动脚的，像话吗？！'

"那秃八面对穿军装的人当然不敢造次。他愣了愣，然后给你大姑父行个奇怪的礼，说：'解放军先生，她是我没过门的老婆，我领着她在这儿捡柴呢，这不是该过年了嘛。'你瞧，那无赖多会说瞎话，想得多美！我当时眼泪汪汪的，你大姑父看看我，又看看秃八，可能觉得两人太不般配了，自然不太相信那无赖的话。'他胡说，他是个无赖，我根本就不认识他，他偷我的柴火，还想欺负我！救命啊！'我哭着对军人说。"

"嗬，您与大姑父的邂逅还挺浪漫的，整个一个'英雄救美'啊！后来呢？您就与姑父相爱了？"林晓雪笑嘻嘻地问。

林子馨长叹一声："怎么可能呢？我当时连想都不敢想的。人家是共产党员，革命干部，我算什么啊？一个地主家的女儿，成分高。年龄虚岁也快二十了，那会儿小地方的人都结婚早，我就算是个老姑娘了。我当时认为我这辈子都嫁不出去了。他了解了事情的前因后果后，将秃八狠狠训了一顿，帮我出了一口恶气，还说'地主家的女儿也是人，靠勤劳、靠双手吃饭，改正错误后还是好同志'。这让我感到很温馨。他警告秃八以后不许再欺负人了，否则后果自负。最后他命令秃八和他一起行动起来，又捡了好多的柴，还帮我将柴火全部搬回家。我那次捡的柴让咱家一直烧到过了冬天，真好啊！"林子馨的脑海里仿佛又重现了当年的情景，脸上呈现了十分陶醉的神情。

"不管怎么说，您与大姑父就这样认识了呗。"林晓雪说。

"那可不能叫'认识'。"林子馨摇摇头，"你大姑父是个好人，他见谁有困难都会伸出援手的，他帮过我一次后，他很快就忘了。三年后的春天，那时你爷爷去世好几个月了，我被潢城小学请去当代课教师了。在此之前，我都没有再见过他。"

第九十一章

缘，妙不可言

　　"我刚到学校不久的一天，一位领导来找我，让我用大红纸和毛笔写一个喜报，内容是热烈欢迎战斗英雄来校作英雄事迹报告，通知全校师生按时参加会议。那位领导还特意强调，让我第二天一定要穿自己最好看的衣服到学校，以表示对英雄的敬意，说我的工作任务中有一项是给英雄倒水，英雄会讲一个下午，决不能让英雄口干舌燥地给大家讲话，一定要保证英雄的水杯中一直不少于半杯水，并且温度合适，不能太烫也不能太凉。我当时没想太多，就按领导的意思将喜报写好张贴了出去。第二天也按领导的要求做好一切准备。当那位战斗英雄一出现，我一眼就认出了是他。"林子馨说。

　　"大姑，您当时是不是特别激动？"林晓雪问。

　　"我有什么可激动的？"林子馨幽幽地看了一眼侄女，"之前见到他时，我只从衣着上判断他是一名解放军，却没有想到他还是一位战斗英雄。战斗英雄啊！以我当时的身份，配对人家有非分之想吗？当时学校的操场上坐满了人，除了本校的师生，还有不少闻讯赶来想目睹英雄风采的老百姓。真是比赶大集还热闹呢！

　　"我在主席台上早早地为他预备好了一只大号的搪瓷缸子，杯子中还放了一小撮茶叶，手中的保温瓶中装满了凉了半个多小时的温开水。只等他一坐下，我就将温开水为他倒上。但当他坐下时，我发现自己的一切准备都是多余的，因为人家坐定后，从随身的军用挎包中十分熟练地掏出了一个军用大水壶，拧开盖先喝了一口——人家早有准备，将水壶装得满满的呢。

"我有点尴尬，红了脸，不知该说什么好，也不知道该不该立即退下去，只是拎着保温瓶站在那儿发愣。这时他却笑了，对我说：'嗬，老师你这是为我准备的缸子吗？还有茶叶呢，它还挺大的哈。我瞧着它一定不比我的水壶盛水少。'说着他竟将自己军用水壶的水往缸子里倒。也真是奇怪，等缸子满了，他的水壶也空了。做完了这件事后，他又对我说：'老师你可以下去休息休息了，我没水时会对你扬扬空缸子，老师看见了可一定要上来给我续水啊！'"说着还对我调皮地眨眨眼。他那时的神情，充满了孩子气。

"我的尴尬情绪一下子消失了，不好意思地对他笑了笑，拎着保温瓶下去坐到了最前面一排的左边。报告刚开始，我还不时提醒自己随时添水，但渐渐地，我被他的报告内容牢牢吸引住了，后来什么都忘了。直到领导发现他的缸子已经空了好大一会儿，才赶紧过来从后面提醒了我一下，我才慌忙拎着保温瓶上去为他倒了水……"说到这儿，林子馨停住了。

两个年轻人静静地等待着老人继续讲。

林子馨喝了一口水后，又接着往下讲："那天报告会结束以后，我被狠狠批评了一顿。'林子馨，你真是地主家的娇小姐，你可真会给咱学校丢脸啊！连倒水这样简单的事你都做不好，你说你还能干点什么？扣除这个月工资！'当时校长就是这样气哼哼地对我说的。

"我当时心中委屈极了，工资还没挣到手呢，就让扣了。我仅仅就是因为听得太入迷了，才没注意到英雄的缸子空了。多大一点事儿啊，至于处罚得这么重吗？泪水在我的眼中打转，但我只能忍着，我是不敢哭的，否则又会有人说我这个地主家的小姐如何娇气了。那天回到家中，我躺在床上，用被子蒙着头，悄悄地哭了一场。你想啊，丫头，你奶奶一个旧社会的妇女，认识不了几个字，除去在合作社工作，还要照顾你小姑，天天挣命似的。你爷爷又不在了，我一个家中的长女，又能在谁面前哭呢？我只能偷偷地哭啊，哭过之后，我的心中好受了一些！但想不到的是，第二天再去学校，所有的人对我变得十分客气，有的同事甚至还有讨好巴结的意思，连宣布扣我工资的校长也说昨天的处理决定太重，不用扣工资了。这突然的变故，真是让我感到一头雾水。又隔了一天，赶上了星期日，学校的妇女主任一大早带着一位陌生人就来家里向你奶奶说提亲的事了。"

嫁
给
英
雄

　　"我躲在另一间屋子里头，偷偷听着。当得知他们这次来我家的目的，是为那位作报告的英雄做媒时，我真是特别激动。从他的英雄事迹报告中，我了解到他是一位头部受过伤的军人，但那有什么！他那么英俊，那么和气，更重要的是，他还救过我！他是一位不折不扣的英雄啊！

　　"但你奶奶坚决不同意。眼见着他们越说越僵，最后竟然要吵起来了，我终于忍不住了。我再也顾不上一个女孩子的羞涩和脸面，直接从房间里走出来，亲口应承下了这门亲事！丫头，你大姑我嫁给你大姑父，那是我心甘情愿的，那是我求之不得的。可没有半点强迫的成分在里头！出嫁时，我这个'地主家的大小姐'是非常风光的，不知有多少女孩子对我羡慕嫉妒呢！"说到这儿，大姑的脸上出现了幸福满足的神情。

　　"是不是那天报告会上，您给大姑父倒水时，大姑父认出了你？"林晓雪问。

　　林子馨摇了摇头："不是的，他受伤后，记忆力早就不行了。我与他结婚后，曾经向他提起那个冬天他帮助我赶走无赖秃八的事，但他都不记得了。"说到这儿，老人的脸上又出现了悲伤的神情。

　　"那一定是当年大姑您太美了，让大姑父一见钟情的缘故喽！"林晓雪笑着打趣道。坐在一旁一直当忠实听众的陈清然也笑了。

灯光下，林子馨的脸上泛红了。她扭捏了一下，才说："他……婚后也是这么说的，一见我拎着保温瓶站在那儿的样子，就忽然感到我就是他要找的人……"

"大姑，那大姑父他对你好吗？"林晓雪问。

"当然好啦！他比我大六岁，对我那叫一个疼爱啊！他是部队医院的副院长，是一位很有水平的医生，经常因为值班或是看诊错过食堂开饭的点儿，这时勤务员就给他打回去。那时候物资匮乏，平时很难见到荤腥，假如那份饭里头偶尔有几块肉或者是一只煮鸡蛋，他自己是从来不舍得吃的，总会省下来给我带回去。只要他不值夜班，他就给我洗脚……"

"听奶奶说……"林晓雪想起奶奶说过，大姑的第一个孩子是大姑父动手打大姑时不幸流产的，现在大姑说大姑父对她那样好，林晓雪不禁对奶奶的话产生了怀疑。但话到嘴边，她又忍住了，毕竟这个话题太过沉重了。

"丫头一定是想问我关于我们第一个孩子的事。"林子馨竟一下子猜中了林晓雪的心事。

林晓雪点点头，同时对林子馨竖了竖大拇指。

"那是让你大姑父这辈子最后悔的事啦！"林子馨长叹了一声，接着说："我与他结婚不到半年，就发现自己怀孕了。他一听自己要当爹了，兴奋得两个晚上都没有睡好觉，还每天争着下厨房，变着法儿让我吃得好。大概是精神过于亢奋，人又太累的缘故，他在战场上受伤落下的癫痫等老毛病一下子就犯了。我见他口吐白沫倒在地上不住地抽搐，吓得不知道怎么办才好。我去拉他起来时，发现他目光呆滞。我不住地叫着他的名字，他却像不认识我了。我拼命去拉他，想把他弄到床上去。他整个人却忽然发了狂，躺在地上用两只脚对我的肚子猛地一蹬，一下子蹿起来跑了……孩子就这样没了。

"等他清醒以后，他跪在我的面前请求我的原谅。我当时除了哭，实在没有别的办法。他的病是战争造成的，他们的浴血奋战给咱们全中国人民带来了解放，他是一个不折不扣的英雄。他受伤得病，那不是他的错，我又怎么能怪他呢？他清醒时是个多么好的人啊！他向我保证自己不会再犯那种错误。打那时起一直到他去世，他真的再也没有伤害过我。他总是随身带着一瓶药，只要他感到身体不适，就立即吃药。他为了能够及时控制自己的情绪，常常超量服用镇静药物。他自己可是医生啊，他自己难道不知道长久用药品意味着什么吗？他那样做全都是为了我啊，他怕再伤害我啊！后来我怀孕了，他就将我送到你奶奶那儿去，备上足够的钱和粮票，你的五个表姐表哥就这样顺顺利利降生了。但是他……他自己却因为药物的副作用，不到六十，两只眼睛就先后失明了。世界一下子陷入了无边无际的黑暗，他是多么的痛苦啊！没过几年，他就走了……"讲到这儿，林子馨的眼睛中已经满是泪水。

林晓雪递过一张纸巾，林子馨接过去后，将它折叠得四四方方，用力在双眼上按了按，又接着说："但你奶奶一直是看不上这个女婿的，她总说我是迫不得已才'下嫁'给你大姑父的，还总说我的第一个孩子是让他给打掉的，她总是喜欢将你大姑父描绘得一无是处。其实我一个旧社会地主家的女儿，嫁给了一位新中国的英雄，怎么能叫'下嫁'呢？况且他又对我那么好！你奶奶呀，老是用老眼光衡量新事物，总说什么'门不当，户不对'！"

林晓雪点了点头，她感到大姑说得很有道理。

"我从来没感到我这辈子过得有什么不好，要真说不好，那就是他过世太早。俗话说，'年幼夫妻老来伴'，他走了，让我老了没了伴。我孤孤单单地留在这人世间，这就是唯一的不好之处。嫁给他之后，我在学校再也没人敢欺负我了，连你奶奶和你父母都沾了他的光。后来在'文化大革命'期间，你父母没受到太大的冲击，与他也有千丝万缕的联系。他还是个节约的人，我与他结婚时，他手头就已有八百块钱的存款。丫头你别小瞧那八百块钱，在解放初期可是笔巨款，那时一幢带院子的房子也才四百块钱。自从我嫁进他家后，我感到自己好像掉进了福窝，在家里吃穿不愁的，在外面又风风光光的，他又是那样疼我。假如家里有什么政府配送的好东西，我还没有吭声呢，人家早就主动张罗着往你奶奶那儿送了……"

"大姑父真是个好女婿啊，清然你听到了吗？是不是得学着点？"林晓雪由衷地赞叹道。

"好不好的，人也没了，现在说什么都没有意义了。丫头，大姑只是想告诉你，我这一生，不似你奶奶说的那样凄惨，我过得比一般人都好很多，不愁吃不愁穿的。我也从来没有后悔嫁给你大姑父，相反，我一直以能嫁给他为荣！后来，他身体越来越不好。我要上班，又要照顾孩子和他，真是分身乏术啊！最后组织上为了照顾我，才让我回家当了他的'护号'，这样他和你的表哥表姐们都能得到很好的照顾。"

"奶奶为什么不能帮您照顾孩子呢？她说为了照顾孩子她才失去工作的呀！"林晓雪下决心刨根问底。

"你奶奶说得不错，她确实是为了我的孩子们放弃了合作社的工作，这也许是她这辈子最后悔的一件事了。为了确保安全，那时我怀孕了就住到了她那儿。孩子先后一个一个地出生，她再上班，哪里忙得过来啊！最后也只好辞职不干了。你奶奶是想让我安心在学校教书，保住自己的饭碗啊。你也当妈好几年了，你一定知道，当妈不容易啊！但是后来你大姑父身体一天比一天差，也需要人照顾。我去上班时，你大姑父就没人管了。有时他病发得厉害，一个人跑到大街上去乱跑乱打骂人。组织上给他前前后后找了两三个'护号'，但都被他打骂跑了。他的病发作时，除了认得我，谁都不认得。最后实在是没办法了，组织上找到我，劝我回家给你大姑父当'护号'，我想了想，就同意了。为了这事，你奶奶哭了好几场，说后悔自己辞了合作社的工作，结果我还这样不争气，为一个男人饭碗都不要了，还整整三个月都没理我。晓雪啊，你想想，当时那种情况，你大姑我有别的选择吗？自己的男人自己能不管吗？但是你奶奶直到去世，她都没想明白，她都一直为这件事情耿耿于怀，这让我感到自己很不孝。

唉！"说到这里，林子馨长长地叹了口气，一脸的凄然与无奈。

"大姑，别难过了。天不早了，您快点上床休息吧。"林晓雪安慰道。

照顾老人睡下后，这对小夫妻上床时，林晓雪发现丈夫怪怪地总盯着自己笑个不停。

"笑什么笑，贼眉鼠眼的。"林晓雪不由分说，扑上去使劲捶打着陈清然。

"我笑你自以为是，说大姑过得不幸福。人家嫁了个英俊体贴的英雄，可比你嫁得强多了！这回你可没的说了吧！"陈清然一边"抵抗"，一边笑着。

"我一听大姑这样说，心中真是踏实很多。毕竟，我们林家嫁给军人的姑娘，也有过得不错的。大姑的一生也不能算是悲剧，她还是有不少幸福时刻的。我大姑父要是身体好就更完美了！"林晓雪住了手，感叹道。

"如果不是因为你大姑父在抗战中英勇负伤，他那么一个大英雄，怎么可能会到咱们那小小的潢城啊！不来潢城，他自然也没有办法认识大姑的，大姑大概也就不能嫁给英雄了。瞅着挺聪明的一个小媳妇儿，这里头的因果关系，怎么会笨得想不明白呢？唉，可悲可叹啊！"说着他竟摇头晃脑起来。

林晓雪见丈夫的样子，感到又好气又好笑。"小样，还敢骂我笨！"她又扑了上去准备动手。陈清然张开双臂，一把将妻子紧紧抱到怀中……

第九十三章

再次分离

第二年夏天快放暑假时，因为工作需要，陈清然被派到遥远的北方边境驻地工作一年。

"又是你，陈积极分子，我想一定又是你自己主动要求去的。你倒好，一拍屁股走人，而且一去就是一年，将我一个人留在这异地他乡的。孩子那么小，我又要上班，万一有什么事，我一个女人家，可怎么办？"林晓雪得知消息后，不高兴地噘起嘴抱怨着。

"能有什么事啊，瞧你说的，媳妇儿，不是还有单位有组织吗？遇到什么事，可以找我的战友们，哪个都会帮你的，你有什么可担心的！不过有一点你倒是猜对了，这的确是我自己主动要求的。这次本来应该是袁树魁去的，但那小子去年抗震救灾差点儿丢了小命，落得满身都是伤。国境线上的驻地一到九月份，就开始飘雪花了，气候恶劣得很。我真担心他去那个地方身体会受不了，再说人家孩子不比咱们强强小许多……"陈清然说。

"这是你操心的事吗？他的情况领导不比你清楚，没准儿领导早就想好了让哪个去代替他了。你偏站出来，也不知道自己算哪根葱！两地分居，你还没过够是吗？那好，我明天就调回省城去！"林晓雪气呼呼地说。

陈清然诧异地望了妻子一眼，"晓雪，你现在怎么变成这样了，简直有些不可理喻！你以前不是这个样子的！"

林晓雪不理他，坐在那儿独自生闷气。

"袁树魁是我的好兄弟，关靖美和你是朋友加同事，你还是他们的媒人，还比人家大好几岁，他们家的孩子才几个月大！是的，如果我不主动请缨，没有人会逼着我去，但作为一名军人，将所有的问题都推给别人，等着上级来解决，像话吗？你不知道，这次主动请缨的人可远不止我一个，上级考察了两周后才决定让我去的。晓雪，你一直是个通情达理的军嫂，我想你会理解的。"

林晓雪掩面哭了起来，抽抽搭搭地说："我……我就是怕，上次……上次，你在地震灾区好几天没有消息，你知道我……我有多怕吗？你知道我是怎样度日如年熬过来的吗？我怕你会再遇到危险，我真的……好怕啊！"

"放心吧，晓雪，不会有事的！"陈清然轻轻走到妻子面前，将她揽到怀中温和地安慰着，"现在是和平时期，又没有战争，边防国境线上不会有任何危险。你想啊，那个驻地设立也不是一年两年了，那儿的军人除了少部分是从我们单位派过去的，大多是多年驻守在那儿的，他们中不少人的家属就在咱们大院内。咱分开一年就感到受不了，人家驻守在那儿，少的三年五载，最长的都在那个边疆苦寒之地待了二十多年了。长期的两地分居，他们不苦吗？他们不怕危险吗？再说了，我是军人，别说那儿没有危险，就算是有再大的危险，工作需要，我也必须去！谁让我是军人呢？"

林晓雪停止了哭泣，默默依偎在丈夫怀中，两个人好久都没说一句话。

"我放了暑假带着孩子去看你吧，那边夏天应该很凉快！"过了好半天，林晓雪抬起一双红肿的眼睛，询问地望着丈夫。

"等你与孩子放假后再说吧！"陈清然避开妻子的目光，轻轻地说。

为了交流联系方便，陈清然临行时，夫妻两人开通了QQ。陈清然刚去的两个星期里，他给妻子发了许多边境驻地的丛林和蓝天白云的照片。"晓雪，这儿很美，不要担心我！""老婆，这儿特别干净，天特别蓝！""晓雪，你一个人带孩子，辛苦了！等我回家了，家务活我全包了，什么活都不让你干了！"这些安慰的图片和话语让林晓雪安心多了。

当她与孩子放了暑假要求去他那边探亲时，陈清然却不同意。

"这儿很忙，你们来了，我没有时间照顾你们。""刚刚分开没几天，你就跑来探亲，别人会笑话的。""你回趟老家吧，去瞧瞧老人吧，老人们都想孩子了。""我母亲病了，你快回家去照顾一下吧，我大嫂二嫂都忙了好几天了……"当林晓雪从丈夫的微信中得知婆婆生病的消息后，她当即买了火车票，带着强强踏上了回潢城的列车。

"哟，晓雪回家了！"大嫂正巧也在婆婆家。

"这个贵，我都出院了，他让你回家干什么，坐车不花钱是咋的！"婆婆一见林晓雪进门，就唠叨开了。

"清然说您病了，又想强强了，让我回来看看您！来，强强，快叫奶奶！"林晓雪笑着拉过儿子。

"奶奶！"强强甜甜地叫了一声。

"哎！好孙子！"老人脆脆地应了一声，又转向小儿媳妇，"嗨，这个贵就是爱大惊小怪的，我又没有什么大毛病，就是胆结石做了个手术，住了几天医院。现在能吃能喝的，好了！"

"妈，您儿子不是孝顺嘛，他回不来，这不是不放心，让我代他来看望您嘛。您没事最好了，他也能安心工作了！"林晓雪说。

"雪啊，妈知道你心眼儿好，现在想想，妈有些对不住你，让你受屈了！你不记仇，还大老远专门回来看我。妈是旧社会过来的人，没见过世面，你别跟妈一般见识啊！"说着老太太眼圈红了。

"妈，别再想了，我都忘了您说的什么事了，反正都过去了。这次回家，我一个人带着个孩子不方便，也没买东西。来，我给您点钱，您想吃什么就买点什么！"林晓雪笑呵呵地说。

老太太推托了半天才接过钱，装着不经意的样子抹抹眼泪，起身张罗着与大儿媳妇一起去做饭了。

林晓雪和孩子在老家住了一个暑假。娘家婆家，姐家哥家，再会会儿时的玩伴、旧时的同窗，一个假期一晃就过去了。

秋天刚刚开学一个多月，陈清然通过QQ给妻子发了一段边境的雪景视频：纷纷扬扬的雪花漫天卷地，周围的树亦是白茫茫一片。雪地里站着一个男人，从头到脚都包裹得严严实实。林晓雪只能从身形上判断那个人是自己的丈夫。

"下雪了，我长胖了吧？穿得多！""这儿的雪景也非常美！""现在已经零下二十多摄氏度了，不过我们过冬的衣服很暖和，不用担心！""老婆，只有在这儿，才能真正领略到'北国风光'！"总之，陈清然描述的边防驻地，总是美好至极。

第九十四章

千里探亲路

　　放寒假了。林晓雪对丈夫的思念之情达到了极致，这是她与他确定关系后分别最长的一次，强强也不断地吵着要爸爸。想到暑假自己北上探亲的要求被拒绝，林晓雪决定"先斩后奏"，在没有经过丈夫允许的情况下，过年前的一个星期，她买了到达那个边陲小站的火车票。

　　母子两个经过三十多个小时的长途颠簸，到达那个边陲小站时，已经是晚上九点多钟。当她领着儿子，冒着近零下四十摄氏度的严寒，站在那个小站的月台上，却无论如何都拨不通丈夫的手机时，她慌了神。

　　"你这妇女，是从外地来的吧？咋一点常识也没有，这么冷的天儿，穿得这么少，还将手裸露在外头，不要命了是咋的！赶紧去候车室！"这时，一个身披羊皮大氅的中年汉子急匆匆地跑了过来，操着一口标准的方言对她大声说。

　　林晓雪母子都穿着长过膝盖的羽绒服，此时却感到如同仅穿了一件单衣。那种锥心刺骨的寒冷感觉，让她一辈子都无法忘却。在那人的带领下，她牵着孩子哆哆嗦嗦地走进了候车室。

　　候车室在车站两层小楼的一层，中间背靠背放着几排木质长排座椅，边上还有卫生间和提供开水的电热水器，还有一台大大的彩色电视挂在墙上。一进门，林晓雪就感到一股热浪迎面而来，看来，这候车室内的暖气挺热乎。这时，室内仅有四个候车的人，每个人的面前都放了好多大大小小的包，听见有人进来，几个人的目光都向她们母子看了过来。马上要过年了，外出的人极少，归来的人急着往家赶，谁会在候车室停留？林晓雪本能地用目光对他们一一扫了一遍。有一对年轻的夫妻，二十多岁的样子，应该是刚刚结婚不久。女的长相白皙甜美，身上还穿着很喜庆的大红棉袄，放在一边的长羽绒服也是大红色的，脚上还穿着一双红彤彤的棉靴子，大概是正靠在男的身上睡觉，听见有人进来刚睁开眼睛。男的长得很壮实，相貌普通。另外两人是年纪在四五十岁的中年男人，穿着油渍斑斑的旧棉衣，他们的身边各放着一件皮袄，也因油渍斑斑，早已让人分辨不出颜色。两个人手中还各夹了一支点燃的香烟。

林晓雪最不能忍受烟味，她向领路的汉子道了声谢，选择了离那两个人最远的靠近暖气的地方坐了下来。

"你们咋搞的，不认得字？没见墙上写的'禁止吸烟'？这儿是公共场所，不是在你家那疙瘩，快掐了！"林晓雪刚刚坐定，就听带她进来的那汉子嚷嚷开了。

林晓雪听着那汉子说的方言，不禁莞尔一笑。

那两个吸烟的男人什么也没说，将手中吸了一半的烟掐灭了。那汉子也没再多说什么，而是转身出去了。

过了不大一会儿，他又端着一个盆子进来了。他径直走到了林晓雪面前，将盆子放下。林晓雪发现，那盆子里盛着雪。

"你得用雪好好搓搓手，再晚了你那双手非冻坏不可。来，那小媳妇儿，你来帮帮这个外地妇女，她刚才在月台上将手露在外面好半天。"那汉子说。

"我的手？"林晓雪疑惑地伸出双手在灯光下端详起来，她发现自己的手指真的像一根根细长的胡萝卜，同时有种从未有过的麻痒生疼的感觉。

"俺的妈呀！"那个红衣女子一听，先是惊呼了一声，然后一下子跳起来冲到林晓雪面前，伸手从盆子中抓起一把雪，拉过林晓雪的一只手就开始不住地揉搓，搓了一会儿，又换另外一只手，就这样反反复复过了有二十分钟左右，最后才说："好了！"

林晓雪的双手让她搓得暖烘烘的，已经没有什么不适的感觉，她连声向大家道谢，同时又感到疑惑。

"大姐你是头一回来俺们这边儿吧？俺这疙瘩冬天就这样，没有谁敢将皮肤直接暴露在外面，会被冻伤的！这种冻伤可不好治了！像你刚才的手，只能用雪搓，如果用温水泡，会伤得更厉害。俺们这儿冬天冻掉耳朵，那都不是稀罕事儿！"红衣女子大概看出林晓雪的疑惑，索性坐在她身边向她解释。

林晓雪点了点头："我真没想到这儿的冬天会这样的可怕，我爱人从来没跟我说过。"

"大姐你真是幸运，那站上的大哥也真是个热心肠的人儿，他要是不管你，你这双手可要遭罪了！大姐是来这儿找老公的呀！这么冷的天儿，天儿又这么晚了，你老公咋没有来接你哈？"红衣女子似乎很健谈。

"他压根儿不知道我来。我想给他一个惊喜，不料到了却打不通他的电话。"林晓雪回答。

"我妈妈怕我爸爸又不让我们来！"强强没头没尾地插了一句。

"大人说话小孩子不许插嘴！"林晓雪不想与一个陌生人聊得太多，更不想让不认识的人知道自己的丈夫是军人。她感到离边境线越近的地方，情况会越复杂，自己一个女人带着个孩子，半夜三更地来到这个陌生的地方，还是小心一些比较好，便一边向孩子使眼色，一边急忙出言制止。

"你爸爸在这边干啥子呀？他咋能不让你和你妈来啊？他不想你们是咋的？"红衣女子不知想到了什么，用一种同情怜悯的目光注视着她们母子。

八岁的孩子似乎读懂了母亲的眼神，他犹豫了一下，又望了林晓雪一眼，然后摇了摇头："阿姨，我也不知道，我爸爸可忙了！"

"男人不能放出去时间太长了，那容易出事儿，最后连老婆孩子都不想要了。家花儿哪有野花儿香啊，大姐，你说俺说的对不？"红衣女子谈兴正浓。

"太对了！"林晓雪知道红衣女子想多了，有些啼笑皆非的感觉，却也不想解释那么多，与她有一搭没一搭地聊着。

"俺和俺老爷们刚结婚。俺老爷们一直在南方打工，这刚休完婚假，要回去值春节的班，能多挣钱，他说让俺留在家里，过完年再去。俺偏不，俺就要跟着去。"红衣女子向自己的丈夫看了一眼，脸上洋溢着幸福的笑容。

"你做得很对！"林晓雪微笑着对女子点了点头。

红衣女子又说了许多自己家中的情况及与丈夫相恋的往事，伴着林晓雪度过了两个多小时的漫漫冬夜。不知什么时候，强强已经在她的怀中睡着了。

"各位旅客，由C地开往F地的第X次列车就要进站了，请旅客们检票上车！"候车室中的大喇叭忽然响起。

"大姐，俺要上车了，你自己加点小心，拜拜！"红衣女子风风火火地跳了起来，奔向丈夫那边，并以最快的速度拎起地上的两个包，和她的"老爷们"向检票口跑去。望着她逐渐消失的背影，林晓雪忽然感到有些不舍。

第九十五章

好事多磨

　　那对年轻的夫妇一离开，小小的候车室顿时安静下来。两个中年男人却还没有上车，躺在另一边睡觉，呼噜声响亮。月台上遇见的那汉子检完票后，将通道一锁，很快就不见了。林晓雪透过候车室那扇仅有的窗户，望了望外面漆黑的天空，又低头看了看怀中熟睡的孩子，忽然感到一种巨大的不安与恐惧。这让她下意识地用脚将自己放在地上的包向身边又挪了挪，将随身装有现金与证件的小包压在孩子的胳膊下面，连同孩子一起，紧紧地抱在怀中。

　　最后她竟然迷迷糊糊地睡着了。不知过了多久，她猛地醒了过来，原来是那两个中年男人中的一个在使劲推她。

　　"你想干什么？"林晓雪对他怒目而视。

　　"车要到站了，你再睡就误了！"那男人讪讪地说："俺们这儿……每晚就两趟车过，你……没上前头那趟，俺寻思着，你等的是……是后头这趟车。"在林晓雪的怒视下，他好像越来越不知所措了。

　　"我不赶车！"林晓雪生硬地回答了一句，又马上意识到人家也是好意，便连忙放缓了语气："谢谢啦，你们赶紧的，可别耽误了！"

　　目送着两人走远，林晓雪掏出放在裤子口袋中的手机看了一下：四点十一分。"真好，天快亮了！"林晓雪心想，不一会儿就又睡着了。

当她再次醒来时，天已经大亮了。她睁开眼睛，发现强强也醒了，正在一旁安静地玩耍。"妈妈，爸爸什么时候来接我们啊，我都要饿死了！"

"哦！"听孩子这么一说，林晓雪顿时感到腹中空空如也。因为只身拖着个孩子不方便，为了减少行李累赘，母子两个几乎没带什么吃的东西。昨天下午六点多时，她与孩子在火车上共吃了一份快餐盒饭。孩子嫌不好吃，仅吃了两口，她就吃了剩余的。

林晓雪在地上的包中翻了半天，还好，有一袋强强爱吃的哈密瓜味棒棒糖，是她临行前随手塞进去的。母子两人一人嗑了一根棒棒糖后，林晓雪又开始拨打丈夫的手机号码，仍是"无法接通"。

候车室内渐渐热闹起来，白天还有三趟南下的列车。强强已经接连吃了五根棒棒糖了，但陈清然仍是没有任何消息，电话打不通，她发的短信也是一条都没回。"他难道是出了什么事？"林晓雪惊恐地想。

眼见都要中午了，候车室里终于来了一个推着小推车卖茶叶蛋和老玉米的老太太。小车用厚棉被捂得严严实实，里面的食物还是热的，透着诱人的香味儿。

"妈妈，我要吃茶叶蛋！"强强嚷着凑到了老太太的小车前面。林晓雪忙打开随身小包想找钱包，但找了好大一会儿都没找到——自己的钱包不翼而飞了！

当林晓雪意识到这一点时，她瞬间有一种整个人跌入冰窟窿的感觉。"我的钱包去了哪里？是谁偷走了我的钱包？一定是那两个男人，他刚才推我哪儿是想提醒我啊，他一定是想再掏掏我的口袋，或者顺走我的手机。不过瞅着那人挺木讷的，还挺会圆谎！真是'人不可貌相，海水不可斗量'啊！我真是个傻瓜，还谢谢他！"她直直地僵在座位上，不断地回忆事情的经过，不停地自责。

"妈妈，妈妈，你快拿钱出来啊！快点给钱啊！这茶叶蛋好香啊！"强强在一边猛推她。她回过了神，见孩子已经将一个茶叶蛋塞进口中，正鼓着腮帮子往下吞咽，同时手中还攥着两个呢！

林晓雪定了定神，脑子飞快地转动着。"钱包在自己离京之前，我已经大清理了一次，除了放了一张与存折绑定的工资卡和一张身份证，还好没有别的。那些什么医疗保险卡、住房公积金卡及近十张其他不同用途的卡片都让我留在了家中。钱包中除了几十块钱的零碎钞票，我又带了三千块钱现金，一半放在钱包中，另一半我放在行李大包中的衣服口袋内了。对！"想到自己还有一千五百块钱可以用，她的心境稍稍平稳了些，她又打开地上的大包开始翻找，却发现包内很乱。是本来就乱，还是自己找棒棒糖时弄的？她已经搞不清楚了。那件装有现金的衣服还在，只是钱没了！

孩子早已经将第二枚鸡蛋塞进了口中，正眼巴巴地瞅着自己的母亲。卖东西的老太太也将小车推到离她很近的位置，在等候着她付钱。林晓雪窘得满脸通红，她站起身子，将自己身上所有的口袋都摸了一遍，最后，总算在羽绒服前胸的内兜中摸到了一张类似纸币的东西，她忙掏出来一看，是一张折了一下的五元钞票。她付给老太太三元钱，结了账。

"妈妈，我还是饿，我还想再吃一根玉米和肠！"强强又将手伸了出去。

"三块钱！"老太太笑眯眯的，同时将一根金黄喷香的玉米和一根香肠递了过来。

林晓雪无奈地看了看手中的两枚一元硬币，摇了摇头："不行，强强，妈妈就剩这两块钱了，不够买了。"

"妈妈骗人，我饿！"强强嚷道。

林晓雪只是摇头，强强委屈地哇哇哭开了！

"是啊，不就是三块钱嘛，孩子要吃就买呗！老玉米可有营养了，对孩子身体多好啊！"推着小推车的老太太劝道。

小小的候车室内，此时已有十多个等车的旅客，听老太太这样一说，目光纷纷向林晓雪投来。有人甚至还小声议论："看那女的穿得老齐整了，三块钱咋都舍不得哩！""三块钱，多大的事儿，至于让孩子哭一场！""该不会是后娘吧！"听得林晓雪的脸青一阵红一阵的。

强强哭得更伤心了，边哭边嚷着饿。林晓雪实在没了办法，孩子正在长身体，饭量有时比她还大。

她叹了口气，尽量压低声音说："强强，别哭了。妈不是舍不得，昨天夜晚妈妈不小心睡着了，咱带的三千多块钱全都被小偷偷了，妈妈现在就剩这两块钱了！"

强强停止了哭闹，用惊恐不安的眼神盯着自己的母亲。议论的人们也安静了下来。

尽管林晓雪说话的声音不大，但在场的大多数人还是听到了。

"啊？让小偷偷了三千多，啧啧！"老太太惊得直咂舌。她迟疑了片刻，连声骂着"天杀的贼偷"，边骂边从车把上拽下一个小塑料袋，装了三根冒着热气的玉米，又拿了一根香肠硬塞到强强手中，不等林晓雪开口，就急忙推车出了候车室；一个年轻女孩给强强送来了一袋十根装的火腿肠；一个中年妇女在她们母子面前放了两盒桶装方便面，甚至还有人送来了钱。林晓雪感激地收下了食物，谢绝了所有的现金馈赠。

"谢谢，我们不需要钱，孩子爸爸很快就会来接我们的，只要孩子不饿肚子就行了，谢谢，谢谢！"昨天领她们来候车室的汉子也闻讯赶来，详细询问了情况，立即断定是那两个中年男人所为。但那时的火车购票尚未实行实名制，候车室内也没有安装监控设备。他提醒林晓雪打电话进行了银行卡的口头挂失，又报了警，此外，也的确没有更好的办法了。

母子两个解决了饥饿问题后，林晓雪仍然联系不上陈清然。因涉及军事机密，林晓雪从来也不曾了解过丈夫驻地所在的具体位置，所以连打听都没法打听。后来，她只好用手机联系了袁树魁，将自己的情况和所在位置告诉了他，希望他通过单位内部系统帮自己找到丈夫。

第九十六章

到了驻地

挂了电话后，又是三个多小时过去了，林晓雪感到如等了一个世纪一样漫长。孩子吃饱后，玩累了，又在她的怀中沉沉睡去。

这时，她的手机响了，是一个陌生的手机号码。

"陈清然家的嫂子是吗？我是咱们驻地的，领导让我来接你们，我是小哈！我已经到了，在候车室门口！"那个声音说。

"小哈？我爱人为什么不来？"林晓雪有些意外。

"陈参谋啊？他前天去哨所执勤了，要在上面执勤一周。我们这儿执勤时，是不允许带私人手机的，只让带着单位配发的对讲机。您穿什么样的衣服，我进来给您拿行李！"通着电话，林晓雪感到一个高大身影已经走到了自己面前。

她举着手机抬起头，发现站在面前的男人没有穿想象中的军大衣，只穿着一件这一带常见的普通羊皮袄，戴着皮帽子，很壮实。从他的姓氏和身形上判断，他可能是个少数民族的小伙子。

"嫂子，我是小哈，我替陈参谋来接您哪！我们领导接到首都的电话后，就让我开车上路了。只是这几天老是下雪，路上到处都滑溜溜的，今儿这天还没晴一会儿，刚刚又开始下大雪了，车子不敢跑快，让嫂子久等啦！"他摘掉帽子和脸上的防护，露出了整张脸。

林晓雪向他点了点头，因为怀中有熟睡的孩子，她不能站起身来。没见到丈夫，她拿不定主意应该不应该跟这个陌生人一起走。

小哈似乎看出了她的顾虑，他笑了笑，露出了两排雪白的牙齿。林晓雪发现，他的笑容居然还带了些许的童真，看来小哈应该是个很年轻的男孩子。这时只见他不慌不忙地从皮衣口袋中拿出一张照片，照片上是三个人在夏天的合影，背景一派葱茏，生机盎然。那三个人中，其中有一个就是小哈，陈清然也在里面。小哈还向林晓雪报了陈清然的手机号码，并且出示了自己的士官证。然后，由小哈抱起熟睡的孩子，林晓雪穿好羽绒服，又用孩子的羽绒服将孩子包了一下，然后自己提起行李，走到门口，上了停放在那里的一辆军用吉普。上车时，她发现，大雪让车身已经通体变白。

路上，林晓雪得知小伙子是蒙古族，仅二十二岁。她还从小哈口中了解到，驻地距离铁路小站一百多公里。驻地距离国境线不足十公里，常驻军人仅有二十来人，一位主官，加上两个类似陈清然这样的出差人员。驻地除去日常工作，还要维护军用设备的日常运转，管辖着两个边境哨所。每个哨所都需要派五至七名军人驻守，一周换一次岗。因为人员紧张，军人们常常是一个人身兼数职，他自己不上哨所时，是司机、清洁工，食堂没人做饭时，他又是炊事员。

"陈参谋刚上去两天，嫂子您来之前没有打电话告诉他吗？"小哈问。

林晓雪不好意思地摇了摇头："我没和他说，我怕他又不同意我来！"

这时强强也醒了，他坐起身子，揉了揉眼睛，有些迷茫地用目光在车内寻找着。见林晓雪坐在自己的旁边，便蹭了过去紧挨着她坐了下来。

"妈妈，我爸爸呢？"男孩问。

"叫叔叔好！你爸爸没来，这个哈叔叔来接咱们了！"林晓雪对孩子说。

孩子叫了一声，小哈快乐地应着，然后又对林晓雪说："陈参谋一定不会让您来的，咱们这儿条件太艰苦，他肯定怕嫂子与孩子来这儿受苦！"

"但他给我说你们这儿很好啊！他给我发了好多照片，我也感到很好啊！"林晓雪说。

　　小哈笑了笑，没再回答。

　　由于大雪的缘故，归途中车速更慢了。汽车到达驻地时，已经晚上十点多钟。听到汽车的声音，驻地的两只狗率先奔出来摇头摆尾地狂吠，接着又有五个人冒着严寒迎了出来。

　　每个人都包裹得严严实实的，仅露出两只眼睛。快到驻地时，小哈一再提醒她们母子一定要包裹严实再下车。

　　"开到室内车库去，让小陈他老婆孩子在室内下车，直接进食堂先吃饭！"车子刚停下来时，一个人走上来将副驾驶那边的门拉开一条缝，大声说了那么一句话，便以最快的速度将门关上。仅这短短的一开一关，一股凛冽的强风裹挟着大片的雪花卷进了车内，让坐在车后排的母子都打了个哆嗦。

　　室内车库与食堂的储藏室相通，大概是为了便于食物的装卸。储藏室有扇小门通到食堂，林晓雪母子在小哈的带领下，穿过如冷库一般的储藏室，从那扇小门进入了食堂，小哈手中拎着她们的行李。

　　刚进入食堂，林晓雪便感到屋子内暖烘烘的，刚才迎接的那五个人早已经脱掉厚重的棉衣，衣着笔挺地等在了那里，见到林晓雪，五个人一齐立正，啪的一声对她行了一个标准的军礼。这阵势让林晓雪很错愕，脸跟着红了，站在那儿不知道应该说点什么。

　　"呵呵，人家老公不在，咱们让清然媳妇不好意思了！"一个身材不高但敦实的中年人走了过来，笑着说，"来，清然媳妇，快请坐下。咱这是圆桌，也没什么上席下席之分，你随便点儿，想坐哪个位置由你。来，孩子，跟伯伯坐这边。"说着自己拉着强强率先坐下。林晓雪笑了笑，在紧挨着孩子的位置上坐了下来，她环顾了一下四周，发现食堂内十分宽敞，分为里外两层，似一个套间。里面应该放的是锅碗瓢盆等，外面是一个大大的厅，除中间放着的这张能坐十来个人的圆桌和十几个圆凳，靠墙还放着几个简易的布沙发。此时除了一张空着，其余的沙发上面都整整齐齐地放着那几个人刚刚从身上脱下的冬衣。

"嫂子，您和孩子的厚衣服可以放在那张沙发上，那是专门为你们留的。"小哈此时已将她们母子的行李放在那张空沙发上，过来边为强强脱外衣边这样对林晓雪说。

此时早有两个小伙子与她打完招呼，快步进入了里间。一阵叮叮咣咣后，圆桌很快被摆满。只见餐桌中央放着一盆雪白浓稠的大米粥和满满一电饭锅米饭，边上放了两盘咸菜，一盘切成月牙状的咸鸡蛋，还有一大海碗猪肉炖粉条，里面还加了萝卜和大白菜，只是猪肉多是肥的，看上去十分油腻。

"锅里头还炖着鱼呢，一会儿就好！我与阿财哥刚在房后的塘里砸了半天冰窟窿捞上来的，老费劲啦！"端菜的两人中，看上去更年轻的那个喜滋滋地边说边又进了里间。

"嘀！阿财，你和阿前两小子够能耐哈，几尺厚的冰还愣是让你们给砸开了！长本事了哈，你小子来咱们部队也有三五年了吧，怎么以前从来没见过你去为我们砸冰窟窿捞鱼吃啊？听说你嫂子要来，来劲了哈！"招呼林晓雪入座的那个中年人笑着对另外那个上菜的小伙子说。

阿财不好意思地笑了笑，用一只手摘掉帽子，又用另外一只手挠挠头后又戴上："谷主任，我以前从来没干过这种事，也不知道能不能捞上来。我也是怕咱们这儿的伙食嫂子和孩子吃不惯。我以前好像听清然哥说过，嫂子爱吃鱼，所以就和阿前去试试的。也是嫂子运气好，一尺多长的白鱼，我们一下子捞了二十多条，够吃几顿了。我们又不太会杀鱼，忙活了好半天就收拾干净了四条，都合不了一人一条，嫂子进门后才刚刚炖上，一会儿就好，也不知好吃不好吃……"

"老谢，看不出来，咱阿财心还挺细的啊！"坐在林晓雪右侧的两位三十多岁的军人，一直微笑沉默着，此时也乐了。肤色较黑的那位，对那个相对白胖一些的戴眼镜的军人说。

"嗯，老叶你说得对！真是瞅不出来这两个小子还有这份细心呢！阿财啊，我们以前冤枉你了，我们老说你粗枝大叶的，恐怕连媳妇都找不到，看来我们说得不对，以后哪个小闺女嫁了你，还真是享福呢！起码你还会逮鱼。"老谢呵呵笑着说。阿财的脸红了。

"对，今天咱们八个人，就四条鱼，阿财和阿前都不许吃，妇女儿童每人一条，咱们四个人每人半条！"谷主任接过了话说。

"呀，我和孩子共吃一条都不见得吃得完！"林晓雪急忙摆手。

阿财的脸更红了。他一下子跳了起来，边跑边说："我去看看鱼炖好了没有。"瞧着他那模样，大家都不由哈哈大笑起来。

"中午接到上面的电话，听说你们来我们这边了，我们都兴奋得不知干什么好了。他们几个都争着抢着要去接你们的，最后安全起见，我选择了让开车技术最好的小哈去。那两个小子意见还挺大，非吵着要与小哈一起去。我怕人多了车上太挤，就没同意。真想不到，这两个小子竟然去捉鱼去了，看来收获还不小呢。"谷主任说。

饭后，林晓雪母子被安排到陈清然的宿舍休息。驻地所在的这座三层带院子的楼：一层是食堂和车库，还有一个会议室；二层是军事设施；三层是军人们的宿舍。因为人少房间相对宽松，每个人都有一间单独的宿舍。当夜，林晓雪用住在隔壁的小哈送过来的两暖壶开水给孩子洗了澡，自己又泡了泡脚，然后躺在满是丈夫体味的小床上，抱着孩子很快就进入了甜蜜的梦乡。

第二天她被强强推醒时已是早晨十点多钟，小哈带她们母子去楼下吃过早饭后，就向她们告别："嫂子，我现在要上哨所去把清然哥替换下来，过几天再见了！"小哈对她说。

"他不是刚上去第三天吗？你们不用这样，就按你们的节奏来吧，反正我们放寒假了，我们打算住到春节过后再走，也不急这一时半会儿的。"林晓雪急忙说。她真是害怕自己的到来给驻地增添麻烦。

"我自己要求的，对于我们这些光棍儿，在哨所和在驻地是一样的。

清然哥要是知道你们来了，不知高兴成什么样呢！我走了，嫂子，再见！"说着抬腿就准备出发。

"哎，等等！我们能和你一起去吗？"林晓雪问。

"你们和我一起去？"小哈停住了，然后快速地摇头，"不行的，昨儿又下了一夜的大雪，早晨九点多钟才停，这会儿路非常不好走，车开不动。别瞧着才五六公里的路，这一来一回的，全靠两条腿，可能要从现在走到深夜的。再说了，还有个孩子，万一有什么情况发生，那是很危险的！"

"可是我想去看看哨所，想去看看国境线。好不容易来了一次，不去一下太可惜了！请您一定带上我们！"林晓雪执拗地说。其实从心底，她是想早一点见到自己日思夜想的丈夫，只是不好意思说出口而已。

"我想爸爸！我要和小哈叔叔一起去！"在一边玩耍的孩子也扑了过来。

"这个……"小哈犹豫了一下，"嫂子，这个我真的做不了主，您要是真想去，得去请示谷主任！"

"去吧，"不知什么时候，谷主任已经站到了几个人身边，"不过要多背些吃的在身上，再带着大花！让阿财也一起去，等回来时再一起回。让你嫂子和孩子一定要多穿点！"

大花是院里的两条军犬中比较强壮的那条花狗，因身上有白毛也有黑毛而得名。另一条是纯黑色，叫大黑。

经过十多分钟的准备，小哈和阿财各背着一个大大的军绿色双肩背包，林晓雪母子都换上了军用的大头鞋，因为鞋都是男式的，太大，就在鞋里面塞了很多棉花。母子两个都在羽绒服内多加了一件毛衣，外面又各披了一件最小号的羊皮马甲，戴上了皮帽子、皮手套和厚厚的棉口罩后，就带着那只狗出发了。

"一定要保证家属的安全！"临行时，谷主任百般叮咛。

"是！"两位军人立正，向自己的上司行了一个威风凛凛的军礼。

下
部

421

第
九
十
七
章

雪
地
跋
涉

　　一走出被军人们打扫得干干净净的驻地院子，面对眼前一片白茫茫的景象，林晓雪马上就感到眼睛不适应。她看不见路，脚下的大地还软绵绵的，走一步半天拔不出腿，她感到十分吃力。地面像一块巨大整齐的白色乳酪蛋糕，延伸到无穷无尽的天边，身边的树像是乳酪蛋糕上的图案造型。他们几个人如在巨大蛋糕上游走的精灵，为了避免乳酪蛋糕花色的单调，用自身的力量在上面印下无数大大小小、弯弯曲曲的漂亮花纹——脚印。温度很低，不被羊皮马甲护到的胳膊和双腿，有种麻麻酥酥的痒痛感。风很大，不时在眼前扬起一片如烟如尘的雪雾，似《西游记》中那些吃人肉的妖魔鬼怪将要出来掳走唐僧时的前奏，让人胆战心惊。

　　一阵风过后，林晓雪被雪眯了眼睛，她伸出戴着皮手套的手想去揉一下。"不可以，嫂子！"小哈急忙制止，"手套的温度太低，会伤了您眼睛上的皮肤，忍一下，一会儿雪在眼中化了就好了。这儿的雪很干净的！"

　　"嫂子还是戴上眼镜吧。"阿财停下来，放下背包，从里面取出了两副墨镜分给林晓雪母子。

　　"你小子行啊，心还真的挺细的，还备了防雪镜，刚才为什么不先让嫂子她们戴上啊？"小哈上去轻轻地给了他一拳。

"我也不知道嫂子她们需不需要！也不是每个人都愿意戴眼镜的啊，像谷主任，你什么时候见他戴眼镜啊？"阿财说。

"那倒也是！"小哈点点头。

孩子戴上眼镜后感到很新奇："妈妈，我的眼睛舒服多了，刚才好难受。""妈妈，这眼镜太大了！""妈妈，我从来没有见过这样大的雪，您见过吗？""妈妈，要是多几个小朋友就好了，我们可以一起堆雪人、打雪仗、踢雪团，一定非常非常好玩……"一路上，孩子像只快乐的小鸟似的，叽叽喳喳说个不停。

走啊走啊，一个多小时过去了，林晓雪累得腰酸腿痛，感到身上都出汗了。她脱掉了羊皮马甲抱在怀中。这时强强不干了，嚷着："妈妈，还要走多长时间啊，我的腿都要断了！"

"刚走了一半。强强累了，要不叔叔抱着你？"小哈俯下身子张开双臂。

"强强，你已经是二年级的小朋友了，不是幼儿园的小娃娃啦。叔叔身上还背着那么重的包呢，他也很累对不对？你少说点儿话，保存体力！不能让叔叔抱！"林晓雪忙制止。

"嗯！"强强点点头，连着小跑几步，冲到了大家的前面。

"强强不要跑那么快，不安全，大花走在前面探路。让叔叔牵着小手慢点儿走，再走一会儿，前面就有个村子，咱们到那儿找个地方歇歇咱的小胖腿儿，吃点叔叔背的好吃的！"阿财紧跟上去，拉住了孩子的胳膊。

几个人又走了将近二十分钟，阿财口中的村落已经很清楚地呈现在大家的视野中。此时已经是中午吃饭时间了，林晓雪却惊奇地发现没有炊烟，亦没有一丝狗叫的声音传来。

"这村子好安静啊，难道下雪了大家连门儿都不出了？"她自言自语道。

"嫂子，这个村子好多年都没有人居住了！因为走到这儿有个岔路口，咱们的两个哨所一左一右分布在岔路口两边的道路尽头，所以这么多年来这个村子一直是我们的歇脚点。"小哈说。

"好多年都没有人居住了？怎么会这样？"林晓雪问。

"因为……"小哈刚一张嘴，就被阿财打断了。

"小哈快闭嘴，别说些没用的，马上到了，让嫂子和强强好好休息休息。"他又转向孩子，"强强，叔叔包里头有好吃的，你最爱吃什么？"

"薯片，还有炸鸡腿和汉堡！"强强回答。

"嗨！强强跟叔叔的口味儿一样，只是这几样我包中都没有，要是早点知道我们强强要来，我就提前一个星期先去城里买回来备着了。下次你要来，一定要提前给叔叔打电话好不好？叔叔带的有面包、巧克力和紫皮糖，还有好吃的牛肉干。咱们在这儿先吃个滚圆大肚子怎么样？"阿财说。

"好啊，谢谢叔叔，待会儿吃完了咱们比比谁的肚子大！"强强咯咯地笑着回答。

他们进了村子，大花撒欢儿似的在雪地上打了一个滚，好像回家一样，熟门熟路地将他们带到一扇大门前。阿财掏出钥匙将门锁打开，大花靠两只后腿一立，两只前爪子轻轻一推，门便开了。

这是一座青石铺地的院落，院门离五间正房的大门有十几米的距离，院子的两边各有三间厢房。几个人进了院子，沿着正房大门口的石头台阶拾级而上，进了房子。林晓雪惊奇地发现，房子里面十分整洁，客厅中央还摆放着一张八仙桌和几把带靠背的木椅子，客厅的两边各有两个挂着青花布帘子的门。林晓雪出于好奇，逐一进到帘子后面仔细看了看，发现东面的两个房间中各有一个大炕，那大炕上都铺着床单褥子，各摆了两床叠得如豆腐干般紧实方正的被子。而西边的房子里面是空的。

"嫂子，这儿可以随时'拎包入住'，我们无论是在回驻地还是去哨所换岗的过程中，如果遇到不好的天气没法行走时，都可以住进来。那院子东头的房子是厨房，里面有米、有面、有油、有柴，还有盐，住在这儿绝对饿不着。西屋应该是以前的主人养牲口家禽的地方。"阿财说。

"还真是个好地方，你们怎么找到的？这么好的住宅，以前的主人怎么会放弃了呢？"林晓雪问。

"嗨！这个我们可不知道，这个地方在我们入伍之前就有了。"阿财不等小哈回答，就抢着说。

几个人摘去脸上的防护，开始吃随身带的干粮。林晓雪发现，两个小伙子吃的居然是馒头就咸菜，而给自己和孩子准备的却是金黄的面包、火腿及奶酪。

"我们好这口儿，面包火腿我们还真吃不惯，老是感到吃不饱。"阿财解释说。

巧克力、牛肉干、面包、火腿与奶酪都是孩子平时喜欢的零食。强强吃得很积极，直到撑得实在吃不下了才罢休。休息了好大一会儿后，几个人带着狗又出发了。

走了两个小时左右，林晓雪远远地看见了前方出现了一排从未见过的房子。房子周围围着一圈栅栏，下面长着长长的"腿"，高高地矗立在蓝天白雪之间。此时房顶及四周都被白雪覆盖着，只从那"腿"上看出那房子应该是木质的。一个人高马大、捂得很严实的男人手中端着一支长长的枪，在栅栏内来回走动，居高临下观察着周围的动静。

林晓雪正准备开口询问，却忽然听见一个男人的尖叫声，吓得她不由停下了脚步。紧接着她又听见那尖叫者说了一串叽里咕噜的外国话，而她却半个词都听不懂。小哈和阿财均吃了一惊，不约而同地将手伸向腰间，同时肩并肩地往前面一站，将林晓雪母子挡在了身后。这时，林晓雪发现那高房子的栅栏内不知何时有了两个衣着一模一样的人，让她早已分不清哪个是自己最先发现的那了。两个男人的脸都朝着他们几个人这边，还不时地对着这边指指点点，大声议论着什么。

"咱们快护送嫂子进哨所！"小哈说。

几个人加快了脚步，大花仿佛听懂了人话似的，低吠了一声后，也向前冲得更快了。林晓雪母子被两个小伙子一前一后夹在中间，一路小跑。不一会儿，他们往左一拐，一座小小的阁楼出现在他们面前。

"嫂子，哨所到了，您瞧，那正在执勤的就是清然哥。"小哈指着前面说。

林晓雪抬起头，哨所的最高处，站着一位荷枪实弹的军人。他站在严寒劲风之下，挺立于冰天雪地之间，正全神贯注地盯着对面邻国哨兵的一举一动，对自己妻儿的到来浑然不觉。此时已经是下午四点多钟，太阳光在皑皑白雪的反射下，还呈现着一丝诱人的红晕。林晓雪远远地望着分别半年多的丈夫，目光渐渐变得模糊起来。

哨所的门紧闭着，大花上去抓门。一个威严的声音从门后传来："谁？军事重地，闲人免进，请远离！"

大花狂叫两声。

"阿东，是我们，我是阿财！"阿财忙说。

"你的声音听起来和阿财很像！"里面的人说，"但我们没有接到上级的电话，也不到换岗的时间，安全起见，请回去！"

"阿东，快开门啊！我是小哈！我们还带着清然家嫂子和孩子呢，别让我们在外面冻着了！"小哈急忙说。

"对不起，我们没有接到上级的任何指示，不能进！"里面的人很坚持。

僵持了半天，阿财最后急了："阿东，你不会给驻地打个电话啊！"

一阵沉重的脚步声传来，看来阿东真的进屋内打电话了。

林晓雪又感到明显的寒意袭来，她急忙将那件抱在怀中的羊皮马甲重新穿上，用戴着手套的手费力地在羽绒服口袋里摸手机。摸出来一看，不由吃了一惊：手机上面除了有时间的显示，什么信号都没有。

又一阵沉重的脚步声传来，显然是阿东打完电话回来了。大家都静静地等待着哨所的大门敞开，但好大一会儿过去了，那门仍然是静静地关闭着。

"阿东，快开门啊！"阿财将门拍得震天响。

"对不起，电话总是忙音，打不通。你们快点回去吧，我是不会开门的！"阿东说。

"别这么较真啊！"阿财气急败坏地喊道。

里面无声无息，阿东以沉默回应。

"算了吧，阿财！"小哈叹了口气，"现在都快五点半了，咱们快点往回走，争取在天完全黑下来之前到达那个中途的休息点吧！"

"小哈，阿财，我现在也听得出来就是你们两个家伙，但我不能让你们进来，这是军规。军令如山，你们一定比我还要清楚。你们还是快走吧！"只听阿东隔着门说。

"哇，我要爸爸，我要爸爸。爸爸，爸爸呀！"强强忽然大哭起来。尽管脸上捂着口罩，但这洪亮的声音足以让站在高处的陈清然听见。

但做父亲的他只是身体微微颤动了一下，仍然目不斜视地盯着前方，也许他以为自己出现了幻听。当然，即使他扭过脸来，他们四个人所在的位置他也是看不见的。当时设计哨所的建筑结构时，这是很重要的一条。因为哨所门口的位置非常重要，必须要有隐蔽性，以保证安全。

"你们还带着个孩子？"阿东有些诧异，"你们还不赶紧让孩子别哭闹了，这么冷的天，那可不是闹着玩的！"阿东又隔着门警告说。

小哈一听，忙从口袋中掏出一块手帕，把强强拉到怀中，用自己的身体挡住风，低下头小心地为小男孩摘下眼镜，轻轻地用手帕将他眼睛及周围的泪水拭去。

"强强不哭了啊，口罩被泪水打湿后会直接冻在脸上，揭都揭不下来，会伤着咱们强强的帅哥脸的。有叔叔们在，没什么大不了的！咱们这就回刚才路上的那大房子里头去，叔叔给你和妈妈做好吃的，走！"说着又将眼镜架在强强的鼻子上，拉着孩子转身大踏步往来时的方向走去。林晓雪和阿财也默默地转身往回走。大花低低吠了一声，往前一蹿，又走到队伍的最前列。

　　太阳如一枚橘红色的圆球，慢慢沉入了地平线以下，风似乎越刮越猛。一路上，大家都不再说话，好像都没了力气。强强越走越慢，在冬日的风中步履蹒跚，东倒西歪，如果不是一直由小哈紧紧地牵着，也不知会跌多少跤，他如一株狂风大作时根基甚浅的幼苗，不断地随风摇摆。林晓雪自己也走得跟跟跄跄，多次几乎摔倒，却又用尽全力保持着自己的平衡。最后不得已，小哈将自己身上的背包交给了阿财，自己背起了小男孩，让林晓雪跟在阿财后面。此刻，一行人显得英勇无比却又狼狈万分。终于，在晚上将近九点钟时，他们到达了那所房子。

　　强强早已在小哈的背上睡着了。进了堂屋，阿财放下包，将孩子从小哈背上抱下来，进了东边靠里的那间卧室放到了床上。林晓雪忙将孩子脸上的眼镜口罩摘下，脱去羊皮马甲，然后想去解开孩子里面的衣服。

　　"嫂子，别给孩子脱衣服，让孩子就这样睡，给他盖上被子，这房子没有暖气，还是很冷的。"林晓雪点点头，打开床上的被子将孩子盖好。

　　小哈早已将大门关好，将大花放到了院子西边的房子中，自己钻进了东面的厨房。林晓雪安顿好孩子后，也和阿财一起进了厨房。

　　"嫂子，咱们今天吃饺子如何？这儿有大白菜，有鸡蛋，还有一捆冻大葱。"见两人进去，小哈大声说。

　　"吃素馅的饺子？好啊！不过就是和面擀皮比较麻烦，有擀面杖吗？"林晓雪算是南方人，她的家乡是个鱼米之乡，大米是她们的主要食物。除了逢年过节，她们家乡的人似乎平日很少吃面食。在她的脑海深处，一直认为和面擀皮是个非常耗时费力的工作。

"咱这儿东西齐全着呢。"小哈乐呵呵地说，"阿财，你去外面舀些雪，咱先化水洗菜和面，很快的！嫂子，这会儿没您的事，您先去陪着强强休息一下，待会儿饺子皮擀出来，您再来帮忙包一下就行了。"

"我可以和面洗菜剥葱的。"林晓雪这一天虽然走得十分疲乏，但让她单独休息，让小哈和阿财干活，她又怎么好意思。

小哈和阿财见拗不过她，便不再说什么。林晓雪和阿财每人拿了一个厨房中的盆，走到院子外舀雪。小哈将灶上的大铁锅拿下来也扛了出来。

"这院子外面有一个大池塘，那冰面上的雪干净。"阿财对林晓雪说。

"嗯，咱这儿不知有多少天没人做过饭了，这盆子里都落了土了，锅里头也出锈了，得好好洗洗。"小哈说着话时，已经到了院外。他俯下身子，用戴着手套的手，抓起一把把的雪使劲在锅内蹭着。

林晓雪和阿财清洗了盆子，然后各自用自己手中的器皿盛满雪，回了厨房。

门边的柴堆堆得很高，柴火大多是松枝。"每年秋天，我们都会来附近的山上捡柴往这儿运。大风过后，漫山遍野都是，还可以割干了的野蒿草。这一带天冷，树木长得慢，都结实呢。看着不大的一根树枝，能在火里坚持老半天哩。"小哈一边在柴堆上往下扯柴火到灶膛中点火，一边说。

"其实咱也有条件使煤气，往这儿运大煤气罐呗。但谷主任说那煤气哪有咱柴火烧着过瘾，咱总不能一夜到天亮地开着那玩意儿取暖是吧？还容易煤气中毒。嫂子您瞧，咱这儿还有两个大铜火盆哩，据说这些都是以前住户留下的。过会儿等咱做完了饭，可以将灶膛中已经烧成木炭的木材捡些放在那火盆中点燃，再把它拿到卧室里，屋子一会儿就特别暖和了。"阿财边说边比画。

林晓雪边剥葱边点头："这样还能节约开支呢，家用的普通罐装煤气，现在一罐好像都上百元了吧？"

锅中的水热了，厨房中也暖和了起来。小哈倒出了锅中的水，又炒了鸡蛋，张罗着往堂屋和孩子睡的房间中放火盆。然后他们用水洗好了菜和葱，又和面剁馅。林晓雪负责调馅，阿财负责擀皮，半个多小时后，饺子全包好了，整整两盖帘。阿财将其中的一盖帘放在院子中的房檐下，将另外的全都煮了。三个人都吃得饱饱的，大家都感到这饺子的味道真是鲜美极了。等到他们准备睡觉时，林晓雪发现那摆在房檐下的饺子全都被外面的天然大冰箱冻得硬邦邦的。

"阿财，咱俩睡在厨房里面，让嫂子娘俩睡在卧房中，方便些！"小哈说。想想房内的卧室仅是两个布帘子隔着，林晓雪正在发愁怎样过夜，想不到长相粗犷的小哈竟然提前考虑到了，这让林晓雪很感动。

阿财点点头。然后两个小伙子将堂屋的椅子全移到了厨房里，将另外一间卧室中的被褥也抱了过去。一夜很快就过去了。

第二天的早餐也是煮饺子。强强吃了满满一大碗，最后还是一副意犹未尽的样子。

"没事的，强强，想吃咱还可以包！"小哈安慰着孩子。

"那咱今天怎么办？继续往回走吗？"林晓雪问。

"再与驻地联系一下，昨天一定是雪大风大，通信设施出了故障！"小哈说。

这时阿财手中的军用手机响了，是谷主任打来的。

第九十九章

有一种幸福
叫随遇而安

　　原来昨天他们一出发，谷主任就打电话通知哨所提前换岗的事。但电
话不通。谷主任赶紧让阿前和老叶去检查线路，直到昨夜十二点多，驻地
才与陈清然所在的哨所联系上。阿东将事情向上司作了详细的汇报。谷主
任安排，让小哈第二天去接陈清然的岗，让阿财和林晓雪母子在这个中途
休息点等陈清然一起回驻地。接到命令后，小哈向大家说了声"再见"，
立即带着大花动身前往哨所。林晓雪与阿财闲着无事，索性开始准备中午
的饭食，征求了孩子的意见后，决定继续包饺子。一边慢慢地包，一边等
待陈清然。等到下午一点多钟陈清然推门而入时，两盖帘饺子都冻上了。

　　"爸爸，爸爸！"强强一下子扑了上去。

　　"好儿子！"陈清然一把抱起强强，一家三口紧紧地相拥在一起……

　　过年的时候，谷主任将哨所的岗临时定为三天一轮，目的是让大家都
能轮流放松一下。谷主任的媳妇也带着孩子来驻地过年了。谷主任的儿子
谷锐比强强大三岁，他的到来让强强有了伴，两个孩子在驻地的院子内撒
欢儿，堆了好多好多神态各异的雪人，大人叫都叫不回来。林晓雪和谷主
任的妻子柳红梅都展现了各自的厨艺，每天炒出的菜样不断翻新，令大家
赞不绝口，年味儿一下子就浓了。

下
部

431

林晓雪永远忘不了在国境线上度过的那个春节，忘不了那天然的大冰柜和无边无际的白雪。

　　回程的火车上，林晓雪接到铁路警方的电话，被告知那两个偷她钱包的中年人居然让一个妇女冒充自己，拿着自己的身份证去银行柜台取现，结果妇女被抓，供出了主谋。林晓雪的卡与身份证都已追回，回京后去公安机关领取。只是现金仅追回不到一千元，其余的都让小偷挥霍掉了。林晓雪本来对此不抱希望，一听说自己的卡与身份证都失而复得，开心得不得了！她由衷地表达了自己的感激之情。

　　秋天时，林晓雪接到来自原古城金融高等专科学校的电话，邀她回校参加毕业十五周年的同学聚会。她欣然应允。

　　在一个秋高气爽的美丽日子，来自全国各地的同窗好友相聚在已升为本科院校的母校，举杯共祝，细叙别情。在同学聚会的联欢晚会上，林晓雪很荣幸地与一位事业有成的杰出校友一起，成为晚会的主持人。

　　晚会中最重要的一项内容就是每人自述毕业十五年来的成长和成就。男主持人曾是一位银行行长，几年前辞去公职，下海经商，开创了自己的融资公司，目前资产已逾亿元，真是让林晓雪和其他同窗们敬佩不已！

　　他讲完后，轮到了林晓雪。她动情地说："我毕业后通过考试进入了省城经济开发银行，后因为爱情放弃了金融事业到了首都，进学校当了一名会计。我仅仅是一名普通的会计，既没当官也没发财，但我很幸福。当时我母亲是坚决反对我离开省城的，我就对她说，'嫁鸡随鸡，嫁狗随狗，嫁个老鼠满街走'，我都嫁给他了，自然是要跟着他的啦。这让母亲无话可说。（哄堂大笑）同学们，有一种成功与众不同，你们知道是什么吗？那就是'随遇而安'。人之所以感到幸福，并不是得到的多，而是要求的少。我就是那种对生活很少挑剔的人。如果你们问我最大的成就和幸福是什么，我要告诉你们，我最大的成就和幸福就是成为一名共和国军嫂！谢谢大家！"

　　她的话音刚落，台下便响起一阵响彻云霄的掌声！

后记

　　有诗云："弃身锋刃端，性命安可怀？父母且不顾，何言子与妻！名编壮士籍，不得中顾私。捐躯赴国难，视死忽如归！"意思是，战士要上战场了，从不将安危放在心里，连父母也不能孝顺服侍，更不能顾念那儿女妻子。名和姓既然列上战士名册，便早已经忘掉了个人私利。为国家奋勇献身，把死亡看得像回家一样平常。

　　和平年代，军人的职责又增添了新的内涵，但为大家舍小家的主题亘古不变。军人的妻子，哪一个不是父母的掌上明珠？哪一个不曾是不谙世事的小公主呢？但嫁给了军人，就意味着生活中的许多事情她们必须独自去面对，必须学会坚强。不论是在家庭生活中还是在社会工作中，诸多事情只能靠自身去解决应对。在创作这部书稿的过程中，联想到自己和身边人的故事，我曾无数次泪水涟涟……

　　军人的妻子，在任何时代，都是一个特殊的群体。她们站在军人的身后，默默无闻而又无私无畏地奉献青春与生命，只为国家，只为人民。自古以来，镇守边关、保家卫国都是军人的职责。军人，守护的是自己的国家，保卫的是全民的家园。军人的妻子，替他们守护着后方，替他们看护着老人和幼子……她们用自己柔弱的双肩，扛起所有的责任，守护着军人的婚姻之城、家庭之城。后方的稳定让前方的军人更加心无旁骛地保家卫国。她们是当之无愧的"守城玫瑰"——馥郁芬芳，铿锵绽放。

《芳华百年》是我的第一部长篇小说，这中间有我和家族成员的一些影子。关于这本书，我在酝酿了近五年之后，便在一年时间里写了出来。2014年春天，我完成了这部小说的初稿。之后，我忙于高级会计师的一系列考试：高会笔试、职称英语B级、四个计算机模块及论文答辩。还有更重要的一项任务，那就是抚养幼子。长篇小说的出版并不是一件容易的事情，如今，十年过去了，小说中的人物原型之一，军嫂林子馨也已于2021年离开了人世。另外两位人物原型，也就是林子馨的弟弟和妹妹也年事已高，一位80多岁了，另一位70多岁了。这一切让我感到来日方长并不长的紧迫。能在这两位有生之年将本书出版，已经非常幸运了！

本书现在能顺利与各位亲爱的读者见面，也是经过了万水千山的跋涉。在此，首先向著名军旅作家、北京市石景山区作家协会主席李金明先生和《军嫂》杂志社编辑部主任牛鹏飞先生表示衷心的感谢！李主席的热情鼓励和指导，让我对文学创作增添了信心；为了本书的出版，作为我的"娘家人"，牛鹏飞主任提出了许多中肯的意见，并向出版社编辑进行了大力推荐，对此，我万分感激；再次，向为此书出版做了大量工作，提供大量帮助的山东画报出版社编辑梁培培女士表示诚挚的谢意；还要感谢我的先生和儿子以及为此书提出修改建议的朋友们，是他们的支持助我顺利完成本书的创作及出版。

最后，感谢所有的读者。书稿如有不当之处，敬请批评指正，我将万分感激！我的下一部小说是关于都市子女教育方面的内容。未来，我将更加努力地写作，为大家奉上更优秀的作品。

王 云

2024年12月于北京